APOCALIPSIS Z

Los días oscuros

MANEL LOUREIRO

VINTAGE ESPAÑOL
Una división de Random House, Inc.
Nueva York

PRIMERA EDICIÓN VINTAGE ESPAÑOL, JULIO 2010

Copyright © 2010 por Manel Loureiro Doval

Información de catalogación de publicaciones disponible en la
Biblioteca del Congreso de los Estados Unidos.

Vintage ISBN: 978-0-307-74174-5

www.grupodelectura.com

Impreso en los Estados Unidos de América
10 9 8 7 6 5 4 3 2 1

Para Maribel,

que no pudo llegar a verlo,

pero que lo hubiese disfrutado

como la que más

*Sus heridos yacen tirados, de sus cadáveres
sube el hedor y sus montes chorrean sangre.*

ISAÍAS, 34.3

APOCALIPSIS Z

Los días oscuros

En algún lugar sobre el Sahara occidental

El pequeño lagarto llevaba horas inmóvil bajo la piedra recalentada por el sol. A ratos sus flancos se inflaban y desinflaban, mientras respiraba el aire tórrido que lo rodeaba, como una bocanada salida del infierno. De vez en cuando asomaba su lengua rasposa, mientras esperaba, paciente, a que llegase la noche para poder salir de cacería en aquel rincón inhóspito y desolado del desierto que era su hogar.

Súbitamente, percibió un infrasonido que hubiera sido totalmente inaudible para cualquier ser humano, de haberse encontrado alguno allí. El lagarto se acurrucó instintivamente en el hueco bajo la piedra, preguntándose en su diminuto cerebro si aquel ruido supondría alguna amenaza para su vida en la forma de algún desconocido y temible depredador.

Pronto aquel sonido se transformó en un ruido audible, primero un ligero tremor, que fue en un crescendo continuo hasta convertirse durante unos segundos en un tableteo atronador sobre él. Luego, poco a poco, el sonido fue decayendo hasta finalmente desaparecer por completo.

El pequeño lagarto asomó cautelosamente la cabeza. Con sus ojos legañosos parpadeó un poco, mientras se habituaba a la intensa luz del mediodía. Por un instante contempló el límpido y despiadado cielo azul del Sahara occidental, que tremolaba de calor.

Si se hubiese asomado tan sólo medio minuto antes, habría sido testigo de un espectáculo absolutamente inusual en aquel rincón del mundo. Habría visto pasar un enorme helicóptero Sokol pintado de amarillo y blanco, con un desgastado logo de la Xunta de Galicia dibujado en un costado, y con una extraña red de carga llena de bidones, la mayoría ya vacíos, colgada de su panza. Y si hubiera mirado con más atención quizá habría podido ver al piloto, un tipo pequeño, cuarentón, rubio y de poblados bigotes, con tres dedos amputados en la mano derecha, que dirigía el aparato con expresión cansada y mecánica, y a los pasajeros, dos mujeres de edades dispares y un hombre con barba de pocos días.

De haber podido observar más de cerca, habría visto que el hombre acariciaba lentamente a un enorme gato persa que dormía plácidamente en su regazo, al tiempo que su dueño observaba con aire ausente el paisaje desértico que se abría ante sus ojos; su mente estaba muy, muy lejos de allí.

El hombre, de unos treinta años, era alto, delgado y de facciones angulosas; su mirada denotaba un cansancio profundo. Si alguien le hubiese preguntado su historia en aquel momento, podría haber contado que sólo diez meses antes llevaba una aburrida y rutinaria vida de abogado en una pequeña ciudad del norte de España.

Su día a día, hasta que se desencadenó el Apocalipsis y todo se fue al infierno, transcurría entre su trabajo, su familia, sus amigos y el enorme vacío que había dejado la muerte de su esposa apenas un año antes. Su vida parecía haber entrado en un bucle infinito de dolor y rutina, pero de repente, un día, diez meses antes, todo cambió.

Todo.

Al principio fueron sólo una serie de confusas noticias en la prensa, el típico suelto en el periódico al que no se le presta la menor atención. Algún grupúsculo yihadista de una remota ex república soviética había tenido la brillante idea de asaltar una base del ejército ruso en Daguestán con el objetivo de conseguir armas químicas, rehenes o simplemente armamento convencional para vender en el mercado negro, algo difícil de adivinar.

Lo que los asaltantes no sabían era que aquella base había sido un centro de experimentación bacteriológica, con algunas de las cepas víricas más virulentas del mundo durmiendo apaciblemente dentro de sus tubos de cristal. Siendo justos, no es que fuese culpa de los yihadistas, ya que aquella base era un residuo medio olvidado del viejo imperio soviético y ni siquiera los servicios secretos occidentales conocían su existencia, pero para todo lo que aconteció después, aquello era lo de menos.

Lo cierto es que, de una manera u otra, el asalto fue un éxito. O un fracaso absoluto y terrible, según se mire. Porque si bien consiguieron tomar la base, también liberaron accidentalmente algo, una pequeña cepa de un ser que no debería haberse creado nunca. Por eso, menos de cuarenta y ocho horas después del asalto, todos los guerrilleros estaban muertos. O casi.

Pero lo más grave fue que aquel pequeño ser, aquel virus, ya estaba libre, y sin nada ni nadie que le hiciese frente se extendía como el fuego por la sabana africana.

Naturalmente, al principio, nadie sabía nada de esto. En la vieja y confiada Europa, así como en América y Asia, la vida seguía su curso, tranquila y plácidamente. En aquellas primeras setenta y dos horas podría haberse hecho algo, podría haberse dominado la pandemia, pero Daguestán era un país muy pequeño y pobre y aunque su gobierno hubiese querido hacer algo, no tendría medios para ello. La fase de eclosión ya se había superado.

Ya era demasiado tarde.

Nadie, ni siquiera el abogado de facciones angulosas, comenzó a inquietarse hasta pasados unos cuantos días. Las primeras noticias de una extraña fiebre hemorrágica en medio de las montañas del Cáucaso llegaban a través de prensa y televisión como un ruido de fondo, casi ahogado entre el último fichaje del campeón de Europa y el enésimo escándalo político.

Pero aunque casi nadie le prestaba atención, seguía ahí, creciendo.

Hasta unos días más tarde alguien no se dio cuenta de que algo iba rematadamente mal. Amplias zonas de Daguestán permanecían oscuras y en silencio, como si no quedase ni una sola persona viva allí. El gobierno de la pequeña república autónoma echó un vistazo y lo que vio le llenó de tanto terror que inmediatamente llamó a Moscú para que se hiciese cargo del problema. Y lo que vieron los rusos fue tan terrorífico que enseguida decretaron el cierre de fronteras, no sólo de Daguestán, sino de su propio país.

Pero ya era demasiado tarde.

Las noticias comenzaron a filtrarse al resto del mundo, primero como un confuso guirigay y más tarde a través de una serie de comunicados y contracomunicados del gobierno ruso, el Centro de Control de Enfermedades de Atlanta (CDC) y siete organismos más que afirmaban que se trataba de un brote de Ébola, de viruela, del virus del Nilo, del virus Marburgo o de ninguno de los anteriores. Los rumores, cada vez más hinchados y disparatados, comenzaban a circular, mientras que la sombra de oscuridad saltaba de Daguestán a otros países limítrofes, siguiendo la estela de refugiados que huían de «aquello», fuera lo que fuese. Finalmente, en un intento de tomar el control de la situación, el gobierno de Putin decidió decretar el bloqueo informativo en todo el país, suprimir la libertad de prensa dentro de la Federación Rusa y de paso, como quien no quiere la cosa, pedir ayuda internacional urgente.

Pero, una vez más, ya era demasiado tarde.

En aquel momento no sólo el abogado, sino media humanidad ya estaba pendiente de lo que fuera que pasaba en aquel rincón del mundo. La noticia ya no era un breve sino que empezaba a ocupar espacios en las portadas de los periódicos. Imágenes filtradas a través de la férrea censura mostraban interminables hileras de refugiados en un sentido y columnas militares igual de largas en el otro. Los más observadores apuntaron que resultaba muy extraño que se combatiese una epidemia con el ejército, pero su voz era una minoría. Nadie prestaba atención más que a la información oficial. Finalmente, los equipos de ayuda internacional fueron desplegados en la zona, para colaborar en el control de la epidemia. Quince días antes quizá hubiesen tenido alguna posibilidad de éxito.

Pero para entonces, de nuevo, ya era demasiado tarde.

Unos días después, cuando los equipos de ayuda internacional comenzaron a volver a sus países de origen con varios de sus miembros heridos por aquellos que habían ido a auxiliar, el problema súbitamente se volvió global. En aquel momento, aunque nadie lo sabía, la pandemia ya estaba definitivamente fuera de control. Lo más lógico hubiese sido eliminar físicamente a los infectados (los gobiernos ya empezaban a tener una buena idea de a lo que se enfrentaban), pero pudo más el interés político y el control de la opinión pública que el sentido común.

Así, la última posibilidad de controlar la pandemia se evaporó. Y el virus comenzó su galopada mortal, convirtiendo la pandemia en Apocalipsis.

Para aquel entonces, el abogado estaba igual de aterrorizado que el resto del mundo con acceso a un televisor, una radio o internet. Las noticias sobre la pandemia se sucedían sin cesar en los medios de comunicación. Impotente, contemplaba día a día cómo lentamente el virus ganaba terreno. Pronto no hubo noticias desde Daguestán. A los pocos días, sucedía lo mismo en Rusia… Y en Polonia, Finlandia, Turquía, Irán, y sucesivamente en todos los países del mundo. El virus se extendía como una mancha de aceite por todo el planeta, pero incluso en ese entonces la censura seguía ejerciendo su férreo control sobre la información. La Unión Europea, en un gesto sin precedentes, acordó crear un Gabinete de Crisis Único que administraba a cuentagotas las noticias, mientras la mitad de los países europeos cerraban a cal y canto sus fronteras y decretaban el estado de excepción. Ya en esos momentos, en internet comenzaban a aparecer los primeros rumores desquiciados de muertos que caminaban, o de enfermos poseídos por una agresividad furiosa. No faltaba tampoco quien hablaba de control extraterrestre, del Anticristo, de experimentos genéticos o de monstruos del inframundo. Había casi tantas teorías como páginas web.

En lo único que estaba todo el mundo de acuerdo era que, fuera lo que fuese, era muy contagioso y letal. Y que eran los propios infectados los que propagaban la enfermedad.

El día que el abogado vio en televisión al rey de España, ataviado con el uniforme del ejército como en el 23-F declarando el estado de excepción, supo que aquella noticia breve de dos semanas antes había aterrizado en España.

Entonces, de todas las ideas desafortunadas que podían haber tenido los gobiernos, escogieron la peor. Siguiendo una lógica médica aplastante (aislar a los sanos de los enfermos errantes), decidieron concentrar a toda la población sana en unos recintos habilitados a tal efecto por todo el país denominados Puntos Seguros. Dichos puntos eran inmensos trozos de ciudad, convenientemente cercados y aislados, donde los ciudadanos se mantendrían a salvo de los «vectores de infección» (para aquel entonces todo el mundo tenía claro que un encuentro con un infectado podía acabar muy mal).

Y el abogado, de todas las ideas afortunadas que podía haber tenido, escogió la mejor. No quería ir a un Punto Seguro (le sonaba sospechosamente a algo parecido al gueto de Varsovia), así que cuando el grupo militar de evacuación recorrió su barrio, se escondió en su casa y dejó que se fuese todo el mundo, pero él se quedó voluntariamente atrás.

Solo.

Pero no por mucho tiempo.

En cuestión de días, el mundo empezó a derrumbarse de verdad. La energía y las comunicaciones empezaron a fallar a medida que los empleados encargados del mantenimiento no se presentaban en sus puestos de trabajo o, simplemente, desaparecían sin dejar rastro. Pronto los canales de televisión de todo el mundo tan sólo emitían películas enlatadas interrumpidas por breves noticiarios en los que de forma casi histérica se ordenaba a toda la población que se concentrase en los Puntos Seguros. En aquel momento la censura, ya cuarteada, comenzaba a caer por completo. Se reconocía abiertamente que los infectados, de alguna manera, volvían a la vida después de haber fallecido, animados por algún tipo de impulso que les hacía tremendamente agresivos contra los demás seres vivos. Sonaba a argumento de peli de serie B, y habría sido risible si no hubiera sido verdad. Y que, debido a ello, el mundo entero se estaba derrumbando en cuestión de días.

El pequeño monstruo de la probeta liberado por accidente veinte días antes por fin mostraba su verdadero rostro.

Lo sucedido en las cuarenta y ocho horas siguientes resultaría muy difícil de explicar. El sistema se estaba cayendo a pedazos, la corriente eléctrica comenzaba a fallar en la mayor parte del mundo y nadie tenía una visión global. Los Puntos Seguros demostraron ser una trampa mortal para los refugiados en su interior. El ruido y la presencia de una multitud humana actuaban como un imán para las criaturas No Muertas que ya campaban a sus anchas por todo el mundo. Cuando los puntos comenzaron a verse asediados por hordas de No Muertos, el pánico se desató y muchos de esos centros se vieron aplastados e invadidos por los seres, con el catastrófico resultado de que la mayor parte de los refugiados acabaron convertidos a su vez en No Muertos. El mensaje oficial por los escasos canales supervivientes cambió radicalmente y pasó a ser que nadie debía acercarse a los Puntos Seguros supervivientes.

Pero una vez más, volvía a ser tarde. Demasiado tarde. La situación ya escapaba a cualquier control posible.

El abogado, aislado en su casa, en medio de un barrio abandonado, con la única compañía de Lúculo, un perezoso gato persa, asistió atónito a la debacle. Cuando, finalmente, hasta internet dejó de funcionar, él comenzó a prepararse para lo peor.

Y esto no tardó en llegar. Menos de cuarenta y ocho después los primeros No Muertos comenzaron a vagar por lo que hasta ese momento había sido la tranquila calle de un suburbio de una pequeña ciudad del norte. Aterrado, se dio cuenta de que era un superviviente atrapado en su propia casa. A lo largo de los siguientes días, contempló con pavor desde la seguridad de su ventana el desfile interminable de No Muertos.

Era el infierno en la tierra.

No fue hasta unos días después cuando tomó la decisión de huir de su casa en dirección al Punto Seguro de Vigo, el más cercano a su ciudad. No sólo le motivaba el hecho de que necesitaba ver otros rostros humanos. Lo cierto era que se había quedado sin comida ni agua. La alternativa era o bien tratar de llegar a un lugar seguro esquivando a los No Muertos o perecer de inanición en su propia casa. Pese a los avisos oficiales, ir hacia el Punto Seguro se había transformado de golpe en su única opción válida.

Así comenzó un azaroso viaje de varios días, jugándose la vida a cada momento, atravesando poblaciones desoladas y carreteras bloqueadas por aparatosos accidentes que nadie había ido a auxiliar. Cuando finalmente consiguió llegar al Punto Seguro de Vigo, costeando en un velero abandonado en el puerto de Pontevedra, su última esperanza se derrumbó. El Punto Seguro de Vigo, la antigua zona franca del puerto, estaba total y absolutamente arrasado. No quedaba nadie con vida allí excepto docenas, miles, de No Muertos vagando sin rumbo.

Cuando se empezaba a plantear seriamente la posibilidad del suicidio, observó que un viejo carguero herrumbroso, el *Zaren Kibish*, todavía se encontraba fondeado en el puerto y aún mostraba señales de vida. A bordo del barco los tripulantes, que en aquel momento no eran otra cosa que un grupo de supervivientes apiñados, le narraron el horror de las últimas horas del Punto Seguro de Vigo, y su caída frente al asalto de los No Muertos, el hambre y las enfermedades, una historia que se había repetido en miles de lugares del mundo por las mismas fechas.

Y una vez más, la fortuna le sonrió. A bordo del *Zaren Kibish* conoció a un hombre, un ucraniano bigotudo de cuarenta años, bajito, rubio y con unos increíbles ojos azules que atendía al nombre de Viktor «Prit» Pritchenko. Aquel ucraniano, uno de los pocos supervivientes del Punto Seguro de Vigo, y refugiado como él a bordo del barco, resultó ser uno de los pilotos de helicóptero que todos los veranos acudían a España desde los países del Este, contratados por el gobierno para hacer frente a los incendios forestales. Atrapado por el

Apocalipsis en Vigo, lejos de su casa y su familia, el ucraniano Pritchenko pronto trabó amistad con el abogado, otro ser solitario arrastrado por el caos de aquellos días.

Después de unas terroríficas semanas en las que no sólo se tuvieron que enfrentar a los No Muertos, sino también al despótico y desequilibrado capitán del barco, finalmente ambos hombres trazaron un plan. El helicóptero del ucraniano, un Sokol antiincendios, aún estaba en la base forestal situada a pocos kilómetros del puerto, y si llegaban hasta él, podrían conseguir emprender vuelo hasta las islas Canarias, uno de los escasos sitios del mundo que por su aislamiento había conseguido escapar de la pandemia, y donde según las últimas noticias recibidas antes del derrumbe absoluto del sistema, el gobierno y los supervivientes estaban tratando de reunir los escasos trozos que quedaban de la civilización.

El único problema era conseguir burlar la vigilancia del capitán del barco y de sus marineros armados, inmersos en sus propios planes para salvar el pellejo (planes en los que Prit y el abogado eran unos simples peones sacrificables). Cuando, tras un arriesgado plan que les llevó a cruzar toda la ciudad arrasada, finalmente consiguieron huir se las prometían muy felices.

Pero aún les faltaba una nueva prueba por superar.

En un antiguo concesionario de coches abandonado, que habían escogido como refugio provisional para pasar la noche, Viktor Pritchenko, el piloto ucraniano, sufrió un absurdo accidente mientras manejaba un pequeño artefacto pirotécnico. Lo que en condiciones normales no hubiese sido más que un simple accidente doméstico, en aquellas circunstancias suponía una terrible herida que sin tratamiento médico podía conducir al ucraniano a la muerte.

Con su compañero sufriendo quemaduras de segundo grado y la amputación de varios dedos, al abogado no le quedaba más remedio que tratar de llegar con él a un hospital. Era evidente que allí no habría ni un solo médico, y posiblemente estuviese infestado de No Muertos, pero al menos podría encontrar el suficiente material médico para proporcionar a su amigo los cuidados que necesitaba.

Con lo que no contaba era con que aquel inmenso hospital abandonado, con sus docenas de pasillos, salas y escaleras a oscuras podía transformarse en una trampa mortal en la que quedarse atrapado. Se encontraron rodeados de No Muertos y perdidos en las entrañas del edificio, pero cuando la situación parecía más desesperada Lucía apareció al rescate.

Dentro de un edificio cavernoso poblado de No Muertos que parecía una imagen sacada de una pesadilla demente, aquella muchacha era la persona más improbable que uno esperaría encontrarse. De poco más de diecisiete años, alta y esbelta, con una larga melena negra que combinaba admirablemente bien con unos arrebatadores ojos verdes rasgados, la presencia de Lucía en aquellos pasillos oscuros era tan incongruente que al principio el abogado y Pritchenko pensaron que sufrían algún tipo de alucinación. Sólo cuando la chica les contó su historia se dieron cuenta de que, al igual que ellos dos, era una superviviente aterrorizada a la que el destino había dejado misericordiosamente aparcada allí.

El sótano del hospital era una especie de enorme compartimiento estanco reforzado, con tan sólo un par de puertas de acceso fuertemente protegidas. En los días finales del caos, Lucía, separada accidentalmente de su familia, acabó allí por casualidad, mientras trataba de dar con sus padres desaparecidos. No pudo localizar a nadie conocido, como le sucedió a tantas otras miles de personas perdidas en la confusión final, pero durante los últimos días colaboró como auxiliar con los pocos médicos agotados que obstinadamente trataban de mantener en funcionamiento aquel lugar.

Cuando las masas de No Muertos finalmente convergieron en torno al edificio, Lucía pudo refugiarse en la seguridad del sótano con la única compañía de sor Cecilia, una monja enfermera que había decidido permanecer de manera voluntaria en el hospital hasta el final. Desde aquel momento se habían mantenido atrincheradas en el sótano, esperando la llegada de unos grupos de rescate que jamás llegarían. Sólo cuando oyó el sonido de disparos y voces humanas rebotando por los pasillos se atrevió la joven a salir de la seguridad del refugio.

Es de justicia decir que su sorpresa fue igual de grande que la del abogado y el piloto. En vez del aguerrido grupo de rescate que se esperaba encontrar, con lo que se tropezó fue con un par de refugiados, sucios, hambrientos y perdidos, uno de ellos herido de cierta gravedad, y ambos al borde del más absoluto abatimiento.

Donde otros se hubiesen rendido, sin embargo, la joven actuó como una mujer de mucha más experiencia y edad. Arrastró a los dos nuevos supervivientes y su peludo gato naranja al sótano, donde sor Cecilia, posiblemente la única enfermera viva en cientos de kilómetros a la redonda, pudo hacerse cargo del ucraniano herido, y donde por fin, después de tantas semanas de terror, el abogado y su amigo encontraron un refugio cómodo, cálido y seguro.

Los meses siguientes transcurrieron como un sueño. Confortablemente instalados en la seguridad de aquel sótano, profusamente surtido de víveres para cientos de personas, y con generadores autónomos de electricidad, los cuatro supervivientes se entregaron a una existencia tranquila y subterránea, esperando que sucediese algo que les permitiese salir de allí y volver al exterior.

Pero de nuevo fue un imprevisto lo que les obligó a abandonar su cómoda madriguera y retomar el plan de alcanzar las Canarias. Una potente tormenta eléctrica de verano originó un incendio a pocos kilómetros del hospital. En un mundo abandonado, lleno de restos inflamables y maleza, el fuego avanzó sin control y sin que nadie le hiciese frente casi hasta las puertas de lo que un día había sido un modernísimo hospital. Sólo por fortuna los cuatro supervivientes fueron conscientes del huracán de fuego que se les venía encima antes de que fuese demasiado tarde. Lograron salir del edificio cuando las primeras llamas lamían las paredes, pero con apenas tiempo para preparar su equipo.

Así, dos días antes se habían subido en aquel helicóptero, y tras cargar hasta los topes el depósito de combustible y colgar de una red de carga cuantos barriles suplementarios de gasolina pudieron llevar, levantaron vuelo hacia las Canarias, uno de los pocos lugares donde suponían que aún podrían encontrar algún resto de la humanidad, con una única idea en mente.

Sobrevivir.

1

—¡Prit! ¡Prit! ¿Me oyes? ¡Jodido ucraniano psicópata! Maldije por lo bajo. El puñetero intercomunicador del helicóptero se había estropeado una vez más. Era la tercera vez que sucedía desde que habíamos despegado de las cercanías de Vigo. De repente, tuve que agarrarme con fuerza al soporte lateral mientras el pesado helicóptero daba un nuevo tumbo al cruzar una bolsa de aire caliente. Prit, indiferente a las sacudidas, continuaba pilotando alegremente a toda velocidad, mientras tarareaba una espantosa versión eslava de James Brown que me martilleaba inmisericorde los oídos.

Apoyé a Lúculo en su cesta, observando con envidia a aquella enorme bola de pelo naranja, que tras desperezarse como sólo los felinos saben hacer, se volvió a dormir plácidamente, indiferente al terrible estruendo que producían los motores de nuestro pájaro. Tras cinco días consecutivos de vuelo, aquel sonido, incluso filtrado a través de los cascos protectores, me estaba volviendo loco. Me pregunté cómo demonios hacía Lúculo para soportarlo. Capacidad de adaptación de los gatos, supongo.

Me giré hacia el interior de la cabina de pasajeros. Sor Cecilia estaba fuertemente amarrada a uno de los sillones, rezando monótonamente por lo bajo mientras desgranaba de for-

25

ma mecánica las cuentas del rosario con la mano derecha. La pequeña monja, con su hábito impoluto y unos enormes cascos de color rojo sobre la cabeza, ofrecía una estampa chocante. La única pega era el ligero color verdoso de su cara y la expresión de angustia que se le dibujaba cada vez que el helicóptero atravesaba una zona de turbulencias. Estaba claro que lo de volar no iba en absoluto con la monja, aunque había que reconocer que había aguantado todo el viaje estoicamente. Ni una sola queja había salido de sus labios en aquellos cinco días.

Justo en la bancada de enfrente, estirada voluptuosamente a lo largo, estaba Lucía. Vestía unos cortos pantaloncitos beige ceñidos y una camiseta de tirantes manchada con grasa del rotor del helicóptero (se había empeñado en ayudar a Prit a revisar las hélices en la última parada). En aquel momento estaba profundamente dormida y un mechón rebelde de cabellos le resbalaba sobre los ojos. Estiré la mano y se lo aparté de la cara, procurando no despertarla.

Suspiré. Tenía un problema con aquella muchacha y no sabía cómo resolverlo. A lo largo de aquellos cinco últimos días Lucía había estado permanentemente pegada a mí... y yo a ella. Estaba claro que ella me deseaba y se había propuesto seducirme por todos los medios. Yo, por mi parte, no podía negar que me sentía también profundamente atraído por aquella morena de interminables piernas, curvas voluptuosas y ojos de gata, pero al mismo tiempo trataba de mantener la cabeza fría.

En primer lugar, no era el momento ni el lugar para iniciar un romance y por otra parte, y no menos importante, estaba la diferencia de edad. Ella era una adolescente de tan sólo dieciséis años (ya diecisiete, me corregí mentalmente) y yo un hombre de treinta. Eran casi catorce años de diferencia, por Dios.

Lucía se movió en sueños, mientras murmuraba algo

incomprensible con una expresión de gozo en la cara que me hizo tragar saliva. Necesitaba aire fresco.

Pasando por el estrecho pasillo que comunicaba la zona de carga y pasaje con la cabina me dejé caer en el asiento del copiloto, al lado de Pritchenko. El ucraniano se giró y me dirigió una luminosa sonrisa, al tiempo que me tendía un termo de café que guardaba en una pequeña funda que colgaba a su espalda. Acepté el termo con desmayo y le pegué un largo trago. Unos enormes lagrimones afluyeron a mis ojos, mientras tosía incontrolablemente, tratando de respirar. Aquel café debía llevar casi un cincuenta por ciento de vodka en estado puro.

—Café con gotas —dijo el ucraniano mientras me arrebataba el termo de las manos y le daba un prolongado trago sin pestañear. Tras hacer bajar medio termo de golpe, se dio un puñetazo en el pecho y eructó estruendosamente—. Mucho mejor para pilotar. —A continuación me pasó de nuevo el termo, que cogí de forma mecánica—. Sí señor. Mucho mejor. —Chasqueó la lengua satisfecho y me dedicó otra de sus espléndidas sonrisas—. En Chechenia toda mi escuadrilla tomaba vodka solo… pero allí hacía más frío —remató con una carcajada.

Meneé la cabeza, dejando a Viktor por imposible. Dentro de la cabina hacía calor, mucho calor. El ucraniano vestía unos gastados pantalones militares e iba con el torso descubierto, brillante por el sudor. Completaba su atuendo un imposible sombrero negro de cowboy que había encontrado colgado en la pared de un bar y unas gafas verdes de espejo, bajo las que asomaban sus imponentes bigotones. Recordaba vagamente a un personaje sacado de *Apocalipsis Now*.

Lo cierto era que Viktor pilotaba admirablemente bien. El primer día, cuando despegamos desde Vigo, fue capaz de levantar el pájaro con los depósitos llenos a rebosar y una red de carga con más de dos toneladas de bidones de combustible colgando de la panza del Sokol como si tal cosa. Era algo admirable.

Las imágenes del viaje no cesaban de pasar una y otra vez ante mis ojos, incansables. Definitivamente, a lo largo de esos últimos días fue cuando habíamos podido darnos cuenta del auténtico alcance del caos que provocaba el Apocalipsis. Por si nos quedaba alguna duda, ya estábamos totalmente seguros de que la civilización humana se había ido al cuerno para siempre.

Las primeras horas habían sido las peores. Mientras nos dirigíamos hacia el sur bordeando la costa portuguesa a unos pocos cientos de metros de altitud, nuestra mirada se paseaba con asombro por todas partes. El caos y la desolación eran generalizados.

Lo primero que llamaba la atención era la luz. La atmósfera estaba inusualmente clara, casi transparente. Teniendo en cuenta que ya hacía meses que las fábricas habían dejado de funcionar y que no había tráfico contaminando el ambiente, se entendía un poco mejor. De todas formas aquel aire límpido tenía un punto de irreal y fantástico. De no ser por el permanente olor a carne descompuesta, basura y restos orgánicos que flotaba por todas partes uno casi podría pensar que estaba en un territorio virgen de hacía cinco mil años. Una breve mirada a los fiambres que se paseaban por todas partes hacía añicos esa ilusión inmediatamente.

Las carreteras, por su parte estaban totalmente intransitables. Cada pocos kilómetros, las líneas negras de asfalto se veían punteadas por restos de vehículos o, en ocasiones, monstruosas colisiones múltiples que obstruían la vía por completo. En un par de ocasiones incluso vimos algunos viaductos que se habían venido abajo o carreteras cubiertas por completo por desprendimientos de tierra. Un tramo especialmente inclinado de la autopista que unía Oporto con Lisboa se había transformado en un espumoso y salvaje torrente a lo largo de unos cuantos kilómetros, en los cuales las aguas provenientes de una presa desbordada corrían libremente, creando cabritillas de espuma contra los restos de vehículos que se habían transformado en sorprendentes escollos.

La naturaleza, poco a poco, iba reclamando su terreno. Las orgullosas construcciones humanas, sus asombrosos y a veces casi increíbles logros de ingeniería civil, estaban siendo lentamente devoradas por la maleza, el agua, la tierra y lo que fuera que Dios quisiera poner en su camino.

Un crujido en los cascos del intercomunicador me sacó de golpe de aquellas ensoñaciones y me llevó de nuevo al Sahara. El jodido aparato había decidido volver a funcionar.

—Estamos casi secos. —La voz de Viktor resonaba metalizada en mis oídos—. Voy a dar una vuelta sobre esta zona. Estate atento. Busca un buen sitio para tomar tierra.

«Y ten los ojos bien abiertos —pensé para mí—. Ni un puto susto más, ahora que falta tan poco.»

Los anteriores repostajes habían transcurrido razonablemente bien, pero cualquier precaución era poca.

Tan sólo había que recordar lo sucedido el día anterior.

2

Fue en una de las últimas paradas, en un lugar perdido entre Portugal y Extremadura. El helicóptero había tomado tierra en el aparcamiento de un polvoriento restaurante de carretera. La explanada de cemento estaba totalmente desierta, excepto por un herrumbroso Volkswagen Polo y un Seat León abandonado que descansaba sobre cuatro neumáticos medio deshinchados. El letrero luminoso del restaurante estaba cubierto por una gruesa capa de polvo y en general todo tenía un aspecto abandonado y solitario. Al parecer, éramos los primeros seres humanos que pasábamos por allí desde hacía más de un año.

El Sokol tomó tierra en medio de una gigantesca nube de arena que se desparramaba en todas las direcciones. Antes de que se empezase a posar Prit y yo ya habíamos saltado a tierra, cada uno por un lado del aparato, con un HK en las manos y con el regusto del miedo en la boca, mientras oteábamos desesperadamente entre los jirones de polvo, tratando de adivinar la figura tambaleante de un No Muerto.

Sólo cuando el polvo se posó y vimos que la explanada seguía desierta se empezó a calmar el ritmo de mi corazón. Cuando las turbinas del Sokol se apagaron, un silencio sepulcral se extendió sobre el aparcamiento. No se oía ni el más mínimo sonido, ni siquiera el piar de los pájaros.

Seguramente todos los bichos con plumas se habían asustado con el estruendo del helicóptero al aterrizar. O a lo peor, me corregí mentalmente, es que no quedaba ni un jodido pájaro vivo en aquella zona. Todo podía ser.

Por un instante tuve la inquietante sensación de que éramos los últimos hombres sobre la faz de la tierra. De repente, Lúculo maulló inquieto rompiendo aquel extraño hechizo. Tocaba moverse.

Rápidamente, Pritchenko se acercó a la red de transporte y ayudado por Lucía desenganchó la argolla superior. La resistente red de carga se deslizó por encima de la pila de barriles amarillos llenos de queroseno CB-1-A. Apartando tres o cuatro toneles vacíos, el ucraniano echó a rodar uno de los bidones lleno hasta los topes hacia el helicóptero. Una vez allí, con un gesto diestro, destapó el barril e introdujo dentro un tubo de goma conectado al depósito de combustible del Sokol. Pronto, el queroseno empezó a fluir hacia el interior de los tanques del pájaro.

A partir de ese instante, llenar el depósito era tan sólo una cuestión de minutos, pero durante ese lapso éramos extremadamente vulnerables. Con el pájaro en tierra, la red de carga abierta y un bidón de productos altamente inflamables bombeando hacia los depósitos, un despegue rápido quedaba descartado. Definitivamente, si los No Muertos aparecían por allí de golpe, estaríamos bien jodidos.

Tras asegurarme de que nada se movía por los alrededores, le hice una seña a Prit y abrí uno de los compartimentos de la cabina trasera del Sokol, para coger un cigarrillo. Fruncí el ceño, contrariado. Tan sólo me quedaban un par de Camel arrugados y con olor a humedad. Habíamos conseguido suficientes provisiones y medicamentos en el hospital, pero de tabaco andábamos extremadamente cortos.

Miré hacia el restaurante situado al otro extremo de la

explanada, dubitativo. Era un asador de carretera del tres al cuarto, pero me jugaba un millón de euros a que tenían una máquina de tabaco junto a la puerta o al fondo, debajo de la tele. Debería echar un vistazo, pensé. Al fin y al cabo aquello estaba totalmente abandonado.

Me giré hacia el grupo, para avisarles. Lucía y Prit estaban de espaldas, en una discusión acalorada sobre la mejor manera de apilar los barriles vacíos en la red. Sor Cecilia dormía plácidamente, disfrutando de aquellos minutos en tierra lejos de las aterradoras alturas, y Lúculo... bueno, Lúculo estaba aseándose como sólo los gatos saben hacerlo, indiferente al resto del mundo. Me encogí de hombros y me encaminé hacia el restaurante. Sería cuestión de un minuto.

La puerta, naturalmente, estaba cerrada. Miré a mi alrededor. Unas macetas con plantas mustias decoraban la fachada, cubierta por un alero polvoriento. En el suelo, tirado de cualquier manera, yacía un cartel de helados descolorido por el sol. A su lado, una sombrilla hecha jirones, un par de sillas de plástico y una mesa polvorienta completaban el panorama. En una esquina, acumulando tierra, una cazadora vaquera de color indefinido se pudría lentamente, en el mismo sitio donde alguien la había dejado caer de cualquier manera, como si no hubiese tenido tiempo para apoyarla en un lugar mejor.

La puerta parecía resistente, pero no así una de las ventanas de la fachada lateral. Era una vieja ventana, de marco de madera, que daba a la cocina. El paso del tiempo y el calor generado por la parrilla de la carne situada justo a su lado, en el interior, la habían ido arqueando y presentaba una pequeña holgura de un par de centímetros por su parte inferior.

Desenvainé el cuchillo que llevaba sobre los riñones e inserté la hoja en aquella holgura. Tan sólo tuve que hacer palanca un rato hasta que un apagado «crac» me indicó que el pestillo se había quebrado. La hoja de la ventana, vieja pero perfectamente engrasada, giró silenciosamente sobre sus goznes, dejándome paso franco al interior, fresco y sombrío.

Con cautela me introduje en la cocina, tratando de perforar la penumbra con mis ojos. El cambio del luminoso exterior a la relativa oscuridad del interior me había dejado sin visión por unos segundos. Sin embargo, no podía pensar en eso, porque el olor a podrido allí dentro era sofocante. Con una manga traté de taparme la nariz, mientras los ojos me lagrimeaban y las arcadas me subían por la garganta.

En cuanto me habitué a aquella media luz, pude ver con detalle el interior de la cocina. El olor provenía de una enorme nevera industrial abierta de par en par, donde kilos y kilos de carne de cerdo y ternera se pudrían lentamente desde hacía meses. Sobre la mesa de trabajo, algo que en algún momento había sido un costillar de cerdo bullía cubierto de miles de gusanos blancos, que reptaban incluso sobre el mango del cuchillo apoyado a su lado. Junto a éste, un manojo de tomates putrefactos esperaban eternamente a que alguien los hiciese rodajas para una ensalada que jamás sería servida. Sobre la cocina había una sartén chamuscada, con un enorme cerco negro de humo marcado en el techo. La llave de aquel hornillo estaba abierta, pero el gas se había agotado hacía mucho tiempo, tras mantener la llama encendida durante días, seguramente. Aquel sitio no había ardido hasta los cimientos de milagro.

La imagen general era de una huida apresurada. Con pánico, tanto que ni siquiera se habían detenido en lo más elemental. Podía imaginarme qué era lo que los había asustado tanto.

Abrí con cautela la puerta de la cocina. El comedor, en claroscuro, estaba compuesto por una docena de mesas, varias de las cuales aún tenían restos putrefactos de comida sobre ellas. Un bolso solitario colgaba del respaldo de una silla, abandonado por su dueña en la huida apresurada.

Mi mirada se paseó por la sala desangelada hasta que finalmente se posó en una máquina expendedora de tabaco, situada en una esquina del zaguán, junto a la barra de la cafetería. Un calendario presidía el mostrador, detenido para siempre en febrero del año anterior, entre botellas de coñac y fotos y bufandas del Real Madrid. Me colé detrás de la barra y empecé a revolver cajones, hasta que en el tercero, al lado de un montón de facturas, encontré un manojo de llaves. Sonreí, satisfecho. Alguna de ellas tenía que ser por fuerza la de la máquina de tabaco.

Mientras abría la máquina, desde fuera me llegaba amortiguado el sonido de los bidones vacíos de metal al entrechocar entre sí. Eso significaba que Prit y Lucía debían estar cerrando la red de carga, para despegar de nuevo. Súbitamente me entró una absurda sensación de angustia, al imaginarme que despegaban sin mí y me dejaban olvidado en aquel rincón sucio y perdido de la mano de Dios. El pensamiento era totalmente infundado, pero como todas las ideas estúpidas, en una mente poco descansada como era la mía en aquel momento, tomó forma de realidad. No disponía de demasiado tiempo. Apresuradamente metí en un macuto todas las cajetillas de tabaco que pude, incluso las de peor calidad, derramando varias por el suelo, con las prisas. No sabía dónde podría encontrar el próximo estanco en ese viaje.

Estaba a punto de salir cuando sentí la llamada de la naturaleza. Después de más de siete horas seguidas de vuelo, mi vejiga estaba a punto de explotar. Prit afirmaba sin empacho que era posible orinar en una botella en el helicóptero. No es que dudase de la palabra del ucraniano, pero es que a mí la idea de mear delante de una monja y de una cría de diecisiete años no acababa de convencerme, así que me había aguantado las ganas. Hasta ese momento.

Me tercié el fusil al hombro, y desabrochándome los pantalones por el camino, para ganar tiempo, me dirigí hacia el baño. Me situé delante de uno de los urinarios y pronto sentí una inmensa sensación de alivio.

Cuando me iba a abrochar los pantalones vi una mano reflejada en el pulsador del urinario, justo detrás de mí. Y detrás de la mano, el brazo y el resto de aquella mujer. Era gorda, con el pelo, o lo que quedaba de él, crespo y ensortijado. Algo o alguien le había devorado media cara y arrancado los brazos de cuajo. Fugazmente pude ver uno de los brazos semidevorado en el suelo del baño, en medio de un cuajarón de sangre reseca, mientras el otro, el que había visto al abrir la puerta, le pendía sujeto al hombro tan sólo por un par de. tendones, balanceándose de forma macabra cada vez que su propietaria se movía.

Antes de que me diese tiempo a girarme, aquella bestia se me echó encima, aplastándome contra la pared. Noté su aliento en la nuca, mientras oía sus dientes chocando contra el cañón del fusil, cruzado en bandolera en mi espalda. Era enorme, debía de pesar sus buenos ciento y pico kilos, y se movía con la torpeza propia de los No Muertos.

Afortunadamente no tenía brazos, ya que de lo contrario me hubiese dejado frito allí mismo. Había resistido el primer asalto, pero la situación seguía siendo terriblemente comprometida. Apoyando las manos en la pared impulsé mi cuerpo hacia atrás, con aquella cosa firmemente agarrada con los dientes al cañón del fusil, mientras mis pies resbalaban espasmódicamente en el suelo del baño.

Nos caímos rodando al suelo. Me libré como pude de aquel peso muerto, y empecé a gatear de espaldas hacia la puerta, contemplando con espanto cómo aquel monstruo hacía presa con sus dientes en una de mis botas y la atacaba con feroces dentelladas. De forma histérica comencé a golpearla con mi otro pie, en medio del agujero rojizo que algún día había sido su cara.

No quería morir. Así no. En los baños de un sucio y perdido bar de carretera, con los pantalones desabrochados y arrastrándome por el suelo. De esa manera, no.

Cogiendo con las dos manos uno de los virotes que siempre llevaba en la funda adosada a la pierna (el arpón había quedado en el helicóptero), lo levanté por encima de mi cabeza y lo clavé con fuerza en el centro de su cráneo. Con un suave sonido viscoso la punta de acero se deslizó dentro de la cabeza de aquella cosa, hasta tocar alguna parte dura del interior, donde quedó encajada.

Apoyándome en la pared me puse en pie, sin perder de vista el cuerpo de la No Muerta ni por un instante. Como siempre me sucedía en esos casos, empezaba a notar un profundo malestar y un intenso sudor frío recorriendo mi cuerpo, una vez que la pelea había acabado. Todo había sucedido muy rápido. Con manos temblorosas traté de encender un cigarrillo, pero tuve que desistir tras un par de intentos. No era capaz ni de hacer girar la rueda del mechero. Había sido un visto y no visto, quince segundos a lo sumo. Cristo bendito, no podía creerlo.

Salí del baño tambaleándome, con el regusto amargo de la bilis en la boca, mientras notaba el bajón de la adrenalina en cada poro de mi piel. No era capaz de acostumbrarme, ni creía que nunca llegase a hacerlo. Cada vez que mataba a uno de esos seres, incluso sabiendo que no estaban vivos, me sentía enfermar. Cada vez que veía mi vida en peligro, la angustia y el terror me paralizaban. Todas las noches, desde hacía meses, pesadillas horribles eran mis compañeras habituales de cama.

No era el único. Veía cómo se movía Lucía por las noches, huyendo en interminables pesadillas. Había visto a Prit despertándose de golpe, bañado en sudor frío y con una mirada enloquecida en los ojos. Después se pasaba horas mirando al infinito, con expresión ausente y pegándole trago tras trago a una botella de vodka. Me imaginaba que cuando yo me despertaba por las noches, mi expresión era la misma. De todas formas, no creía que ninguno de nosotros hubiese sido capaz de dormir más de cinco horas seguidas desde hacía meses.

Encendí uno de los cigarrillos con manos temblorosas, mientras descorría el cerrojo de la puerta principal y salía de nuevo al exterior. La luz del sol me hizo entrecerrar los ojos por un momento, mientras miraba a mi alrededor, algo desorientado. Giré la cabeza hacia el Sokol, cuyas enormes aspas ya empezaban a trazar lentamente enormes círculos en el aire. Desde la ventanilla del copiloto, Lucía me observaba con aire escrutador, mientras Pritchenko se afanaba en comprobar todos los niveles antes de iniciar el vuelo.

Me acerqué hacia el helicóptero, arrastrando los pies por el polvo, notando cómo la intensa mirada de Lucía me taladraba, adivinando que algo me había sucedido en el interior de aquel polvoriento restaurante abandonado. Me sentía cansado, cansadísimo, y agotado emocionalmente. Aquel pequeño episodio era un resumen de lo que era mi existencia en ese momento.

Aquella pesadilla era interminable.

3

—¡Responde! *Dabai!, Dabai!* ¿Me oyes? —La voz de Prit resonaba entre crepitaciones y crujidos por el intercomunicador. Perdido en mis pensamientos no le había oído hasta ese momento. Sacudí la cabeza, alejando los recuerdos de pesadilla de mi mente y volviendo al Sokol que volaba como una flecha sobre el Sahara.

—Dime, Prit —grité a través del micrófono, por encima del aullido de las turbinas, mientras el helicóptero trazaba una amplia espiral en torno a un punto por debajo de nosotros.

—Creo que ése podría ser un buen punto para tomar tierra —me dijo el ucraniano cuando me deslicé como una anguila en la cabina de pilotaje.

Seguí la dirección que me indicaba el pequeño piloto con el dedo. Estábamos volando sobre un villorrio de mala muerte recostado a la orilla del océano Atlántico, justo donde las arenas del Sahara se hundían bajo las frías aguas del mar. Aquel sitio no tenía más de quince o veinte casas, una mezquita de adobe encalada, media docena de largas pateras de pesca apoyadas en la playa y unos raquíticos campos de cultivo alrededor del poblado. Una carretera polvorienta que corría de norte a sur atravesaba el poblado, perdiéndose en la distancia.

En la entrada sur del pueblo había una amplia explanada,

a más de doscientos metros de las casas más cercanas, rodeada por una cerca ruinosa de maderas y arbustos espinosos. Aquello debía haber sido un corral de cabras en su momento, pero ya no había ni rastro de las mismas. Era un sitio perfecto para tomar tierra.

Con una graciosa pirueta final Prit zambulló el aparato en una prolongada ese, hasta que nos mantuvimos estáticos a unos cinco o seis metros sobre el nivel del suelo, justo encima del antiguo corral. Los barriles, en su mayor parte vacíos, entrechocaron entre sí con un sonido metálico al posarse la enorme malla de carga sobre la superficie. Con un ligero toque a uno de los mandos, el ucraniano niveló el aparato justo al lado de la red de carga. Al cabo de unos segundos el Sokol tomó tierra una vez más, levantando un auténtico huracán de arena a nuestro alrededor y deshaciendo a medias el enramado que componía la empalizada.

Cuando la tormenta de arena se aclaró, pudimos vislumbrar con más calma el espacio que nos rodeaba. Sólo el sonido del viento al colarse entre las casas de adobe rompía el silencio sepulcral que reinaba en la aldea. Casi al instante notamos el calor sofocante. Debíamos estar por lo menos a unos cuarenta y cinco grados centígrados. El aire era denso, espeso como un caldo caliente, de tal manera que incluso costaba esfuerzo respirar. Aquel villorrio, situado justo a las puertas del desierto, no debía haber sido nunca un lugar agradable para vivir, ni siquiera en sus mejores tiempos, y en aquel momento, en ruinas y deshabitado, ofrecía un aspecto hostil.

Con los sentidos alerta, Prit y yo salimos del recinto cerrado para echar un breve vistazo al exterior, y de paso estirar un poco las piernas, algo necesario tras varias horas de vuelo. La calle principal del pueblo, una miserable carretera donde los trozos de asfalto desaparecían entre enormes baches cubiertos de arena, parecía no haber sido hollada en meses.

Nos dirigimos con cautela hacia la población, caminando por el centro de la calzada, y fijándonos muy bien dónde pisábamos. Aquel villorrio estaba muy cerca de la zona donde actuaba el Frente Polisario antes de que se desencadenase el Apocalipsis y muchas de las cunetas de las escasas carreteras de la zona aún estaban sembradas de minas polisarias o del ejercito marroquí. Hubiese sido una ironía absurda morir despanzurrado por una mina cuando nos quedaba tan poco para llegar a las Canarias.

Al aproximarnos a una de las primeras casas nos asaltó un fuerte olor agrio, como a leche cortada. Nos miramos, profundamente extrañados. No era el típico olor a putrefacción que nos había acompañado desde que comenzamos nuestro viaje. Era más suave, distinto, algo picante, incluso.

Viktor y yo asentimos, y sin mediar palabra amartillamos silenciosamente nuestras armas, el ucraniano con mucha más decisión que yo. Con una profunda inspiración giramos de golpe la esquina de la casa, mientras apuntábamos descontroladamente hacia todas partes.

—Pero… —La expresión de Pritchenko era de total desconcierto—. ¿Qué demonios es esto?

—Ni puñetera idea, Prit —respondí mientras bajaba el arma y me rascaba la cabeza, intrigado—, pero no me hubiese gustado estar aquí cuando sucedió.

Frente a nosotros, en un estrecho callejón, se apilaban una buena docena y media de cuerpos tirados de cualquier manera sobre el suelo, como tantos otros que habíamos visto a lo largo del camino.

La diferencia era que aquellos cuerpos —indudablemente muertos, por otra parte— no estaban descompuestos como cabría esperar. El calor extremo, la suma sequedad del ambiente y el aire tórrido del desierto habían hecho un trabajo de momificación perfecto. Los restos harapientos de ropa apenas podían cubrir unas extremidades esqueléticas de color caoba profundo, renegridas y chamuscadas por el sol. La piel tirante como el parche de un tambor cubría aquellos despojos, apilados en el fondo del callejón.

Con precaución nos acercamos un poco a los cuerpos, que desprendían un característico olor agrio que ahora reconocía perfectamente. Aquellos cadáveres recordaban a las momias de los faraones que se podían ver en el Museo de El Cairo. Le di una patada al que tenía más cerca. Sonó como si hubiese pateado un trozo de leña. Estaban secos, totalmente deshidratados.

Casi todos los cadáveres presentaban heridas de bala en la cabeza y restos de sangre acartonada en la ropa, además de numerosas heridas y mutilaciones. Después de tantos meses viviendo entre No Muertos, para nosotros estaba claro lo que habían sido aquellos seres en otro momento, antes de que alguien los liquidase.

Prit se agachó para recoger un brillante casquillo de cobre caído en el suelo.

—5,56 OTAN —dijo tras echarle un breve vistazo—. Posiblemente de un HK como el que llevas colgado a la espalda —añadió. Después guardó silencio. No hacía falta que dijese nada más.

El ejército marroquí todavía usaba el viejo Cetme español de 7,62 milímetros que España le había vendido por miles cuando habían renovado su arsenal en los noventa. Eso significaba que aquello no lo habían hecho los marroquíes, al menos elementos regulares. Quién y cuándo había sido, era una incógnita.

De repente, un gruñido profundo surgió desde el montón de cadáveres de la derecha. El ucraniano y yo pegamos un salto como si nos hubiesen pegado una descarga eléctrica. El gruñido se repitió una vez más, profundo y rasposo, pero ni un movimiento alteró la quietud del montón de despojos.

Nervioso, manoseé el seguro del HK, mientras miraba interrogante a Prit. El ucraniano se pasó la lengua por los labios resecos, dubitativo. Finalmente se acercó al montón, con tanta cautela como si hubiese una bomba atómica.

El gruñido se repitió una tercera vez, y en esta ocasión localizamos su origen. Salía de un cuerpo que tenía la espalda apoyada contra una pared, con las piernas extendidas a lo largo del suelo, los brazos caídos a los lados y la cabeza inclinada sobre el pecho, atravesado por varios agujeros de bala. Una sucia mancha de sangre reseca adornaba la pared, allí por donde había resbalado el torso hasta caer en aquella posición. Ambas rodillas estaban totalmente destrozadas por disparos, y de hecho una de las piernas tan sólo estaba unida al resto del cuerpo por unos tendones resecos.

Silbé por lo bajo, atónito. Aquel No Muerto había tenido la mala pata de que lo dejasen lisiado por los disparos y que ninguna de las heridas fuese en la cabeza. Incapaz de desplazarse, dado definitivamente por muerto por sus ejecutores, aquel desgraciado había quedado abandonado a su suerte en un callejón olvidado, durante meses, secándose al sol del desierto, incapaz de morir.

Acerqué mi cara a su cuerpo. Sus extremidades, totalmente deshidratadas, habían perdido su elasticidad, y su carne, lentamente, se había ido consumiendo hasta convertirse en algo parecido a la cecina o la madera. Aquel bicho era incapaz de mover ni un solo músculo, pero en el fondo de sus glóbulos oculares marchitos aún latía una chispa de vida (o de No Vida, me corregí mentalmente). Por primera vez, desde el principio de todo aquello, sentí auténtica lástima por uno de aquellos seres. No sabía si tenía conciencia de sí mismo o no, pero no era capaz de imaginar el infierno que podía suponer habitar dentro de un cuerpo convertido en un trozo de madera. En algún lugar dentro de aquel cráneo reseco, anidaba una esencia, furiosa por estar allí atrapada para siempre, posiblemente loca de atar a causa de aquella situación.

Un puto No Muerto loco como una cabra. Qué bien.

Sin embargo aquel descubrimiento nos relajó ostensiblemente. Si aquel ser se encontraba en ese estado lamentable eso implicaba que cualquier No Muerto que llevase por la zona más de un par de semanas tendría que estar reseco como el esparto e igualmente incapaz de moverse.

No dejaba de ser irónico. Las únicas zonas seguras del mundo para los seres humanos habían pasado a ser las más inhabitables, los desiertos. Evidentemente, el mismo hecho de que fuesen inhabitables los descartaba por completo como lugar donde asentarse a vivir. Era una difícil alternativa.

Prit llevaba un rato silencioso, contemplando a aquella bestia. Algo pasaba por la cabeza del piloto, no me cabía la menor duda.

—Viktor… ¿qué pasa, amigo? —le pregunté, poniendo una mano en su hombro. El ucraniano pegó un respingo, al volver a la realidad.

—Estaba pensando… —Se pasó la lengua por los labios, dubitativo, antes de continuar—. Estaba pensando que si el calor extremo puede hacer esto con estas cosas, entonces supongo que el frío también las congelará. ¿Me sigues? —preguntó.

—No sé adónde quieres ir a parar, Prit, pero no creo que…

—El invierno en Alemania es duro, muy duro. —Los ojos le brillaban por la emoción—. Mi mujer y mi hijo estaban en Dusseldorf y allí en invierno las temperaturas rondan los diez grados bajo cero. ¡Si todos los No Muertos quedaron congelados, entonces cabe la posibilidad de que mi familia esté bien! —Ahora el pequeño ucraniano casi pegaba saltos de la excitación—. ¡Quizá deberíamos ir hasta allí!

Miré consternado a mi amigo. Se agarraba a la esperanza de que su familia estuviese viva como si fuese un clavo ardiendo.

—Prit, creo que te confundes, y lo sabes —lo contradije suavemente, tratando de no herir sus sentimientos—. El calor extremo y el frío extremo no son lo mismo. Estos seres, estos No Muertos, no pueden morir congelados, y mientras se estén moviendo dudo mucho que se puedan helar por completo. Supongo que en zonas que estén a cincuenta o sesenta bajo cero sí podrían congelarse, pero allí la vida humana es casi imposible —añadí, observando la expresión ansiosa de mi amigo.

—Pero... no entiendo cómo...

—Prit, piénsalo un poco. Aquí no se trata de una cuestión de temperatura, sino de deshidratación —le expliqué pacientemente—. Un cuerpo está compuesto en más de un noventa por ciento de agua, y cuando pierde ese líquido por efecto del calor queda algo así. —Señalé con un gesto a la pila de No Muertos que se amontonaban a nuestros pies—. Sin embargo, por mucho frío que haga en el norte, a poco que haya algo de humedad ambiente, hasta donde yo sé, estos hijos de puta pueden seguir moviéndose eternamente —concluí dejando caer los brazos.

Observé desolado a Pritchenko. Su expresión revelaba a las claras que era consciente del alcance de lo que le decía. Aquellos condenados bichos no morían ni de frío, ni de hambre, ni de sed, ni de calor. Una vez más, las posibilidades de que su familia estuviese viva en Alemania se reducían al mínimo. Como las de la supervivencia de mis familiares, pensé amargamente. Éramos los últimos guisantes de la lata.

Nos alejamos lentamente de allí, no sin que antes Prit, por odio, precaución o piedad introdujese la hoja de su cuchillo en el cerebro del No Muerto a través de un ojo, lo cual apagó inmediatamente los gruñidos.

La exploración del resto del pueblo no deparó grandes sorpresas. Alguien (posiblemente los mismos que habían exterminado a todos los No Muertos del lugar) había limpiado a fondo aquel sitio. No pudimos encontrar nada de provecho, ni comida (de la que empezábamos a estar alarmantemente escasos), ni combustible, armas o agua de ningún tipo. El pozo del pueblo, terriblemente profundo, estaba situado a la sombra de un cobertizo, justo enfrente de la puerta de la mezquita. El agua era extraída mediante un motor de bombeo, pero de aquel motor no quedaba ni rastro. La persona o personas que habían saqueado el pueblo a conciencia se habían llevado todo lo de provecho, incluso aquel motor, del que sólo quedaban los pernos que en algún momento lo habían mantenido sujeto al suelo.

Las casas de adobe empezaban a agrietarse bajo el sofocante calor del desierto. Unas cuantas de ellas habían perdido sus tejados a causa del fuerte viento de la zona, dejando su interior a la vista. Posiblemente, si nadie lo remediaba, en el plazo de un par de años el desierto devoraría aquel poblado, haciéndolo desaparecer, como si no hubiese existido nunca.

El sol comenzaba a ponerse sobre el océano, tiñendo el cielo de un espectacular color rojizo, mientras la temperatura refrescaba por momentos. Decidimos pasar la noche en aquel lugar. Tras haberlo revisado a fondo, no habíamos encontrado ni un solo No Muerto, aparte del montón de cadáveres de aquel callejón y un par de cuerpos más pudriéndose dentro de una de las casas. Decidimos montar nuestro campamento en el interior de la mezquita, el único edificio del pueblo que tenía el suelo recubierto de alfombras.

Aquella noche, sentado en la playa a oscuras, con un cigarrillo en las manos y bajo un cielo tachonado de estrellas, me sentí relajado por primera vez en muchos meses. En aquel momento, fui consciente de que lo había conseguido y que aún estaba vivo.

Entonces, por primera vez desde que había emprendido aquel viaje, rompí a llorar.

4

Canarias

—¡Virgen santísima! ¡Estamos salvados! —La voz de la hermana Cecilia trinaba de emoción, mientras el contorno brumoso de Lanzarote, la isla más oriental del archipiélago, se perfilaba en el horizonte.

Miré con curiosidad a la pequeña monja, que ante la vista de la cercana tierra parecía haber salido de su estado de permanente vigilia y en aquel momento chillaba emocionada en el reducido espacio disponible de la cabina de pasajeros. Lucía por su parte nos había regalado a Viktor y a mí un par de sonoros besos y un achuchón a cada uno que casi nos corta el aliento.

Y no era para menos. La meta estaba cerca.

Habíamos despegado del continente africano un par de horas antes. El viento de cola nos había hecho recorrer la distancia más rápidamente de lo que habíamos calculado y ahora, con las luces del mediodía, la isla de Lanzarote brillaba como un espejismo en medio de un mar de un profundo color turquesa. Era la imagen más bonita que había visto en meses.

Me volví sonriente hacia Prit, quien con gesto sereno me dijo que en unos veinte minutos estaríamos en tierra. «Y dentro de cuarenta pretendo estar tomándome una cerveza helada», apuntó a continuación. «O mejor, un barril entero y un paquete de puros canarios en el bolsillo», añadió con aire pícaro, tras pensárselo durante un segundo. Mientras tanto, por detrás podía oír cómo Lucía le explicaba de manera acelerada a sor Cecilia que no veía el momento de conseguir algo de ropa que no le quedase tres tallas grandes. «Algo adecuado para una chica y que realce mi figura», dijo exactamente.

El ambiente dentro del Sokol era de fiesta. Hasta el pobre Lúculo, contagiado por la animación que percibía en el ambiente, pegaba saltos eléctricos de un lado a otro de la cabina, obligándonos a introducirlo de nuevo en su cesta entre grandes maullidos de protesta. Yo, por mi parte, me sentía inmensamente aliviado. Habíamos conseguido realizar un viaje sin vuelta atrás de más de dos mil kilómetros sin haber sufrido ningún percance, lo cual, dadas las circunstancias, era un logro más que considerable. Me sentía satisfecho.

Comencé a trastear con la radio, buscando una frecuencia de contacto con la isla, para anunciar nuestra llegada. Lo último que queríamos era que algún dedo nervioso apretase un gatillo antes de tiempo. Éramos nuevos en el barrio, y debíamos actuar con cautela.

Supongo que fue mi expresión la que hizo enmudecer poco a poco la algarabía de la cabina. Por más que giraba el sintonizador de barrido de la radio del Sokol, no conseguía captar más que estática en la onda corta. Una horrible bola helada me cayó en el estómago. Si la onda corta no captaba ningún tipo de emisión eso sólo podía significar dos cosas: o bien que en la isla de Lanzarote guardaban silencio absoluto de radio por algún motivo desconocido… o bien que ya no había nadie capaz de manejar una emisora en toda la isla.

Sentí que me mareaba. Si la epidemia había llegado a las islas, nuestras posibilidades de supervivencia caían en picado. Estábamos a más de dos mil kilómetros de Europa, volando hacia un archipiélago en medio del Atlántico con nuestras últimas reservas de combustible agotándose en el depósito y sin posibilidad de volver, ni de ir a cualquier otra parte. Lo habíamos apostado todo a la carta de las Canarias... y por lo visto habíamos perdido.

El silencio se había hecho en la cabina del Sokol. Podía sentir tres pares de ojos clavados en mi nuca, mientras el helicóptero devoraba las últimas millas náuticas que nos separaban de tierra. En pocos minutos estaríamos con los «pies secos», como le había oído decir a Prit.

¿Qué demonios les iba a decir? Y sobre todo, ¿qué diablos se suponía que íbamos a hacer? La cabeza me daba vueltas.

—No se recibe ninguna señal, ¿verdad? —Sor Cecilia rompió el pesado silencio, con una nota de fatalismo en la voz.

—No, hermana —contesté tras unos interminables segundos—. Creo que no hay nadie ahí abajo. —Las primeras arenas de la costa ya pasaban veloces bajo nuestros pies en aquel momento.

—No puede ser... ¡No puede ser! —Lucía meneaba la cabeza con obstinación—. Déjame probar a mí —me dijo, mientras me apartaba de un empellón de la radio y me arrebataba los cascos.

Observé con fascinación a la espigada joven mientras comenzaba a manejar la radio de comunicación. Sus dedos hacían girar los mandos de sintonización con la delicadeza y precisión de un orfebre, deteniéndose en cada pequeño chasquido o interferencia, en busca de ese punto exacto que hiciera adivinar una mano humana detrás de la señal. Comprendí que me había dejado llevar por los nervios un par de minutos antes y que había manejado el aparato con excesiva brusquedad, comparado con la delicadeza con la que Lucía barría la frecuencia. De repente, su expresión cambió y mi corazón empezó a galopar salvajemente dentro del pecho.

—¡Aquí hay algo! —Su expresión era casi frenética—. ¡Escuchad esto! —Se quitó los cascos de golpe, mientras Prit, con su mano sana, tocaba a tientas el tablero y conectaba el sonido abierto en la cabina, sin apartar la vista del terreno volcánico que se extendía ante él.

—«... Aeropuerto de Tenerife Norte GCXO. Aviso de emergencia automático... cabeceras 12/30 libres, pista principal despejada... contacten con torre en canal 36, no aterricen, repito, no aterricen sin autorización... Accedan directamente al área de cuarentena. Aeropuerto de Tenerife Norte GCXO. Aviso de emergencia automático... cabeceras 12/30 libres...».

—El mensaje se repetía aún dos veces más antes de ser sustituido por el mismo texto pero en inglés.

—¿Qué significa eso? —preguntó Lucía extrañada—. ¿De qué se trata?

—Aeropuerto Tenerife Norte... —musitó Prit por lo bajo—. Los Rodeos.

Asentí con la cabeza. El aeropuerto Tenerife Norte, más conocido por Los Rodeos, era una de las dos terminales aéreas de Tenerife, junto con el aeropuerto Reina Sofía, al sur de la isla. Aquella señal automática indicaba que aún tenía que quedar alguien allí que había sobrevivido a la epidemia. La parte del mensaje que hablaba de un «área de cuarentena» invitaba a pensar en ello. Ésa era la parte buena de la noticia.

La parte mala era que aún teníamos que llegar hasta allí. Y una breve ojeada al indicador de combustible del Sokol me bastó para saber que aquello no iba a ser posible.

Una luz roja empezó a parpadear sobre el tablero de mando, al tiempo que una estridente alarma sonaba dentro de la cabina. Viktor tiró de una pequeña palanca situada a su derecha y la luz se apagó, siendo sustituida por otra fija de color naranja. Todos miramos inquisitivamente al pequeño ucraniano.

—Acabo de conectar la reserva de combustible —dijo—. Nos queda jarabe para quince minutos de vuelo. Después… —No terminó la frase.

—¿Qué hacemos? —pregunté quedamente.

—La radiobaliza del aeropuerto de Lanzarote sigue funcionando, pero eso no significa nada —replicó el ucraniano—. Tiene baterías alimentadas por placas solares, así que si nadie las toca podrían funcionar en modo automático y de manera indefinida durante meses… No sé qué nos vamos a encontrar allí —concluyó.

Por un instante un pesado silencio reinó entre nosotros. Las alternativas eran escasas.

—Hacia el aeropuerto de Arrecife —dije, tras pensar tan sólo unos segundos—. Creo que es nuestra única opción.

El ucraniano asintió mientras ladeaba el pesado Sokol hacia la izquierda, siguiendo la señal de la radiobaliza del aeropuerto de Arrecife, Lanzarote.

5

Al cabo de unos seis o siete minutos pasamos rozando los tejados de las primeras casas de Arrecife, una ciudad que tenía unos cincuenta mil habitantes antes de la epidemia.

Sin embargo en aquel momento, a través de las ventanillas, no podíamos distinguir a nadie circulando por las calles.

Parecía una ciudad como tantas otras que habíamos visto a lo largo de aquel interminable viaje, sólo que ésta era ligeramente diferente. No había señales de lucha por ninguna parte, ni tapones de vehículos abandonados, ni edificios quemados hasta los cimientos, ni ninguna de las señales del Apocalipsis. Los jardines públicos, aunque desmantelados y salvajes, no ofrecían esa imagen selvática que tenían otros parques abandonados a su suerte desde hacía más de un año. Las calles estaban sucias, pero no acumulaban ingentes cantidades de basura, escombros y papeles revoloteando, tan habituales en todas partes. La ciudad, en definitiva, parecía dormida, como si fuese un domingo a primera hora de la mañana. Casi se esperaba ver pasar al camión de reparto de los periódicos doblando una esquina, como un día normal.

—¡Allí! —chilló Lucía—. ¡En aquella plaza, entre los dos autobuses verdes!

Todos miramos en aquella dirección. Tragué saliva. De

entre los dos autobuses urbanos asomaban en aquel instante dos hombres, uno de ellos ataviado con el inconfundible uniforme de la Legión española. El otro era un civil alto, de unos cuarenta años, vestido de traje y corbata, con el pelo revuelto. Ambos iban caminando en paralelo, como si charlasen amistosamente, totalmente ajenos al estruendo del Sokol sobre sus cabezas. Una imagen perfectamente normal, si no fuese porque al civil le faltaba la mitad de la cara y una enorme costra de sangre reseca cubría el torso del legionario.

Eran No Muertos.

Estaban allí.

De una manera u otra la epidemia había alcanzado de lleno a aquel lugar.

Pegué un puñetazo furioso contra uno de los montantes del helicóptero mientras Prit soltaba una retahíla de tacos en ruso. Lucía, por su parte, estaba completamente anonadada, contemplando a aquellos dos tipos con sus prismáticos, incapaz de creer lo que tenía ante sus ojos. Por su parte, sor Cecilia había retomado su rosario y con voz monótona desgranaba una oración suavemente. La cara de la anciana monja irradiaba una extraña paz, en contraste con nuestras expresiones. Ella era perfectamente consciente de que tan sólo nos quedaban unas horas de vida, a lo sumo, y estaba arreglando sus últimas cuentas para cuando tuviese que saludar personalmente a Dios… lo cual sería pronto, si no lo remediábamos de alguna manera. Tenía que pensar algo.

—Aquí hay algo que no cuadra —cavilé—. La ciudad no está arrasada, como todas las que hemos visto hasta ahora, ni tiene señales de lucha —grité por encima del ruido de los rotores para hacerme entender—. ¡Fijaos bien! ¡Hay muy pocos No Muertos por las calles, unas docenas, a lo sumo!

—¡Es cierto! —replicó Prit, también a gritos—. ¡Toda la ciudad da la sensación de haber sido abandonada de una forma ordenada! ¡Me apostaría hasta mi última botella de vodka a que esos No Muertos de ahí abajo llegaron a la ciudad desde otra parte, poco después de que hubiese sido evacuada!

—Eso explicaría por qué hay tan pocos —comenté—. Pero no explica dónde se ha metido todo el mundo, ni por qué evacuaron la ciudad.

—Ni tampoco de dónde han salido esos No Muertos —apuntó lúgubremente Lucía.

Guardamos silencio, sumidos en nuestros pensamientos, mientras el helicóptero cruzaba los últimos kilómetros antes de llegar al aeropuerto. Amartillé cuidadosamente el HK, con un chasquido que hizo dar un respingo en sus asientos a todos los demás. Mientras las preguntas se agolpaban en mi cabeza, no podía evitar que un escalofrío me recorriese la espalda, pensando en lo que nos podríamos encontrar al llegar allí.

Notaba la camisa pegada a mi espalda por efecto del sudor. Aproveché los últimos minutos antes de llegar al aeropuerto para pasar a la parte trasera de la cabina y enfundarme el neopreno como pude, entre resoplidos y contorsiones.

Cuando acabé de vestirme con mi viejo traje (que realmente estaba cada vez más viejo y ajado y con un par de feos costurones, recuerdo de incidentes pasados) la sombra del Sokol ya se deslizaba sobre el asfalto de la cabecera de pista del aeropuerto de Lanzarote.

—¡Mira eso! —dijo Prit, mientras indicaba con su brazo la torre de control—. ¡Aquí sí que parece que hubo algún tipo de jaleo!

Seguí la dirección que indicaba el brazo del ucraniano. La torre de control estaba ennegrecida por efecto del humo y de las llamas que la habían consumido. Los huecos de las ventanas parecían caries en la cima de la desmantelada torre, rodeada de enormes cantidades de escombros y cristales rotos a sus pies.

Era muy extraño. Daba la sensación de que la torre había sido incendiada intencionadamente por algún motivo, en vez de ser pasto de algún fuego fortuito. De hecho, el resto de la pequeña terminal resplandecía intacta bajo el sol del mediodía, junto con tres o cuatro pequeños aviones de la compañía Binter, la empresa que anteriormente enlazaba las islas entre sí, y que ahora se pudrían lentamente en la posición donde los dejaron por última vez.

Al fondo de la pista, y como extraño contrapunto, un enorme 747 yacía ladeado, con el morro medio enterrado en una montaña de arena. Era blanco y rojo, con las palabras TALA AIRWAYS pintadas en enormes letras de molde en el fuselaje y la cola.

No tenía ni idea de cuál era aquella compañía, ni dónde estaba abanderada. Por los colores, europea o asiática. Alguna compañía chárter, probablemente.

Lo que estaba claro era que la pista del diminuto aeródromo de Lanzarote era demasiado corta para dar cabida a uno de aquellos mastodontes del aire, y que, tras tomar tierra, no había sido capaz de frenar sobre el cemento y finalmente se había salido por un lateral. Aterriza como puedas, amigo.

Sin embargo, no se apreciaban restos del accidente por ninguna parte. Es más, todo parecía escrupulosamente ordenado y tranquilo, como si después de haber tomado tierra tan aparatosamente, alguien hubiese decidido recoger todos los restos y adecentar el entorno. Mientras el Sokol daba una última vuelta apurando el fondo del depósito de combustible, pude ver que ciertas partes del avión, como los flaps, habían sido cuidadosamente desmontadas y retiradas a alguna parte.

—Canibalizado —dijo Prit quedamente por el intercomunicador.

—¿Cómo? —respondí, confuso.

—Canibalizado. En Chechenia, en ocasiones teníamos problemas de suministros y repuestos, sobre todo cuando los *muyahidin* aprendieron a usar misiles antiaéreos ligeros. Entonces, para poder mantener un mínimo de aparatos de la escuadrilla en el aire, sacábamos piezas en buen estado de los aparatos más dañados para colocárselas a los que iban a volar. —Hizo una pausa—. Canibalizados —concluyó quedamente el ucraniano, más concentrado en posar el Sokol al lado de los depósitos de combustible del aeropuerto que de conversar conmigo.

Al cabo de un par de minutos el helicóptero se posó con suavidad en la pista y pronto el zumbido de las hélices se fue apagando al desconectar Viktor las turbinas. Cuando eso ocurrió yo ya estaba corriendo hacia uno de los pequeños camiones de suministro de combustible que había divisado desde el aire. A medida que me acercaba notaba que el corazón se me iba encogiendo como un puño. Aquel camión también había sido «canibalizado» por completo. Desprovisto de ruedas, descansaba sobre cuatro sólidos bloques de cemento, y el capó abierto dejaba ver el enorme boquete donde en alguna ocasión estuvo instalado el motor que lo impulsaba. La cisterna trasera, supe antes de llegar hasta ella, estaba seca como el mismísimo Sahara.

Me giré hacia Prit, pero éste y Lucía ya se dirigían con paso firme a un pequeño cercado metálico que rodeaba algo que recordaba remotamente a un surtidor de gasolina. El ucraniano sacudió la puerta de la verja, cerrada por una cerradura común y corriente. Dando un par de pasos atrás, cogió carrerilla y descargó una tremenda patada sobre el engarce del mecanismo, destrozándolo con un sonoro crujido. La puerta quedó colgando de sus goznes en un extraño ángulo que tan sólo dejaba un pequeño hueco. Lucía lo aprovechó para escurrirse dentro como una anguila, atenta a las instrucciones del piloto.

—Aprieta esa palanca. ¡Así no, en el otro sentido! Tienes que darle al botón de purgado del sistema. Es ese botón... ¡Ése no, el que está al lado! —El ucraniano se deshacía en explicaciones mientras conectaba trabajosamente una enorme manguera a una de las bocas que salían del surtidor.

Me acerqué hasta ellos a la carrera para echarles una mano, pero de repente, frené en seco. Un par de figuras tambaleantes se recortaban a lo lejos, viniendo desde el edificio de la terminal del aeropuerto. Y detrás de ellos, saliendo de varias puertas, surgían varias docenas más, todos ellos muy concentrados en el improvisado espectáculo que se ofrecía al fondo de la pista.

El espectáculo de cuatro supervivientes tratando de conectar una manguera, ajenos hasta aquel momento a la presencia que se acercaba lentamente.

—¡Tenemos compañía! —grité, a pleno pulmón.

Había oído esa frase en infinidad de películas de Hollywood. En boca de los aguerridos protagonistas de las películas siempre sonaba confiada, viril y potente, pero a mis oídos, mi propio grito sonó como el graznido atemorizado de un eunuco.

Lucía y Viktor levantaron la cabeza, sorprendidos, y rápidamente redoblaron sus esfuerzos por poner la bomba en funcionamiento. Yo, por mi parte, apoyé una rodilla en el hirviente suelo de la pista mientras descolgaba el HK de mi hombro.

Mentalmente calculé las posibilidades que teníamos de que aquello saliese bien. Sin ser un genio de la estadística, me di cuenta enseguida de que sería prácticamente imposible llenar el tanque del Sokol antes de que aquella muchedumbre nos alcanzase. Por un instante temí perder el control de mi vejiga, pero me repuse. Si teníamos que caer, que no fuese sin dar la cara, al menos.

Qué diablos. Aquél era un día tan bueno como cualquier otro para reventar.

Notaba las manos pegajosas por el sudor. Oía a mis espaldas los esfuerzos del ucraniano y de Lucía para poner en marcha aquella bomba de forma manual (evidentemente no había electricidad que hiciera funcionar el motor de achique). La monja se había unido a ellos, con su carácter voluntarioso, para echar una mano, pero el espacio dentro de la jaula era tan reducido que apenas hacía nada más que estorbar. Sin embargo, entendía perfectamente que estuviese allí. Yo tampoco querría estar a solas cuando los heraldos de la muerte se acercaban hacia mí a paso lento.

Por mi parte, yo tenía mis propios problemas. Los No Muertos avanzaban trastabillando por la pista hacia nosotros, inmutables. Estábamos a unos quinientos o seiscientos metros de la terminal. Era una distancia considerable para recorrer arrastrando los pies, así que aún disponíamos de unos cuantos minutos. El problema era que quizá no fuesen los suficientes para poner la bomba de combustible en funcionamiento y poder cargar al menos los litros necesarios para despegar en el depósito del Sokol.

El HK tenía treinta balas en el cargador, y llevaba además otros dos clips de munición sujetos en el cinturón. Volví a echar cuentas mentales y pronto fui consciente de que era imposible que yo detuviese aquella marea No Humana, o que la pudiese frenar de alguna forma.

Tenía menos de cien proyectiles contra una masa que debía sumar por lo menos doscientos o trescientos individuos. Y por si eso no fuera suficiente, además, no había disparado aquella arma más que un par de veces, en un curso apresurado que nos había impartido el ucraniano en un descampado donde habíamos tomado tierra, días atrás.

Además, sabía que no era un gran tirador, y menos a aquella distancia. Todos los No Muertos que había eliminado hasta el momento habían caído casi cuerpo a cuerpo y con unas considerables dosis de suerte por mi parte.

—¿Qué coño estás haciendo? —me gritó Lucía—. ¡Dispara!… ¡Dispara, joder! —Mi chica podía utilizar el lenguaje de un camionero con una facilidad pasmosa, sobre todo cuando se asustaba.

—¡Por favor! ¡Haga que paren! —La hermana Cecilia, presa del pánico, se sumó a los gritos de la joven.

«Haga que paren.» No te jode. Claro, me voy junto a ellos y les convenzo para ir a tomar unas cañas al bar del aeropuerto. O a la playa, a tomar el sol y a jugar al voley, ya puestos.

Notaba el pánico reptando por mi interior, frío y sigiloso. El tiempo parecía haberse detenido. No era capaz de pensar con claridad, y pese a los gritos, permanecía con una rodilla en tierra, en medio de la pista, completamente agarrotado. De repente, uno de los No Muertos, un tipo alto, de mediana edad, vestido con unas bermudas y una camiseta desteñida, tropezó con su vecino y cayó al suelo cuan largo era. Una de sus chancletas había desaparecido hacía tiempo, y el pie descalzo estaba completamente destrozado por la fricción contra el suelo. En aquel momento fui consciente hasta del más mínimo detalle, del color blanquecino del hueso que asomaba por el talón destrozado del Largo, y que brillaba en la distancia bajo el sol, del delicado perfume a podredumbre que el viento traía desde aquella masa, de las briznas de hierba que asomaban la cabeza tímidamente por una grieta del asfalto, junto a mi rodilla, de…

—¡DISPARA! —El grito, o mejor dicho, el rugido, había salido de la garganta de Prit, que enrojecido por el esfuerzo y con las venas del cuello a punto de estallar, bombeaba como un poseso la palanca de achique.

Aquello me sacó de mi estado hipnótico. Coloqué la mira

del HK tal y como me había explicado el ucraniano, la ajusté a 3x, su máxima ampliación, y apunté hacia la multitud, con la mente totalmente en blanco.

A través de la mirilla podía ver las caras de los No Muertos como si estuviese justo a su lado. Hombres, mujeres, niños, jóvenes y ancianos, altos y bajos, todos se confundían en un mar de rostros vacíos de expresión, pero con un resplandor siniestro en sus globos oculares apagados. Nada me daba más pánico que aquellos ojos muertos y vacíos. Me recordaban los ojos de un tiburón gris que había tenido la oportunidad de ver en una inmersión, años antes, a muy pocos metros. Era aquella misma mirada, oscura, sin sentimientos y que provocaba que los pelos de la nuca se te erizasen de pánico.

El primer disparo fue alto, y no rozó ni siquiera al No Muerto al que apuntaba. Los seis o siete siguientes fueron más atinados, y pronto cuatro cuerpos yacían desmadejados sobre la pista del aeropuerto. Sin embargo, en ese lapso, los No Muertos habían avanzado otros cincuenta metros y cada vez estaban más cerca. Presa del pánico, fui consciente de que sólo podría cazar a un puñado de ellos, a lo sumo, antes de que estuviesen encima de nosotros. Inconscientemente, empecé a rezar al tiempo que disparaba.

Un tosido salió de la manguera conectada a la bomba de achique. A continuación, una serie de sonidos metálicos retumbaron bajo el suelo y un penetrante aroma a benceno de aviación impregnó el aire. El depósito estaba abierto. Súbitamente, un chorro de combustible saltó de la boca de la manguera apoyada en el suelo, salpicando la pista de cemento.

Un grito salvaje de alegría salió de la garganta de Pritchenko, mientras Lucía palmeaba alegremente a su espalda, pero pronto aquel grito murió en su garganta. El chorro, fuerte al principio, pasó en cuestión de segundos a ser un chorrito, después un hilo y, al cabo de un instante, nada.

—No puede ser —murmuraba el ucraniano por lo bajo—. ¡No puede ser!

—¡Lucía! —le oí gritar, mientras cambiaba el cargador de mi HK. Los No Muertos ya estaban a menos de doscientos metros—. ¡Dime qué pone el indicador de presión que tienes delante, en cuanto presione este purgador! ¿Preparada?

—¡Cuando quieras, Prit! —respondió la muchacha.

El ucraniano presionó una válvula y un agudo silbido empezó a sonar al tiempo que un chorro de aire que olía poderosamente a combustible, salía de la parte superior de la bomba.

—¿Qué pone el dial? —gritó Viktor—. ¿Qué pone? ¿Qué pone?

—¡Marca novecientos! —respondió Lucía, tan asustada y confusa como los demás.

Los No Muertos ya habían avanzado otros cincuenta metros, y ahora más de una docena de cuerpos salpicaban la superficie de cemento de la pista. Pero ya estaban cerca, muy cerca.

—¡Mierda! —gritó el ucraniano, dándole una patada a la válvula—. ¡Mierda! —repitió una vez más mientras arrojaba furiosamente una llave inglesa hacia la multitud que se nos acercaba.

Me giré por un momento para observarle, extrañado por oírle jurar en español. Los ojos de Pritchenko estaban anegados por las lágrimas, y su expresión era de absoluta desolación.

—El depósito está vacío. Sólo tiene presión de aire en su interior. —Su mirada vagaba perdida, sobre los No Muertos—. Está vacío.

—Se acabó —musité por lo bajo.

—Se acabó —repitió Prit con una tristeza infinita en la voz y con los brazos caídos a los lados.

Miré a Lucía, terriblemente pálida, apoyada contra la verja de la estación de bombeo. Observé que Prit también observaba a las dos mujeres y a continuación miraba ostensiblemente el HK que tenía en las manos. No dejes que tengan que sufrir la indignidad de ser No Muertas, decían sus ojos.

No hacía falta que me dijese nada. Sabía que era lo que tenía que hacer. No dejaríamos que aquella turba nos cogiese con vida. Confiaba en tener la suficiente sangre fría para ser capaz de llegar hasta el final y que no me temblase el pulso al llegar mi turno.

Me giré hacia Lucía, que ahora estaba blanca como el papel, y temblando como una hoja. Sin embargo, una expresión de firmeza brillaba en sus ojos.

Con un leve movimiento de cabeza, asintió, mirando hacia mí. Sabía lo que iba a pasar. Leí un «te quiero» en sus labios. «Yo también», respondí mientras notaba cómo mi alma se desgarraba por lo que iba a pasar. Me estremecí. Las lágrimas corrían por mis mejillas y no podía ver con claridad.

Levanté el arma y apunté hacía Lucía. Al cabo de unos segundos un tableteo resonó en toda la pista. Lucía cerró los ojos y se estremeció anticipándose al impacto de las balas, pero lo único que se encontró cuando abrió los ojos fue mi expresión atónita y la cara embobada de Pritchenko y sor Cecilia.

Aquel tableteo no era de un arma de fuego. Era de un rotor de helicóptero. Y se acercaba.

6

—¡Allí! —gritó el ucraniano, señalando un minúsculo punto en el horizonte, que iba creciendo por momentos—. ¡Viene directo hacia nosotros!

Decir que sentimos renacer la esperanza es quedarse muy corto. Sin embargo, el helicóptero, fuera quien fuese su piloto, aún tardaría al menos un par de minutos en llegar hasta alcanzarnos.

Y los No Muertos ya se agolpaban ante nosotros, a menos de cien metros. No nos iba a dar tiempo, de ninguna manera.

—¡Rápido! ¡Hacia la torre de control! —gritó el ucraniano—. ¡Corred, cojones, corred!

—¡Espera! —repliqué mientras insertaba el último cargador que me quedaba en el HK. Los primeros No Muertos ya estaban a menos de cien metros de nuestra posición—. ¡Tengo que recoger a Lúculo!

Mi pobre gato, asustado por el estruendo de los disparos, maullaba lastimeramente dentro de su cesta, abandonada en la cabina de pasajeros del Sokol. Pasé el fusil a Pritchenko y me dirigí a la carrera hacia el helicóptero, mientras hacía malabarismos para colocar un virote en el arpón que llevaba colgado a la espalda. Sólo tenía seis proyectiles, pero menos era nada.

Al llegar al aparato, me colé dentro como una exhalación, golpeándome una espinilla contra el montante de acero del lateral. Solté un juramento, mientras echaba una mano hacia la cesta de Lúculo, a la vez que con la que me quedaba libre palpaba a tientas detrás de los macutos apilados al fondo, en busca del otro HK que sabía que tenía que estar allí.

De repente, mis dedos tropezaron con el tacto frío y metálico del cañón del arma. De un tirón, la saqué del montón de bártulos, mientras pensaba a toda velocidad dónde demonios habíamos colocado la caja de municiones de reserva. Como un fogonazo, la imagen de sor Cecilia y Lucía cargando con el pesado arcón y resoplando por el esfuerzo, me vino a la mente. La habían puesto debajo de todo, justo detrás de las cajas de medicamentos.

Empecé a apartar fardos, pero un breve vistazo a través del plexiglás de la cabina me hizo abandonar el esfuerzo. Un grupo de unos ocho No Muertos, atraídos por mi presencia, estaba a menos de diez metros del helicóptero. Si me pillaban allí dentro, sin espacio para moverme, estaba sentenciado.

Sin mirar atrás, salí del helicóptero, maldiciendo por lo bajo. En aquel momento, el sonido de los rotores del aparato desconocido ahogaba casi por completo los disparos amortiguados de Prit, que con una asombrosa sangre fría retrocedía lentamente hacia la torre de control, mientras cubría la huida apresurada de sor Cecilia y Lucía. El ucraniano, haciendo gala de una flema británica, sostenía su fusil a la altura de los ojos, mientras caminaba parsimoniosamente de espaldas. De vez en cuando se detenía, apuntaba con más calma hacia la marea que se le acercaba por momentos y hacía fuego. Casi todos sus disparos terminaban con un No Muerto hecho un guiñapo en el asfalto, pero en aquel momento ya debía de estar extremadamente corto de munición y los No Muertos estaban a menos de quince metros de él.

Me alejé del Sokol, sin perder de vista a los ocho tipos tambaleantes que en aquel momento rodeaban el aparato. Un bufido de furia de Lúculo me alertó a tiempo. Me giré de golpe, y me di casi de bruces con un grupo de cuatro No Muertos a los que no había visto hasta ese momento. Debían de haber rodeado la parte trasera del helicóptero y ahora me cortaban el paso hacia la torre de control. Pasándome la cesta de Lúculo a la mano izquierda, apunté al más próximo con el arpón y apreté el gatillo. El virote le entró por la parte inferior del cuello, en ángulo ascendente, produciendo un suave «choop». Casi al instante el No Muerto comenzó a sufrir convulsiones y se derrumbó como si sufriese un ataque epiléptico. Solté rápidamente el arpón descargado y me encaré con los otros tres tipos, que ya estaban casi al alcance de mi brazo.

Por una fracción de segundo me quedé asombrado al comprobar que eran marroquíes, ataviados con el uniforme de la Gendarmería de ese país, aunque tan jodidamente No Muertos como el resto de la pandilla. El otro era una chica joven, ataviada con unos shorts y la parte de arriba de un biquini amarillo que, descolocado, le dejaba un pecho al aire. Sería algo incluso agradable de ver, si no fuese por el enorme boquete hirviente de gusanos blancos que tenía en su abdomen.

Los dos marroquíes avanzaban muy juntos, casi hombro con hombro, extendiendo sus manos hacia mí. A situaciones desesperadas, ideas desesperadas, pensé. Agachándome como un jugador de fútbol americano los embestí, soltando un alarido digno de un comanche, aunque teñido de pánico. Los No Muertos, sorprendidos por aquel súbito movimiento, cayeron como bolos cuando impacté contra ellos. Sin embargo, trastabillé a causa del impulso y aterricé a los pies de la chica que con una expresión ansiosa se inclinaba hacia mi garganta.

En un acto reflejo levanté mi brazo izquierdo y lancé con toda la fuerza posible la cesta de Lúculo contra su cara. Un espantoso crujido sonó sobre la pista, mientras la cesta y la mandíbula de la chica saltaban hechas pedazos. Sin perder un segundo, traté de incorporarme, mientras notaba las manos ansiosas de uno de los marroquíes resbalando por la pernera lisa de mi neopreno. Una vez más, bendije la idea de aquella indumentaria. Si hubiera llevado otro tipo de ropa, aquel cabrón habría hecho presa en mí y entonces no habría tenido ninguna posibilidad, pues los otros ocho ya estaban prácticamente sobre nosotros.

Una vez de pie comprobé con pavor que la cesta de Lúculo había quedado hecha pedazos. Mi pequeño amigo, de pie en la pista, aún algo atontado por el golpe, miraba alternativamente hacia mí y hacia los No Muertos que se incorporaban en ese momento.

—Vamos, Lúculo —dije suavemente, mientras amartillaba el HK—. ¡Corre!

No sé si los gatos entienden las órdenes de sus amos, pero de lo que no me cabe duda es de que tienen un aguzado instinto de supervivencia. Ante mi grito (o más bien, ante la presencia de nuestros cazadores) Lúculo salió disparado hacia Lucía, cuya figura, empequeñecida por la distancia, se recortaba contra la base de la torre de control.

No me quedé a contemplar el panorama. Agarrando con fuerza el HK, comencé a correr como si me fuera la vida en ello. Y nunca mejor dicho.

7

Jaime no era un mal tipo. Joven, de unos veinticinco años, alto y fornido, era una persona muy apreciada por sus amigos. Tenía una novia, un trabajo, jugaba al balonmano en un equipo aficionado y los fines de semana salía por ahí, como todo el mundo. Incluso acababa de sacarse el carnet de conducir y se había comprado un coche. Se estaba dejando crecer la barba y llevaba el pelo bastante largo, más de lo que le sentaría bien, pero a él le gustaba, como el tatuaje tribal que se había hecho unos cuantos años atrás, sobre un omóplato. En definitiva, un buen chaval, un chico normal, como tantos otros.

El único problema era que Jaime ya no se acordaba de nada de aquello. Porque en aquel momento, Jaime se tambaleaba entre otras docenas de seres como él bajo el sol abrasador que se derramaba sobre la pista del aeropuerto de Lanzarote.

Porque ahora él era uno de ellos.

Jaime era un No Muerto.

La mente de Jaime, o lo que los seres humanos denominamos raciocinio, había desaparecido casi un año atrás, cuando había pasado a ser un No Muerto. Si un médico hubiera podido examinar en aquel momento su cerebro con un escáner o un TAC se habría quedado enormemente asombrado, al comprobar que la totalidad de la actividad neuronal tenía lugar en el tallo encefálico y el cerebelo, lo que académicamente se denomina «cerebro reptiliano», la parte más antigua, básica y primitiva de un cerebro. En ese hipotético escáner, ese cerebro reptiliano habría brillado con alegres y vivos colores, inundado por una actividad fuera de lo normal, mientras que el resto del cerebro se vería inundado por una negrura absoluta, como una ciudad bajo los efectos de un apagón.

Jaime no se acordaba de cómo había llegado allí, ni de dónde venía ni adónde iba. Por su indumentaria, hecha pedazos por el paso del tiempo, se podría adivinar que llevaba en aquel estado al menos unos cuantos meses. Unas feas quemaduras en su brazo derecho indicaban que en algún momento había estado demasiado cerca de un fuego abrasador, que de ser todavía humano le hubiese provocado unos dolores terribles.

Pero ahora Jaime no sentía nada de eso. De hecho, no era consciente ni siquiera del enorme desgarrón de su muslo derecho, provocado por el mordisco de otro No Muerto, que le hacía cojear cuando apoyaba ese pie, y que había sido su billete de entrada al Averno.

Jaime tampoco podía hablar, ni razonar. Su mente ni siquiera era capaz de efectuar razonamientos complejos, ya que esa parte de su cerebro llevaba muerta desde hacía bastante tiempo. Sin embargo, aún era capaz de sentir emociones primarias, como hambre, excitación... o ira.

Ira. Una enorme y anegadora ola de ira, mezclada con deseo y un apetito feroz, envolvía cada uno de los poros de la piel cérea de Jaime, cada vez que veía algún ser vivo cruzarse en su camino, sobre todo si eran humanos. Sobre todo con los humanos.

Eran la presa más suculenta. Por lo general, corrían y gritaban mucho cada vez que veían a Jaime o a sus compañeros de pesadilla y en ocasiones incluso eran capaces no sólo de huir, sino incluso de hacer que la cabeza de algún No Muerto volase en mil pedazos, gracias a los instrumentos de metal y fuego que llevaba alguno de ellos en sus manos. Pero eso era la excepción. Normalmente, no tenían ninguna oportunidad.

Jaime no sabía a cuántos humanos había cazado desde que era un No Muerto. Tampoco sabía que llevaba dos balas alojadas en sus pulmones, que de haber sido un ser vivo, le hubiesen provocado un fallo respiratorio mortal. Tampoco sabía que su aspecto, para un humano, era terrorífico, con su largo pelo despeinado al viento, sus ropas de turista acartonadas y cubiertas de sangre (alguna suya, la restante de otros), su piel cubierta de venas reventadas y sobre todo su mirada perdida y apagada, pero llena de odio.

No sabía cómo había llegado hasta allí, ni quiénes eran los que caminaban a su lado (probablemente, ni siquiera fuera consciente de su presencia). Lo único que sabía Jaime era que estaba vagando sin rumbo dentro de aquel edificio cuando un estruendo que venía del cielo le atrajo hacia el exterior como un imán a unas virutas de hierro. Y ahora, en aquel momento, había un puñado de humanos corriendo justo delante de él, huyendo, como siempre. Y hasta la última célula de su cuerpo gemía con el ansia de sentir aquella carne caliente, viva y palpitante al alcance de su piel, para a continuación poder morderla, masticarla, sentir su sangre caliente resbalando por su boca...

Era algo superior a él. Aquello era el sentido de su vida (o mejor dicho, de su no vida).

Jaime podía ver al menos a cuatro humanos. Dos de ellos, con un aspecto más frágil (Jaime no recordaba la diferencia entre hombre y mujer), estaban prácticamente al pie de la destrozada torre de control del aeropuerto. Otro de ellos acababa de esquivar a un grupo de No Muertos, acompañado de un pequeño animal de pelo anaranjado que no paraba de brincar alocadamente entre sus piernas. El último, un tipo pequeño, de poblado mostacho rubio y fríos ojos azules, caminaba lentamente hacia atrás, sin perder de vista al grupo en el que avanzaba Jaime. De vez en cuando se echaba a la cara un extraño artilugio metálico y una llamarada salía de la punta del mismo con un gran estruendo (el cerebro muerto de Jaime sí que sabía lo que era el fuego, y lo temía).

Cada vez que salía una de aquellas llamaradas, un pesado zumbido pasaba cerca de la cabeza de Jaime, seguido normalmente de un chasquido, y una explosión de astillas y sangre. Jaime era consciente de que de vez en cuando alguno de los No Muertos que estaban más cerca caía al suelo y no se volvía a levantar, pero eso no le importaba. Nada le importaba. Sólo quería alcanzar a aquellos seres y poder sentir su vida entre sus manos.

Los dos humanos más pequeños ya habían atravesado las puertas situadas al pie de la torre, cubiertas de escombros, y estaban tratando de desbloquearlas. Pronto les alcanzó el otro humano, ataviado con un traje de submarinismo, acompañado de aquel pequeño animal naranja, que sumó sus esfuerzos para tratar de cerrar aquel acceso. El otro humano, el del bigote amarillento, estaba mucho más cerca, a tan sólo unos cuantos pasos del grupo de Jaime. Éste ya podía sentir su olor, penetrante y cálido, vivo, humano.

Una vez más, el pequeño humano levantó su arma, pero esta vez no hubo llamarada, sino que sólo un chasquido acompañó al gesto. Por un instante el humano contempló con aire preocupado aquel fusil, para a continuación arrojarlo con furia contra el grupo de Jaime y tras eso, salir corriendo como un gamo hacia la torre.

Desde el pie de la torre, el resto de los humanos emitían sonidos articulados con sus bocas, algo de lo que Jaime, como el resto de los No Muertos, era totalmente incapaz. Por otra parte, Jaime no entendía nada de aquellos sonidos, pero su mera existencia servía como un acicate para su deseo, le excitaba, le hacía sentir con más fuerza sus ansias de cazador. Aquel sonido espoleó a todo el grupo de No Muertos, que aumentó su velocidad, encaminándose hacia el pie de la torre.

Cuando llegaron hasta ésta se encontraron con el obstáculo de una pesada puerta metálica cerrada. En condiciones normales, una puerta como aquélla hubiese supuesto un obstáculo insalvable para Jaime y sus acompañantes, pero ésta en particular, reventada por una explosión desde dentro, ni siquiera estaba bien encajada en el marco.

Pronto Jaime, presa de la furia, estaba golpeando con todas sus fuerzas el metal de la puerta, casi aplastado por la multitud que se congregaba a su alrededor y que tenía el mismo objetivo. Podía sentir que estaban al otro lado, detrás de aquella puerta. Una idea fija se encalló en su mente, como un piñón mal encajado de una bicicleta: tenía que llegar a ellos... tenía que llegar a ellos, tenía que llegar a ellos, tenía que...

Las puertas, ya desencajadas, no soportaron por mucho tiempo el peso de aquella multitud que las presionaba desde el exterior y de repente, con un espantoso crujido, los anclajes laterales cedieron, cayendo con estruendo al suelo. El paso estaba libre.

Jaime, por estar delante, fue uno de los primeros en abalanzarse por las escaleras que ascendían hasta la cima de la torre. Sabía que ellos estaban allí arriba. Lo podía sentir.

La escalera resonaba bajo los pies de docenas de No Muertos que subían en tropel, seguros de su inminente presa. De repente, en uno de los descansillos, Jaime casi tropezó de bruces con uno de los humanos. Era aquel ataviado con el extraño traje de submarinismo, que, plantado en el arranque del siguiente tramo, le apuntaba directamente con un extraño artilugio que, de ser todavía el Jaime anterior, hubiese reconocido como un arpón.

Súbitamente, el arpón se disparó con un siseo. Jaime sintió cómo el pedazo de metal le atravesaba el hueso frontal y se iba a clavar en lo más profundo de su cerebro. Cuando la punta del arpón tocó el cerebelo, aunque Jaime no sabía eso, ni su rival tampoco, sintió dolor por primera vez en meses. Pronto el dolor se extendió por todo su cuerpo en oleadas, alimentando su furia. Jaime extendió sus brazos hacia aquel individuo, pero incomprensiblemente, fue incapaz de dar un paso. De golpe, vio cómo el suelo ascendía rápidamente hasta su cara y no fue consciente de haber caído hasta que su cabeza se estrelló contra el piso de cemento del descansillo.

Aún fue consciente de cómo aquel tipo, tras dispararle, miraba asustado hacia la multitud que le seguía, y huía hacia la planta superior. Todavía pudo ver pasar los pies del resto de los No Muertos, que, ajenos a su presencia, seguían su camino tras aquella presa.

Pronto el resto del mundo se fue extinguiendo, ahogado por toneladas de oscuridad, que lentamente iban inundando hasta el último rincón de la esencia de Jaime. Al cabo de un momento, aquella sensación de furia inextinguible que le había acompañado a lo largo de los últimos meses, fue desapareciendo, como el agua que retrocede en la playa.

En el último milisegundo de su existencia, por un momento, Jaime volvió a ser consciente de sí mismo por completo. Y antes de extinguirse definitivamente, y pasar al otro lado, por fin pudo sentir una sensación lenitiva.

Paz.

8

El interior de la torre estaba fresco y oscuro, comparado con la temperatura asfixiante de la pista. Cuando llegué a las puertas dobles, donde aguardaban sor Cecilia y Lucía, me paré un momento para recuperar algo de aire. Sentía como si mis pulmones fueran a estallar. Tantos meses de vida sedentaria dentro del refugio del Meixoeiro habían pasado factura a mi forma física, y los cuatrocientos o quinientos metros que había hecho a la carrera, embutido en el neopreno, me habían dejado sin aliento. Lúculo, por su parte, no dejaba de pegar saltos a mi alrededor, encantado de haber salido definitivamente de la cesta (supuse que echaba de menos la época en la que viajaba en su asiento del coche, en vez de hacerlo permanentemente encerrado en una celda de madera y paja).

Levanté la vista y observé que Prit avanzaba lentamente por la pista, de espaldas, sin perder de vista ni por un momento al grupo de No Muertos que cada vez estaban más cerca de él. Cada pocos segundos el ucraniano se detenía, apuntaba con sumo cuidado y realizaba un par de disparos, con una efectividad asombrosa. El camino de los No Muertos sobre la pista estaba perlado de cadáveres desmadejados, sobre charcos de sangre que se secaban lentamente al sol, pero el grueso del grupo estaba cada vez más cerca del piloto, que perdía unos preciosos metros de distancia cada vez que se detenía a disparar.

Súbitamente, una expresión preocupada cruzó el rostro de Viktor. Comprendí que se había quedado sin munición cuando, con un gesto de rabia, arrojó su HK contra el grupo de No Muertos y comenzó a correr hacia nosotros a toda la velocidad que le permitían sus arqueadas piernas.

Me giré hacia las chicas, que se afanaban en colocar en su marco una de las dos puertas metálicas de la torre, que habían sido arrancadas de cuajo por una explosión interior.

—¡Vamos! —les dije excitado—, ¡tenemos que colocar esto cuanto antes o estamos jodidos!

—¡Pues deja de hablar, señor letrado, y échanos una mano de una puta vez, joder! —me replicó Lucía cáustica, como siempre que se ponía nerviosa.

Algo azorado, levanté una de las hojas metálicas del suelo, apartando los cascotes y restos de material diverso que la cubrían. Aquella puerta estaba parcialmente alabeada por su parte interna, como si algo hubiese impactado con violencia contra la misma. Mientras me afanaba en encajarla en su sitio, haciendo que coincidiese con su pareja, Lucía y sor Cecilia se desgañitaban tratando de llamar la atención del ucraniano, que corría sobre la pista como si le persiguiese el diablo en persona.

Sudando a mares mientras apuntalaba aquella hoja, maldije por lo bajo. Sus puñeteros gritos se tenían que oír en la otra punta de la isla, y además parecían excitar de algún modo al grupo de la pista, que pese a caminar de manera tambaleante parecían ir incluso más rápido.

Pritchenko alcanzó finalmente la puerta, pasando como un obús de artillería por el hueco que quedaba libre entre las dos hojas hasta estrellarse finalmente con estrépito contra un montón de escombros a nuestras espaldas.

—¿Te has hecho daño, Prit? —le pregunté a gritos, mientras apuntalaba la puerta con un pedazo de viga de hormigón.

—Sólo en mi orgullo —respondió el ucraniano, lacónico como siempre, mientras se sacudía el polvo de los pantalones y cogía mi HK caído en el suelo.

—¿Crees que esto aguantará? —preguntó, escéptico, mientras observaba con aire crítico la barricada que estaba apuntalando.

—Lo dudo mucho —respondí—. Las puertas están reventadas y fuera de sus goznes. —Coloqué la última vigueta contra la puerta—. No creo que aguante el peso de toda esa multitud, pero al menos nos permitirá ganar tiempo.

El ruido del helicóptero ya era un rugido que apenas nos permitía oírnos entre nosotros. El aparato estaba volando en círculos sobre la torre, mientras su tripulación observaba el panorama. Supongo que su piloto debía de estar bastante intrigado ante aquella muchedumbre agolpada contra la torre y el Sokol abandonado a su suerte en la otra punta de la pista. Pero en aquel momento tenía otras cosas de las que preocuparme.

—¡Rápido! ¡A lo alto de la torre! —gritó el ucraniano, mientras yo colocaba otro virote en el arpón.

Los primeros No Muertos ya habían llegado al otro lado de la puerta y comenzaban a golpearla desordenadamente. Un guirigay de gemidos, que ponía los pelos de punta, salía de sus gargantas. El recuerdo de los claustrofóbicos días pasados en un oscuro cuartucho de una tienda abandonada de Vigo me asaltó con violencia. Noté, impotente, que me empezaban a temblar las manos.

Sor Cecilia y Lucía (con Lúculo en sus brazos) ya subían trabajosamente por las escaleras, siguiendo al ucraniano, que con el fusil en ristre abría camino hacia la parte superior. De vez en cuando se veía obligado a empujar por el hueco de las escaleras algún montón de escombros que obstaculizaba su camino. Todos aquellos restos caían con estrépito en la parte baja, justo donde habíamos estado menos de un minuto antes, levantando enormes nubes de polvo que apenas me dejaban vislumbrar la puerta.

Yo esperaba agazapado en el primer tramo de las escaleras, contemplando cómo las puertas se cimbreaban cada vez que la masa rugiente del exterior le propinaba un empujón especialmente fuerte. Cubierto de polvillo de cemento, tosí descontroladamente, consciente de que ya no podía hacer absolutamente nada allí. Aquello no aguantaría mucho tiempo.

Comencé a subir las escaleras a tientas, hasta llegar al tercer tramo, donde me vi obligado a sentarme por un momento, tratando de respirar un poco de aire limpio. Un enorme estrépito, parecido a una explosión, me sobresaltó de repente. Los gemidos de los No Muertos sonaron con potencia redoblada. Supe que las puertas habían caído.

Ya estaban dentro.

Los pasos vacilantes de los No Muertos resonaban en las escaleras metálicas, que conectaban entre sí las entreplantas de cemento. Tragué saliva, expectante, mientras notaba cómo mis manos sudaban alrededor del mango del arpón que sostenía firmemente apoyado en la barandilla.

De repente, asomando por el recodo de la escalera se recortó la silueta del primer No Muerto. Iluminado por una pequeña ventana de ventilación, pude verlo perfectamente durante un par de segundos.

Era un tipo joven, de unos veintitantos años, con el pelo bastante largo y una barba incipiente en la cara. Su ropa, totalmente destrozada, dejaba ver dos enormes agujeros de bala en el pecho. Un enorme desgarrón en la pierna derecha le hacía cojear, pero no le impedía subir las escaleras rápidamente. Toda su cara y su ropa estaban cubiertas de sangre reseca, y en sus ojos muertos brillaba una profunda expresión de odio. El polvillo de cemento se había posado en todo su cuerpo, dándole un aspecto diabólico.

Un rictus horrible se dibujó en su cara cuando me vio. Dio un par de pasos vacilantes hacia mí. Respiré profundamente y apunté el arpón contra su cabeza. A menos de dos metros, era un tiro imposible de fallar. Con un chasquido acuoso que ya me era familiar, el virote atravesó limpiamente su frente, clavándose con profundidad en el cerebro de aquel ser salido del infierno.

Una expresión confusa se dibujó en su rostro por un segundo, antes de estrellarse con fuerza contra el suelo de cemento del descansillo. Sin pararme a contemplar el espectáculo, di media vuelta y salí corriendo hacia la parte superior de la torre. Ahora el sonido del helicóptero rugía estacionario, justo sobre nuestras cabezas.

Una calavera carbonizada me aguardaba sonriente al desembocar el último tramo de la escalera. Con un escalofrío pasé por encima de aquellos restos, encaminándome hacia la trampilla que daba acceso al techo de la torre.

Trepé por la escalerilla, mientras oía cómo los No Muertos comenzaban a desembocar en la cúpula de la derruida torre de control. Prit pegó un tirón de mi cinturón para sacarme a toda prisa, mientras sor Cecilia se apresuraba a retirar la escalerilla del hueco. Jadeando, contemplé el interior de la torre a través de la trampilla. Debajo de nosotros, docenas de No Muertos se agolpaban rabiosos, tratando de alcanzar el hueco de la trampilla.

Había ido por un pelo.

Me giré aliviado hacia Pritchenko, pero su expresión asombrada me hizo darme la vuelta. Estupefacto, contemplé el helicóptero que se balanceaba sobre nosotros, y del que se descolgaba rápidamente una escala.

Aquello era de locos. No podía ser. Y sin embargo, lo tenía justo delante de los ojos.

El helicóptero, pintado con colores militares, se inclinó en aquel momento dejando ver su puerta lateral en que campeaba, en letras bien grandes, el lema FUERZA AÉREA ARGENTINA.

9

Un helicóptero militar argentino.

En Canarias.

Mi cabeza era un vendaval. Gendarmes marroquíes, helicópteros argentinos... ¿Qué demonios pasaba allí?, me preguntaba sin cesar mientras trepaba por la escala. Confiaba en que las respuestas a todas mis preguntas se encontrasen en el extremo de aquella escalerilla.

Una mano enguantada al final de un brazo vestido de verde oliva me ayudó a entrar en la carlinga del helicóptero. Cuando estuvimos todos a bordo, el aparato se movió, sobrevolando la pista a toda velocidad. Me tumbé en el suelo de la cabina, jadeante, sintiendo las náuseas de malestar que me asaltaban cada vez que escapaba de la muerte por un pelo. Traté de contenerme, mientras me incorporaba. Había un puñado de desconocidos delante, y no diría mucho a mi favor que la primera imagen que tuviesen de mí fuese la de verme vomitando a chorro por la puerta de un helicóptero en marcha.

Me giré sonriente hacia el hombre de la mano enguantada. Era un tipo alto y delgado, de treinta y pocos años, vestido con un traje de vuelo y con la cara parcialmente cubierta por un casco táctico y unas gafas de espejo. Antes de que yo pudiese decir nada, el tipo abrió la boca.

—Póngase contra ese mamparo, por favor. —La voz, con un inconfundible acento argentino, sonaba educada pero firme.

—Hola, mi nombre es… —traté de presentarme, mientras tendía una mano hacia mi salvador, pero el cañón de un fusil apuntado hacia mi estómago me hizo desistir.

—Señor, le he dicho que se vaya contra el mamparo del fondo… ¡Ahora!

Levanté las manos, y sin perder de vista al individuo del fusil me desplacé hasta el mamparo de popa, donde estaba ya apoyada el resto de mi «familia». Lucía parecía abiertamente asustada por la situación, mientras sor Cecilia tenía en su cara la misma expresión que debieron de tener en su día los cristianos ante los leones. Prit, por su parte, después de ser despojado de su cuchillo, echaba fuego por los ojos y daba la sensación de estar a punto de saltar sobre alguien para partirle el cuello. Sabía que el ucraniano era perfectamente capaz de eso y de mucho más, así que le puse una mano en el hombro tratando de tranquilizarlo un poco.

—Tranquilo, viejo amigo —le susurré al oído, mientras notaba todo su cuerpo hirviendo de furia—. No hagas ninguna tontería. Esperemos a ver qué pasa aquí.

Me giré de nuevo hacia la parte delantera. La cabina del helicóptero, bastante más pequeña que la del Sokol, hacía que estuviésemos a apenas un metro de nuestros nuevos compañeros de viaje. Eran dos, un hombre y una mujer, vestidos ambos con uniforme de combate. Junto a ellos, en la parte delantera del aparato, el piloto y el copiloto se afanaban en controlar el helicóptero, que en aquel momento se sacudía violentamente, atrapado por una corriente de aire caliente. El copiloto hablaba con alguien a través de la radio. No pude distinguir lo que decía debido al ruido del rotor, pero me pareció percibir una musicalidad en su voz que no dejaba lugar a dudas sobre su origen porteño.

Argentinos, como el helicóptero en el que estábamos. Sin embargo, los uniformes de vuelo que vestían todos llevaban la escarapela bordada del Ejército del Aire español en su manga derecha. Y podría jurar que cuando la chica se inclinó un momento hacia el primer hombre y le dijo algo al oído, su acento era inequívocamente catalán. Vaya lío.

—Disculpen el recibimiento —gritó la chica por encima del ruido de los rotores—, pero las normas son así. No tenemos nada contra ustedes, pero hasta que pasen la cuarentena, existe un protocolo de precaución que debemos seguir. —Se interrumpió por un segundo y a continuación nos miró con curiosidad—: ¿Sois froilos?

—¿Froilos? —repliqué extrañado—. ¿Qué se supone que es eso?

—Olvídalo —contestó la chica, haciendo un gesto con la mano—. A su debido tiempo lo sabréis todo, si vivís para ello.

Aquello no sonó precisamente halagüeño.

—¿De dónde vienen? —preguntó el tipo alto de acento argentino.

Me fijé en que pese a que seguía la conversación aparentemente relajado no nos quitaba ojo de encima, especialmente a Viktor Pritchenko. Su dedo, apoyado sobre el gatillo del fusil, decía «cuidado con hacer ninguna tontería». Aquel tipo sabía lo que hacía.

—De Pontevedra… bueno, de Vigo… venimos desde Galicia —intervino Lucía.

—¿Desde la península? —El tono de incredulidad era patente.

—Pues sí —repliqué, un poco cabreado por aquel retintín—. Hemos bajado bordeando toda la costa africana hasta llegar a la altura de las Canarias. Luego, un último salto hasta Lanzarote, donde nos quedamos sin combustible, y ahora… vosotros —concluí, dejando la última palabra en el aire.

Miré inquisitivamente a nuestros interlocutores. Era su turno. Se miraron entre ellos y parecieron relajarse un poco.

—Mirá, tomátelo con calma, ¿vale? —dijo el argentino, dirigiéndose más a Pritchenko que a mí—. No sabemos quién sos, ni de dónde venís, ni siquiera si lo que decís es cierto o no. Pero lo más importante es que no sabemos si la tenés o no, así que hasta que estemos seguros de eso disculpa si tomamos nuestras precauciones, ¿de acuerdo?

Comprendí todo de golpe. Evidentemente, nuestros salvadores no sabían a ciencia cierta si estábamos o no infectados por el virus que afectaba a los No Muertos. Si, como sospechaba, pertenecían a una colonia de supervivientes, resultaba lógico que tomasen todas las precauciones del mundo. Comprendí que seguramente nos harían pasar un período de cuarentena aislada, hasta comprobar con total certeza que no habíamos sido infectados. Con un escalofrío adiviné que ante la menor duda, un pedazo de plomo en la cabeza sería toda la bienvenida que recibiríamos. Había que hilar fino.

—¿Dices en serio que venís desde Galicia? —La chica catalana se dirigió a Lucía, con el mismo tono de duda en su voz.

—¡Pues claro que sí! —estalló Lucía—. ¡Llevo más de tres mil kilómetros sentada en esa puta batidora rusa, y después de haber cruzado toda la península y todo el jodido desierto del Sahara estoy harta! ¿Me oyes? ¡Harta! ¡Quiero un plato de comida caliente, quiero una ducha enorme, quiero dormir tres días seguidos en una cama de verdad! ¡Así que no me preguntes si vengo «en serio» desde Galicia, porque no estoy para jodiendas! ¿Vale?

La joven no pudo más y estalló en sollozos. La presión también había sido demasiada para ella.

Estiré un brazo sobre su hombro y la apreté contra mí, mientras acariciaba su pelo. En el fondo, pese a toda su pose de chica dura, tan sólo era una cría de diecisiete años a la que le habían robado su mundo. Tenía todo el derecho a estallar.

—¿Adónde vamos? —pregunté.

—A Tenerife —respondió el argentino, mucho más calmado—. A uno de los últimos sitios seguros sobre la faz de la Tierra. —Me miró de hito en hito, como si quisiera calibrar qué clase de persona era—. Nos vamos a casa.

10

El océano Atlántico lanzaba un millón de destellos plateados bajo el intenso sol del mediodía. El silencio oceánico, habitualmente perturbado por el rumor del viento y los chillidos de algunos alcatraces, era roto en ese momento por el tableteo del helicóptero volando a muy baja altura. El viento, impregnado de olor a sal, se colaba por las puertas laterales abiertas de par en par, revolviéndonos el cabello.

—¿Cómo está la situación en Tenerife? —pregunté a gritos, para poder ser oído dentro de la cabina.

—No puedo comentarle nada de momento, lo siento —me respondió el argentino alto y delgado—. Hasta que la autoridad competente tome una decisión sobre ustedes y su estatus, cuanto menos sepan, mejor —concluyó, lacónico.

—Lo que Marcelo quiere deciros —intervino la chica de acento catalán— es que aún tenéis que pasar la cuarentena y que los servicios de inmigración tienen que dar su visto bueno sobre vosotros. No depende de nosotros, comprendedlo. —Un ligero tono de embarazo impregnó su último comentario.

—¿Servicio de inmigración? —protesté—. ¿De qué va eso? ¡Soy ciudadano español, como ellas dos, y Prit tiene todos sus papeles en regla! No necesitamos ninguna inspección para estar en territorio europeo, que yo sepa...

La chica, de unos treinta años, menudita y delgada, con aire vivaracho e inteligente y una expresión brillante en sus ojos meneó apesadumbrada la cabeza.

—Las cosas no funcionan exactamente igual que antes del Apocalipsis, por si no lo sabes. —Mientras hablaba, contemplé extrañado cómo sacaba un guante de látex de un bolsillo de su traje de vuelo y se lo ponía en una mano—. Las circunstancias son tan complicadas que la mitad de todas las normas, reglas y leyes anteriores se han ido al carajo, pero de todas formas la ley sigue siendo la ley... Canarias en estos días no es el paraíso, pero tampoco es el salvaje oeste, para que me entendáis... —Por un segundo se hizo el silencio en el helicóptero mientras asimilábamos aquella pequeña perla de información—. Además siempre es una alegría ver a seres humanos en medio de toda esta mierda —apuntó con una enorme y sincera sonrisa, mientras me extendía la mano enfundada en látex—. Mi nombre es Paula María, aunque aquí todo el mundo me conoce por Pauli —gorjeó, con voz traviesa—. ¡Bienvenidos de nuevo a la civilización!

—Muchas gracias... Pauli —le respondí, mientras estrechaba su mano prudentemente envuelta en látex. La chica era amistosa, pero desde luego era prudente—. Ésta es Lucía. La hermana sentada en aquella esquina se llama sor Cecilia y el caballero de los bigotes es Viktor Pritchenko, de Ucrania.

—Bueno, pues yo soy Pauli y este tipo tan serio y cara de pocos amigos que tengo sentado al lado se llama Marcelo. Como creo que habréis adivinado por el acento, es argentino —remató, mientras le daba un amistoso codazo en las costillas al alto porteño que estaba junto a ella, con el fusil en las manos.

Marcelo nos saludó con una seca inclinación de cabeza, mientras nos contemplaba con semblante adusto. Todo lo que tenía de agradable Pauli lo tenía aquel tipo de seco. En realidad, formaban una curiosa pareja.

—¿Cuál es el procedimiento? —preguntó Pritchenko, abriendo la boca por primera vez desde que habíamos subido al aparato.

—No tiene mucha ciencia —resopló el llamado Marcelo, con su marcadísimo acento—. Les dejaremos en la cubierta del buque cuarentena y una vez realizado el examen médico que verifique que ustedes están limpios, los oficiales de la «migra» se harán cargo de todo el papeleo —concluyó—. Rápido y sencillo.

—No es tan frío como lo cuenta Marcelo, pero todas las precauciones son pocas —intervino Pauli—. Supongo que además, en vuestro caso, será la propia Alicia la que se haga cargo de vuestro expediente.

—¿Alicia? —pregunté, algo confuso. Después de tantos meses pasados casi en solitario, aquella profusión de nombres en tan pocos segundos me estaba aturdiendo.

—La comandante Alicia Pons —me aclaró Pauli—. Es la máxima responsable del servicio de acogida, tránsito e inmigración en Tenerife.

—¡Oh! —exclamé—. ¿Y qué es lo que hemos hecho para merecer el honor de que la máxima responsable asuma nuestro caso en persona?

—Muy sencillo —replicó Marcelo, demoledor—. Porque de ser cierta la historia que cuentan, ustedes son los primeros seres vivos que llegan de Europa desde hace más de ocho meses.

Tras aquella frase, un pesado silencio volvió a extenderse en la cabina del helicóptero. De vez en cuando se veía roto por el ocasional zumbido de la radio, mientras sobre el horizonte se empezaba a perfilar la inconfundible silueta del Teide.

Llegábamos a Tenerife.

Volvíamos a la civilización.

Fuera aquélla lo que fuese.

11

Pronto la conversación fue languideciendo. Nosotros estábamos mental y físicamente exhaustos, después de lo vivido en las últimas horas, y nuestros nuevos compañeros no parecían estar particularmente comunicativos. La inquieta Pauli parecía ser un manantial de verborrea inagotable, pero ante el mutismo de Marcelo, que nos miraba con profunda desconfianza, y nuestro pesado silencio, pronto se vio contagiada por el ambiente enrarecido de la cabina.

Al cabo de unos cuantos minutos de vuelo, finalmente comenzamos a sobrevolar tierra firme: la isla de Tenerife, territorio que de creer a los tripulantes del helicóptero, estaba totalmente libre de No Muertos. Ése era un concepto que, después de tanto tiempo y tantas experiencias, me resultaba difícil de asimilar.

Los primeros edificios del extrarradio de Santa Cruz de Tenerife se empezaban a perfilar sobre el terreno. En aquel momento, el sol comenzaba a hundirse lentamente en el horizonte, anticipando las primeras sombras de la noche. La temperatura había bajado notablemente y unas pesadas nubes amarillentas empezaban a formarse en la lejanía. El silencio total en la cabina de aquel momento sólo era roto por el parloteo monótono de la radio, donde se cruzaban media docena de conversaciones. Por lo que alcanzaba a entender por encima del estruendo de las hélices, la mayor parte de ellas eran transmisiones militares, pero también alguna que otra cháchara intrascendente cruzaba las ondas.

De repente, una pegadiza canción que había estado de moda la última vez que había oído la radio, hacía casi un año, comenzó a sonar por los altavoces. Debía de ser del gusto del operador de radio del helicóptero, pues la dejó sonando un buen rato hasta que finalmente cambió el dial a una frecuencia militar de onda corta, para recibir instrucciones de aterrizaje.

—¿Qué te pasa? —me preguntó Lucía, alarmada, cogiéndome del brazo, mientras me miraba con una expresión de ansiedad en el rostro.

—¿A mí? —respondí—. Nada. ¿Por qué?

—No me mientas. —Me cogió la cabeza entre sus manos y me obligó a mirarla—. Estás llorando.

Me pasé un poco turbado la mano por la cara, aún cubierta de polvo de cemento de la torre de control de Lanzarote. Enormes lagrimones caían sin parar de mis ojos, dejándome chorretones en las mejillas.

—No es nada —respondí, con la voz temblorosa—. Es que esa canción…

—Te recuerda a alguien, ¿verdad? —me interrumpió la joven—. A mí también me pasa con muchas cosas… —Su rostro se ensombreció—. Todos hemos perdido a seres queridos.

Le pasé un brazo por encima del hombro y la arrimé un poco más a mi cuerpo. Acaricié su pelo, respirando su particular fragancia, que ya me resultaba inconfundible.

—No es eso —dije—. Simplemente, por primera vez en casi un año escucho música… y ya me había olvidado cómo era.

—Es cierto —nos interrumpió Prit en ese momento—. No me había dado cuenta hasta ahora de ese detalle. Un año sin música… qué curioso —murmuró para sí—. Qué curioso.

«Y además es buena señal», pensé para mi interior. Un lugar en el que se pueden permitir tener una radiofrecuencia que emita música, sea del tipo que sea, es un lugar que no está acosado, un lugar en el que se puede vivir y donde la gente tiene ganas de distraerse. Un buen lugar, en definitiva.

De repente noté movimiento en tierra, justo debajo de nosotros. Alarmado, eché mano instintivamente a la pernera del neopreno, donde usualmente llevaba los virotes del arpón, hasta que caí en la cuenta de que me lo habían quitado al subir a bordo.

Me fijé con más atención, tratando de distinguir la escena mientras la luz se iba apagando lentamente en el horizonte. Era un grupo de no más de quince individuos, que avanzaba lentamente por una carretera serpenteante que ascendía una colina. No pude distinguir apenas nada más porque el helicóptero volaba a toda velocidad, rumbo a su destino. Sin embargo, me había dado tiempo a observar que todos iban armados.

El puerto de Tenerife apareció de golpe ante nosotros, al rodear una última colina. El helicóptero sobrevolaba velozmente las calles de la ciudad, donde docenas, cientos, miles de personas se entrecruzaban en sus quehaceres diarios. Extasiados, nos agolpábamos en las puertas del helicóptero, contemplando aquel espectáculo que se había vuelto tan insólito en el planeta.

—¡Mira, Prit! —aullé jubiloso—. ¡Gente! ¡Gente hasta donde alcanza la vista!

El ucraniano reía a carcajadas, mostrando una feroz sonrisa por debajo de sus inmensos mostachos.

—¡Lo hemos conseguido! ¡Lo hemos conseguido! —repetía, incansable, mientras su mirada saltaba de un lugar a otro, con una expresión de alegría casi infantil en su rostro.

Sor Cecilia reía como una niña, mientras daba gracias alternativamente a Dios y a una retahíla interminable de santos. Lucía por su parte no dejaba de señalar a todos lados, como si quisiera absorber aquella imagen para siempre.

Sin embargo, en pocos minutos dejamos atrás aquella aglomeración urbana que no había podido reconocer. Mis ojos ansiosos se negaban a despegarse de aquella imagen de vitalidad, que lentamente iba quedando atrás. Aquello era injusto.

De nuevo, el helicóptero volaba sobre el mar, rumbo al extremo más alejado de la dársena. Allí, lejos del resto del mundo, fondeado a considerable distancia de los demás buques que abarrotaban el puerto, se balanceaba un feo barco pintado del color gris de la Armada. Tenía un aspecto sumamente estrafalario, con una enorme superestructura en la parte delantera del casco, que acababa bruscamente y dejaba toda la parte de popa despejada, como una pequeña pista de aterrizaje. En conjunto, daba la sensación de que algún ingeniero naval despistado se había olvidado de colocar la mitad del barco en el astillero.

Un enorme L-51 pintado de blanco en un costado del buque identificaba a éste como una unidad de la Armada española. Al pasar por popa pude distinguir el nombre del barco, pintado en el casco. Sonreí, consciente de la amarga ironía de la situación.

Y es que, después de casi un año, de mil y una aventuras y de recorrer miles de kilómetros bailando con la muerte, resulta que volvía a casa.

A Galicia.

Porque el L-51 en el que íbamos a aterrizar en pocos segundos había sido hasta hacía apenas unos meses un moderno buque de asalto anfibio, y desde luego uno de los más extraños ejemplares que habían navegado nunca para la Armada. Aquel buque se llamaba *Galicia*.

12

El cielo ya se estaba tiñendo de un color rojo sangriento cuando el helicóptero albiceleste se posó sobre la cubierta del *Galicia*. Marcelo estiró el brazo hacia la puerta corredera y nos indicó con un gesto que bajásemos del aparato. Súbitamente, el ambiente se había cargado de tensión. El argentino no disimulaba el hecho de que le había sacado el seguro a su arma, e incluso la jovial Pauli tenía ahora una expresión seria y concentrada... además de un enorme revólver plateado, que en sus pequeñas manos parecía tener el tamaño de un cañón, apuntado descuidadamente hacia nosotros.

Personalmente estaba convencido de que si disparaba aquel arma, la pequeña Pauli saldría disparada hacia atrás por el retroceso, pero con toda seguridad no valía la pena tratar de comprobarlo. Eso, y el hecho de que tanto el piloto como el copiloto, igualmente armados con sendas armas de mano, se habían girado hacia la parte trasera de la cabina, nos convencieron definitivamente para abandonar la relativa seguridad del aparato y saltar a cubierta.

Un viento cálido y con olor a tierra nos asaltó nada más poner los pies sobre la cubierta metálica del *Galicia*. Sobre la pista de aterrizaje del barco tan sólo estaba el helicóptero que nos había llevado hasta allí y dos pequeños aparatos de cubierta bulbosa y acristalada que no pude reconocer. Helicópteros ligeros de reconocimiento, probablemente. Con ansiedad, eché un vistazo hacia el tope del mástil, tratando de distinguir en el claroscuro del crepúsculo los colores de la bandera que ondeaba. Me quedé estupefacto al comprobar que junto a la bandera española, otra enseña flameaba con la brisa del final del día, un gallardete que me era desconocido. Era una bandera azul oscuro, con el escudo cuartelado de España en el centro, pero con una corona mural en vez de la tradicional. Un rápido vistazo a las otras naves surtas en el puerto me permitió comprobar que en la mayoría de ellas ondeaba la misma combinación de insignias.

Me rasqué la cabeza, tratando de entender aquello, pero pronto tuve algo mejor en lo que pensar. Saliendo en fila de una puerta situada en la base de la superestructura, aparecieron en cubierta una docena de personas enfundadas en trajes de aislamiento bacteriológico. Las viseras que cubrían sus caras estaban polarizadas, así que no podía distinguir sus rostros, sexo o edad. Por la altura y la forma de andar, deduje que la mayor parte de ellos eran hombres, aunque sin duda tres o cuatro eran mujeres. A medida que se iban aproximando hacia nosotros me fui acercando inconscientemente a Prit, que a su vez, y de manera instintiva, cubría mis espaldas.

—Esto no me gusta nada, viejo —me espetó el ucraniano, mientras no perdía de vista al grupo.

—Si ves que las cosas se ponen feas, saltamos por la borda todos a la vez, ¿me oyes? —murmuré—. Tú ocúpate de la monja que yo me encargo de Lucía y del gato.

—No creo que a Lúculo le emocione la idea de ir nadando hasta la costa… Ni a mí tampoco —apuntó el ucraniano con un escalofrío—. Odio nadar en sitios donde no veo el fondo.

—Prefiero agua salada a plomo, Prit —contesté, cortante—. Y creo que tú piensas lo mismo.

—Lo que yo creo es que es mejor que nos quedemos quietos de momento —afirmó el ucraniano. Su mirada de soldado saltaba de un lado a otro, calculando fríamente nuestra situación—. Fíjate dónde queda la borda —me indicó Viktor—. El trecho es demasiado grande para que podamos cubrirlo antes de que nos fríen a balazos. Además... —añadió discretamente—, mira allí arriba.

Seguí la dirección que me indicaba el ucraniano con la mirada. Ataviados con el característico traje de combate de la Armada, un par de soldados apostados detrás de una ametralladora pesada en un saliente de la estructura, a unos veinte metros de altura sobre la cubierta, tenían campo de tiro abierto sobre toda la pista. No podríamos ni toser sin que ellos se enterasen.

Lucía había oído perfectamente nuestra conversación y nos miraba con expresión asustada. Suspiré, desalentado. Por lo visto, no quedaba otra salida que aceptar lo que aquella gente quisiera hacer con nosotros.

El primero de los individuos vestidos con traje bacteriológico había llegado a nuestra altura. No podía ver sus ojos a través del cristal polarizado, pero podía adivinar su mirada examinando cada detalle de todos y cada uno de los miembros de mi «familia», incluido el pequeño Lúculo, que no paraba de rebullir en brazos de Lucía. He de reconocer que éramos un grupo muy pintoresco, casi chocante, por lo que supongo que el largo rato que estuvo contemplándonos estaba más que justificado.

Por el rabillo del ojo vi que Pauli, Marcelo y los dos tripulantes del helicóptero se dirigían ordenadamente hacia el interior del buque. Se habían despojado de sus monos de vuelo, que habían introducido en unas saquetas plásticas que les habían facilitado a tal efecto, y ataviados tan sólo con unos pantalones cortos y una camiseta parecían considerar aquella situación lo más normal del mundo.

—No os preocupéis, chicos de la península —dijo la pequeña Pauli al pasar a nuestra altura—. ¡Nos vemos al salir de la cuarentena! —Y con un alegre movimiento de brazos desapareció por la puerta, seguida por un Marcelo con cara de pocos amigos.

Estupendo. «¿Y ahora qué?», pensé.

—Bienvenidos a Tenerife. Soy el doctor Jorge Alonso. —La voz sonaba distorsionada a través del filtro del traje bacteriológico. El que había hablado era el tipo que estaba más cerca de nosotros y que parecía estar al cargo de la situación—. Quiero que se tranquilicen. Si cooperan y siguen las instrucciones todo irá como la seda. Éste es un procedimiento médico rutinario de carácter obligatorio, así que relájense y permítannos hacer nuestro trabajo. Cuanto antes acabemos, antes podrán salir de cuarentena, así que hagámoslo fácil, ¿vale? —Su voz sonaba conciliadora, pero firme, al tiempo que nos indicaba la puerta por donde había pasado la tripulación del helicóptero.

Asentí con la cabeza, por toda respuesta. Estaba demasiado aturdido por todos los acontecimientos del día como para contestar.

Los pasillos del buque estaban pintados del color reglamentario de la Armada, con docenas de tuberías y cables recorriendo el techo en un millón de direcciones distintas. Pasamos por delante de varias compuertas, pero todas estaban escrupulosamente cerradas. Al pasar junto a una de ellas dotada de ojo de buey, pude ver al otro lado del cristal a tres o cuatro marineros que se agolpaban tratando de ver de cerca a los «chicos de la península», como nos había llamado Pauli. Empezaba a preguntarme qué clase de bichos de feria éramos para despertar tanta expectación. Eso podía ser bueno… o malo, muy malo. Ya no sabía qué pensar.

Al llegar a un cruce de pasillos nos detuvimos un momento. El que se había identificado como doctor Alonso volvió a llevar la voz cantante.

—Hombres por aquí, mujeres por allí, por favor.

—Espere —repliqué—, preferimos ir todos juntos. Hemos llegado juntos hasta aquí y pretendemos…

—Me da igual lo que pretendan o dejen de pretender, caballero —me cortó tajante—. Las normas son así. Hombres por este pasillo, mujeres y niños por ese pasillo. Colabore, por favor.

—Escuche, sea razonable —contesté, sacando el picapleitos que llevaba dentro—; comprenda que todo esto es nuevo para nosotros, así que si no le importa, preferiríamos…

—Mire, amigo —un tipo alto, vestido también con un traje bacteriológico habló en ese momento—, esto no es un debate, ni tan siquiera una discusión. Ustedes van a hacer lo que nosotros digamos y punto, ¿de acuerdo? Y si no les gusta, más les vale que sepan nadar, porque hasta África les queda un buen trecho, así que no jodan más y hagan lo que ha dicho el doctor Alonso. ¡Hombres a la derecha, mujeres a la izquierda! ¡VAMOS! —rugió, mientras reforzaba sus palabras esgrimiendo una porra eléctrica en su mano diestra.

Levanté las manos conciliador, y me aparté hacia el pasillo de la derecha. Prit, tras dedicarle una mirada asesina a aquel tipo, se puso a mi lado. Por la expresión del ucraniano, me dije que no me gustaría ser aquel tipo alto y cruzarme con Pritchenko en un callejón oscuro algún día.

Sor Cecilia y Lucía, por su parte, fueron apartadas al pasillo de la izquierda. Súbitamente, Lucía rompió la barrera que nos separaba y se plantó a mi lado, poniendo a Lúculo en mis brazos.

—Tienes que llevarlo tú —me espetó, antes de depositar un fugaz beso en mis labios—. No olvidaré lo que me dijiste en la pista de Lanzarote.

—Estate tranquila —repliqué torpemente—. Todo irá bien.

—Mi tono de voz no acompañaba a aquella afirmación, pero era lo mínimo que le podía decir.

—¡Tenga cuidado de ella, hermana! —le grité a sor Cecilia, mientras se alejaban por el pasillo—. ¡Cuidaos mucho! ¡Nos veremos muy pronto!

—¡No te preocupes, hijo mío! ¡Estamos en las manos de Dios!

«Más bien en manos de esta gente, hermana —pensé para mí—. Y no sé si eso es bueno.»

—¿Adónde las llevan? ¿Qué van a hacer con nosotros? —preguntó en aquel momento Pritchenko con una nota de irritación contenida en la voz.

Por toda respuesta, el que se hacía llamar doctor Alonso se encogió de hombros y respondió con voz dulce y suave, pero que me llenó de escalofríos.

—Ya se lo he dicho, amigo mío —dijo, mientras reemprendía la marcha—. Cuarentena. Y ahora, si no les importa, por aquella puerta, por favor…

13

Basilio Irisarri era alcohólico. Bebedor compulsivo, eran numerosas las ocasiones en las que sus propios compañeros de tripulación lo habían tenido que llevar de nuevo a bordo del buque a rastras. Paradójicamente, aunque Basilio no era consciente de ello, esa pequeña circunstancia le había salvado la vida.

Basilio era un marinero de los de la vieja escuela. Simple, directo, casi bruto, embarcado desde los diecisiete años, experimentado y capaz, había pasado por muchos buques a lo largo de su vida, casi siempre como contramaestre. En unas cuantas ocasiones había sido promovido a suboficial, pero su carácter arisco y polémico, unido a su descontrolada afición a la botella, siempre habían terminado por llevarlo al fondo del sollado de nuevo. Alto, de cuarenta y cinco años, tenía una cintura que empezaba a acumular bastante grasa y un par de brazos que parecían pistones de motor, terminados en unas enormes manos, cuyos nudillos estaban deshechos a fuerza de dar puñetazos en infinitas peleas de puerto a través de todo el mundo.

Un año y medio atrás Basilio formaba parte de la tripulación del *Marqués de la Ensenada*, un petrolero de la Armada española, fondeado en el puerto de Cartagena de Indias, en Colombia. A las seis horas de haber desembarcado, Basilio y un par de compañeros de tripulación ya estaban totalmente bebidos y les había dado tiempo a arrasar una taberna, partir una silla en la cabeza de un proxeneta y pelearse con la policía colombiana un par de veces. Finalmente, la Policía Militar les detuvo y les mandó de vuelta a su buque, donde fueron confinados bajo arresto indefinido en sus camarotes.

Las siguientes cuarenta y ocho horas Basilio las pasó sumido en una resaca espantosa, pero aun así pudo sentir desde dentro de su camarote una serie de voces, carreras y gritos inexplicables a bordo del barco. Por el estrecho ojo de buey pudo ver cómo todo el puerto militar de Cartagena de Indias se transformaba rápidamente en un hormiguero.

Numerosos buques, atestados de gente hasta el tope del palo mayor, levaban anclas precipitadamente y se agolpaban en la bocana del puerto, tratando de salir, mientras en tierra cientos, miles de personas, sobre todo civiles, trataban de alcanzar algún artefacto flotante a cualquier coste. Por lo visto las autoridades habían decidido evacuar la ciudad por mar, pero era de todo punto evidente que se habían visto desbordados por los acontecimientos. Era demasiada gente y muy pocos buques. Desde su pequeño ojo de buey Basilio podía ver cómo los militares colombianos correteaban apresuradamente de un lado a otro, tratando de poner orden en aquel caos, pero la multitud parecía totalmente aterrorizada y fuera de control.

Basilio no leía la prensa, y hacía bastantes días que no escuchaba ni la radio ni la televisión, por lo que no tenía la menor idea del caos que se estaba desatando sobre la faz de la tierra durante aquellos días previos al Apocalipsis. Su primer pensamiento fue que se había producido algún tipo de guerra civil o revolución en el país, pero pronto lo descartó. Aunque se oían numerosos disparos provenientes de las partes más alejadas de la ciudad, apenas se oían explosiones y algo en el movimiento de los uniformados le daba a entender que era otra cosa.

En la rada estaban fondeados, aparte del *Marqués de la Ensenada*, un destructor estadounidense y una fragata francesa. Nutridos destacamentos de sus tripulaciones (excepto los enfermos o los que, como Basilio, estaban arrestados) habían bajado a tierra, para colaborar con los desbordados colombianos en la imposible tarea de controlar aquella muchedumbre presa del pánico. Basilio fue testigo, con horror, de cómo una avalancha de varios miles de personas arrollaba una línea de soldados (entre ellos, la práctica totalidad de la tripulación de la fragata francesa) y se precipitaba al mar.

La orilla de los muelles se transformó en unos minutos en un hervidero de miles de personas, hombres, mujeres y niños chapoteando y golpeándose, tratando de evitar morir ahogadas o aplastadas por los que seguían cayendo sobre ellos. El agua hervía con furia, sacudida por miles de brazos y piernas, y las cabezas de los que se sacudían mientras trataban de tomar un poco de aire en medio de aquel marasmo.

Alguien perdió el control y comenzó a disparar alocadamente en medio de la multitud. Pronto fueron docenas, cientos, los que cruzaban disparos, en busca de un lugar seguro a bordo de uno de los pocos barcos que aún quedaban en el puerto. Oscuras columnas de humo negro empezaban a levantarse mientras tanto, aquí y allá, a lo largo de la ciudad. El sistema se derrumbaba por momentos y nadie podía evitarlo.

Basilio notaba la boca totalmente seca. Desesperado, se pasaba la mano por la cara rasposa, deseando que todo aquel infierno fuese producto del delírium trémens, pero dolorosamente consciente de que todo lo que estaba viendo era realidad. Finalmente, incapaz de soportar aquel espectáculo, se apartó del ojo de buey. Sin embargo, nada podía hacer para apartar de sus oídos los gritos de miles de moribundos ahogándose a pocos metros. Los golpes y arañazos de docenas de personas contra el casco del barco, incapaces de trepar por su lisa y elevada borda, eran como golpes en su cabeza. Basilio, sin embargo, no lloró. Al fin y al cabo, él estaba a salvo. Que cada palo aguante su vela, ésa era su máxima.

Seis horas más tarde, uno de los tenientes del buque abrió la puerta de su celda. Su uniforme estaba empapado y rasgado, y de una enorme brecha en su cabeza manaba abundante sangre. Era, junto con un cabo, el único superviviente de la dotación que había bajado a tierra. En el petrolero, más de setecientas personas, civiles en su inmensa mayoría, se hacinaban aprovechando hasta el último rincón de espacio disponible. Tan sólo cuatro miembros de la tripulación original, incluido Basilio, habían sobrevivido al caos del puerto.

El *Marqués de la Ensenada* comenzó así un terrorífico viaje de vuelta a casa. Atestado de refugiados, carente de víveres, agua o medicamentos para tantas personas, con una tripulación en cuadro que apenas podía maniobrar el buque, el barco tuvo que atravesar además un violento huracán que casi lo mandó al fondo. Cuando finalmente llegó al puerto de Santa Cruz de Tenerife, más de cien personas habían perdido la vida. De ellas, casi veinte fueron ejecutadas por presentar heridas «sospechosas» y aun así hubo quince casos de infección. Eso motivó que todos los de a bordo se viesen forzados a pasar un mes de cuarentena flotando en la rada del puerto. Aquel mes, sin gota de alcohol, había sido lo peor para Basilio.

Desde el día que había salido de la cuarentena, Basilio había vivido en Tenerife, aún enrolado en la Armada. El mundo había cambiado mucho en un año y pico, pero su tendencia a meterse en problemas seguía siendo la misma. Una borrachera que terminó en pelea multitudinaria, cinco meses atrás, le había llevado a ser destinado a un batallón disciplinario. Ahora, su misión era desempeñar labores de vigilancia en el *Galicia*, el buque de cuarentena fondeado en la rada, uno de los peores destinos que se podían tener en la isla. Apartado de la ciudad, rodeado de posibles infectados, lejos de todo, era lo más parecido al infierno en tierra del resto del mundo que había en Tenerife. Y en aquel momento, a causa de sus problemas con la bebida, Basilio estaba allí, maldiciendo a cada instante aquel cochino puesto.

La garita de control donde se encontraba Basilio estaba situada al principio del corredor que daba paso a las celdas de aislamiento. El cuarto, amueblado espartanamente, disponía de dos sillas, una mesa de madera traída de tierra y un pequeño armero donde colgaban, negros y relucientes, media docena de HK (debajo del cajón de munición había un par de botellas de ron local, pero eso era algo que sólo sabía Basilio).

Precisamente acababa de dejar una de aquellas botellas en su sitio, con manos temblorosas, después de haberle dado un buen tiento. Tenía que pensar algo rápido. Basilio sabía que estaba bien jodido, y que de aquélla no iba a salir fácilmente. La culpa había sido de la puñetera monja, oh, sí señor, por supuesto, la culpa era de la monja de los cojones, por meterse donde no le llamaban. No, mejor pensado, la culpa era de todo aquel puto grupo llegado de la península, cuando ya nadie creía que pudiese quedar alguien vivo allí.

Aquel grupo había sido un incordio para Basilio desde el principio. Una vez pasados los primeros meses del Apocalipsis, eran pocos los supervivientes que llegaban a Tenerife y tenían que pasar la cuarentena, así que el servicio a bordo del *Galicia*, aunque poco agradable, era bastante relajado, ya que no había mucho que hacer. De vez en cuando, pequeños grupos de magrebíes o africanos al borde de la muerte llegaban a bordo de embarcaciones de fortuna hasta las Canarias. Basilio despreciaba profundamente a toda aquella gente. Para él, no eran más que un montón de mierda africana que no había tenido el buen gusto de quedarse a reventar en su país. Para aquel contramaestre, resultaba incomprensible que se aceptase a aquella gente en las islas, sobre todo teniendo en cuenta la alarmante escasez de recursos. Basilio los hubiese mandado a todos de vuelta a África con tres gramos de plomo en el cráneo a cada uno, pero aquellos jodidos maricones del gobierno no querían tomar cartas en el asunto como auténticos hombres.

Basilio escupió, despectivo, mientras pensaba en todo aquello. Los africanos eran un problema, pero al mismo tiempo suponían una gran diversión, sobre todo las mujeres. La mayor parte de ellas no hablaban ni español, ni inglés ni nada por el estilo. Generalmente tan sólo hablaban árabe o en el peor de los caso alguno de aquellos incomprensibles dialectos africanos que no entendía ni dios, pero eso era bueno para Basilio y un par de guardias. En más de una ocasión se habían divertido con alguna de aquellas chicas en un cuarto situado en el fondo del sollado al que llamaban, de manera jocosa, «el Paraíso».

Por supuesto, ni el personal médico, ni los mandos, ni nadie de la administración civil estaban al corriente de aquel pequeño secreto de Basilio y sus compinches. De haberlo sabido, habrían tenido un problema serio de verdad. El estado de excepción continuaba vigente en todo el territorio y las agresiones sexuales estaban penadas con la muerte. Sin embargo, ninguna de aquellas pobres chicas africanas podía hacer una denuncia, ya que no hablaban castellano. Además, la mayoría de ellas habían pasado tantas penalidades por el camino hasta llegar allí, que ser violadas una vez más no les suponía una gran diferencia.

Y en todo caso, no les convenía poner pegas nada más llegar al único lugar seguro en dos mil kilómetros a la redonda, así que la inmensa mayoría de ellas se callaba. Las que insistían en dar problemas… pues bueno… Basilio sonrió amargamente, mientras derramaba la mitad del ron que trataba de servirse en un vaso. No era la primera internada que veía cómo su ficha cambiaba de cajón e iba a parar al fichero de «Probablemente infectado». De ahí a pasar a ser pasto de los peces del puerto, un paso.

Pero aquel grupo era diferente. «¡Joder, Basilio, en qué lío te has metido!», pensaba mientras se servía otra copa. En primer lugar, eran europeos, y eso cambiaba enormemente el trato. Además, habían llegado volando desde la península. ¡Desde Europa, nada menos! De alguna manera, aquellos tipos se las habían apañado para sobrevivir durante más de un año en medio del caos más absoluto, rodeados de No Muertos por todas partes. Las autoridades estaban enormemente interesadas en ellos, e incluso la propia Alicia Pons había tomado cartas en el asunto personalmente.

«Cuando se entere de esto soy hombre muerto —pensó Basilio—. La Pons me va a cortar los huevos y me los va a hacer tragar con pimienta.»

Basilio descargó un puñetazo de frustración en la mesa, mientras se devanaba los sesos, tratando de encontrar una salida.

Aquel grupo era extraño. Primero estaba aquel individuo, el abogado del gato. Alto, delgado, de unos treinta años, no había parado de joder desde el primer día, exigiendo hablar con algún responsable. Cuando habían tratado de sacrificar al puto gato, se había puesto de tal manera que los médicos no tuvieron más remedio que renunciar a ello (uno de ellos con un brazo roto en dos sitios). Finalmente la propia Alicia Pons había decidido que el gato podía vivir, decisión inaudita hasta el momento. Basilio no podía entender cómo aquel jodido chupatintas había conseguido sobrevivir durante todo aquel tiempo. Simplemente, no le veía capaz ni de usar un arma.

El ucraniano era otra historia. Sí, ese tío era peligroso. Bajo, rubio claro, cerca de la cuarentena, con unos enormes mostachos amarillentos, a aquel fulano le faltaban varios dedos de la mano derecha. Seguramente los habría perdido en alguna pelea de puerto, o en un accidente de coche, tiempo atrás, suponía Basilio. Aquel tipo era muy callado, tranquilo, pero te miraba de aquella manera que... joder, se te ponían los pelos de punta cada vez que clavaba aquellos ojos pálidos en tu cuello. Daba la sensación de que estaba pensando dónde podía hacerte daño más rápido (Basilio no podía saber lo cerca que estaba aquello de la realidad).

La chica jovencita era un puto bombón. Delgada, de buen tipo, con unas curvas que mareaban y con aquella cara... Cristo bendito, haría hervir hasta la sangre de un monje de clausura, y estaba allí, tan a mano...

Durante las primeras semanas Basilio fue cauto, y aparte de algunas frasecitas soeces al hacer la ronda, no había tenido más relación con Lucía. Sin embargo, aquella mañana, cuando llevaba a la chica y a la monja al reconocimiento médico, se le había escapado la mano hacia los pechos de la muchacha. Estaba muy bebido, y casi no había pensado lo que hacía (con las africanas lo había hecho frecuentemente y ellas, acobardadas, se habían dejado hacer), pero la reacción de esta chica había sido fulminante, y le había cruzado la cara de una bofetada.

El alcohol y la furia eran una mala mezcla, Basilio lo sabía por experiencia, y formaban un cóctel explosivo que aquel hombre no era capaz de dominar. Antes de que se diese cuenta, un velo rojo se le formó delante de los ojos, y las sienes empezaron a palpitarle. A él no le ponía la mano encima ninguna zorra, y menos delante de sus hombres. Cerrando la mano, descargó un puñetazo sobre la sien de la chica que hizo que ésta cayese al suelo como un guiñapo. Echando mano a la porra, la levantó sobre su cabeza y se dispuso a darle una buena lección (aquella puta se iba a enterar de lo que era bueno). De repente, la jodida monja se había metido en medio

y con una audacia increíble le había plantado otra bofetada. A él.

Y había perdido el control.

Basilio se dio un cabezazo contra la pared, mientras pensaba lo estúpido que había sido. Cuando por fin había recu-
perado la cordura, la monja estaba tumbada inconsciente en
el suelo, y manando abundante sangre de su cabeza abierta.

No sabía si la había matado. Y para acabar de joder la situación, todo había sucedido en el último día de cuarentena, justo un par de horas antes de ser puestos en libertad. En aquel
momento la comandante Pons se dirigía hacia el *Galicia*, para
tramitar los papeles del grupo y llevarlos a tierra, y él tenía a
la monja en la enfermería, más muerta que viva, y a la mitad
de los guardias de a bordo buscando dónde esconderse hasta
que acabase la tormenta que adivinaban. Mierda.

En cuarenta minutos, a no ser que se le ocurriese algo (¡y
rápido!), Basilio Irisarri iba a tener problemas de verdad.

14

La pintura del techo tenía un desconchado, justo sobre mi litera. Había estado observando ese desconchado, día tras día a lo largo del último mes, hasta llegar a memorizar perfectamente su forma. Suspirando, me incorporé, al tiempo que me pasaba la mano por la cara. El tacto de la barba que lucía desde hacía un par de semanas me hizo ser consciente del paso del tiempo. Los primeros días me habían facilitado artículos para afeitarme, pero desde el día que había impedido que se llevasen a Lúculo me habían quitado todo tipo de objeto cortante o punzante, y suponía que en aquel momento debía de parecer un vagabundo, o algo peor, con aquel ridículo pijama de hospital color verde pálido.

Mi enorme y peludo gato pegó un brinco desde el suelo, y aterrizó en mi regazo con esa elegancia innata que sólo poseen los felinos (y como había hecho siempre, desde que no era más que una minúscula bola de pelo lloriqueante, apoyando sus cuartos traseros justo sobre mis testículos al posarse). Con una mueca de fastidio cogí a Lúculo por su redonda tripa y lo apoyé en la litera, justo a mi lado, donde empezó a ronronear, mientras le rascaba detrás de las orejas.

Al principio me había desgañitado, exigiendo hablar con la persona al mando, amenazando, pidiendo, rogando, ordenando y por último suplicando, pero todo había sido en vano. Finalmente, con la voz rota y enronquecida, me dejé caer contra la pared de mi pequeña celda de dos por dos metros. Mi camarote no tenía ventanas, y por todo mobiliario contaba con un par de literas superpuestas, un pequeño banco donde sentarse atornillado a una pared, una pileta de lavabo (sin agua corriente) y un inodoro al que le faltaba la tapa. Las paredes eran gruesas láminas de acero soldadas al suelo y al techo, y este último, con una especie de respiradero situado en el medio, parecía haber sido añadido también con posterioridad. Me daba la sensación de que tenía cuartos similares por encima, a los lados y por debajo.

Posiblemente, habían transformado la enorme bodega de carga del *Galicia* en una gran colmena de celdas, capaces de acoger a todos los refugiados que llegasen a la isla.

Había recordado un documental que había visto en una ocasión sobre aquel buque. La bodega del *Galicia* podía ser inundada por completo con agua de mar a través de un enorme portón situado en su popa, ya que donde en aquel instante estaba, normalmente tendrían que alojarse varias lanchas de desembarco. Con un escalofrío había comprendido que lo que había tomado por un respiradero en el techo no era sino una vía de entrada de agua a la celda en caso de necesidad.

Los constructores de aquel centro de cuarentena habían pensado en todas las posibilidades, incluido un motín. En caso de necesidad, simplemente con apretar un botón, podrían ahogar a toda la gente alojada en aquella bodega. Rápido, fácil y, sobre todo, discreto. Aquello había bastado para quitarme las ganas de montar un follón. Eso, y el hecho de que por el silencio, tenía la sensación de que aquel buque debía de estar prácticamente vacío. Posiblemente mi grupo y yo fuésemos los únicos huéspedes del *Galicia*.

Tres veces al día me pasaban una bandeja de comida por la

ranura habilitada en la puerta. El menú, aunque pobre, era variado. Había sobre todo arroz, lentejas, comida liofilizada (a la que, después de un año, había llegado a aborrecer) y para mi sorpresa, vegetales frescos (lechuga, zanahoria, patatas...) aunque en poca cantidad. No soy capaz de describir el placer que sentí el día que en la bandeja vi un tomate fresco.

Hacía casi un año que no tomaba vegetales frescos, y si no hubiera sido por los complementos de vitamina C que habíamos ingerido regularmente desde el Meixoeiro, posiblemente habríamos desarrollado algún tipo de anemia, y probablemente algo peor, como el escorbuto, a causa de la alimentación desequilibrada. Aquel pequeño tomate me supo mejor que cualquier cena de gala que hubiese disfrutado en mi vida.

Mientras lo mordía, con los ojos cerrados, y sentía resbalar su jugo por mi garganta, me imagine por un momento que nada de todo aquello estaba sucediendo, y que cuando abriese los ojos estaría en el salón de mi casa, preparando una ensalada, antes de tirarme en el sofá con Lúculo para ver un partido en la tele. Lamentablemente, cuando abrí los ojos, lo único que vi fue el jodido desconchón del techo.

Una vez al día entraban en mi celda tres médicos que me tomaban muestras de sangre, temperatura, pulso y presión arterial, al tiempo que verificaban que no me estaba convirtiendo en un No Muerto. Al principio venían escoltados por un par de soldados armados que se quedaban en el pasillo (la diminuta celda no daba más de sí), pero pronto mi actitud sumisa les hizo ganar confianza y al cabo de un par de semanas ya realizaban su chequeo sin escolta, posiblemente por considerarla innecesaria. Hasta aquel día, dos semanas atrás.

Una mañana habían entrado los tres tipos del personal médico en mi celda (a los que se reconocía fácilmente por un brazalete rojo que lucían en el lado derecho de su traje bacteriológico). Antes de empezar el chequeo uno de ellos me dijo que tenían que llevarse a mi gato para «hacerle unas pruebas clínicas». Algo en el tono de la voz de aquel tipo me puso en alerta. Largos años de experiencia profesional como abogado me habían enseñado a detectar los sutiles matices y cambios de voz que emitimos de manera inconsciente cuando mentimos. Y aquel tipo, que no era un buen mentiroso, estaba mostrándome todo el catálogo.

La decisión la tomó alguna parte de mi subconsciente antes de que me diese cuenta de lo que estaba haciendo. Cuando el Doctor Mentiroso se agachó para coger a Lúculo, que estaba enroscado a mis pies, empujé con mis brazos su nuca, al tiempo que levantaba rápidamente mi rodilla, estampándola contra su nariz.

Mentiroso pegó un alarido de dolor, mientras un chorretón de sangre de color rojo intenso que manaba de su nariz rota manchaba la parte interior de su máscara de plexiglás. Mientras se retorcía angustiado en el suelo, aproveché que la sorpresa había dejado paralizados a los otros dos tipos y salté sobre ellos.

Cogí el brazo derecho del más alto y tiré de él con fuerza hacia mí. El Doctor Alto tropezó con Mentiroso, que seguía en el suelo, y acabó estrellándose contra la pileta del lavabo. Apenas tenía sitio para moverme, así que cuando Mentiroso se levantó del suelo le propiné una patada en la espalda que le hizo chocar de nuevo con Alto.

El brazo izquierdo de éste había quedado atrapado entre el inodoro y la pileta, así que cuando Mentiroso chocó contra él, el hombro de Alto trazó un ángulo imposible, al tiempo que un crujido espantoso salía de su extremidad. Aquello sonaba a fractura múltiple.

Me giré hacia el tercero, que ya estaba en el pasillo dando la voz de alarma. Súbitamente fui consciente de lo que había hecho. Me quedé de pie, paralizado, en medio de la celda, mientras Mentiroso y Alto, profiriendo gemidos de dolor, salían de la celda apoyándose entre ellos. Alguien cerró la puerta a sus espaldas y apagó la luz, dejándome a oscuras.

Temblando, cogí a Lúculo entre mis brazos y me acurruqué en la litera, mirando fijamente hacia la puerta. «Ya está —me dije—, ahora la has jodido de verdad. En cualquier momento alguien va a abrir esa puerta y te van a dar la del pulpo, o algo peor. Puede que hayas firmado tu sentencia de muerte, gilipollas.» En fin, por lo menos que no te vean suplicar, pensé para animarme. El orgullo es algo absurdo, pero cuando es lo único que te queda en una situación desesperada, se convierte en tu mayor valor.

Así que allí me quedé, acurrucado y expectante, tenso como la cuerda de un laúd, esperando que en cualquier momento entrasen tres o cuatro animales en la celda y me diesen una (merecida) paliza de campeonato o un tiro en la frente.

Sin embargo, nada sucedió en la siguiente hora. Ni en el siguiente día.

De hecho, nada sucedió.

El único cambio, desde ese día, fue que se acabaron las revisiones médicas. Me seguía llegando la comida a diario, a través de la portilla, y estoy seguro de que me examinaban a través de la mirilla de la puerta, pero nadie volvió a entrar en mi celda en las dos siguientes semanas, ni a hablar conmigo. Aquella situación, en aquel diminuto cuarto, era desquiciante. Recordaba las historias que había leído sobre los internos de las prisiones de máxima seguridad de Estados Unidos, que encerrados de por vida en diminutas celdas, acababan por perder la razón. Me preguntaba si mi destino iba a ser el mismo.

Esos pensamientos ocupaban mi mente aquella mañana, mientras me rascaba pensativamente la incipiente barba. De repente, unos pasos sonaron en el pasillo, junto con unas voces que no pude distinguir. Los pasos se detuvieron repentinamente frente a mi puerta. A continuación, sonó un tintineo de llaves y la cerradura giró ruidosamente. Me levanté de la cama, poniendo a Lúculo a mi espalda. Ahora sí que vienen a por mí, pensé, mientras tensaba todos los músculos de mi cuerpo, preparado para lo que fuera.

Una figura femenina se recortó en el claroscuro de la puerta, con los brazos en jarras. Bizqueé, tratando de adaptar mi vista a la luz que entraba por la puerta. La figura dio un paso y entró dentro de la celda, y entonces pude distinguirla perfectamente. Por un instante, ambos nos contemplamos en silencio. De pronto, la mujer habló.

—Soy la comandante Alicia Pons, responsable del cuerpo médico. —Su voz sonaba firme, pero suave al mismo tiempo—. Ha superado el período de cuarentena, no sin algunos problemas. —Notaba el sarcasmo que teñía su voz, que enseguida se transformó en un tono mucho mas serio—. De hecho, no es usted el único miembro de su grupo que ha sufrido algún incidente. De cualquier forma, déjeme decirle que lo han logrado. Estoy aquí para darles la bienvenida formal al Área Segura de Tenerife.

Salimos al pasillo. Después de un mes encerrado dentro de aquel cubículo, los primeros metros se me hicieron un tanto incómodos para caminar. Con Lúculo colgado del brazo, tuve que detenerme un momento, apoyado en la pared, para recuperar el equilibrio. Tan sólo nos acompañaba un guardia, que era, aunque él no lo sabía, del todo punto innecesario. Estaba tan débil, que no hubiese podido correr ni cincuenta metros y ya no digo escapar del barco o llegar a nado a la costa.

Finalmente desembocamos en un luminoso cuarto, con unos amplios ventanales sobre la cubierta de vuelo. En medio del mismo, un oficial del ejército estaba sentado a una mesa, con un ordenador (el primero que veía funcionando desde hacía más de un año), una impresora y varios aparatos más.

Una amable civil me sacó un par de fotos, mientras otro funcionario me pedía educadamente mi colaboración para tomar mis huellas. No pude evitar la extraña sensación de que, después de un año viviendo como un forajido del salvaje oeste, estaba entrando de nuevo en el sistema (sin tener muy claro, eso sí, de qué demonios iba aquel sistema).

—En pocos minutos tendremos su documentación lista, caballero —me dijo el oficial sentado al ordenador, mientras tecleaba rápidamente—. Documento de identidad, pases de control, cartilla de racionamiento… —enumeró rápidamente—. Todo lo que necesita para poder vivir en Tenerife. Mientras tanto…

—Mientras tanto podríamos aprovechar para tener una breve conversación —le interrumpió Alicia Pons—. Y ponernos al día mutuamente de todas las circunstancias. ¿Qué le parece?

—Una idea brillante —repliqué, con cierta ironía—. Nada me gustaría más que saber qué demonios está sucediendo a mi alrededor.

—Sígame —dijo Pons—. En el cuarto de al lado podremos hablar con más tranquilidad. Además, si no me equivoco, creo que nos han servido un pequeño refrigerio, que hará más ligera la espera.

Cuando pasamos al cuarto contiguo mis ojos se abrieron como platos. Sobre una mesa, ordenadamente dispuestas, había varias fuentes repletas de fruta fresca, emparedados, pan recién horneado, una tortilla de patatas y hasta una cafetera humeante que inundaba toda la estancia de un embriagador aroma a café. Después de varios meses comiendo sólo comida enlatada, aquello me parecía el mejor menú del mundo. Tuve que hacer gala de toda mi fuerza de voluntad para no abalanzarme sobre la mesa como un huno enloquecido.

—Por favor, siéntese y sírvase lo que le apetezca —me dijo

Alicia Pons, mientras cogía una taza y la llenaba de un café espeso e hirviente—. Supongo que estará hambriento, y deseando probar algunas de estas cosas.

Agradeciendo su invitación, ataqué las fuentes de emparedados, mientras Pons me observaba atentamente, sentada en una silla. Aproveché para echarle un vistazo. De unos treinta años, mediana altura, tirando a pelirroja, delgada y de facciones menudas, se podía decir que era una mujer guapa. Iba ataviada con un uniforme de paseo de la marina, aunque sin el gorro, y llevaba su abundante melena recogida en un moño sobre la nuca. En su mano derecha lucía una alianza de oro y con la izquierda jugueteaba inconscientemente con un bolígrafo azul. Aunque aparentaba un aire frágil, una breve mirada a sus ojos bastaba para darse cuenta de que aquella mujer debía de tener un carácter resuelto y decidido. Me había fijado en el extremo respeto con el que la habían tratado todos los soldados, oficiales y personal civil que nos habíamos cruzado por el camino. Evidentemente, era una persona de peso allí y, lo que es más importante, se sabía hacer respetar.

—Entonces… —comenzó a hablar, mirando un papel que tenía sobre la mesa—. Un médico con fractura de tabique nasal y otro con una fractura abierta en el brazo y luxación de hombro. ¿Me quiere explicar qué demonios le pasaba por la cabeza?

—Fue un accidente —respondí, con la boca medio llena, mientras agarraba otro emparedado—. Lo del brazo, quiero decir. Lo de la nariz, pues bueno… supongo que no pensé que le iba a dar tan fuerte. —Me callé, un tanto avergonzado, mientras notaba sus penetrantes ojos claros taladrándome.

—Usted y sus amigos nos han contado un relato auténticamente sorprendente —me dijo, mientras ojeaba una pila de folios que tenía sobre la mesa—. Un barco ruso, un maletín explosivo, un refugio en un hospital, un bosque en llamas, un vuelo en helicóptero de dos mil kilómetros… —Levantó la vista de los papeles y esbozó una sonrisa—. Veo que no han tenido tiempo para aburrirse en los últimos meses.

—La verdad es que ha sido una temporada bastante agitada —respondí, con la boca llena de emparedado y los ojos bailando sobre todos los platos de la mesa, incapaz de decidirme por alguno.

—Todos vivimos tiempos agitados —replicó, mientras pasaba más papeles. Pude ver, en medio de aquella montaña de folios, varias fotos mías, de Prit, Lucía, sor Cecilia e incluso de Lúculo. En una de ellas, sacada desde el aire, se nos veía corriendo apresuradamente por la pista del aeropuerto de Lanzarote, perseguidos por una multitud de No Muertos.

—Casi todo el mundo que vive aquí tiene alguna historia fascinante que contar. Algunas son divertidas, la mayor parte son dramáticas, pero lo suyo supera con creces a la mayoría, créame.

—Únicamente tratamos de mantenernos con vida —respondí mientras tendía la mano hacia la jarra de café—. Como todo el mundo, supongo.

—Créame, lo hicieron notablemente bien —replicó la pelirroja—. De hecho, son los primeros supervivientes que llegan de la península desde la Operación Juicio, y por sus propios medios, lo que tiene aún más mérito.

—¿Operación Juicio? —le pregunté, algo confundido.

—La evacuación de los Puntos Seguros que quedaban en la península, hace diez meses. —Me miró extrañada—. ¿De verdad que no sabe nada de lo que ha sucedido en todo este tiempo?

—No he comprado muchos periódicos últimamente, teniente Pons —repliqué mientras mordía una jugosa manzana y su zumo me resbalaba por la barbilla—. Por donde he estado durante este tiempo no había quioscos abiertos.

—Capitán.

—¿Disculpe?

—Capitán. Soy la capitana Pons, aunque si se siente más cómodo puede llamarme señora Pons, como hacen muchos civiles. ¿Qué me decía?

—Le decía, capitán Pons —dije, remarcando lo de «capitán»—, que no he tenido acceso a ninguna fuente externa de información desde hace casi un año. No tengo ni idea de qué pasa en el mundo, qué coño es lo que queda en pie y qué parte se ha ido al infierno. No sé dónde estoy, qué estatus tengo, dónde están mis amigos o quién demonios es usted y a quién o a qué representa.

A medida que iba hablando me iba acelerando. Sin dejar que me interrumpiese, cogí carrerilla y continué.

—Lo único que sé es que desde hace un año venimos recorriendo un paisaje salido del infierno y plagado de No Muertos, y que cuando finalmente llegamos a un sitio donde no están vagando esas cosas, nos tratan como criminales y nos meten en prisión por un mes. También sé que ahora estoy sentado delante de usted, que me han tomado las huellas como a un vulgar ratero y que no es usted teniente, sino capitán, como ha tenido la delicadeza de aclararme hace un instante... mi capitán —concluí, dejando salir de forma brusca toda mi indignación contenida—. Así que usted dirá si estoy informado.

Alicia Pons se quedó petrificada por un momento, sorprendida por mi repentino estallido. Súbitamente, echó la cabeza hacia atrás y soltó una risa incontenible. Por un instante me enfurecí con ella por lo que consideraba una falta de respeto, pero su risa era tan fresca y contagiosa que finalmente hasta consiguió que esbozase una sonrisa.

—Oh, lo siento, lo siento de veras, por favor, discúlpeme —me dijo, aún con una sonrisa temblorosa en la boca, mientras intentaba recuperar la compostura—. Pero es que las circunstancias actuales son tan complicadas que a veces me olvido de lo ridículo y estirado que puede llegar a ser el procedimiento. Comprendo su indignación —añadió—, pero por favor, relájese. Somos amigos, créame. Comencemos de nuevo —continuó, mientras me tendía la mano por encima de la mesa—. Soy la capitana Alicia Pons, pero puede llamarme Alicia, si lo prefiere.

—Encantado de conocerla, Alicia —respondí, visiblemente más relajado—. Ahora que ya sabe mi historia, ¿le importaría contarme qué demonios ha pasado en el resto del mundo mientras tanto?

—Por supuesto —respondió Alicia, pero esta vez con un semblante mucho más serio—. Pero le advierto que no es un relato agradable, ni mucho menos. El mundo que usted conocía ha desaparecido y ahora tenemos… bueno, será mejor que espere a que acabe de contarle todo.

Por un instante consideré, divertido, que en los últimos tiempos mi vida parecía haberse convertido en un ciclo. No hacía muchos meses había mantenido una conversación similar en otro barco, y con otro «capitán», conversación que había sido el inicio de un largo camino que me había conducido casi al borde de la muerte. Esperaba que ésta, al menos, me llevase a un final más agradable.

—Al principio nadie se lo tomó en serio —comenzó a explicar Alicia, mientras se levantaba a servirse otra taza de café—. Durante la primera semana, de hecho, ni siquiera existía información fiable al respecto. Putin se dejó llevar por la tradicional paranoia rusa del secreto de Estado y decretó un bloqueo total sobre el asunto. Si usted veía la televisión aquellos días recordará que todos los informativos estaban llenos de… nada. Ésa era más o menos la misma situación en la que se encontraban todos los gobiernos del mundo. Nadie sabía nada. De hecho, los gobiernos occidentales sabían poco más o menos lo mismo que la CNN, tal era el grado de control ruso sobre la información.

—¿Cómo es posible eso? Hay satélites y...

—Los satélites sólo son máquinas que sacan fotos. Son los humanos que interpretan esas fotos los que «ven» en ellas, para que me entienda. Y para encontrar algo, primero hay que saber qué es lo que se busca. Evidentemente, nadie en aquel momento buscaba No Muertos en las fotos de satélite, más que nada porque nadie sospechaba de su existencia. Y no se olvide que Daguestán era... es —se corrigió— un lugar auténticamente remoto. No fluía demasiada información en aquellos momentos. Finalmente, tan sólo al cabo de ocho días el gobierno estadounidense, a través de una fuente de la CIA dentro del Kremlin, tuvo un informe completo de la situación.

—¿Ocho días? ¡La situación aún tardó mucho más tiempo en volverse incontrolable! ¿Por qué no hicieron nada mientras tanto?

—Porque no se creyeron el informe, así de sencillo. —Dio un trago a su café y miró pensativa el fondo de la taza—. Después del patinazo del 11-S y lo de las inexistentes armas de destrucción masiva de Irak, la veracidad de los informes de inteligencia de la CIA estaba en entredicho. Así que cuando alguien puso sobre la mesa un informe en el que se hablaba de muertos que se levantaban de sus tumbas y atacaban a los vivos, como en una mala película de serie B, nadie se lo tomó muy en serio. Se perdieron unas semanas que fueron vitales.

»Sin embargo, los americanos sabían que algo se estaba cociendo allí —continuó—. Algo que no era ni el Ébola ni el virus Marburgo, ni el virus del Nilo, ni ninguna de las diez excusas distintas que dieron los rusos a lo largo de esa primera semana. Y además ese algo, que sin duda era biológico, era lo suficientemente espantoso como para tener al Kremlin asustado de verdad, tanto que al final hasta permitieron que una misión de la OMS y del CDC viajara a Daguestán. Al mismo tiempo, las potencias europeas, Japón y Australia enviaron unidades médicas avanzadas para ayudar a controlar lo que se suponía una epidemia…

—Lo recuerdo perfectamente —la interrumpí—. Los batallones médicos del ejército, que iban a colaborar con los rusos para controlar la situación…

—Para controlar la situación… y de paso husmear un poco sobre el terreno y descubrir qué demonios pasaba allí. —Meneó la cabeza tristemente, mientras su mirada se perdía en la pared—. De todas las malas decisiones que se tomaron en aquellos días, ésa fue sin duda la peor de todas. Se enviaron cientos de personas, miembros de equipos demasiado numerosos que confluyeron en una zona que en aquel momento ya estaba en situación crítica. La infección estaba totalmente descontrolada. Daguestán ya era un punto caliente, con miles de No Muertos pululando por todas partes. Visto en perspectiva parece evidente, pero en aquel momento no sabíamos apenas nada de todo lo que hemos ido enterándonos después.

Alicia Pons guardó silencio por un instante, mientras jugueteaba inconscientemente con los papeles de mi expediente, ordenadamente apilados delante de ella. Tras un instante, continuó su relato.

—Tres o cuatro días después de llegar, la verdadera situación se hizo evidente para todo el mundo. Los equipos médicos se dieron cuenta enseguida de que lo que realmente hacía falta en Daguestán eran unidades de combate, y no sanitarias, para acabar con aquellas alimañas. Lamentablemente se dieron cuenta demasiado tarde, cuando más de un médico había sido atacado por un supuesto paciente en estado de shock.

—Los No Muertos —aventuré.

—Efectivamente —replicó—. Ante eso, muchas unidades desplazadas a la zona recibieron órdenes de volver a sus países de origen a toda velocidad. Evidentemente, se llevaron con ellos a todos sus heridos. Incluso sospechamos que los japoneses se llevaron a unos cuantos «pacientes» con objeto de realizarles un análisis más detallado del virus y de la infección en su país.

—Dios santo —musité, mientras me pasaba la mano por el cabello. Habían sido los cuerpos de emergencia los que habían ayudado a propagar el caos.

—Así, en cuestión de cuarenta y ocho horas, se repartieron los infectados cero por prácticamente todos los rincones del mundo. Únicamente los lugares relativamente aislados, como las Canarias, se vieron libres de vectores de infección en las primeras horas, con lo que los pocos casos que se dieron aquí pudieron ser controlados rápidamente, ya que cuando surgieron ya teníamos una idea más o menos clara de lo que pasaba —continuó Alicia—. En honor a la verdad, en un principio, nadie sabía qué diablos era aquello o cuál era el vector de infección. Lamentablemente para todos, tardarían muy poco en descubrir lo que se les venía encima.

—Pero ¿cómo es posible? —pregunté—. ¿Cómo es que nadie se daba cuenta de lo que pasaba? Quiero decir, para cualquiera es evidente la relación causa-efecto entre ser mordido por un No Muerto y transformarse en uno de ellos. ¿Cómo fueron entonces tan insensatos como para llevarse gente infectada a Europa, Asia y América?

—Por lo que le decía antes —replicó—. Nadie en su sano juicio se creía aquella extraña historia de muertos que retornaban a la vida. Era demasiado absurda para ser auténtica, al igual que otra media docena de teorías disparatadas que circulaban en aquellos días. Lo único que diferenciaba esta teoría de las otras es que ésta resultó ser la verdadera… pero nadie lo sabía en aquel momento. —Calló por un segundo y de repente levantó la vista—. Déjeme mostrarle algo.

Apoyando la taza de café, comenzó a rebuscar en una carpeta negra que tenía a su derecha. Tras revolver unos segundos sacó unos papeles y los puso delante de mí. Eran unas fotos tomada a través de microscopio, ampliadas varios miles de veces. La primera era un cultivo de células con un aspecto extraño. Las paredes celulares tenían docenas de pequeñas grietas con forma de volcán salpicando toda su superficie. Parte del material celular parecía haber sido proyectado a través de las grietas y estaba desparramado de cualquier manera, mientras otras zonas aparecían ennegrecidas, como si un diminuto e imaginario soplete las hubiera achicharrado.

Pasando aquella hoja me enseñó otra fotografía, esta vez más ampliada. Era el interior de una de aquellas células, plagada de pequeños puntitos en su interior. Parte de los puntitos se habían proyectado a través de una de las grietas abiertas en la capa celular, impregnando otras células del cultivo. La última foto era la más ampliada. En ella se veía una especie de pequeño tubo alargado, de aspecto inocente, que se curvaba a medida que llegaba a un extremo. Recordaba vagamente a un cayado de pastor.

—Permítame que le presente a TSJ-Daguestán —dijo simplemente.

Con un movimiento de muñeca, dejó caer la foto, que fue revoloteando hasta quedar en el centro de la mesa. Mi mirada se quedó clavada sobre aquel palito de aspecto inofensivo. Parecía increíble que aquel pequeño bastardo fuese el responsable de que la raza humana se encontrase al borde de la extinción.

—A partir de la segunda semana fue cuando las cosas comenzaron a ponerse realmente interesantes —continuó hablando Alicia—. Pero antes de seguir, permítame servirme otra taza de café. Queda mucho por contar.

La militar se sirvió pausadamente una generosa taza. Observé que lo bebía solo, sin añadirle ni leche ni azúcar.

—Al cabo de dos semanas la situación ya era de absoluto descontrol. —Sorbió un trago, puso una mueca de desagrado y tras pensárselo mejor le añadió media cucharilla de azúcar—. A partir de ese instante la información se vuelve errática y fragmentaria, en el mejor de los casos, o directamente, desaparece. Muchos países decretaron el cierre de sus fronteras, pero aunque nadie lo sabía, eso ya era inútil a esas alturas. —Levantó la mirada hacia mí—. Fue como cerrar las puertas del castillo una vez que el enemigo está dentro. No hay estimaciones que sean fiables al cien por cien, pero creemos que transcurridas las primeras setenta y dos horas desde el retorno de los equipos médicos de ayuda de Daguestán el virus ya estaba fuera de control.

—Pero ¿cómo es posible? —pregunté—. ¡No puedo entender semejante velocidad de propagación!

—Es muy sencillo —replicó pacientemente Pons—. El TSJ es un hijo de puta condenadamente listo. Quienquiera que lo diseñase en Daguestán era alguien con un conocimiento de virología lo suficientemente amplio para mejorar aquellas características que garantizasen su capacidad de propagación. Los expertos opinan que la base del TSJ-Daguestán fue una cepa del virus del Ébola modificada en profundidad, a la que le añadieron parte de la carga genética de otros virus, algunas de las cuales fueron parcialmente retocadas para dotarlo de características propias. —Hizo una pausa—. En opinión de algunos expertos del Centro de Control de Enfermedades de Atlanta, es la obra de un auténtico genio de su campo. ¿Qué sabe usted del Ébola? —me preguntó de repente a bocajarro.

—¿El Ébola? —respondí, sintiéndome como un alumno en un examen—. Sé que es un virus hemorrágico de África, para el que no hay cura, y del que existen varias cepas. Se habló mucho del Ébola en la prensa durante las semanas previas al Apocalipsis, pero no recuerdo...

—El Ébola es un asesino despiadado —me interrumpió Alicia Pons—. Se transmite, como el TSJ, a través del contacto con los fluidos corporales, sangre, saliva, semen o sudor, lo que lo convierte en un patógeno altamente contagioso. En el plazo de un par de días el paciente infectado cae preso de una fiebre altísima y cefaleas. Al menos en la mitad de los casos, tres o cuatro días después comienza a sangrar por todos los orificios de su cuerpo mientras el Ébola, sistemáticamente, va transformando sus órganos internos en algo parecido a un puré de células muertas. La sangre que mana de los pacientes a través de sus ojos, boca, oídos y ano no es otra cosa que sus órganos vitales reducidos a un chorro de putrefacción. En pocos días más, el noventa por ciento de los pacientes muere. Es efectivo, rápido y mortal.

—Joder —susurré por lo bajo, impresionado.

—Pero precisamente su enorme efectividad es su mayor debilidad —continuó la militar pelirroja, impertérrita—. El Ébola es tan letal y tan rápido que no permite a su huésped desplazarse una larga distancia antes de caer gravemente enfermo de la fiebre hemorrágica. Como su origen está en el corazón de la selva africana, donde los desplazamientos son extremadamente lentos y trabajosos, todos los casos de brotes de Ébola documentados no han afectado nada más que a un radio de pocos kilómetros. El Ébola es un asesino tan perfecto que mata a sus víctimas antes de que a éstas les dé tiempo a extender la infección a nuevos huéspedes.

—Déjeme adivinar —aventuré—. El TSJ no tiene ese punto débil.

Alicia Pons sonrió débilmente, antes de responderme.

—El Ébola es un simple resfriado común al lado del TSJ —dijo—. Se transmite, al igual que su antecesor, por medio del contacto de fluidos corporales, como seguramente ya habrá adivinado. Saliva, sangre... son caldos de cultivo perfectos.

Una vez en el organismo infectado, comienza a replicarse rápidamente, instalándose principalmente en los órganos internos, a los que comienza a devorar por dentro, como el Ébola. A partir de ese momento, el huésped está condenado. En el plazo de cinco días, aunque él o ella no lo sepan, estarán muertos y convertidos en algo mucho peor. Porque es entonces cuando el pequeño TSJ demuestra todo su potencial y maldad. El TSJ, a diferencia del resto de los virus, no se conforma con desaparecer cuando su huésped fallece a causa de su «trabajo».

»Por un procedimiento que aún estamos tratando de comprender, y que no puedo explicarle, el TSJ consigue mantener el cuerpo fallecido del huésped en un estado de animación suspendida, en el cual... —Súbitamente estalló en una carcajada amarga, que terminó de manera algo brusca al observar mi cara sorprendida—. Pero ¿qué le estoy contando? ¡Lo que pasa a continuación usted lo sabe perfectamente!

—Ya lo creo —objeté—, pero aun así, yo he visto cómo un infectado se levantaba convertido en un No Muerto en cuestión de horas, sin necesidad de esperar cinco días. —La imagen de Shafiq, el marinero paquistaní del *Zaren Kibish*, agonizante en la tienda abandonada de Vigo volvió con fuerza a mi mente.

—Eso es porque habría fallecido por otras causas —replicó tajante Pons—. La mayoría de los No Muertos llegaron a su estado actual en cuestión de poco tiempo. Calculamos que se tarda entre tres y veinte minutos desde que una persona infectada fallece hasta que se levanta convertida en un No Muerto.

—Entonces...

—Entonces, al menos el cincuenta por ciento de las personas atacadas por un No Muerto fallecen en el acto, o en el plazo de la hora siguiente a causa de las heridas infligidas por sus agresores. Entonces, en los siguientes veinte minutos, como máximo, se levantan a su vez convertidos en No Muertos y el ciclo diabólico continúa —remató la frase con tono ominoso—. El problema surge con aquellos que tan sólo sufrieron un rasguño de un infectado en Daguestán, o que simplemente pusieron en contacto sus fluidos corporales con los de un infectado, alguien salpicado por sangre, por saliva… por mil cosas distintas. Esas personas se fueron a sus casas, horrorizadas seguramente por lo que habían visto, pero totalmente inconscientes de que ya llevaban con ellos la sentencia para toda la humanidad. Esas personas, cuando llegaron a sus casas, besaron a sus maridos, esposas, hijos, compartieron un vaso con sus amigos en una cervecería… extendiendo la enfermedad. Así, cuando empezaron a aflorar los casos, no hubo un solo paciente cero. Fueron miles, simultáneamente, repartidos por todo el mundo. La pandemia ya se había producido prácticamente antes de que nadie se hubiese dado cuenta.

Me daba vueltas la cabeza, horrorizado. Una cosa era que yo hubiese sospechado la vía de contagio del virus (y de hecho, había sido extremadamente cuidadoso cada vez que me había visto obligado a tocar alguno de aquellos seres) y otra muy distinta oír una confirmación oficial de la virulencia y el fácil contagio del virus.

Podría haberme transformado en un No Muerto a lo largo de aquellas caóticas semanas sin haberlo sabido, como seguramente le había pasado a decenas de miles de personas. Las piezas del horrible rompecabezas comenzaban a encajar.

—Pero… ¿hasta cuándo demonios van a durar? ¿Hay alguna vacuna, algo que se pueda hacer? —Las preguntas se agolpaban en mi mente, pugnando por salir.

Alicia Pons guardó silencio por unos segundos, mientras me miraba pensativamente, como dudando sobre lo que me iba a decir. Finalmente, unió las manos sobre la mesa y tragó saliva, antes de hablar.

—Por lo que sabemos hasta ahora, estos seres tienen una duración indefinida. Pese a que están muertos, los procesos naturales de putrefacción permanecen totalmente detenidos, o tremendamente ralentizados, al menos. No respiran, por lo que su organismo no se ve sometido a oxidación. Además, su nivel metabólico es tan bajo que ni siquiera parecen tener necesidad de nutrirse. Por lo poco que sabemos, esos seres podrían ser... —se interrumpió.

—Podrían ser... ¿qué? —pregunté con un puño de hielo apretándome el corazón. Interiormente ya sabía la respuesta que iba a oír.

—Podrían ser eternos —dijo Pons, con voz cavernosa—. Puede que la humanidad tenga que convivir con ellos para siempre, salvo que los exterminemos antes... o ellos nos exterminen a nosotros.

La última frase retumbó como un cañonazo en mi cabeza durante unos segundos. Si no hubiera pasado un año viviendo en el filo de la navaja, luchando permanentemente contra esos monstruos, habría pensado que todo era una invención, o una deformación de la realidad. Sin embargo, sabía perfectamente que todo era real. Y al mismo tiempo, y paradójicamente, todo seguía sonando terriblemente irreal.

—Todo esto es... absurdo. —No atiné a decir nada más. Me sentía abrumado.

—Por supuesto que es absurdo —replicó Pons, mientras se levantaba de la mesa y se acercaba a una pequeña neverita situada en una esquina—. El mero hecho de hablar de personas que se levantan de entre los muertos y que atacan a los vivos es absurdo en sí mismo, pero sin embargo ahí están. El hecho de que aparentemente no necesiten comer, respirar ni dormir también es absurdo. El hecho de que no sufran ningún tipo de merma, putrefacción o desgaste, pese a que están condenadamente muertos y aun así se muevan, no es menos absurdo. Y pese a todo lo irreal que le pueda parecer, usted sabe tan bien como yo que todo lo que le acabo de decir es jodidamente real, y que están ahí fuera.

Su voz sonaba amortiguada, mientras revolvía en el interior de la pequeña nevera. Botellas de cristal tintinearon al chocar entre ellas, mientras Alicia rebuscaba en el interior. Finalmente, con un gesto de triunfo sacó una lata de refresco de cola del fondo del aparato y se incorporó. Dándose media vuelta, se acercó a la mesa con la lata y un vaso en la mano.

—Quizá le apetezca beber algo —dijo, mientras abría la lata con un chasquido—. Suele ser un shock enfrentarse a acontecimientos que la razón, el sentido común y la ciencia dicen que no pueden ser posibles, y sin embargo, están ahí. La reacción de todo el mundo suele ser muy parecida. Y ahora mismo, no tiene muy buena cara.

Acepté agradecido el vaso de refresco que me tendía Alicia Pons. Sentía la boca espantosamente seca. Tras beberme el contenido del vaso en un par de largos tragos, comencé a sentirme un poco mejor. Pese a todo mi cabeza era un auténtico torbellino.

—A lo largo de todo este tiempo me he visto salpicado más de una vez por sangre y vísceras de esos seres, Alicia, más veces de las que hubiese deseado, créame —dije con voz ronca, tratando de templar mis nervios—. Si la transmisión de ese… TSJ o como diablos se llame es como usted dice, ¿cómo es que no me he infectado?

Alicia contempló pensativamente el vaso de cristal vacío que había apoyado encima de la mesa, como si su mente estuviese muy lejos de allí.

—¿Sabe? —dijo—. No debería haberse bebido tan rápidamente ese vaso de Coca-Cola. Las latas de refresco están empezando a escasear, incluso en el mercado negro, y puede que pase bastante tiempo antes de que pueda permitirse beber otra.

Trate de paladearla. Por lo que tengo entendido, ya se cotizan a precios astronómicos.

Su mirada cargada de tristeza se volvió a posar sobre la lata medio vacía y de repente se alzó de nuevo hasta mi rostro.

—Si hubiera sido infectado se habría transformado en uno de esos seres y ya tendría una buena dosis de plomo en el cerebro, amigo mío —me explicó, sencillamente, mientras me servía un poco más de refresco—. Además, la cuarentena es precisamente para eso, para asegurarnos al ciento por ciento de que los nuevos habitantes no van a suponer un... «problema».

»Por otra parte —añadió mientras se repantigaba en la silla—, para ser infectado es preciso que un fluido corporal se ponga en contacto con otro fluido corporal infectado, es decir, es preciso que su sangre, saliva, líquido lacrimal o fosas nasales se vean salpicadas por algún vector con el virus, y es evidente que ni en usted ni en sus amigos se ha dado el caso.

Pensé que aquella explicación no resultaba muy tranquilizadora. De haber tenido algún corte abierto cada vez que me había visto salpicado, o si me hubiera entrado algo de líquido en los ojos, mi historia se hubiese terminado bruscamente y habría ingresado sin saberlo en la cofradía de los No Muertos. Vaya tela.

—Una vez que empezaron a aflorar los pacientes cero, todo el planeta se convirtió en un infierno en cuestión de días. —Alicia continuó monocorde su relato del Apocalipsis—. Los servicios sanitarios se vieron colapsados durante las primeras horas, hasta que quedó claro que los cientos de pacientes ingresados, afectados por aquellos terribles síntomas, estaban más allá de toda cura. Lamentablemente, para cuando el ejército tomó cartas en el asunto, ya era demasiado tarde. Docenas, si no cientos, de No Muertos habían transformado los hospitales en auténticos mataderos, trampas mortales para los que estaban allí. No tenemos datos de otros países, pero creemos, en base a estadísticas, que cerca del setenta por ciento del personal médico de España falleció en las primeras cuarenta y ocho horas desde los brotes iniciales.

—¿El setenta por ciento? ¿Tanto? —pregunté, incrédulo.

—Ésas son las estimaciones más conservadoras. Si nos atenemos a la cantidad de médicos y enfermeras titulados que sobrevivieron y que tenemos en las islas en este momento, la cantidad debió de ser muchísimo más alta. —La cara de Alicia Pons se ensombreció—. Algo por el estilo sucedió con la policía, los bomberos, las ambulancias... todo aquel que intentaba ayudar en las primeras horas del caos invariablemente se veía sometido a un riesgo mortal.

El zumbido del aire acondicionado sonaba monocorde en la habitación, mientras las palabras de Alicia flotaban en el ambiente. Todos los pequeños retazos del dramático lienzo empezaban a tener forma.

—En ese momento los gobiernos fueron realmente conscientes de lo que se les venía encima, y los teléfonos de las distintas cancillerías comenzaron a echar humo —suspiró—. Incluso hubo una reunión de jefes de gobierno de la Unión Europea para abordar el asunto.

—La recuerdo. Sus caras eran un auténtico poema al salir.

—Porque entonces se asustaron de verdad. —La voz de Alicia se endureció en ese instante—. Sin embargo, ni siquiera entonces fueron capaces de adoptar una decisión conjunta y determinada que podría haber salvado a todo el continente, quizá hasta a todo el mundo. Simplemente se limitaron a nombrar un Gabinete de Crisis Único, decretar el bloqueo informativo y volverse cagando leches cada uno a su país. A continuación, casi todos militarizaron las fronteras, confiando en que los No Muertos diesen media vuelta al llegar a sus límites. Sin embargo, ya todos tenían No Muertos dentro de sus países. —Dio un trago a su taza y chasqueó la lengua—. Y además los No Muertos no entienden de fronteras, ni de países. Son cazadores letales sin ningún tipo de limitación.

—Pero lo que me está contando... ¿fue así en todo el mundo?

Alicia rió sin ganas, mientras me miraba incrédula, como preguntándose cómo era posible que supiese tan poco.

—Oh, por supuesto que no —contestó, con una mirada oscura—. En el resto del mundo fue todavía peor.

—¿Peor? ¿Qué significa peor? —pregunté, asombrado.

—Peor significa más rápido, más fuerte y con peores consecuencias, según la zona —me explicó—. Por ejemplo, en Estados Unidos tuvieron más vectores de infección simultáneamente que en ningún otro lugar del mundo. Eso es debido a que los americanos enviaron más personal médico y más militares a Daguestán que cualquier otro país. Además, parte de las tropas destacadas en el Kurdistán iraquí fueron las encargadas de organizar alguno de los gigantescos campos de los refugiados de Daguestán que cruzaron hacia esa zona huyendo de su país, y también se vieron afectadas. En conjunto, una gigantesca bola de mierda que nadie supo parar a tiempo. Cuando se dieron cuenta de lo que les venía encima, tenían el virus fuera de control en más de treinta ciudades a lo largo de todo el país.

Silbé por lo bajo. Me imaginé lo que aquello tuvo que suponer en un país como Estados Unidos.

—Cuando un grupo de reporteros de la CBS descubrió lo que estaba pasando, la cadena emitió un informativo especial, al parecer saltándose la censura. Inmediatamente después de la emisión del reportaje cundió el pánico en todo el país. Millones de personas colapsaron los aeropuertos y las autopistas, pugnando por salir de las ciudades. Familias enteras metieron todos sus bártulos en un coche y salieron espantadas hacia pequeños pueblos rurales o ciudades que consideraban seguras. Lo que muchos de ellos no sabían es que ya portaban el virus, y así lo extendieron rápidamente por todo el país. El gobierno estadounidense trató precipitadamente de copiar el modelo europeo de los Puntos Seguros, pero ya era tarde. La histeria colectiva había tomado el control y las instituciones de la nación comenzaron a colapsarse a medida que más y más funcionarios no acudían a sus puestos de trabajo, bien porque estaban muertos o porque habían huido.

Podía ver la escena. Estados Unidos es (era, me tuve que corregir) una nación enorme, con una densa e intrincada red de comunicaciones. Con un escalofrío comprendí que cada uno de los miles de personas que ya estaban infectadas había actuado como un pequeño caballo de Troya, repartiendo el TSJ por todos los rincones del país. Era terrible.

—Creemos que todavía existen zonas libres de No Muertos, sobre todo en el Medio Oeste del país. Las enormes distancias, los desiertos, la baja población de la zona y sobre todo, el hecho de que la posesión de armas entre la población estaba generalizada en el país antes del Apocalipsis ha ayudado sobremanera a que esas zonas hayan resistido. Lo que no sabemos es cuáles son las condiciones de vida en esas regiones, si hay alguien al mando o ha cundido la anarquía total. Por las pocas informaciones que tenemos, la situación oscila enormemente de ciertas zonas libres a otras. En algunas partes están, como nosotros, tratando de reconstruir un remedo de sociedad organizada desde las cenizas. En otras simplemente es la ley del más fuerte —concluyó—. No debe de ser fácil vivir por ahí.

—¿Y Sudamérica? —pregunté—. ¿Cómo les ha ido a ellos?

—Pues la cosa ha ido de distinta manera según la zona. México ha sido sin duda uno de los más afectados, prácticamente al nivel de Europa y Estados Unidos. Cientos de miles de norteamericanos creyeron que cruzando la frontera estarían a salvo de la pandemia, pero sin embargo lo que consiguieron fue expandir el virus con ellos. —Sonrió amargamente—. Imagínese lo surrealista de la situación para los guardias de fronteras mexicanos cuando una mañana descubrieron atónitos que los «espaldas mojadas» habían pasado a ser los ricos y orgullosos vecinos del norte. Evidentemente cerraron las fronteras, pero ya era demasiado tarde. El pánico se desató y cientos de miles consiguieron cruzar la frontera clandestinamente. Sabemos que en amplias zonas del país se llevó a cabo durante al menos una semana la «caza del gringo». Todo aquel que tuviese pinta de yanqui tragaba «una balacera de plomo», según animaba la propia prensa del país. Disparen primero y pregunten después, ése era el lema. Lamentablemente para todos, en menos de diez días los mexicanos tuvieron otros problemas de los que preocuparse. Algo por el estilo sucedió en Venezuela, sólo que allí...

—Recuerdo que pocos días antes de que desapareciesen las redes de noticias se hablaba de una guerra entre Chile y Bolivia —la interrumpí, al recordar súbitamente aquel acontecimiento.

—Efectivamente —confirmó Alicia—. Por lo visto, en medio del caos, los chilenos arrollaron al pobre ejército boliviano y llegaron a internarse en gran parte del sur del país. Sin embargo, la situación de caos que se empezaba a vivir en su propia nación les obligó a regresar. Eso, y los refugiados argentinos, que cruzaban masivamente sus fronteras.

—¿Los argentinos?

—En medio de todo el inmenso océano de locura en el que se estaba transformando el mundo durante esos días, a los argentinos les tocó quizá uno de los pedazos de mierda más grandes —me dijo Alicia, con cierta sorna.

Sonreí al oír el colorido lenguaje de Alicia Pons. A medida que avanzaba la conversación se iba sintiendo más cómoda, y se relajaba visiblemente mientras hablaba. He de decir que el efecto era exactamente el mismo en mí.

—Buenos Aires —continuó Alicia—. O, mejor dicho, el Gran Buenos Aires, era quizá una de las mayores aglomeraciones humanas del hemisferio sur. Hablamos de millones de personas viviendo en una superficie relativamente pequeña. Pues bien, cuando el resto del mundo se estaba cayendo en pedazos, en Buenos Aires aún no se había dado ni un solo caso de infección. Ni uno solo. Era, posiblemente, uno de los pocos lugares civilizados «limpios» del planeta, pero aun así, nadie tomó medidas preventivas. Una semana después, cuando miles de refugiados comenzaron a afluir a la ciudad, nadie se encargó de organizar su llegada, verificar su estado de salud o establecer una cuarentena. Nada, por sorprendente que pueda parecer. Y cuando una semana después, se empezaron a dar casos de la epidemia en una zona urbana hipermasificada, nadie, absolutamente nadie, se molestó en tomar medidas de control. Por lo visto, los militares querían imitar a sus vecinos chilenos y tomar el control del país, y el gobierno civil no se lo quería poner fácil. Manifestaciones en las calles, tiroteos, un golpe de Estado abortado in extremis… Y mientras tanto el mundo se caía y los argentinos asistían atónitos a la lucha de poder que absorbía por completo a sus dirigentes. Finalmente alguien se asustó de verdad (demasiado tarde). El gobierno en pleno arrambló con todo el dinero que pudo agarrar y salieron en avión en dirección desconocida.

Alicia sacó un paquete de cigarrillos del bolsillo y me tendió uno. Lo cogí en silencio, y acepté el fuego de su encendedor. Curiosamente, no encendió otro cigarrillo para ella, sino que simplemente se metió el paquete de nuevo en el bolsillo. Absorto, contemplé cómo jugueteaba con el encendedor mientras seguía hablando.

—No sé dónde se metieron esos irresponsables políticos,

pero espero que alguno de esos podridos de ahí fuera haya dado cuenta de todos y cada uno de ellos. —Suspiró, meneando la cabeza—. Dos semanas después de esto, la central nuclear de Embalse, cercana a la ciudad argentina de Córdoba, voló por los aires, proyectando una nube radiactiva sobre todo el norte del país. Ningún responsable ordenó la paralización de la central. Nadie tomó ninguna medida para evitar que el sistema fallase a medida que los operarios desaparecían. En un ejercicio de negligencia brutal, todos los responsables ministeriales se lavaron las manos durante esos días. Suponemos que la central siguió funcionando sin personal durante un tiempo hasta que el uranio se desestabilizó por falta de mantenimiento y provocó una reacción en cadena que terminó en explosión nuclear. El resultado ha sido que todo el norte de Argentina y el sur de Brasil son ahora un páramo radiactivo donde la vida es imposible, excepto para los No Muertos, claro, aunque eso es un poco absurdo porque ellos ya están muertos, ¿verdad? —preguntó retóricamente, con cara de fastidio.

—Pero, pero… —No era capaz de hablar—. ¿Cómo es posible…?

—Es posible, por supuesto —añadió Alicia—. Y en Asia las cosas aún están mucho peor. Los chinos perdieron la cabeza y trataron de erradicar la enfermedad de sus principales núcleos de población a base de explosiones nucleares controladas.

—¿Explosiones… NUCLEARES? —No me lo podía creer, pese a haberlo oído con anterioridad, mientras aún había emisiones de televisión.

—El valor de la vida humana es mucho más relativo en otras culturas —me explicó pacientemente—. Lo que para un occidental es inconcebible, para un oriental es algo sumamente lógico desde su perspectiva. Lo importante para ellos es la colectividad, no el individuo. Y si para salvar a la colectividad tienes que eliminar de un plumazo a varias decenas de millones de individuos, sanos o enfermos, lo haces sin dudarlo.

—Y ésa fue su estrategia.

—Ésa fue su estrategia —respondió Alicia, cabeceando.

—¿Y les funcionó? —pregunté.

—En absoluto. La radiación no puede matar a alguien que ya está muerto. Seguramente incineraron en las explosiones a millones de No Muertos, junto con millones de inocentes, pero en un país tan superpoblado, el hecho de que sobreviva un pequeño porcentaje a la explosión implica decir que «sobrevivieron» millones de No Muertos, desperdigándose desde las ciudades arrasadas hacia los cuatro vientos. —Bebió un trago y me miró con atención—. Piénselo. El caos más absoluto reina en el mundo.

—Caos, dice —musité por lo bajo—. Yo no lo llamaría simplemente caos.

—Nosotros no somos los que estamos peor —replicó—. Asia y Oriente Próximo son zonas en las que ya no es posible la vida humana, al menos, tal como la concebimos, y en cuanto a África, pues bueno… —Se interrumpió para tragar saliva—. Los relatos que nos han llegado a través de los pocos supervivientes son estremecedores. África es el infierno sobre la tierra, literalmente. Suponemos que no debe quedar casi nadie vivo en el continente, aparte de cientos de grupos aislados en la selva tropical o alguna panda de tuaregs dando vueltas por el Sahara. Docenas de pequeños reyezuelos y señores de la guerra han ocupado el vacío de poder que han dejado los gobiernos. Las enfermedades, la guerra, el hambre y la naturaleza salvaje se llevan por delante a todo aquel que no es víctima de los No Muertos. Toda el África negra parece haber dado un salto de setecientos años hacia atrás. —Me miró, muy seria—. Como se despiste, los vivos son casi más peligrosos que los No Muertos.

—Ahora que lo comenta, estuvimos en un pequeño poblado de pescadores en la costa marroquí...

—Y tal y como pone en su declaración —me interrumpió—, lo encontraron arrasado a sangre y fuego. Lo sé. Ésa es la tónica habitual en todo el continente. Ya no es tan sólo la lucha por la supervivencia. Es también la lucha por los recursos. Y es una lucha a muerte.

—¿Recursos? —me sorprendí—. ¡Pero si África debe de ser la tierra más fértil sobre la faz de la Tierra! ¡Podría dar comida fácilmente para todo lo que queda de la humanidad!

Alicia rió sin ganas. Después me miró como alguien que está al corriente de un gran secreto y no sabe si contártelo.

—No se trata tan sólo de alimentos, por mucho que éstos sean fundamentales —me explicó pacientemente—. Además se necesitan medicamentos, combustible, ropa, munición, vehículos en buen estado, todas esas cosas que normalmente consideramos imprescindibles y que cada vez escasean más. ¡Piénselo! ¡Cada caja de medicamentos que se consume en uno de nuestros hospitales significa que queda una caja de medicamentos menos en el mundo! ¡Cada litro de combustible que queman nuestros helicópteros significa que nos queda un poco menos de transporte aéreo! ¡Cada bala que gastamos contra esos bastardos nos acerca un poco más a tener que volver a usar arcos y flechas para defender nuestro pellejo! No hay industria, no hay mercado internacional, no hay tecnología, no hay un petrolero llegando a puerto cargado de combustible cada día. ¿Le parece que en estos momentos el mundo es una ruina? —preguntó, retadora—. Espere tan sólo un par de años y añorará esta época como los viejos buenos tiempos. Galopamos descontroladamente hacia una nueva Edad Media, y mucho me temo que mientras esos seres sigan ahí fuera nadie puede hacer nada para impedirlo.

—Pero, pero... —balbuceé— algo podremos hacer, digo yo...

—Si tiene alguna idea brillante que no se le haya ocurrido a ninguno de los nuestros le reto a que la ponga sobre la mesa ahora mismo —respondió, entre burlona y seria—. Le garantizo que eso le convertiría en el personaje más popular de las islas.

—¡Pero yo suponía que en las islas la civilización seguía funcionando! ¡Se suponía que esto era el auténtico Punto Seguro, donde todos podríamos continuar nuestras vidas! —protesté, empezando a entender, sin embargo, la verdadera naturaleza de la situación.

Alicia me miró durante unos instantes. A continuación, se levantó y me invitó a seguirla.

—Venga conmigo —dijo—, quiero mostrarle algo.

15

Salimos de nuevo a cubierta. Un crepúsculo luminoso teñía de rojo el horizonte, mientras un cálido viento cargado de arena soplaba sobre el puerto, haciendo que la atmósfera resultase caliente como un caldo espeso. Nada más abandonar el refrescante aire acondicionado del interior del *Galicia* comenzamos a sudar a chorros. Cada bocanada que respirábamos era como una palada de aire hirviente a los pulmones. Pronto empecé a añorar la Coca-Cola que acababa de beber.

Alicia se acercó a la borda y distraídamente me ofreció otro cigarrillo. Negué con la cabeza. Tenía la boca reseca como el desierto y me sentía un poco mareado. Después de un mes dentro de la celda, sentía una especie de vértigo al caminar por la enorme pista de aterrizaje del *Galicia*. Por un instante guardamos silencio, mientras contemplábamos la ciudad recostada en el fondo de la bahía, en la que empezaban a brillar algunas luces, a medida que oscurecía. Tras un instante decidí abrir la boca y preguntarle por la suerte de los míos, pero antes de que pudiese pronunciar ni una sola palabra, Alicia levantó el brazo y apuntó hacia el puerto.

—¿Ve aquello? —señaló—. Allí al fondo, frente a aquellos edificios altos, el más grande de todos —me indicó la pelirroja.

Seguí la dirección que marcaba su mano. Un compacto y

gigantesco buque de brillante color azul, mucho mayor que cualquier otro buque fondeado en el puerto, se balanceaba indolentemente mecido por las olas de mar de fondo que entraban en la bahía. Su línea de flotación estaba alta, muy alta, dejando ver una amplia faja de su obra muerta, que normalmente tendría que estar bajo el agua, pintada de rojo. Aquello sólo podía significar que el buque estaba en lastre, sin una gota de carga en sus bodegas.

—Esa mole que ve allí flotando es el *Keiten Maru*, un superpetrolero japonés perteneciente a uno de los mayores conglomerados empresariales que existían antes del Apocalipsis en aquel país. Ese monstruo puede embarcar 115.000 toneladas de crudo, y de hecho, cuando se desencadenó el infierno, volvía del Mar del Norte cargado hasta los topes de petróleo noruego, rumbo a Japón. Antes de llegar a la altura de Canarias, tres miembros de la tripulación ya habían caído por culpa del TSJ, uno de ellos el primer oficial. —Noté que clavaba en mí sus ojos pálidos—. A medida que iban cayendo infectados, se apañaron para ir encerrando en una bodega a los No Muertos, pero el pánico había estallado a bordo, así que decidieron hacer escala aquí, en Tenerife. Después, el mundo se derrumbó y el barco quedó aquí para siempre. Paradójicamente, su desgracia fue nuestra salvación. Sin el *Keiten Maru* no hubiésemos tenido la menor posibilidad de sobrevivir.

—¿Por qué? —No entendía la relación que podía existir entre un simple barco y la lucha contra los No Muertos

—Por su inmensa carga de crudo: 115.000 toneladas de buen, fantástico y excelente petróleo que pudimos transformar en combustible en la refinería del puerto —dijo, mientras señalaba las altas torres de craqueado que despuntaban en el horizonte.

La refinería de Cepsa. Pues claro. ¿Cómo podía haber estado tan ciego?

—Cuando el sistema se derrumbó y las islas quedaron aisladas del resto del mundo, teníamos combustible suficiente para dos semanas, nada más. La llegada del *Keiten Maru* nos aseguró un suministro suficiente de combustible desde entonces, pero pese a estar severamente racionado, estamos agotando nuestras últimas reservas desde hace un mes. De continuar con el ritmo de consumo actual, acabaremos con los últimos litros en cuestión de cuatro o cinco semanas.

—Eso es malo, ¿verdad? —pregunté de una manera un tanto absurda y precipitada.

—Eso es peor que malo. Es catastrófico. Sin combustible perdemos toda nuestra ventaja tecnológica. Nada de aviones, helicópteros, barcos o automóviles. Tendríamos que volver a la vela y al caballo. Y en estas circunstancias, sería nuestra condena a muerte por inanición de forma casi segura.

—¿Y por qué, simplemente, no van a por más? —respondí—. Tan sólo se trata de navegar hasta Nigeria o Venezuela, conectar una línea de bombeo y cargar el combustible.

—No es tan sencillo —me dijo apesadumbrada—. Cuando el caos empezó a cundir, muchos países productores sellaron temporalmente sus pozos de petróleo, ante la evidencia de que sin personal para mantenerlos eran una bomba de relojería. Así, todos los pozos venezolanos y mexicanos fueron clausurados por sus respectivas compañías gestoras. En Nigeria, sin embargo, nadie tomó esas precauciones, y los reconocimientos aéreos muestran que muchos pozos han reventado, creando vertidos y mareas negras, mientras que las conducciones, tras un año sin mantenimiento, son un enorme montón de chatarra.

Tragó un poco de humo de su cigarrillo y continuó hablando, mientras me miraba de nuevo.

—Pero aun suponiendo que los pozos estuviesen en buen estado, y fluyendo normalmente como antes del Apocalipsis, sería imposible bombear nada de esos puertos, sin desplegar un enorme equipo de seguridad en tierra, para que se aventurasen por un terreno desconocido, enfrentándose a una horda de No Muertos —añadió—. Mientras protegen a un grupo de técnicos especialistas, que no tenemos, que tendrían que reparar unas instalaciones petrolíferas con materiales que tampoco tenemos, para garantizar un bombeo a través de un sistema de conducciones que no ha tenido una revisión en más de un año, hacia un buque de noventa mil toneladas que no sabemos si podría llegar hasta allí sin la ayuda de un práctico que conozca esas aguas y sin un ejército de imprescindibles remolcadores que le ayuden a posicionarse en la estación de bombeo, que tampoco sabemos si sigue existiendo. Así que, como ve, no es tan fácil.

—¿Y en el golfo Pérsico? Queda más lejos, pero con este enorme buque se podría llegar fácilmente. Además, allí la carga de los buques se hace en alta mar, a través de mangas que…

—En el golfo Pérsico no queda nada en pie. ¿Sabe quiénes son los wahabíes? —me preguntó.

Negué con la cabeza, perplejo. Aquello era cada vez más sombrío.

—Los wahabíes son una rama ultrarreligiosa del islam, mayoritaria en el Golfo, que propugna una interpretación literal del Corán y la aplicación de la sharía. Oriente Próximo fue una de las primeras zonas golpeadas por el TSJ, por su posición geográfica. Durante las últimas semanas antes del caos definitivo, los wahabíes pregonaban que el TSJ era un castigo de Dios a los hombres por su codicia e impiedad y que la única manera de escapar de la muerte y al horrible destino del TSJ era cometiendo actos de purificación. El dinero había corrompido el alma del hombre y si el hombre quería salvarse debía volver, según sus teorías, al estado de pureza primitiva. El petróleo había inundado de dinero a los países de Oriente Próximo, es decir, los había inundado, según ellos, de corrupción y falta de fe. Así que en su camino hacia la purificación y la salvación, turbas fanáticas comenzaron a asaltar y destruir todas y cada una de las instalaciones petrolíferas de los países del Golfo, buscando con ello que Alá los librase de ser infectados.

—Pero eso significa… —tartamudeé.

—Significa que hay cientos de pozos en el Golfo que continúan ardiendo, más de un año después. Significa que si quiere petróleo, Oriente Próximo ya no es la respuesta. Significa que, como no encontremos una pronta solución, pasaremos de estar jodidos a estar real y definitivamente jodidos. Significa, finalmente, que una nueva Edad Media está a la vuelta de la esquina, como no hagamos algo.

Negué con la cabeza, abrumado. El supuesto paraíso que en mi mente eran las Canarias, el sueño dorado que me había permitido sobrevivir a lo largo de tantos oscuros meses, se estaba revelando poco a poco como un lugar pobre y desesperado, un lugar asediado donde la subsistencia no era nada fácil. Me pregunté qué iba a ser de mí y de los míos, cuando una pregunta evidente, que hasta entonces no había hecho, brilló en mi mente como un fogonazo.

—Agradezco mucho su paciencia, y en serio, le estoy muy agradecido por su acogida, por ponerme al día y por gestionarme todo el papeleo ahí abajo, pero hay una pregunta que no deja de darme vueltas. ¿Por qué a mí? ¿Por qué diablos me está contando todo esto?

—Porque, como seguramente ya ha comprendido, tenemos un serio problema —respondió con una extraña sonrisa—. Y creemos que usted y el señor Pritchenko pueden ayudarnos a resolverlo.

16

Por un instante pensé que la había oído mal. Estaba pasmado con aquella última frase.

—¿Viktor y yo? —pregunté—. ¿Para qué demonios necesitan nuestra ayuda?

—Es más que evidente —replicó Pons—. El señor Pritchenko es piloto de helicópteros, con varios miles de horas de vuelo en su haber, muchas de ellas en combate real, por no hablar de la proeza que supone el ser capaz de traer un helicóptero desde la península hasta Canarias. Eso le convierte no sólo en un elemento valioso de la comunidad, sino que en estos tiempos me atrevo a decir que es imprescindible, un regalo caído, literalmente, del cielo.

—¿Y yo, qué pinto en esto? —pregunté—. Al fin y al cabo, soy abogado, o al menos lo era antes de que se derrumbase la civilización. —Hice una pausa y apunté con cierta sorna—: No creo que mis conocimientos y experiencia ayuden mucho a conseguir un pozo de petróleo, y si estaban pensando en demandar a los No Muertos, se lo desaconsejo vivamente. No creo que sean solventes, y si me apura, puede que ni comparezcan al juicio.

—Deje de decir tonterías —me cortó Alicia Pons, tajante—. Si le digo que les necesitamos no es por su capacidad para hacer gracias, sino por sus aptitudes personales. Han sobre-vivido en territorio infectado más tiempo que cualquiera de nuestros grupos de incursión, ya sea por azar o por habilidad y, además, el señor Pritchenko es posiblemente uno de los pro-fesionales más valiosos que existen en la actualidad. Les nece-sitamos urgentemente, a los dos —concluyó tajante.

—Entiendo que puedan necesitar de los servicios de Vik-tor —dije cautelosamente—. Aunque dudo mucho de que des-pués de todo lo que hemos pasado nos apetezca salir a él o a mí de la isla en una temporada muy, muy larga. Estamos men-tal y físicamente exhaustos y lo único que queremos es un lugar seguro donde vivir y trabajar, lejos de esos seres de ahí afuera. Y además —añadí, haciéndome el tonto—, no tengo aún muy claro para qué necesitan ustedes los servicios de un abogado…

—¡Oh! —Alicia pareció sorprenderse de veras. Meneó la cabeza y me dijo suavemente—: Creo que está usted en un error. No es el gobierno quien necesita de los servicios de un abogado.

—¿Cómo dice? Entonces, ¿quién demonios…?

—Es el señor Pritchenko quien precisa de usted —dijo Ali-cia, pronunciando lentamente las palabras—. Y si me permi-te añadir algo, espero que sea usted realmente bueno en su tra-bajo, porque le va a hacer falta de verdad.

Por unos instantes me quedé tan atónito que no fui capaz de hablar. Si me hubiesen pedido que me comiese a mordis-cos la antena de radar del *Galicia* no me habría parecido más sorprendente. En pocas palabras, no entendía nada.

—¿Viktor? ¿Mis servicios profesionales? Pero ¿de qué coño me está…?

—Esta mañana —me interrumpió la capitana Pons, súbi-tamente seria—, a las diez menos cuarto, el señor Viktor Prit-chenko fue conducido de su celda a la sala de reconocimiento en la que hemos estado hasta hace un momento, para darle el alta de cuarentena y facilitarle su documentación de residente, como a usted. —Alicia me miraba ahora con una expresión muy seria en la cara—. Cuando iba por uno de los pasillos se cruzó con otro miembro de su grupo, la hermana Cecilia Iglesias, que se dirigía al mismo punto de reconocimiento para recoger su documentación. De repente, y sin mediar palabra, el señor Pritchenko le arrebató la porra a uno de los guardias que le escoltaban y comenzó a golpear en la cabeza a la hermana Cecilia hasta dejarla sin sentido en el suelo, antes de poder ser reducido por los agentes.

Me tambaleé como si me hubiesen dado un puñetazo en el estómago. Aquello era imposible. ¿Viktor agrediendo a sor Cecilia? No, de ninguna manera, aquello no podía ser real, tenía que haber una equivocación en alguna parte. El pequeño eslavo sentía auténtica veneración por aquella monja risueña, resuelta y vivaracha, que había sacado al ucraniano del profundo pozo de la crisis nerviosa a base de largas charlas y toneladas de consuelo y comprensión. ¿Atacarla, Viktor? ¿Por qué? Aquello era totalmente ridículo.

—La hermana Cecilia se encuentra ahora en estado de coma en la enfermería de a bordo y puede que muera en las próximas setenta y dos horas a causa de sus heridas —continuó Alicia Pons—. Lamento tener que comunicarle esto.

—Tiene que ser un error —dije, en el tono más calmado que pude encontrar dentro mí—. Viktor quiere a esa mujer como si fuese su madre. No es posible que lo que me está contando sea cierto.

—Parece difícil de aceptar, pero lamentablemente, no hay ninguna duda sobre cómo fueron los hechos —me respondió Alicia, con una nota triste en la voz—. Hay tres testigos de los hechos, los agentes de seguridad que les acompañaban en aquel instante, y uno de ellos es el jefe de guardias, un hombre de nuestra plena confianza —concluyó—. No existe la menor discrepancia en sus relatos.

Viktor, un asesino. No, aquello era imposible. Necesitaba verle. Tenía que hablar con él, saber qué demonios había pasado. Una vez más volvía a tener la asfixiante sensación de estar atrapado en las mandíbulas de algo que se me escapaba totalmente de control. La última vez que había tenido esa angustiosa sensación había sido a bordo de otro buque, el *Zaren Kibish*, y parecía haber pasado un milenio desde entonces. Notaba la mirada de Alicia Pons clavada en mí, mientras mi mente no dejaba de girar a toda velocidad. Tenía que tomar las riendas de aquello antes de que fuese demasiado tarde. Tenía que trazar un plan. Eso era.

—Quiere mi ayuda y la de Viktor, ¿verdad? —interpelé a Alicia Pons, que me observaba expectante—. Pues, para empezar, necesito que me lleve junto a él ahora mismo. No mañana, ni dentro de diez minutos, ni cuando lo tengan planeado. Necesito ver a mi amigo, y tiene que ser ya, si realmente quieren que colaboremos. ¿Puedo contar con usted?

—Por supuesto —respondió Alicia, un tanto apocada por mi reacción—. Sígame por aquí, por favor.

Bajamos por unas escaleras estrechas hasta una sala cerrada. En la puerta, dos agentes de expresión torva montaban guardia. Nada más traspasar el umbral me quedé petrificado. Mi amigo yacía en una esquina, desnudo de cintura para arriba, con un montón de hematomas en todo el cuerpo. Prit tenía el ojo derecho totalmente cerrado a causa de la hinchazón, y un enorme labio abultado se adivinaba debajo de su bigote manchado de sangre reseca.

Al verme, el pequeño ucraniano se incorporó, renqueante. Parecía estar molido.

—Prit, ¿pero qué demonios te han hecho? ¿Estás bien? —Las preguntas se agolpaban en mi boca, mientras mis manos palpaban rápidamente las costillas de Viktor, tratando de adivinar si tenía algún hueso roto.

—Escúchame —respondió entre toses el eslavo—, no sé qué historia te habrán contado, pero yo no he sido. ¿Me oyes? ¡Yo no he hecho nada! —Me agarró la manga, casi con desesperación—. ¡No les creas!

—Prit —respondí con calma, mientras le pasaba un brazo por encima del hombro—. No tengo la más mínima duda de que me dices la verdad. Si lo dudase, aunque sólo fuese por un segundo, no merecería ser tu amigo. No te preocupes, viejo. Te sacaré de este embrollo.

—Espero que seas mejor abogado que enfermero —me respondió Viktor con sorna, mientras levantaba su mano izquierda para mostrarme sus dos dedos amputados.

El recuerdo de mis penosos esfuerzos para hacerle una cura de urgencia en un lejano concesionario de Mercedes consiguió arrancarme una amarga sonrisa. Aquel pequeño y condenado ucraniano y yo habíamos pasado muchas aventuras juntos. No pensaba dejarle en la estacada.

—Soy lo mejor que puedes permitirte, así que sería conveniente que no fueses muy exigente —le respondí bromeando, mientras le pegaba un puñetazo amistoso en el brazo—. Y para empezar no me importaría que a partir de ahora te dirigieses a mí con la corrección y el respeto que merece tu abogado.

Ante esto, Prit me respondió con algo poco decoroso referido a la honradez de mi madre, mientras esbozaba una sonrisa que le arrancó un ramalazo de dolor al agrietarse de nuevo su labio partido.

—Bien, por lo visto nos tiene usted a su disposición, señora Pons —me volví hacia la militar que nos observaba atentamente—. Ahora dígame, ¿dónde diablos está Lucía? ¿Y Lúculo?

Antes de que pudiese darme una respuesta vi cómo se recortaba en la puerta de aquel camarote una silueta femenina terriblemente familiar, ágil y alta. Por un instante pareció dudar en la entrada, como si temiese dar un paso adelante. A la luz que se filtraba por el ojo de buey podía adivinar la piel de sus brazos, cubiertos de pecas, de las que podría hacer un mapa con los ojos cerrados, de tantas veces que las había contemplado en silencio. En medio de aquellos brazos que yo sabía suaves como el terciopelo, una enorme bola de pelo naranja se removía inquieta, pugnando por librarse del abrazo y saltar al suelo. Finalmente, con un maullido de indignación, Lúculo consiguió zafarse y en cuatro rápidos saltos lo tenía ronroneando en mi regazo, contento por reunirse de nuevo conmigo.

Antes de que me diese tiempo a hacer cualquier clase de comentario ingenioso, Lucía ya había cruzado la sala. Mis labios la buscaron, sedientos de su sabor, mientras nos fundíamos en un prolongado e intenso abrazo. Finalmente, cuando nos separamos, pude ver con más claridad a mi chica. Tenía un feo moratón en la sien izquierda, y parecía estar visiblemente más delgada y algo pálida, pero por lo demás estaba tan guapa como siempre. Un brillo de furia titilaba en sus ojos verdes, arrasados por las lágrimas.

—¿Sabes lo que han hecho esos… esos…? —La ira apenas le permitía articular palabra, pero captaba perfectamente el mensaje.

La sujeté por los hombros, mientras le susurraba palabras tranquilizadoras al oído. Mientras lo hacía, notaba cómo una corriente de determinación me iba invadiendo lentamente. Por primera vez en meses me sentía de nuevo con las pilas cargadas. Volvía a sentirme inundado del extraño valor que me había permitido sobrevivir cuando el mundo se había ido al infierno un año antes.

La capitana Pons dijo algo en aquel momento referido a «bajar a tierra de una vez», pero ni siquiera fui capaz de prestarle atención. Tenía prácticamente a toda mi «familia» a mi alrededor y me sentía enormemente aliviado. La ausencia de sor Cecilia me pesaba como una losa, pero estaba convencido de que la monja, dotada de un espíritu inquebrantable, saldría adelante. Del resto, incluido el problema de Prit, nos encargaríamos en su momento. A mayores retos nos habíamos enfrentado, y habíamos sido capaces de salir adelante.

Sujetando a un maltrecho Prit entre Lucía y yo, salimos de aquel pequeño camarote sin mirar atrás. Íbamos a bajar a tierra. Por fin íbamos a saber cómo era el nuevo mundo de los escasos supervivientes. Por fin sabríamos qué era lo que quedaba de la raza humana.

Y estábamos preparados para ello. Fuera lo que fuese. Y al diablo con las consecuencias.

17

Tenerife

Estábamos en tierra. Antes de salir del barco nos habían facilitado un enorme fajo de documentación: pasaportes, certificados de cuarentena, cartillas de racionamiento, permisos de circulación y una pequeña tarjeta plastificada que nos identificaba a Prit y a mí como «personal auxiliar de la Armada Clase B». A Lucía sin embargo le habían dado otra distinta, de color anaranjado, que simplemente la clasificaba como residente civil. No sabíamos si eso iba a suponer algún problema.

Para Lúculo no me habían dado nada, excepto el consejo de que lo vigilase bien. Por lo visto, no habían sobrevivido muchos gatos, y «estaban bastante solicitados». No sé qué habían querido decir con eso, pero me mosqueaba.

El trayecto hasta el puerto fue bastante corto, algo menos de diez minutos. Lo hicimos en un pequeño buque auxiliar de la Marina que aparentaba tener al menos cien años, empujado por un petardeante motor de dos tiempos. Aquella antigualla tenía un motor tan primitivo que aceptaba gasóleo de la peor calidad, inaceptable para un motor más moderno, así que la habían puesto de nuevo en servicio. Yo, por mi parte, no me sentí seguro del todo hasta que tocamos el muelle. Me daba la sensación de que nos íbamos a ir al fondo de la bahía en cualquier momento, acompañando a aquel cascarón que debía datar de las guerras de África, por lo menos.

El puerto de Tenerife estaba abarrotado. Cientos de personas se afanaban de un lado a otro, ocupadas en sus quehaceres. Por regla general todo el mundo parecía tranquilo, no muy bien alimentado, pero bien vestido y sano. No podía decir que viese a la gente inmensamente feliz, pero al menos estaban bastante serenos. Supuse que la mayoría aún se pellizcaba para estar seguros de que habían sobrevivido al infierno.

El patrón del barco que nos llevó a tierra, un tipo dicharachero y expansivo, nos dijo que en la isla vivían cerca de un millón y medio de personas. Puede que pareciese mucho, pero es que antes de la epidemia vivían en Tenerife más de ochocientas mil. Cuando llegaron las interminables oleadas de refugiados de Europa y América en los primeros días del Apocalipsis, la cifra total de habitantes debió de alcanzar en algún momento una cifra superior a varios millones de personas, con toda seguridad.

¿Qué demonios había ocurrido con toda esa masa? ¿Dónde se habían metido? No sabía qué diablos pasaba, pero de ser cierto lo que contaba aquel hombre, faltaba gente. Mucha gente.

Un tipo de uniforme estaba en el muelle, esperándonos para comprobar nuestra documentación. Ligeramente sorprendido, observé que había banderas por todas partes, como si a los supervivientes les hubiese dado un repentino ataque de patriotismo. Incluso en el autobús que nos tenía que llevar a nuestro nuevo domicilio ondeaban banderas, no sólo la española, sino aquella curiosa insignia azul que había visto en el tope del mástil del *Galicia*.

Había algo que se me escapaba. Y nadie parecía tener ganas de contarnos qué diablos pasaba exactamente.

18

Fue un fin de semana realmente sorprendente. La última vez que había estado en Canarias había sido en unas vacaciones, antes del Apocalipsis. Siempre había tenido ganas de volver a las islas, pero ni en mis pesadillas más salvajes hubiese imaginado una vuelta en aquellas condiciones tan... especiales.

Una vez que el oficial del puerto (un tipo sudoroso y estresado, que estaba atendiendo cinco cosas a la vez) revisó nuestra documentación, nos dio un apresurado apretón de manos y se alejó velozmente para atender algún asunto urgente que le reclamaba en otra parte. Prit, Lucía y yo nos quedamos de pie en el muelle, con todo nuestro equipaje a los pies, esperando el autobús sin saber muy bien qué hacer.

Me sentía intranquilo. Algo en todo aquello hacía que estuviese con los nervios a punto de estallar, y por la expresión de Prit y Lucía supe que a ellos les ocurría exactamente lo mismo. El ucraniano se pasaba nerviosamente la lengua por su labio partido, mirando con ansiedad hacia todas partes, mientras sus manos buscaban de forma inconsciente un arma que no tenía. Lucía, por su parte, se había ido pegando imperceptiblemente a mi cuerpo y sostenía a Lúculo contra su pecho, buscando refugio. Hasta el gato vibraba de nerviosismo.

Tardé un buen rato en darme cuenta. Era la gente. Tan sólo

eso. Había más personas allí. Estábamos rodeados por una multitud de gente que iba y venía a nuestro alrededor, ocupados en sus asuntos, gente que pasaba rozándonos, sin apenas echar un vistazo a aquel curioso trío atemorizado sobre el cemento del puerto de Tenerife. Cerré los ojos, mareado. El rumor de la muchedumbre nos envolvía por todas partes. Gritos, retazos de conversaciones, risas, el lloro de un niño, el murmullo de fondo de cientos de bocas hablando a la vez, el relincho de un caballo... Después de más de un año rodeado del silencio del cementerio, aquel gentío resultaba sorprendente.

Fue Lucía quien nos hizo notar otro pequeño detalle. Allí, por primera vez desde hacía meses, no olía a podredumbre. Mil y un aromas flotaban en el ambiente, algunos agradables y otros desagradables (estábamos en un puerto, al fin y al cabo), pero todos ellos eran decididamente humanos.

Además, y sobre todo, lo más curioso en aquel momento era que no teníamos nada que hacer. No teníamos que ir corriendo a ninguna parte, ni nos estaba acosando ningún No Muerto. Por primera vez en muchísimo tiempo, estábamos absolutamente ociosos.

Sin embargo, era una imagen de normalidad engañosa. Semejante multitud nunca hubiese estado en los muelles antes del Apocalipsis. No se veía circulando ni un solo vehículo a motor, excepto algún URO del ejército, pero sí se veían grandes cantidades de animales de tiro, arrastrando improvisados carros hechos a partir de chasis de furgonetas. No me sorprendió nada descubrir que el «autobús» que debía llevarnos a nuestro nuevo hogar era en realidad una carreta arrastrada por dos bueyes.

Nuestro alojamiento era un antiguo hotel de tres estrellas, construido en los años setenta y que durante décadas alojó a innumerables legiones de turistas europeos que acudían a las

Canarias, sedientos de sol y playa. Era evidente que el edificio, aunque limpio y pulcro, había conocido tiempos mejores, pues presentaba un aspecto un tanto ajado. Supuse que ya antes de convertirse en un montón de viviendas para refugiados aquel hotel no era precisamente el mejor de la isla. La antigua recepción se había convertido en un improvisado patio de comunidad por donde cruzaban chillando los niños que vivían con sus familias en el complejo. No habíamos visto muchos niños (posiblemente porque no habían sobrevivido demasiados), pero sin embargo la cantidad de bebés y mujeres embarazadas era abrumadora. Miraras a donde mirases, parecía que la mitad de las mujeres de la isla estaban a punto de dar a luz o en camino de hacerlo. Era como si un primitivo instinto de supervivencia impulsase a los supervivientes a reproducirse a toda costa. Había leído algo sobre un fenómeno similar ocurrido entre los supervivientes del Holocausto judío, pero nunca imaginé que podría llegar a verlo en persona. La sensación era bastante perturbadora.

La mayoría de los residentes en aquel edificio estaba compuesto por gente que, como Prit y yo, había sido clasificada como «personal auxiliar de la Armada», acompañados de sus respectivas familias. La mayor parte de ellos eran mecánicos, ingenieros, técnicos de mantenimiento, electricistas… incluso había un veterinario dos pisos más abajo. Todos ellos tenían conocimientos esenciales para la supervivencia de la comunidad en este nuevo mundo. Era eso lo que les hacía tan importantes. «Todos, menos yo», pensé con un poso de amargura. Tan sólo estaba allí porque la burocracia de la isla había determinado que Pritchenko y yo íbamos en el mismo paquete, como «supervivientes experimentados». Si no fuese tan trágico, me daría la risa.

Nos habían asignado tres habitaciones contiguas en un pasillo de la quinta planta. Teniendo en cuenta que sólo había electricidad durante seis horas al día (desde las seis de la tarde hasta medianoche), no dejaba de ser un auténtico incordio, sobre todo cuando había que subir tramo tras tramo de escalera.

Afortunadamente, los anteriores inquilinos habían decidido tirar los tabiques para unir las tres habitaciones y formar un improvisado apartamento, así que pudimos permanecer juntos. Las habitaciones estaban baqueteadas, pero limpias, había agua, aunque no caliente, y por lo que nos contaron, durante las horas en las que había fluido eléctrico se podía recibir la señal del canal de televisión que poseía la isla en los trasteados aparatos que estaban atornillados encima de la cama. En definitiva, no estábamos tan mal. Ésa era la parte buena.

La parte mala era que en veinte días Prit y yo debíamos presentarnos en un cuartel situado cerca del centro de la ciudad para que nos asignasen a un «grupo de trabajo especial».

Y algo me decía que aquel «trabajo especial» no nos iba a gustar nada.

Pero nada de nada.

19

Otra vez al lío. No me lo podía creer. Apenas hacía unas semanas que habíamos llegado a la isla y ya estábamos de nuevo envueltos en un fregado. Era para echarse a llorar. Tenía tal cabreo que cuando salimos del despacho le sacudí una patada a una papelera que cayó rodando por las escaleras, montando un jaleo de mil demonios. Con eso sólo conseguí ganarme una mirada fulminante de una secretaria, y un dolor de mil demonios en el pie durante dos días, pero mi enfado era enorme.

Tras unas felices semanas de relajación y asueto, que habíamos aprovechado básicamente para comer hasta hartarnos, descansar a pierna suelta y tostarnos en la playa, Prit y yo habíamos sido citados al mediodía de aquella mañana en la antigua sede del MALCAN (Mando de Apoyo Logístico de Canarias), en la plaza Weyler, muy cerca del centro de la ciudad. Un mensajero se presentó en nuestra residencia por la mañana con una citación urgente para ambos. Adormilado entre las sábanas al lado de Lucía pude oír a Prit en la habitación contigua, mientras discutía con el enlace y finalmente firmaba el comprobante. Me levanté con el pelo revuelto y legañas en los ojos y me encontré la expresión preocupada del ucraniano pintada en su rostro. Aquello no podía ser bueno.

—¿Qué diablos sucede? —pregunté mientras trasteaba con la cafetera y la llenaba con la sustancia infame que allí llamaban café—. ¿Qué quería ese tipo?

—Mejor míralo tú mismo —fue la respuesta del ucraniano, mientras me tendía la hoja de papel—. Creo que quieren que empecemos a ganarnos nuestro alojamiento.

Tras desayunar y asearnos, emprendimos el camino con una sensación de intranquilidad en el fondo del estómago. No teníamos muy claro qué era lo que querían de nosotros, así que decir que ambos íbamos con la mosca detrás de la oreja es quedarse cortos.

Un maltratado URO nos esperaba en la puerta del antiguo hotel. Su conductor, un chico muy joven vestido de uniforme, no aparentaba tener más de dieciocho años. Me jugaría un millón de euros a que ese muchacho llevaba poco tiempo alistado. Seguramente apenas unos meses antes era un refugiado más entre la multitud. Eso me hizo reflexionar. Los militares se habían llevado la peor parte de todo el Apocalipsis, sobre todo durante las primeras semanas, mientras defendían los Puntos Seguros. Con toda seguridad sus bajas fueron espantosas y habían tenido que llenar los huecos con lo que había disponible.

Tan sólo cinco minutos después de haber salido nos quedó suficientemente claro que aquel chaval que nos habían asignado como conductor no tenía mucha experiencia conduciendo un chisme del tamaño de un URO. Manejaba el pesado vehículo a tirones por las atestadas calles que conducían al centro, aporreando el claxon como un taxista de El Cairo en hora punta, y arrimándose despreocupadamente a carros de tiro, camiones, peatones e incluso montándose en ocasiones sobre las aceras. Cada vez que cambiaba de marcha parecía que deseaba hacer saltar en mil pedazos la transmisión del pesado vehículo militar. Sin embargo, de manera milagrosa, al cabo de cuarenta minutos de trayecto llegamos finalmente de una pieza a la plaza Weyler.

Al bajar del vehículo, Prit y yo echamos un vistazo a nuestro alrededor, sin ser capaces de creernos bien lo que estábamos viendo. Gran parte de los edificios que rodeaban la plaza presentaban claras huellas de haber ardido en mayor o menor grado. Muchas de las paredes estaban marcadas por restos de metralla, y huellas de innumerables balazos atestiguaban que la zona había sido objeto de una cruenta batalla. Una profunda mancha negruzca tiznaba el suelo bajo nuestros pies, como una especie de alfombra siniestra. Intrigado, se la señalé silenciosamente al ucraniano. Prit se agachó y rascó parte de la superficie con sus uñas y la olisqueó brevemente con gesto de experto. Sacudiendo la cabeza, se levantó y murmuró «napalm» antes de entrar en el edificio.

El antiguo cuartel estaba atestado de oficinistas correteando apresuradamente de un lado para otro mientras cumplían Dios sabía qué funciones.

Durante un rato nos mantuvieron esperando en una pequeña salita, adornada con docenas de banderines de regimientos que después del Apocalipsis probablemente ya no existían más que sobre el papel o en el recuerdo. Cuando finalmente un ajetreado sargento nos hizo pasar a un despacho contiguo, el sol ya había avanzado bastante en el cielo.

Tras el escritorio de aquel despacho estaba un tipo pequeño, calvo y con un ligero problema de sobrepeso. Debía rozar la cincuentena, y lucía una arreglada perilla que destacaba como un cañonazo sobre su piel blanca. Aquel hombre no vestía de uniforme, cosa sorprendente en aquel edificio, donde hasta aquel momento los únicos que habíamos visto vestidos de civil éramos nosotros mismos. En aquel instante hablaba apresuradamente por dos teléfonos a la vez, mientras que sus manos volaban a toda velocidad por el teclado del ordenador que tenía delante. A su lado, un ujier sostenía un montón de carpetas, mientras otro ayudante revolvía cómo un poseso entre un montón de documentación apilada en una mesa auxiliar. El tráfago de gente entrando y saliendo de aquel despacho era incesante, pero con un sistema, como en un ordenado hormiguero.

Nada más vernos, el tipo de la perilla nos hizo un gesto a Pritchenko y a mí para que nos sentásemos en unas sillas situadas enfrente de su escritorio, sin dejar de gritar órdenes por teléfono.

Mientras esperábamos a que acabase sus varias conferencias simultáneas me dio tiempo a echarle un vistazo al marasmo que nos rodeaba. La mayoría de las carpetas llevaban un sello que las identificaba como pertenecientes al 2.º Grupo Operacional de Intendencia. Por el contexto de las conversaciones intuí que aquella parte del edificio debía de ser la sede administrativa de dicha unidad, de la que hasta entonces no habíamos tenido ninguna noticia.

En aquel momento nuestro anfitrión, tras identificarse ante alguien como «Luis Viena, responsable de administración del 2.º de Intendencia», comenzó a discutir vivamente con la persona al otro lado del teléfono. Por lo visto, había algún tipo de problema con la disponibilidad de unos cuantos cientos de litros de combustible de helicóptero, que él quería de manera inmediata y que del otro lado por lo visto se negaban a facilitarle. Finalmente pareció llegar a algún tipo de acuerdo, tras mencionar algo llamado «prioridad presidencial», y colgó el teléfono con aire satisfecho.

Por un instante quedó en silencio, sumido en sus pensamientos. Tras unos interminables segundos parpadeó, se sacó un pañuelo del bolsillo y se secó el sudor de la frente, mientras se volvía hacia nosotros con una amplia sonrisa en la boca.

—Buenos días, buenos días —comenzó a hablar como un

torrente incontenible—. Les ruego que me perdonen por haberles hecho esperar tanto tiempo, pero es que organizar una operación de este calibre es difícil, muy difícil, sí señor, sobre todo con tan pocos medios disponibles, y el personal, el personal... —Lanzó un bufido despectivo, mientras hacía un gesto teatral con la mano—. La mayoría son buenas personas, sí señor, hombres y mujeres trabajadores y entregados, desde luego muy entregados, pero la formación y la experiencia, ¿saben?, la formación y la experiencia no se improvisan de la noche a la mañana, no señor —concluyó bajando la mano como si fuese un hacha imaginaria—. Y así no hay manera.

Prit y yo nos mantuvimos en silencio, mientras aquel hiperactivo hombrecillo se levantaba y, sin parar de despotricar, revolvía en uno de los archivadores. Finalmente encontró un par de carpetas con nuestros nombres escritos en las portadas y se giró triunfalmente con ellas en la mano, mientras las agitaba en el aire como si fuesen unos abanicos.

—Organización —dijo ufano—. Organización y sistema. Ésas son las palabras clave, sí, sí señor —repitió mientras se sentaba de nuevo en su silla y apartaba distraído una montaña de informes de la mesa para poner los documentos que tenía en sus manos.

Leyó nuestros nombres en voz alta y durante los siguientes diez minutos se sumergió en la lectura de los expedientes (de un grosor considerable) a una velocidad sorprendente. De vez en cuando soltaba un «uhum» o un «ajá» e incluso en un par de ocasiones emitió un audible «oh» de sorpresa, mientras levantaba la cabeza para observar nuestros rostros. Finalmente, cuando consideró que había leído lo suficiente, dejó las carpetas sobre la mesa. El hombre apoyó allí sus gafas y se frotó los ojos con un gesto de increíble cansancio; acto seguido, comenzó a hablar con nosotros.

A lo largo de la siguiente media hora nos explicó que se llamaba Luis Viena (como ya habíamos adivinado) y era el responsable de administración de aquel grupo operativo. No vestía uniforme porque, pese a estar prestando servicios dentro de una unidad del ejército, no era militar. Hasta antes del Apocalipsis, Luis había sido un ejecutivo de Inditex, con más de quince años de experiencia dirigiendo uno de los gigantescos centros logísticos de distribución de ropa que la compañía poseía en Zaragoza. Estaba disfrutando de unas tranquilas vacaciones en su casa de las islas, con su mujer y sus hijas, cuando el mundo empezó a irse al carajo. Desde allí asistió impotente al derrumbe del mundo y a la derrota de la humanidad a manos de los No Muertos, así como a la llegada de los restos destrozados de los grupos de supervivientes, primero como una tromba y después, y poco a poco, como un leve goteo, que había acabado, de momento, en nosotros. Una vez que las cosas comenzaron a calmarse en Canarias, el ejército lo reclutó rápidamente para que se encargase de ordenar los trozos rotos en los que se había convertido su intendencia. Era la persona indicada, debido a su profesión, y la única que tenía alguna experiencia en organización de recursos considerables; por lo visto, su trabajo había sido notable hasta el momento.

No pude evitar sentir una profunda envidia de aquel tipo parlanchín y nervioso que se sentaba frente a nosotros. No sólo había sobrevivido al Apocalipsis tranquilamente sentado en las Canarias, en su propia casa y rodeado de su familia, sino que además su puesto estaba justo allí, confortablemente situado detrás de un escritorio, a cientos de kilómetros del No Muerto más cercano. Comparado con nuestra experiencia, una bicoca.

Además, algo me decía que Prit y yo íbamos a tener que oler la mierda mucho más de cerca que él. De hecho, y si mi instinto no me engañaba, en primera fila.

Evidentemente, el TSJ no había tenido la delicadeza de llevarse por delante tan sólo a los inútiles o malhechores, sino que desgraciadamente gran parte de los caídos eran personas con conocimientos o habilidades imprescindibles para la supervivencia del resto de la sociedad. Ingenieros, arquitectos, técnicos agrícolas, enfermeras, pilotos, médicos, soldados... de todo eso faltaba en grandes números, sobre todo de los últimos. El personal médico y los militares se habían llevado la peor parte en el reparto de muerte, al haber constituido la primera línea de defensa en la batalla perdida contra el TSJ. Ahora el gobierno estaba tratando de reconstruir las unidades militares y sanitarias a marchas forzadas, pero para eso hacía falta tiempo, sobre todo para el personal médico.

Y ahí era donde por lo visto entrábamos nosotros. Prit era uno de los pilotos de helicóptero con más horas de vuelo que habían sobrevivido al caos, lo que lo convertía automáticamente en un elemento de un valor incalculable. Por mi parte, y a los ojos burocráticos del sistema, el hecho de haber pasado más de un año en «territorio apache» (así llamaban en el argot militar a las zonas infestadas de No Muertos) me convertía en un veterano experimentado, capacitado no sólo para sobrevivir en un entorno hostil, sino para cuidar de la gente menos experimentada de mi equipo.

Mientras Viena hablaba, notaba cómo la sangre se iba escapando paulatinamente de mi rostro. Aquel tipo no podía estar hablando en serio. ¿Yo, un «veterano experimentado»? ¿De qué demonios estaba hablando? ¡Si me había pasado la mayor parte de aquel año corriendo como un conejo de un lugar a otro, o escondido bajo tierra en el sótano-búnker del hospital Meixoeiro! Desde luego, no era ningún Rambo, tal y como ellos parecían pensar.

Educadamente le hice todas estas observaciones al señor Viena (y de paso le comenté, por si no se había dado cuenta, que Viktor Pritchenko, aunque sin duda un excepcional piloto, había perdido media mano en una explosión). No éramos quienes ellos creían. Tan sólo éramos dos supervivientes, agotados y exhaustos, que pretendían comenzar una nueva vida allí, nada más. Haríamos cualquier trabajo que se nos encomendase, pero no éramos soldados, y ni por todo el oro del mundo volveríamos al llamado territorio apache. Dije todo esto en una larga parrafada y finalmente me arrellané en la silla, contemplando a mi interlocutor, muy satisfecho.

Viena se nos quedó mirando por unos instantes, totalmente inmóvil. A continuación carraspeó y se dirigió a ambos.

—Señores, creo que no lo han entendido bien. Lo que les estoy planteando no es una oferta, sino una orden, y no mía, sino de mucho más arriba. Si por alguna extraña casualidad pensasen que siguen instalados en su ordenada vida previa al Apocalipsis, es mejor que vayan abandonando esa idea cuanto antes. El mundo ha cambiado por completo, y ese cambio nos afecta a todos. A todos, señores. Y eso les incluye a ustedes. —Se giró hacia Prit y continuó—: El señor Pritchenko posiblemente no haya caído en que se encuentra en una situación muy delicada. Es cierto que, como dije antes, es posiblemente uno de los pilotos más experimentados que actualmente hay en las islas, y sólo Dios sabe lo necesitados que estamos de buenos pilotos. Pero también está ese feo asunto de la monja…

Agarré a Prit por el brazo, para evitar que saltase sobre la mesa, mientras el ucraniano barbotaba una ristra de palabrotas ininteligibles en ruso.

—Lo cual nos lleva a la siguiente situación. —Viena cabeceó con aire pensativo, indiferente a la reacción del eslavo—. Si el señor Pritchenko se alista voluntariamente en este cuerpo de intendencia, supongo que podríamos, ¿cómo decirlo?, buscar una solución amistosa y agradable para todas las partes en el incidente del *Galicia*, lo cual equivaldría sin duda a la retirada de cargos y a que no tuviese lugar un juicio.

»En cuanto a usted —esta vez se giró hacia mí—, no hace falta que le diga lo necesaria que es una persona dotada de su experiencia para enfrentarse a esas cosas. La mayoría de los miembros de nuestros grupos de incursión han estado como mucho tres o cuatro veces en territorio apache desde que huyeron de sus Puntos Seguros. Usted, sin embargo —se interrumpió para ojear mi expediente—, ha sobrevivido junto con sus amigos durante más de un año ahí fuera —sonrió— y eso es algo que no muchos pueden decir por aquí.

Me quedé en silencio por unos segundos. En su boca todo aquello tenía sentido, por más que supiese que no era del todo verdad. Y además sabía que Prit estaba cogido por las pelotas y no tendría más remedio que aceptar. La sola idea de dejar a mi único amigo en la estacada me revolvía el estómago. Además, por otra parte, si no aceptaba aquel puesto no sabía de qué demonios iba a vivir. No hacían falta muchos abogados en aquel momento, tal y como había tenido la oportunidad de comprobar. La decisión estaba clara.

Miré hacia Prit y tropecé con la mirada resignada del pequeño eslavo. «Qué le vamos a hacer», decían sus ojos.

—Por lo menos iremos juntos, ¿verdad? —me preguntó resignado, mientras me apoyaba la mano en el hombro.

—Por supuesto —respondí, ocultando mi angustia—. Iremos juntos, Prit, no lo dudes. —Sin embargo, mi mente no paraba de pensar a toda velocidad. Otra vez al lío. Joder.

—¡Estupendo, señores! —palmoteó alegre Viena, mientras sellaba rápidamente unos impresos y nos los ponía delante para su firma—. En cuanto salgan de aquí les llevarán al cuartel de su grupo. Si tienen algo que arreglar en casa, háganlo con urgencia. —Nos miró con seriedad sobre el cristal de sus gafas mientras cambiaba el tono de su voz—. Salen mañana mismo hacia la península. Y no hace falta que les diga qué es lo que se van a encontrar allí.

20

Era una mañana desacostumbradamente fría, para la temperatura que por lo general hacía en Canarias. Era temprano, muy temprano, y aún se podía ver a Venus titilando en el cielo mientras nuestro pequeño grupo se frotaba las manos y pateaba en el suelo de cemento del aeropuerto Reina Sofía tratando de combatir el intenso frío matutino.

Apenas habían pasado unas cuantas horas desde nuestra reunión con Luis Viena. Desde entonces tan sólo tuvimos la oportunidad de volver a nuestro domicilio para recoger un puñado de efectos personales y despedirnos de nuestros familiares. Lo peor para mí fue sin duda cuando le dije a Lucía que nos habían «alistado» en una unidad de apoyo. Desde el momento en que le confesé que Prit y yo tendríamos que volver a la península, mi chica había pasado por varias fases: cabreo, indignación, llanto, furia… Y finalmente pareció aceptar la situación con resignación. Sin embargo, aquella mañana, al despedirse de mí, la noté más distante, más fría. No la culpaba.

No se podía decir que me responsabilizase de la situación, pero para mí estaba claro que había una barrera entre nosotros que antes no existía. No entendía nada, hasta que Prit me explicó lo que hasta el más ciego podría ver. Lucía había perdido a todos sus seres queridos en muy poco tiempo, e indudablemente fue una experiencia traumática. Todo lo que tenía en aquel momento, éramos Prit, sor Cecilia y yo.

Y mientras la monja se debatía entre la vida y la muerte, nosotros nos íbamos en una expedición de alto riesgo.

Lucía temía sufrir de nuevo la misma horrible experiencia de Vigo. Y lo único que yo había notado era que estaba distante. Pensaba que se había enfadado conmigo. ¡Maldito idiota!

Ardía en deseos de salir corriendo hacia nuestra casa, sujetarla entre mis brazos y decirle que no se preocupase, que por nada del mundo dejaría de volver, que todo iría bien… pero no lo hice en su momento y entonces ya era demasiado tarde para salir de allí.

Las últimas horas no habían sido mucho más fáciles para nosotros. Nos las habíamos pasado en una zona militar acotada en Los Rodeos, el otro aeropuerto de la isla. Allí tuvimos tiempo para conocer personalmente al resto del equipo, así como para adiestrarnos en el uso del material que íbamos a utilizar en aquella misión.

Quince minutos antes, un oficial estirado se había acercado a nosotros y nos había conducido hasta un hangar vacío situado en un extremo del viejo aeropuerto. Allí, se subió al capó de un URO, de forma que todos pudiésemos verlo, y nos desveló el destino de nuestra misión. Cuando oí lo que salió de su boca sentí deseos de pellizcarme, para comprobar que estaba despierto. Aquello, pensé, tenía que ser una broma pesada.

Pero no. Era real. Jodida y tristemente real.

Nos mandaban de vuelta a la península. A Madrid, concretamente. Posiblemente uno de los veinte o treinta puntos más peligrosos de toda Europa en aquellos momentos. Y nos lanzaban allí de cabeza.

Madrid no era precisamente un rincón abandonado y tranquilo, un lugar donde fuese difícil encontrarse con un grupo de No Muertos. Antes del Apocalipsis vivían en la ciudad y en sus alrededores casi seis millones de personas. Según el censo de residentes y acogidos de Tenerife, no había en la isla más de quince mil personas que fuesen refugiados procedentes de esa zona. Así que era fácil suponer que nos íbamos a meter de cabeza en una zona por donde pulularían varios millones de No Muertos, esperándonos. Resultaba aterrador.

—¡Nuestro objetivo son los restos del Punto Seguro Tres, de los cinco que se crearon en la ciudad! —voceaba el oficial subido sobre el todoterreno—. Dicho punto resistió tan sólo cuatro días los asaltos de los No Muertos y se cree que más de tres cuartos de millón de personas perdieron la vida en su interior.

Paseó su mirada sobre el grupo, mientras aquella terrible cifra resonaba en nuestros oídos.

—¡Pero no van ustedes allí para contemplar el paisaje de después de la batalla! Dentro de ese punto estaba situado el complejo de edificios del hospital de La Paz. Era la estructura más grande de todo el Punto Seguro y en ella se instalaron oficinas, almacenes, comedores y dormitorios comunes… y justo a su lado se instaló el mayor almacén farmacéutico de toda la capital, con la misión de abastecer de medicamentos al resto de los Puntos Seguros por vía aérea. —Hizo una pausa antes de continuar—. Lamentablemente, la marea de No Muertos frustró desde el principio ese plan.

Miré al ucraniano, tan absorto como yo en las explicaciones del oficial. Si las cuentas no fallaban, dentro de ese almacén tenía que haber toneladas de medicamentos, decomisados de los almacenes que Bayer, Pfeizzer y el resto de las casas fabricantes tenían en los parques industriales cercanos durante los últimos días caóticos. Esas toneladas de medicamentos eran indispensables para nosotros, tanto o más que el combustible o las armas. Sin ellos, nuestra asistencia sanitaria, ya de por sí precaria por la falta de personal médico, retrocedería más o menos hasta el siglo XVIII. Por lo que nos contaba el oficial, la situación empezaba a ser angustiosa en los pocos hospitales abiertos en Tenerife. Hacían falta antibióticos, insulina, sueros, opiáceos, analgésicos, sedantes… la lista era infinita. Las reservas estaban bajo mínimos, y la producción propia era aún demasiado pequeña. Y eso sin contar que había determinados productos que era imposible fabricar en aquellas condiciones. Así que no quedaba otra opción que ir hasta allí.

Todos los hospitales de las otras islas, infestadas de No Muertos, ya habían sido saqueados por equipos parecidos al nuestro, y por desgracia, las bajas propias en cada uno de estos viajes habían sido muy altas. Así que habían decidido apostar por Madrid, el premio gordo. Pero al menos no íbamos a ciegas.

Hasta poco antes de que se desatase el caos, España y Francia compartían el uso de un satélite espía, el Helios II. Aunque su control central estaba en Francia, existía una subdivisión de control en algún lugar no revelado de la península.

Tras varios intentos fallidos por parte de los escasísimos técnicos e informáticos supervivientes, finalmente se logró crear una réplica de su base de control en Tenerife. En aquel momento el Helios II y sus cámaras eran nuestros ojos sobre el sur de Europa. El hecho de que no hubiesen tenido ningún problema para tomar el control del satélite me llevaba a pensar que en Francia, o no estaban interesados, o no quedaba nadie con capacidad para poder tomar decisiones de ese calibre. «En fin —me dije—, supongo que eso no es nuestro problema. Que cada uno cuide su culo.»

Las imágenes tomadas por el pájaro sobre Madrid no dejaban lugar a dudas. La ciudad estaba prácticamente intacta, salvo algún barrio que parecía haber ardido hasta los cimientos. Desde el espacio, el almacén estaba intacto, al menos aparentemente. Lo que nos encontrásemos allí en persona era una incógnita.

Despegamos entre la penumbra, coincidiendo con la salida del sol. Volamos directamente hasta la península en un Airbus A-320, al que le habían quitado prácticamente todos los asientos, menos los de primera clase, para transformarlo en un gigantesco carguero. Nuestro destino era el antiguo aeródromo militar de Cuatro Vientos, a ocho kilómetros de la capital. Alguien, meses antes, se había dado cuenta a través del satélite de que el perímetro del aeródromo, totalmente vallado, estaba intacto, y no se apreciaba ningún movimiento en las instalaciones. Tras varias semanas de observación, habían llegado a la conclusión de que las instalaciones estaban desiertas y que «probablemente» eran totalmente seguras (el «probablemente» era lo que más me mosqueaba).

El único acceso posible que podía estar abierto era el edificio principal, y los últimos informes fiables, obtenidos antes de que las comunicaciones cayesen junto con los Puntos Seguros, decían que el aeródromo había sido clausurado a cal y canto, así que si los cálculos no fallaban, el complejo debería estar cerrado, seguro… y vacío.

Por tanto, nuestro primer objetivo era asegurar el aeropuerto, y sellarlo herméticamente. Para eso nos acompañaba un pelotón de legionarios, de los pocos que habían sobrevivido al Apocalipsis, con uniforme completo de combate y armados hasta los dientes. Una vez hecho eso, ellos se quedarían allí, controlando el perímetro, y sería nuestro turno. Entonces las cosas se pondrían muy movidas, sin duda.

21

—¡Joder! —masculló Lucía mientras trataba de retirar apresuradamente el cazo de leche del hornillo para evitar que se desbordase. Con rapidez, lo retiró del pequeño fogón, sin poder impedir que la mitad del contenido se derramase sobre las llamas, esparciendo instantáneamente un olor acre a leche quemada por todo el cuartucho.

Sintió que las lágrimas se le agolpaban en los ojos. Sólo se había despistado un instante, pero se sentía como una estúpida. Sabía de sobra que la leche estaba estrictamente racionada, un litro por persona cada dos semanas, y por su culpa se había derramado casi medio litro de manera irremediable... ¿Cómo podía haber sido tan tonta? ¿De dónde rayos iba a sacar nuevos cupones de racionamiento?

Desalentada, se dejó caer en una silla mientras echaba una ojeada a su alrededor. Desde que habían llegado a Canarias todo había ido rematadamente mal. Primero, la cuarentena a bordo de aquel condenado barco, metida en aquella celda diminuta, sin saber qué iba a suceder. Durante un largo mes se había despertado por las noches, jadeando, cubierta de sudor, sintiendo cómo las paredes de aquel cubil la aplastaban, en medio de una rutina sólo alterada por las visitas regulares de aquellos médicos espectrales envueltos en sus trajes de aislamiento. Después, sin razón aparente, les habían soltado, e inmediatamente descubrió horrorizada que un sádico salido de un campo nazi había golpeado a sor Cecilia casi hasta la muerte.

Pese a que lo habían denunciado nada más poner pie en tierra, habían transcurrido más de tres semanas desde entonces y no había pasado nada. La sobrecargada burocracia de la isla estaba más ocupada tratando de asentar a la avalancha de refugiados, y alimentar mínimamente a todos, que de resolver un «supuesto» crimen del que no había testigos, aparte de lo poco que había visto ella antes de desmayarse, que no era mucho.

Desde aquel día, hacía ya casi un mes, la monja estaba internada en uno de los atestados hospitales de la isla, debatiéndose entre la vida y la muerte, apenas atendida junto a otros miles de enfermos y heridos por un puñado de médicos exhaustos, bastantes voluntarios agotados y muy escasos medios materiales.

Y después aquel maldito apartamento, oh, Dios. Antes del Apocalipsis Lucía vivía con sus padres en una enorme casa de tres plantas. Aquel diminuto cubil casi sin muebles formado por tres antiguas habitaciones de un hotel de los años setenta unidas mediante el expeditivo método de tirar abajo el tabique separador, le recordaba a las imágenes del gueto de Cracovia que se veían en *La lista de Schindler*, con docenas de personas apiñadas en muy poco espacio. La única diferencia era que no había ni muros ni guardias alrededor, pero la sensación de agobio era casi la misma.

Ellos eran afortunados, ya que vivían en un sector «bueno». Gracias a que Viktor era uno de los pocos pilotos de la isla, habían sido clasificados como personal esencial, y debido a eso gozaban de una serie de ventajas, como mejores cartillas de racionamiento y un «lujoso» apartamento de dos habitaciones sin demasiadas cucarachas para ellos tres solos (sin contar a Lúculo, por supuesto). Lucía sabía que había miles de personas que vivían en unas condiciones de hacinamiento mucho peores, ya que hasta el más pequeño pueblo estaba atestado de refugiados. Sin embargo, el hambre era una amenaza omnipresente para todo el mundo, independientemente de su alojamiento o grado, a no ser que tuviese contactos en el mercado negro… y algo interesante que vender o comprar.

Mientras su chico y Viktor habían estado con ella, Lucía se había sentido lo suficientemente segura y protegida como para no afrontar ninguna de las terribles circunstancias que ahora le agobiaban como una pesada losa. Con la despreocupación propia de la adolescencia había borrado todo aquello que le desagradaba y se había centrado en la pequeña e improvisada luna de miel que vivía con su «señor letrado», como a ella gustaba llamarle con sorna de vez en cuando, cuando él comenzaba a divagar sobre las injusticias de aquel sistema y los problemas que debería afrontar el gobierno.

Lucía estaba terriblemente enamorada, poseída por la absoluta certeza que tan sólo el amor de una chica de diecisiete años puede tener. En ocasiones se encontraba despierta en la cama, observándolo fijamente, mientras él se revolvía inquieto en sus pesadillas, tratando de huir de los monstruos que poblaban su mente, sin atreverse a hacer ruido para no despertarlo. Lucía sabía, en algún nivel profundo de su mente, que ella era para él la mejor terapia posible. Desde que habían llegado, pese a todos los problemas, él cada vez era capaz de conciliar mejor el sueño, y de hecho, incluso le había visto sonreír tímidamente en un par de ocasiones. Y de repente, el día anterior Viktor y él se habían ido, casi sin tiempo para despedirse.

Ambos sabían que era cuestión de tiempo que reclamasen

a los «tipos del helicóptero» para saltar a la península en busca de sabe Dios qué suministros imprescindibles, pero eso no hizo las cosas más fáciles a la hora de despedirse.

Y aunque ahora estaba en Tenerife, en una isla plagada de policías y militares por todas partes, y sin un maldito No Muerto a menos de cien kilómetros, Lucía se sentía más aterrorizada que nunca. Por primera vez desde que aquella pesadilla había levantado el telón, se encontraba sola y a merced de sus propios recursos.

Un golpe en la puerta la sacó de sus pensamientos súbitamente. Remoloneando, se acercó a la puerta y la abrió. Frente a ella se encontró a la señora Rosario, la portera del edificio. Era una mujer pequeña, rechoncha, de unos cincuenta y tantos años, y con un terrible manojo de varices en sus piernas. Llevaba un apretado moño teñido de hebras grises en lo alto de la cabeza y un vestido de basta tela marrón que la hacía parecer bastante más compacta de lo que realmente era. La señora Rosario contempló a Lucía con sus ojillos de lechuza, mientras trataba de vislumbrar el interior del cuarto por encima del hombro de la muchacha.

—¿Se encuentra bien, querida? —preguntó—. Me ha parecido oír voces en la habitación…

—No se preocupe, Rosario —respondió Lucía, apeándole conscientemente del tratamiento de señora, mientras entornaba la puerta a su espalda de forma que bloqueaba la vista de su interlocutora—. No hay ningún problema. Tan sólo un poco de leche derramada, eso es todo.

La señora Rosario era una «responsable de bloque», según la rimbombante definición gubernamental, y lucía orgullosamente en su pecho la pequeña insignia de baquelita que acreditaba su cargo. Una de las primeras cosas que había descubierto Lucía a su llegada a la isla era la ingente cantidad de «vigilantes» que pululaban por todas partes. La semana anterior, uno de sus vecinos, un ingeniero agrícola que trabajaba en una de las granjas de cultivo intensivo de la zona norte de la isla, le había comentado que la señora Rosario era en realidad una delatora oficial, y que su puesto le había sido otorgado directamente por las autoridades, para mantener bajo control aquel bloque de edificios. Como en la antigua Alemania del Este, cada edificio, cada barrio, cada zona, tenía sus responsables de control.

«Y lo peor no es eso —había añadido aquel vecino, tras mirar cautelosamente hacia los lados antes de hablar—. Lo peor es que además de los responsables oficiales, hay docenas, o cientos de informadores ocultos. Ni siquiera puedes estar seguro de que tu pareja o tu compañero de piso no esté trabajando para el Servicio de Información. Es como la puñetera Stasi.»

Aquel comentario amargo resonaba en la cabeza de Lucía desde entonces. En aquel momento no le había hecho mucho caso. Todo el mundo se comportaba de una manera bastante paranoica en las islas, sobre todo entre los militares y los sanitarios (donde llegaba casi a extremos obsesivos), y pensó que aquel comentario furtivo en la escalera no era más que el delirio de un viejo que veía conspiraciones por todas partes. Ahora sabía que aquel vecino tenía razón. El problema era que no podía decírselo.

Hacía dos semanas, había sido «trasladado» a otro complejo residencial. Nada extraño, en aquellos días, si no fuera por el «pequeño» detalle de que el traslado había tenido lugar a las cuatro de la mañana. Y en una camioneta de motor del ejército, en vez de en un vulgar tiro de caballos. Quizá aquel ingeniero finalmente había hablado en las escaleras con el vecino equivocado. Quién sabe.

—Le recuerdo, señorita, que está prohibido el acceso de visitantes a este bloque una vez pasadas las cuatro de la tarde

—sermoneaba en aquel momento la señora Rosario con un soniquete tintineante—. Si tiene algún invitado creo que tendrá que dar un parte...

—No hay nadie en casa, se lo aseguro —rezongó Lucía, rindiéndose y abriendo la puerta de par en par, de forma que se pudiese ver la habitación vacía. Aquélla era la oportunidad que había estado esperando Lúculo. Con una agilidad impropia de su tamaño, el peludo persa se materializó de entre la oscuridad del pasillo y se coló en el interior de la vivienda, rozando al pasar las piernas de su nueva dueña, de vuelta de uno de esos largos paseos que sólo los gatos saben adónde llevan.

La señora Rosario husmeó con una expresión de desagrado en el rostro que a Lucía se le antojó realmente divertida. Por un loco instante la cara de la portera le recordó al rostro de un bulldog francés olisqueando un zurullo especialmente desagradable en medio de la acera y meditando acerca de la tristeza de su vida perruna.

Lucía tuvo que hacer un esfuerzo heroico para no reírse a carcajadas. Bastantes problemas tenía ya con aquella vieja arpía como para sumar alguno más a la lista. Era una recién llegada a la isla, y de todos los residentes del bloque ella era la única que no tenía un puesto de trabajo en un sector de los considerados «esenciales». Eso la hacía especialmente sospechosa para la portera, junto con el hecho de que era una de las pocas personas en todo Tenerife que todavía poseía una mascota doméstica y no la había sacrificado en un puchero.

Durante las pocas semanas que su pareja y Prit habían estado en el piso, la vieja Rosario se había mantenido al margen, pero desde que se habían ido ejercía un asedio férreo y sin piedad en torno a la joven. Lucía sospechaba que en aquella atestada isla su vivienda era especialmente codiciada, y probablemente Rosario estuviese buscando el más mínimo error para justificar su desahucio inmediato. O podía ser que simplemente fuese el odio cerril de una vieja hacia otra mujer más guapa y más joven. Una incógnita más. El hecho era que tenía que andarse con pies de plomo.

—Le garantizo que no hay ningún problema —repitió Lucía con una sonrisa forzada—. Además, ahora mismo tenía que marcharme. Tengo que ir al hospital. El trabajo, ya sabe...

—Sí, sí, sí, por supuesto, el hospital. —La vieja portera meneó la cabeza, con ese inconfundible aire de «a-mí-no-me-la-pegas», y añadió como por descuido—: Es una suerte que su marido le haya podido conseguir ese trabajo en el hospital. Así puede cuidar a su madre y de paso esquiva las brigadas de agricultura obligatoria. Sería una auténtica pena, querida, que se estropease las manos con un azadón. Son tan finas...

—No es mi madre, sino una monja —puntualizó Lucía mientras cogía su bolso y cerraba la puerta a sus espaldas con un fuerte tirón. Para poder pasar tuvo que empujar a un lado a Rosario, que permanecía plantada como un árbol en medio del pasillo. La portera olía intensamente a perfume aplicado sobre un fondo de sudor rancio—. Y no es mi esposo, tan sólo es mi novio. Y con respecto al trabajo...

—Oh, vamos, bonita, déjate de excusas baratas. —La vieja le dedicó una mirada envenenada, cambiando de tono, mientras Lucía comenzaba a bajar las escaleras—. ¡Puede que hayáis engañado al Servicio de Información, pero a mí no me la dais con queso! ¡Tú y tus amigos aparecisteis un día de en medio de la nada, de repente, y decís que llegáis de la península! ¡Y gracias a eso os colocáis en el sector bueno, mientras gente mejor que vosotros tiene que partirse el espinazo en los campos agrícolas! ¡Ja! ¡Y una mierda! ¡Yo sé que sois unos asquerosos espías froilos! ¿Me oyes? ¡Unos froilos, eso es lo que sois!

Lucía bajó las escaleras mientras los chillidos de la portera («¡froilos, sois unos froilos!») le acompañaban tramo tras tramo. Aquella historia se venía repitiendo desde el día anterior, pero la joven ya no le prestaba atención. Sabía perfectamente que mientras no le diese un buen motivo, la vieja no tendría ningún argumento en contra de ella. Pero al mismo tiempo, se sentía vigilada. Puede que la rechoncha portera no fuese la única que la considerase una espía. La psicosis estaba extendida, y Lucía estaba convencida de que alguien seguía sus pasos.

Pero ella no era ningún froilo.

Al menos, que ella supiera.

22

Madrid

Creí que sería algo parecido al aroma de la carne asada, pero no. Es un olor más denso, más pesado, con un punto picante al final que resulta algo inquietante, como si tu pituitaria supiese de algún modo que ese aroma no está bien. Y por extraño que pareciese, al cabo de cinco minutos ya ni lo notabas. Sin embargo, cuando entrabas en el avión y volvías a salir de nuevo al cabo de unos minutos, el olor te asaltaba de nuevo, asfixiándote, como un abrazo excesivamente fuerte.

Ese olor.

Ese aroma.

El perfume de la carne quemada de docenas de cadáveres arrojados en una pira.

Sentado en las escaleras del Airbus, veía cómo los legionarios arrojaban cuerpo tras cuerpo a la fosa abierta en un lateral de la pista. Los primeros cuerpos tuvieron que ser rociados con gasolina para que prendiesen, pero después la propia grasa de los cadáveres alimentó el fuego, que rugía con furia cada vez que un nuevo cuerpo caía en las llamas. No me podía creer que sólo llevásemos tres horas allí. Me daba la sensación de que había pasado un siglo.

El vuelo había sido una experiencia sedante. El rugido de las turbinas llegaba amortiguado a través del grueso aislante de las paredes. Todos los presentes parecían sentir una extraña sensación de euforia, totalmente fuera de lugar. Tardé un buen rato en darme cuenta de qué era lo que la ocasionaba. Allí arriba, a miles de metros del suelo, estábamos totalmente a salvo de los No Muertos. Era completamente imposible que durante la duración del vuelo aquellos malditos seres nos pudiesen alcanzar, y eso hacía que todo el mundo se sintiese extrañamente relajado y despreocupado, posiblemente por primera vez en muchos meses.

Quizá, pensé, aquello fuese como el momento de pausa en una película de terror, ese momento donde los protagonistas charlan tranquilamente a la luz del día, sentados en el porche, tras haber superado los horrores nocturnos de la casa encantada. Sin embargo, pensé para mis adentros, normalmente eso sólo es el preludio de una noche de horror aún mayor. Confiaba en que no fuese el caso.

En el avión viajábamos un pelotón de veintidós legionarios y tres civiles, contándonos a Viktor y a mí, que formábamos el «equipo de infiltración», según la definición rimbombante que había dado el jefe de la misión. En conjunto, veinticinco personas, que junto con el piloto y el copiloto del Airbus sumábamos un total de veintisiete. Un bonito número. Si no estuviésemos volando directamente hacia el corazón del infierno, aquello parecería un viaje de paso del ecuador, a juzgar por la alegría artificial y forzada que reinaba a bordo.

El oficial al mando era un personaje sorprendente, que no dejaba de llamar mi atención. Su nombre era Kurt Tank, aunque prefería que le llamasen Hauptmann Tank, o Tank, a secas. Antes del derrumbe era militar en el ejército alemán, y el Apocalipsis le pilló como a otros muchos compatriotas suyos de vacaciones en las Canarias, donde tenía una casa. Cuando fue evidente que no podría volver a su país (porque ya no existía país a donde volver), Tank decidió alistarse en las destrozadas unidades militares supervivientes. Era la opción más lógica, el camino que siguieron muchos, un camino arriesgado y peligroso, sin duda, pero que al menos te permitía estar armado y defender tu propia vida. Que no era poco.

Se podría suponer que un tipo con un nombre tan sonoro, militar, y siendo alemán, por añadidura, debería tener una presencia imponente, pero su aspecto distaba mucho de la arquetípica imagen del súper ario. Tank era más bien delgado, pálido, con unos inquietantes ojos glaucos en su cara que parecían taladrarte cada vez que te miraba. De modales pausados y delicados, en conjunto daba una imagen suave, blanda. Pero nada más lejos de la realidad. Por lo que contaban alrededor de un cigarrillo los legionarios que nos acompañaban, era un tipo capaz de llevar a sus hombres a los extremos más impensables. Contaban que de una misión de «infiltración» llevada a cabo dos meses antes en Cádiz, volvieron tan sólo él y otros dos miembros de su equipo.

Un tipo duro. Un lobo con piel de cordero.

El aterrizaje en la pequeña pista de Cuatro Vientos fue una auténtica experiencia. Desde un principio sabíamos que un Airbus 320 era un pájaro demasiado grande para aquel pequeño y viejo nido. El tamaño de la pista del aeródromo, construido a principios de los años veinte, no permitía su uso a naves civiles de aquel porte. Sin embargo, y teniendo en cuenta que no teníamos que ceñirnos a la normativa de aviación, ni respetar rutas de vuelo, y que además podríamos sobrevolar la ciudad a baja altura sin que nos lloviese una tonelada de denuncias, se había planeado que la aproximación a la pista sería a muy baja cota y a la mínima velocidad posible, por lo que entonces la operación podría ser viable.

Podría.

Ahí estaba la gracia del asunto.

Así que allí estábamos, dando vueltas a menos de mil metros de altura sobre el extrarradio de un Madrid absolutamente muerto y desolado, mientras enfilábamos nuestra ruta de aproximación a la pista.

A través de la ventanilla podía ver los enormes barrios de las ciudades dormitorio que perlaban el entorno de la antigua capital. Normalmente eran zonas que no solían tener mucha vida de día, mientras la mayor parte de sus residentes estaban en sus puestos de trabajo en la ciudad, pero la total ausencia de movimiento producía una sensación difícilmente explicable. Los chistes y las risas fáciles que nos habían acompañado todo el camino hacía un buen rato que se habían acabado en el avión. En aquel momento, un silencio denso y espeso como el petróleo lo había sustituido, mientras cada uno se sumergía en sus pensamientos, y el miedo, pegajoso, se instalaba en el corazón de todos y cada uno de los presentes.

Resultaba sorprendente ver cómo afrontaba cada uno aquella situación. Los militares, como han venido haciendo todos los de su profesión desde hace siglos, eran los que parecían sobrellevar mejor aquel compás de espera, al menos aparentemente. La mayor parte de ellos revisaba concienzudamente su equipo de combate, mientras tres o cuatro, en una esquina, se limitaban a echar una cabezada, aprovechando aquellos últimos momentos de tranquilidad. Aquellos legionarios (el llamado «Equipo Uno», con muy poca imaginación) serían los que tendrían que salir en primer lugar para asegurar el perímetro e iban a correr un gran riesgo, algo de lo que eran conscientes. Todos sabíamos que si las cosas se descontrolaban y no eran capaces de asegurar la pista y el edificio cercano, la misión tendría que ser abortada, y tendríamos que despegar rápidamente, dejándolos abandonados a su suerte.

En cuanto a los demás, los que tenían experiencia militar,

como el bueno de Prit, parecían estar ocupados pensando en otras cosas. El pequeño y flemático ucraniano mascaba chicle ruidosamente, mientras que con su afiladísimo cuchillo (el mismo con el que había degollado a una No Muerta en Vigo, salvándome la vida) tallaba una figurita de madera, con más buenas intenciones que maña. De todas formas, aquello parecía ayudarle a controlar la ansiedad que, estoy seguro, tenía que sentir.

En el asiento de al lado estaban sentadas dos caras conocidas. Tardé un rato en darme cuenta de quiénes eran, hasta que la chica se puso a parlotear nerviosamente y reconocí su risa aguda. Eran Marcelo y Pauli, dos de los miembros del equipo de rescate que nos habían sacado in extremis del aeropuerto de Lanzarote. Por lo visto, alguien había decidido, a partir de algún arcano criterio, que ya que habíamos volado juntos en aquella ocasión, ahora daría buen resultado que formásemos parte del mismo «equipo de infiltración». Inquieto, me pregunté si sería culpa nuestra que les hubiesen destinado a aquella misión que, ciertamente, no era plato del gusto de nadie.

El quinto miembro de nuestro equipo era, junto con Viktor y yo, el otro miembro civil de la operación. Se llamaba David Broto, un catalán callado, tranquilo, de unos veintitantos años, corpulento, de pelo negro y con una mirada profunda, que no podía ocultar un intenso sufrimiento interior que residía en algún lugar de su alma.

Supuse que, como la gran mayoría, habría sufrido alguna pérdida personal en los días oscuros del caos, y que, por algún motivo, aún no había sido capaz de superarlo. Había mucha gente así esos días, quizá cerca de la mitad de los supervivientes: personas aparentemente normales, sanas y en buen estado, hasta que te asomas a sus ojos y ves que por dentro están totalmente arrasadas. Comen, respiran, hablan, ríen y hasta en ocasiones bromean, pero lo hacen mecánicamente. Su espíritu está muerto. Es gente que no ha sido capaz de superar el hecho de haber perdido toda su vida, su familia y su historia personal en el plazo de unas pocas horas. Gente que se siente culpable por haber sobrevivido mientras todos sus seres queridos se quedaban por el camino. Gente que se pregunta cuál ha sido el significado de todo esto, o peor aún, qué significado puede tener todo ahora. Gente perdida. Gente rota, buscando una razón para vivir.

Estrés postraumático, decían algunos. Y una mierda. Es algo mucho más profundo, que nadie es capaz de definir. Alguien me había contado que, pese a esa situación emocional tan generalizada, no se había dado ni un solo caso de suicidio en las islas desde que se estabilizó la situación. Ni uno solo. Parece ser que los supervivientes, pese al horror que nos sumerge, estamos dotados de unas inmensas ganas de sobrevivir.

Instinto, quizá.

Fe, a lo mejor. Quién sabe.

El avión pegó un último giro con cierta brusquedad, mientras el ruido nos indicaba que las ruedas del tren de aterrizaje habían salido y ya estaban desplegadas.

El sonido de los motores se elevó otras dos octavas mientras los reactores gemían tratando de frenar las casi cincuenta toneladas del A-320 que se precipitaban sobre la pista de Cuatro Vientos. Preocupado, me di cuenta, como todos los demás, de que aquel sonido tenía que estar produciendo un efecto inmediato sobre las docenas de miles de seres que se agolpaban en la ciudad. Si no me equivocaba, justo en aquellos momentos, miles («cientos de miles lo más seguro, campeón») de No Muertos debían de estar saliendo de su letargo y levantando sus cabezas mientras el rugiente aparato pasaba volando sobre ellos, casi rozando los tejados de los edificios.

Un timbrazo sonó en el teléfono adosado en un mamparo,

al lado de Kurt Tank. Para aligerar peso del aparato habían retirado no sólo la mayor parte de los asientos, sino también un montón de material considerado no imprescindible, y eso incluía el sistema de altavoces de la cabina. Aquel teléfono comunicaba directamente con la cabina de los pilotos, unos cuantos metros más adelante. El Hauptmann Tank cogió el aparato y cabeceó un par de veces, mientras le decían algo a través del teléfono. Con un seco «gracias» colgó y se giró hacia nosotros.

—¡El piloto informa que en menos de un minuto vamos a tocar tierra! —gritó por encima del rugido de las turbinas—. ¡Puede que el aterrizaje sea algo movido, así que abróchense los cinturones!

Algo asustado, apreté mi cinturón todo lo que pude, mientras oía a Prit a mi lado mascullando algo en ruso. Supuse que se estaba acordando de la madre del piloto, o de la de Tank, o quizá simplemente estuviese molesto por el hecho de tener que estar allí sentado, como el resto de los borregos del pasaje, en vez de estar a los mandos del Airbus. Nunca se podía saber con Viktor.

—¡Esto no va a ser fácil! —continuó arengando el alemán, con su marcado acento, mientras trataba de mantenerse en pie, agarrado a un portaequipajes—. ¡En cuanto el aparato se detenga quiero que el Equipo Uno salte inmediatamente a tierra y ocupe las posiciones asignadas! ¡Limpien la zona, comprueben el perímetro y ante la duda disparen primero y pregunten después! ¡Pero como alguno de los helicópteros que están posados en la pista sufra el más mínimo rasguño les juro por Dios que le sacaré las tripas por la boca a patadas al patán que se lo cargue! ¿Entendido? —rugió.

Un gruñido de asentimiento surgió de veinte gargantas, mientras veinte pares de manos legionarias húmedas de sudor amartillaban veinte HK y se ajustaban las trabillas de los cascos.

Un brusco golpe nos sacudió a todos, acompañado de un terrorífico chillido del tren de aterrizaje. Un rugido sordo se elevó de las turbinas mientras el piloto ponía éstas en modo reverso a máxima potencia, tratando de detener el enorme Airbus en el pequeño espacio disponible. «Demasiado rápido», oí murmurar a Pritchenko, mientras observaba preocupado por la ventanilla cómo se deslizaban rápidamente las marcas de control de la pista. Estaba de acuerdo con él.

Un espeso humo negro empezó a manar de repente de las ruedas del tren de aterrizaje. El piloto había bloqueado los rodamientos, en un intento desesperado por aminorar la velocidad del aparato sobre la pista, y las gomas comenzaban a deshacerse como consecuencia de la fricción, en medio de un intenso olor a caucho quemado. Caí en la cuenta de que si sufríamos un reventón a aquella velocidad era probable que el aparato se desnivelase y comenzase a rodar descontroladamente por la pista, hasta acabar convertido en una bola de fuego. Sentí que se me encogían los testículos, de puro terror. En aquel instante estuve convencido de que íbamos a morir irremediablemente.

Parecía que el A-320 se iba a desintegrar en pedazos antes de poder detenerse por completo. Sin embargo, poco a poco y de manera gradual, el Airbus fue reduciendo su velocidad, mientras toda la cabina trepidaba violentamente y la estructura del aparato emitía unos sonidos nada tranquilizadores. Algo se desprendió con violencia en la zona de carga, estrellándose ruidosamente contra el suelo, pero eso fue todo. Finalmente, con un sonido quejumbroso, el aparato se detuvo por completo, mientras las turbinas aún maullaban, agotadas por aquel enorme esfuerzo estructural.

En aquel instante, los legionarios se levantaron y coordinadamente se dirigieron hacia la puerta. Mientras dos accionaban el mecanismo de apertura, un tercero fijaba una escala de cuerda en un soporte, para descender hasta la pista. Antes de que fuese capaz de pestañear tres veces, se habían descolgado por completo y se repartían en grupos sobre el asfalto agrietado.

Al cabo de pocos segundos oímos el primer disparo, y al poco rato, un par de largas ráfagas y una explosión rompieron el silencio de la pista.

El baile acababa de comenzar.

23

Tenerife

Una bofetada de calor isleño saludó a Lucía en cuanto salió
del edificio. Delante del bloque, sobre el agrietado asfalto, una
docena larga de personas aguardaban pacientemente a que llegase el transporte. No se veía ni un solo vehículo circulando
por la carretera, aparte de algún ciclista ocasional, y de vez en
cuando, algún destartalado carromato de neumáticos recau-
chutados tirado por algún jamelgo desastrado.

El viaje hasta el hospital, a apenas unos kilómetros, le llevaba una cantidad enorme de tiempo, signo de las nuevas circunstancias. Debido al racionamiento brutal de combustible
casi no había vehículos a motor circulando, y los pocos que
lo hacían se dedicaban a servicios esenciales. Apenas había
animales de tiro, y las existencias de bicicletas se habían agotado en los primeros días. En aquellos momentos, cualquier
viejo cacharro con ruedas y pedales que antes del Apocalipsis ni siquiera hubiese merecido una mirada valía una auténtica fortuna. De hecho, bajo el estado de excepción, el robo
de una simple bicicleta estaba penado con trabajos forzados.
Y el robo de gasolina era incluso peor, ya que se castigaba
directamente con el pelotón de fusilamiento. Sin duda eran

medidas draconianas, pero imprescindibles para mantener el frágil orden en la isla, que podía saltar por los aires en cualquier momento.

Lucía se sumó al grupo de personas que esperaban y pacientemente se dispuso a aguardar a que, con suerte, llegase un transporte lo suficientemente grande como para acercarla al centro. Al cabo de un rato, la fortuna le sonrió. Un antiguo camión de reparto de Coca-Cola, al que le habían desmontado la caja trasera, sustituida por una plataforma, se acercaba renqueando, envuelto en enormes nubes de humo azulado. La refinería de la isla había comenzado a producir algunas cantidades insignificantes de diésel, pero debido a la falta de aditivos químicos, su calidad era bastante deficiente y en no pocas ocasiones acababa averiando los motores que lo empleaban.

«Pero es mejor que nada», pensó Lucía, mientras le ayudaban a subir a la plataforma. Con una sacudida, el camión comenzó a rodar, con sus pasajeros agarrándose a cualquier parte para no salir despedidos. Lucía recordaba un viaje que habían hecho sus padres a Cuba un par de años antes, y las fotos de aquellos pintorescos camiones soviéticos utilizados como autobuses en el interior de la isla caribeña. A ella aquella situación le había parecido muy graciosa en su momento, y jamás llegó a imaginarse que algún día se vería obligada a utilizar un medio de transporte similar. La ironía de la situación le arrancó una sonrisa. Se preguntó si la epidemia habría llegado a Cuba. «Sí, por supuesto», se respondió a sí misma; el puñetero TSJ había llegado hasta el último rincón del globo, y si eran ciertos algunos rumores que se oían entre los supervivientes, tan sólo un puñado de lugares aislados del mundo, como las Canarias, habían quedado al margen de la plaga más mortal de la historia de la humanidad.

Sabía que aquellos rumores eran ciertos. Ella y sus amigos

habían sido los últimos supervivientes en llegar a Canarias desde Europa, y detrás de ellos tan sólo habían dejado muerte, desolación y millones de No Muertos vagando por toda la eternidad.

Sé alegraba de haber dejado todo aquello atrás. Aunque la vida en la isla no era exactamente un paraíso, debido al racionamiento y al exceso de población, al menos podía cerrar los ojos por las noches sin el temor constante a que una horda de No Muertos derribase la puerta y acabase con su vida.

Eso era bueno, sin duda alguna, pero la situación distaba mucho de ser la ideal. Había miles de personas que pasaban un hambre atroz, ya que pese a los esfuerzos del gobierno, las reservas de alimentos eran ridículamente escasas. Todos los días, una flota de pesqueros, muchos de ellos a vela, salía a faenar tratando de volver con las bodegas llenas para una multitud expectante, pero las capturas eran siempre demasiado cortas. Además, grandes zonas de la isla habían sido despejadas para organizar granjas de agricultura intensiva, pero el rendimiento de las mismas aún era muy pobre. Los técnicos que se esforzaban en ponerlas en marcha decían que la carestía de abonos químicos y de plaguicidas impedía obtener buenas cosechas, pero el sentir general era que aquella tierra volcánica era demasiado débil para alimentar a la multitud que correteaba de aquí para allá. El comer carne fresca era, por otra parte, algo al alcance de sólo unos pocos afortunados. Era habitual cruzarse con gente muy delgada, con los pómulos salientes y con los ojos brillantes de hambre. No, definitivamente, no había mucha gente que lo estuviese pasando bien, pero sin duda alguna, muy pocos querían abandonar la relativa seguridad de la isla. No, ni en broma.

Y luego estaba el asunto de los froilos, por supuesto.

Lucía recordaba la confusión que su pequeño grupo había sentido al principio, nada más tomar tierra en Canarias, cuando todo el mundo les hablaba con total naturalidad de los Otros o, más corrientemente, de los froilos. Al principio habían pensado erróneamente que era la manera que tenía aquella gente de referirse a los No Muertos que infestaban el resto del mundo, pero pronto los sacaron de su error.

Cuando los supervivientes comenzaron a hacinarse en las Canarias pronto fueron conscientes de una dolorosa realidad. El sistema, tal y como lo habían conocido en el viejo mundo, había saltado por los aires. Durante una corta temporada, la gente había tratado de actuar con naturalidad, como si las circunstancias no hubiesen cambiado, pero aquello no tenía ningún sentido.

La mayor parte del gobierno había desaparecido en el marasmo que precedió a la caída, y tan sólo un grupo de ministros, junto con algún presidente autonómico, habían conseguido ponerse a salvo. Del presidente del gobierno no había la menor noticia. Algunos rumores apuntaban a que la caravana presidencial se había perdido en algún punto del camino entre la Moncloa y Torrejón de Ardoz, pero nadie lo sabía a ciencia cierta. El jefe del partido de la oposición, por su parte, había alcanzado la seguridad de las islas gracias a un viejo amigo, propietario de una línea aérea, que lo había evacuado in extremis a él y a su familia, pero su destino había sido cruel, ya que falleció a las pocas semanas de tomar tierra en un estúpido accidente de circulación. Con respecto a la Familia Real, todos ellos habían logrado alcanzar la seguridad de las Canarias excepto el príncipe de Asturias y los duques de Palma. Su destino era todo un misterio, pero nadie apostaba un duro por su supervivencia.

Al principio el rey había tratado de formar un gobierno de concentración nacional para hacer frente a la situación (no faltaron los escépticos que apuntaron cínicamente que, perdida la península, no quedaba mucha nación por concentrar). Aquello funcionó tan sólo unos meses, hasta que una mañana el cuerpo de Juan Carlos I de Borbón apareció tirado en el suelo del baño de su residencia, fulminado por un derrame cerebral. El rey Juan Carlos tuvo el dudoso honor de disfrutar probablemente del último funeral de Estado que iba a ver aquella parte del mundo, pero la situación provocada por su desaparición fue casi más caótica que la provocada por los No Muertos.

Sin un gobierno legítimo, descabezada la Casa Real, los militares se agitaban inquietos, sin saber a qué autoridad deberle obediencia y abrumados con la pesada responsabilidad de proteger y alimentar a una muchedumbre humana de más de un millón de personas, sin apenas estructura administrativa ni sanitaria.

Finalmente, un grupo de generales decidió tomar el toro por los cuernos. Siendo la siguiente en la sucesión la infanta Elena, ésta fue llevada al cabildo de Tenerife y proclamada reina de España en una atropellada ceremonia de la que muchos supervivientes apenas tuvieron noticia.

Pronto quedó claro que aquella proclamación no había tenido más objeto que legitimar el ejercicio de poder de facto de una Junta Militar. La reina Elena no era más que una marioneta en manos de la junta de generales, quienes gobernaban de hecho las dos islas libres de plaga, Gran Canaria y Tenerife. Tan sólo tres semanas después de haber sido proclamada, la reina Elena I de Borbón falleció asesinada a tiros en una visita a una granja comunal, a manos de un miembro de un grupo republicano articulado en torno a los restos del Partido Comunista.

El caos estalló. Durante catorce días las islas ardieron en disturbios entre los partidarios de Froilán, el hijo de Elena, y por tanto nuevo rey, y los defensores de la Tercera República. Ambas partes eran muy conscientes desde el principio de que eran demasiado débiles como para imponerse a la otra, y que una guerra civil larga quedaba muy por encima de sus posibilidades.

Finalmente ambas partes alcanzaron un statu quo: la isla de Gran Canaria quedaba bajo el control de los monárquicos (llamados despectivamente froilos por los republicanos), agrupados en torno a la figura del pequeño Froilán y la Junta Militar que lo tutelaba.

Tenerife, por su parte, se declaraba, pomposamente, «territorio de la Tercera República Española» y elegía un presidente, así como un «Gobierno Democrático de Emergencia Nacional». Lo cierto es que la democracia, tanto en una isla como en otra, tan sólo era una bella palabra en la que se escudaban los respectivos grupos de poder para tomar posiciones y tratar de sobrevivir. Como una vieja dama arruinada, que aún conserva algún vestido ajado de sus buenos años y el juego de cucharillas de plata de la abuela, ambos gobiernos trataban de arroparse con los últimos retazos de legalidad que aún persistían, mientras que por debajo de la mesa no dejaban de lanzarse puñetazos. Oficialmente, ambas partes no estaban en guerra, pero tampoco se reconocían legitimidad alguna. Los enfrentamientos de las partidas de avituallamiento eran frecuentes, y no era inusual que estas refriegas causasen incluso más bajas que los propios No Muertos.

Cuando el grupo de Lucía había llegado a las islas, el enfrentamiento entre froilos y republicanos estaba en todo lo alto, y la paranoia de las infiltraciones enemigas ardía con fuerza. Pese a la división de hecho entre las dos islas, cada bando sabía que disponía de miles de partidarios en la isla de enfrente… así como de miles de infiltrados en sus propias filas. Que la quinta columna comenzase a funcionar tan sólo era una cuestión de tiempo.

24

Madrid

Al oír los disparos, me lancé sobre una de las ventanillas, tratando de ver lo que acontecía en el exterior. Los legionarios, después de tocar tierra al pie del aparato, se habían dividido en grupos de tres hombres, y se dirigían a diversos puntos de la pista o del edificio de la terminal. Mientras cuatro de los grupos se desplegaban en las cercanías del Airbus, el quinto correteaba a lo largo de la superficie de cemento, en dirección a la puerta situada en el extremo más alejado de la base aérea. Sin duda alguna, a los tres tipos de aquel grupo les había tocado bailar con la más fea. La zona a la que se dirigían quedaba fuera de nuestra vista, en dirección a los hangares del cercano Museo del Aire. Si iban a tener algún tipo de problema estarían demasiado lejos para que alguien pudiese ayudarles a tiempo, y eso era algo que ellos seguramente ya sabían. No les envidiaba.

Una nueva ráfaga me sobresaltó de repente. Giré la cabeza hacia el origen de los disparos, justo junto al edificio de la terminal. Tres No Muertos habían aparecido tambaleantes, atraídos por nuestra presencia, a través de una de las puertas que daban a la pista. Eran un hombre de edad madura, de unos cincuenta años y amplio mostacho cubierto de grumos de sangre, junto con dos mujeres, a una de las cuales le faltaba un brazo a la altura del hombro.

Allí estaban otra vez, incansables.

Los jodidos No Muertos.

Me estremecí al contemplarlos de nuevo. El paso del tiempo parecía afectar muy poco a aquellos seres. Confiaba en que con el transcurrir de los meses se fuesen degradando, o pudriéndose, pero pese a estar muertos, sus cuerpos parecían aguantar bien. No me cabía duda de que estaban sufriendo alguna forma de degeneración (no parecían tan «frescos» como al principio del caos), pero era un cambio difícil de explicar, tan sutil, tan lento, que daba la sensación de que les llevaría años, o siglos, morirse por sí mismos. Y los supervivientes no teníamos tanto tiempo. Era aterrador.

En cuanto a aquellos tres, su ropa estaba en muy buen estado, por lo que supuse que debían haber pasado la mayor parte del tiempo dentro de la terminal, sin sufrir los efectos de la intemperie. Uno de ellos, el de los bigotes ensangrentados, aún vestía una especie de mono verde del personal de limpieza del aeropuerto, mientras que las otras dos parecían civiles, azafatas, o algo por el estilo. La sangre acartonada que cubría sus ropas no me permitía distinguir con mucha precisión.

El grupo de legionarios más cercano a la puerta no pareció ni inmutarse ante su presencia. Con una gran sangre fría, simplemente dejaron que se acercasen hasta una distancia inferior a dos metros antes de actuar.

Su modus operandi era muy peculiar. En cada equipo de tres soldados había un tirador de largo alcance, otro de corto alcance y un jefe observador. Este último se situaba en medio de los otros dos y su función era la de asegurarse de que ningún No Muerto se acercaba demasiado a ellos sin ser advertido, así como dar apoyo a los tiradores, cargándoles las armas.

El tirador de largo alcance y el de corto alcance alternaban sus posiciones con frecuencia, y si las circunstancias lo aconsejaban actuaban los dos en el mismo papel.

Como por ejemplo, en aquel justo momento. Los tres miembros del equipo cruzaron sus HK en la espalda y tras colocarse rápidamente unas gafas protectoras de plástico, desenfundaron sus pistolas. Durante unos interminables segundos, puede que incluso más de un minuto, permitieron que los engendros se fuesen acercando lentamente, casi hasta que llegaron a la distancia de un brazo. Entonces, a la orden del jefe de unidad, todos apretaron el gatillo, casi a quemarropa.

La cabeza de los tres No Muertos explotó casi simultáneamente, en medio de un surtidor de sangre, astillas de hueso y vísceras, mientras los cuerpos caían sobre el cemento, sacudidos por una última convulsión. No pude reprimir un sonoro «¡Joder!», al tiempo que retrocedía involuntariamente un paso y tropezaba con un asiento. Aquello había sido algo tan inesperado y macabro que de golpe sentí el desayuno subiendo por la garganta, imparable.

—Munición explosiva —murmuró Prit, con una sonrisa lobuna en la boca, mientras se giraba para ayudarme a levantarme—. Hasta un disparo mal colocado se convierte así en algo definitivo. Esta gente sabe lo que hace. No dejan nada al azar.

Los tres legionarios saltaron despreocupadamente sobre los cadáveres y continuaron corriendo hacia el interior del edificio. Otro de los grupos ya había entrado en la torre de control, mientras un tercero se afanaba en colocar un juego de baterías nuevo en uno de los vehículos eléctricos del aeropuerto. Al cabo de un instante, el pequeño autobús cobró vida y comenzó a rodar lentamente sobre sus ruedas deshinchadas, tras largos meses a la intemperie. No serviría para un desplazamiento muy largo, pero les valdría para comprobar todo el perímetro.

Nuevos disparos sonaban en el interior de la terminal. Prit saltaba sobre sus pies, inquieto, con la expresión de un cazador hambriento dibujada en su rostro. El ucraniano deseaba salir del avión para, según él, «cazar unos cuantos patos en la charca». Yo, por mi parte, no tenía tantas ganas de salir. Por lo que a mí respectaba, me sentía muy cómodo dentro del avión.

—Pero ¿a qué demonios estamos esperando? —gruñía el ucraniano, dirigiéndose hacia la puerta—. ¡Vamos allá!

—No tengas tanta prisa, señor Pritchenko —le detuvo Pauli, mientras estiraba un brazo, sujetando al inquieto ucraniano, que ya se escurría como una anguila por el pasillo del avión, hacia la puerta—. Escúchame, ¡por favor! Los legionarios han ensayado esta operación durante semanas. Tenemos que quedarnos en el aparato hasta que hayan asegurado el perímetro. Sólo entonces podremos salir. Además, tu misión consiste únicamente en pilotar un helicóptero, y nada más. ¿Entiendes?

—¡Pueden necesitar nuestra ayuda! —resopló Viktor mientras dirigía miradas urgentes hacia la puerta del avión—. ¡Están ahí fuera limpiando la zona mientras nosotros estamos aquí sin hacer nada, maldita sea!

—Ellos saben que estamos aquí —intervine, tratando de tranquilizar a mi amigo—. Si nos necesitan, nos lo harán saber por radio. Además —añadí—, si salimos ahí fuera ahora, corremos el riesgo de que nos peguen un tiro, confundiéndonos con un No Muerto. Tenemos que esperar, Prit. Compréndelo.

El ucraniano se giró enfurruñado, maldiciendo por lo bajo. Estaba deseando salir a cargarse bichos y sin embargo le mantenían allí dentro, encerrado, lo que le resultaba enormemente frustrante. Podía entenderlo. A mí los No Muertos me inspiraban terror, no tengo reparo en reconocerlo. Él sin embargo no sólo no los temía, sino que los odiaba, y quería descargar su ira sobre ellos. Son cosas distintas.

Un estrépito de cristales rotos sonó de golpe, atrayendo

nuestra atención. Un enorme ventanal de la terminal de pasajeros había volado en pedazos. En medio de la lluvia de cristales pude ver tres o cuatro cuerpos con la cabeza destrozada cayendo al vacío, mientras los destellos de las armas de fuego teñían de un amarillo sulfuroso la habitación de donde habían salido. Con un golpe sordo los cuerpos cayeron sobre el asfalto y finalmente, por un segundo se hizo el silencio. Dentro del avión se podría oír hasta el vuelo de una mosca. De repente, una radio crepitó con violencia, sobresaltándonos a todos.

—Alfa Tres, listo y en posición. Terminal asegurada, puertas cerradas y apuntaladas por el interior. Doce indios caídos, ninguna baja propia. Esperamos instrucciones, cambio.

—Alfa Tres, mantengan posición —respondió Tank levantándose, mientras nos hacía señas para que fuésemos descolgándonos por la escalera de cuerda hasta la pista—. Los Equipos Dos y Tres van a entrar en el edificio. ¡No disparen!

Tank se giró hacia nosotros, amartillando su arma. Por un segundo, sentí su mirada acuosa posada sobre mí antes de pasearse por el resto del grupo. Un escalofrío recorrió mi espalda. Adiviné lo que venía a continuación.

—Es nuestro turno, señores. ¡Vamos allá!

25

La escalera de mano tenía un tacto áspero, y además se balanceaba violentamente mientras uno a uno íbamos descendiendo por ella hasta la pista del aeropuerto. Justo delante de mí bajaba Marcelo, el alto y silencioso argentino que nos había rescatado en Lanzarote. Aquel tipo estaba tan hermético como de costumbre, cosa extraña en un argentino, sin duda, pero desprendía seguridad en todos sus movimientos. Yo, por mi parte, precedía a Pritchenko, que, excitado, tarareaba por lo bajo una melodía ucraniana indescifrable. Broto, el informático, y la pequeña Pauli ya estaban en la pista, esperándonos junto a uno de los enormes grupos de ruedas del tren de aterrizaje.

Despistado, di un brinco cuando mis pies tropezaron con el cemento de la pista. «Ya está —me dije—. De nuevo aquí, una vez más en el follón.» Miré añorante hacia arriba, hacia la portilla del avión, hacia la seguridad. Desde la ventanilla lateral de la cabina de mando el copiloto, atento a toda la operación, nos dedicó un saludo burlón, mientras cerraba el plexiglás con gesto brusco. Condenados hijos de puta. Ellos estarían allí, calentitos y seguros, mientras nosotros arrastrábamos nuestro culo por medio Madrid plagado de No Muertos. Sin embargo, no había otra solución. Apenas quedaban dos docenas de personas en el mundo que supiesen pilotar un aparato de aquel tamaño, y nosotros teníamos allí a dos de ellas. Valían su peso en oro. No merecía la pena darle más vueltas al asunto. Habría que jugar la partida con las cartas que nos habían tocado.

Me junté con el resto de los miembros de mi grupo, mientras aferraba con manos sudorosas la pistola que me habían entregado para aquella operación. Era una Glock de nueve milímetros, muy parecida a la que había tomado del cadáver del soldado de la Brilat en la puerta de mi casa, hacía un millón de años. Además, llevaba más de una docena de cargadores repartidos por varios bolsillos de mi mochila, así como en un par de fundas cosidas en la pernera de mi neopreno.

Había tenido que aguantar las miradas incrédulas y los comentarios graciosos de los legionarios durante todo el trayecto hasta allí a costa del neopreno, pero algo me decía que era una buena idea seguir vistiendo aquella prenda. Al fin y al cabo, me había mantenido vivo hasta aquel momento, y si algo funciona… ¿por qué demonios cambiarlo?

Además, tenía la convicción irracional de que mientras lo llevase puesto nada malo nos podría pasar ni a Prit ni a mí. De todos modos, hacía que me sintiese mejor, y sólo por eso ya merecía la pena.

Observé que uno de los legionarios estaba hablando en aquel momento con Tank, con gesto preocupado. Algo no iba bien. Desde la distancia pude entender que uno de los grupos, el que se había dirigido al acceso que daba al Museo del Aire, no respondía a las llamadas de radio. Mierda.

Sentí que el pánico erizaba el vello de mi nuca. Si no éramos capaces de asegurar todos los accesos del aeropuerto, en pocos minutos aquella pista estaría cubierta de miles de No Muertos. Serían tantos que el avión ni siquiera podría rodar para el despegue, antes de que las turbinas aspirasen media docena de cuerpos y reventasen en mil pedazos. Estaríamos atrapados para siempre.

En la valla que rodeaba toda la pista, una alta alambrada de acero reforzado de más de tres metros de altura, ya se empezaban a congregar las primeras docenas de No Muertos. Eran una multitud de hombres, mujeres y niños que no cesaban de zarandear la empalizada, produciendo un sonido antipático y desordenado. Sonaba como si una pandilla de monos borrachos aporrease una malla de acero. Noté el sudor corriendo por mi espalda. Aquella valla de metal y cemento parecía firme, pero si por algún motivo cedía en un punto, estaríamos auténticamente jodidos.

En poco más de diez minutos ya se había congregado una muchedumbre de No Muertos junto al recinto, hasta donde se extendía la vista. Si no me equivocaba, en el plazo de una hora serían miles, o docenas de miles. Era capaz de imaginarme la enorme procesión de cadáveres que se debían de estar acercando en aquel momento hacia Cuatro Vientos por los restos colapsados de la M-30.

Era lógico. Con el barullo que habíamos montado se nos tenía que haber oído en la otra punta de la ciudad abandonada.

—¡Ustedes! ¡Vengan aquí! —Kurt Tank nos llamó con un gesto seco, mientras extendía un mapa sobre el suelo—. No tenemos mucho tiempo. Alfa Cuatro no da señales de vida y eso significa que deben de haber tenido algún contratiempo serio.

«Contratiempo serio.» «Bonito eufemismo», pensé. «Jodidos de cojones» sería la definición más correcta.

—La puerta que comunica la pista con los hangares del museo está cerrada. Aquí estamos seguros —continuó Tank, mientras echaba un vistazo a aquella puerta a través de sus binoculares—. Supongo que se deben de haber quedado atrapados al otro lado, pero no tenemos tiempo para comprobarlo. Debemos continuar con el plan, antes de que se congreguen aquí un millón de esos seres.

—La valla parece que aguanta perfectamente —argumentó David Broto, el informático, con voz dubitativa. Se le veía asustado, como al resto.

—Esa valla no ha sido diseñada para aguantar la presión de varios miles de cuerpos contra ella, señor —replicó el legionario que estaba al lado de Tank, un sargento alto y muy moreno, con profundas arrugas en la cara y expresión seria—. Créame, si les damos el suficiente tiempo, se juntarán muchos de esos hijos de puta ahí fuera, y entonces esa jodida valla cederá, y no le va a gustar lo que sucederá entonces, señor.

—¡No tenemos tiempo que perder! —interrumpió Tank, tajante, mientras señalaba un solitario helicóptero, que me sonaba vagamente familiar, posado cerca de la torre de control—. ¡Corran hacia el helicóptero y pónganlo en marcha como sea! ¡Me da igual lo que tengan que hacer, pero ese pájaro tiene que estar volando YA! ¡Tienen quince minutos, ni uno más, o habrá problemas para todos! —Se giró de nuevo hacia el legionario, que permanecía de pie, inmutable, a su lado—. ¡Sargento, que sus hombres organicen patrullas por el perímetro, pero que no se acerquen a menos de tres metros de la valla!… ¡y queme esos condenados cuerpos, antes de que empiecen a oler!

Sin saber muy bien cómo, comencé a correr hacia el helicóptero, con Pritchenko a mi lado. Alguien nos había tendido un largo paquete envuelto en hule, que pesaba una barbaridad. Pronto comencé a jadear, maldiciendo entre dientes cada vez que aquel condenado fardo me resbalaba entre las manos. Íbamos siguiendo a Pauli y a Marcelo, que llevaban entre ambos un par de cajas de madera no menos pesadas que el bulto que nos habían empaquetado a Viktor y a mí. Broto, por su parte, nos seguía al trote, cargado con su mochila, y una expresión angustiada pintada en su rostro.

Cuando alcanzamos el helicóptero me desplomé al lado del aparato resoplando como un tren de mercancías. El otro equipo aún estaba corriendo en dirección a las pequeñas avionetas estacionadas en un lateral de la pista de despegue. Intrigado, observé que el pequeño autobús eléctrico se dirigía hacia ellos, transportando una serie de vainas cilíndricas pintadas de rojo. Supuse que serían contenedores de material vacíos, listos para ser cargados de medicamentos en cuanto llegásemos a nuestro destino.

Si llegábamos.

Cada vez que giraba la vista hacia el vallado que delimitaba la pista se me ponía la carne de gallina. Docenas de No Muertos seguían afluyendo de todas partes, incesantemente. Aquella zona estaba densamente poblada antes del Apocalipsis, y a menos de dos kilómetros había un enorme centro comercial. Aquel punto tenía que ser una zona «caliente» de cojones. Hasta a Viktor se le había borrado la sonrisa de la cara.

—Ten, pibe. —Marcelo se giró y le tendió algo con el puño cerrado a Broto—. Guárdalo por si acaso, y utilízalo bien. Te puede hacer falta.

El informático cogió lo que el argentino le daba. Por un segundo se quedó contemplando aquel objeto con cara de no entender nada. Lentamente levantó la mirada y abrió la palma de la mano. En ella brillaba un reluciente proyectil de cobre de nueve milímetros.

—¿Para qué me da esto? —preguntó, extrañado.

—Es la tuya, boludo. No sé si te habés dado cuenta, pero ahora mismo tenemos más podridos a nuestro alrededor que munición disponible. Aun acertando todos y cada uno de los disparos, nos quedaríamos cortos. Así que si te metés en problemas, ya sabés… ¡Pum! —remató Marcelo, mientras apuntaba una imaginaria pistola a su sien.

Broto palideció visiblemente, mientras se guardaba el proyectil en su bolsillo, con manos temblorosas. Era el único en la expedición que iba desarmado, y supongo que en aquel momento había caído en la cuenta de que quizá no había sido buena idea rechazar la Glock que le ofrecieron en las Canarias.

—¡Oh, vamos, Marcelo, no seas tan cabrón y deja al chaval en paz! —espetó Pauli, mientras le propinaba un amistoso puñetazo al argentino.

—Pura aritmética, pibe —continuó el argentino, haciendo caso omiso de Pauli, mientras señalaba alternativamente nuestras armas y la multitud salvaje del otro lado de la valla—. Pura aritmética. —Tras esto se giró hacia el helicóptero y comenzó a desempaquetar el bulto que habíamos acarreado Viktor y yo.

—No le hagas caso —dijo Pauli en tono tranquilizador, girándose hacia el tembloroso David—. Tan sólo quiere meterse contigo. No le gusta estar aquí, no le gustan los No Muertos y no le gusta tener que hacer de niñera de gente inexperta como tú, así que está de mal humor. Si todo va según lo planeado, no estarás más cerca de los No Muertos de lo que estamos ahora, así que no te preocupes. ¿Vale?

Miré a la pequeña catalana y pude distinguir un brillo de preocupación en sus ojos. Las cosas no iban a ser tan sencillas como le acababa de decir a Broto, y ambos lo sabíamos. Por lo menos sus palabras parecían haber tranquilizado al informático. Algo era algo.

Mientras tanto, Pritchenko se había deslizado en la cabina de mando y pulsaba frenéticamente un montón de controles, mientras comprobaba los niveles de combustible y fluidos del enorme y blanco helicóptero SuperPuma. Gran parte del panel de mandos estaba iluminado, lo que indicaba que al menos el sistema eléctrico y la batería estaban intactos. Era un alivio.

Había algo que llamaba inmediatamente la atención en aquel aparato. Pese a ser una nave militar, estaba pintada íntegramente de blanco, desde el morro a la cola, excepto una franja azul y roja que recorría un costado. El lema «Fuerza Aérea Española» se leía a duras penas debajo de la gruesa costra de polvo y cenizas que cubría todo el SuperPuma, tras meses yaciendo en aquella pista abandonada.

Armándome de valor, tiré de la palanca de apertura de la puerta. Con un gemido, el portón lateral se abrió, transformándose en una escalera de acceso. Amartillé la pistola y subí los tres escalones, mientras notaba cómo la adrenalina, esa vieja conocida, volvía a rugir en mis venas, como una droga.

Para mi sorpresa, en vez de los asientos corridos comunes había unos confortables sillones de cuero, cubiertos de una capa de polvo más fina que la del exterior; y que de algún modo había logrado filtrarse hasta allí. Me introduje con cautela en el aparato, intrigado. Mis ojos tardaron un par de segundos en adaptarse a la penumbra del interior, ya que las ventanillas estaban cubiertas totalmente de suciedad por el exterior. Casi a ciegas, le propiné una patada a algo caído en el suelo. Era un objeto alargado y cilíndrico, que se fue rodando hasta una esquina con un sonido apagado.

Me agaché a recogerlo. Era un bastón de caoba, con una empuñadura de plata repujada y una especie de sello grabado. Extrañado, me acerqué a la puerta, para tratar de distinguir el dibujo.

No pude evitar que se me escapase un grito sofocado. El bastón llevaba grabada la flor de lis de los Borbones en la empuñadura. Me quedé congelado por unos segundos, mientras mi mente trataba de asimilar aquel diluvio de información. No había muchos Borbones en el mundo, y menos en edad de apoyarse en algo para caminar. Ya sabía quién era el dueño del bastón. La hostia. Increíble, pero cierto.

Broto entró en aquel momento, arrastrando su pesada mochila, y descubrió el bastón en mis manos.

—Seguramente los evacuaron desde el Palacio de la Zarzuela hasta aquí en este helicóptero —comentó, como quien habla del partido de ayer—. Aquí les esperaría un avión, y después, ya sabes…

Después, aquel SuperPuma había estado tragando sol, lluvia, polvo y ceniza durante meses, hasta que habíamos llegado. Por eso en Canarias sabían que en Cuatro Vientos habría al menos un helicóptero esperándonos.

—¿Qué coño hacéis ahí atrás? —gritó Pauli, mientras aparecía por la puerta arrastrando una de las cajas de madera—. ¡Echad una mano, joder, que estas cajas no van a entrar solas!

Avergonzados, Broto y yo nos abalanzamos sobre la primera caja. Un jeroglífico de siglas bailaba sobre la tapa, pero pude distinguir perfectamente las cifras «7,62 × 51 mm» estarcidas en negro sobre la madera. Munición de ametralladora. Levanté la mirada. Marcelo había desenvuelto el paquete de hule que habíamos arrastrado Viktor y yo hasta allí. Una enorme ametralladora MG 3, de aspecto malévolo y aún brillante de aceite, reposaba en su interior. Silbé por lo bajo. Desde luego, por potencia de fuego, no iba a ser. Faltaba por saber si aquello sería suficiente.

Una tos bronca sonó desde las turbinas, acompañada de una nube de humo mezclada con polvo. Las palas de la hélice comenzaron a girar lentamente mientras el motor del Super-Puma cobraba vida de nuevo con un silbido.

—¡Todos a bordo! —rugió Prit desde la cabina de mando—. ¡Nos vamos!

Las aspas del SuperPuma iban cobrando velocidad a medida que Prit aumentaba las revoluciones del motor. Dentro del aparato nos instalamos apretadamente los dieciocho integrantes del equipo y todo nuestro material. En la cabina delantera, Kurt Tank se sentó al lado de Viktor, que estaba a los mandos del pesado helicóptero.

Con una sacudida, el aparato se elevó en el aire sobre la pista polvorienta de Cuatro Vientos. Súbitamente una alarma comenzó a ulular de forma estridente en la cabina, mientras un enorme indicador rojo se iluminaba en el tablero de mandos.

—¿Qué coño pasa, Viktor? —pregunté por el intercomunicador, alarmado.

—¡Todo el mundo tranquilo ahí detrás! —respondió relajadamente el ucraniano, mientras se peleaba con las corrientes cruzadas de aire que sacudían el helicóptero—. ¡Los sensores de temperatura del motor deben estar obstruidos por el polvo, o se han estropeado por la humedad! Según el tablero de mandos, la turbina principal está a punto de arder, pero eso es imposible. ¡Acabamos de despegar!

—¿Estás seguro de eso? —inquirí de nuevo, suponiendo que aquel fallo era de esperar. Cualquier aparato que encontrásemos, tras tantos meses de abandono e intemperie, estaría en bastante mal estado.

—¡No puedo estarlo al cien por cien! —replicó Pritchenko, airado—. ¡Pero es lo que hay! ¡No podemos aterrizar de nuevo para hacer una puesta a punto! ¡Mira ahí abajo!

Me incliné hacia la ventanilla de mi lado. En torno a la valla del aeropuerto había ya congregada una enorme multitud de varios miles de No Muertos. Todo el perímetro de la pista estaba cubierto, hasta el último centímetro, por esos seres, en una capa de dos o tres de fondo. Se aferraban a la empalizada con furia, mientras un coro de gemidos se elevaba desde el suelo, cruzando incluso el estrépito de las aspas del helicóptero. Algunos habían introducido sus brazos por los huecos que había entre los soportes de hormigón y la reja metálica, mientras que la mayoría simplemente se agarraba a la red y la zarandeaba con furia.

Era un espectáculo inenarrable, algo que había que ver para poder entenderlo. Se juntaban allí todo tipo de seres, jóvenes, mayores, niños, gordos, flacos… Y todos lucían aquel color céreo amarillento, y cómo no, el característico tatuaje de miles de pequeñas venas estalladas salpicando aquí y allá su piel. La mayoría vestía ropa en bastante mal estado y no era sorprendente ver a algunos totalmente desnudos, o cubiertos de suciedad por completo. Con pavor, comprobé que a medida que nos elevábamos, cientos de ojos acuosos y sin vida se clavaban en nosotros, mientras estiraban sus brazos hacia el helicóptero. Incluso desde aquella altura pude ver el interior de sus bocas, putrefactas y oscuras.

Sabían que estábamos allí.

No era sólo el ruido. Nos sentían, de alguna manera. A todos los que estábamos a bordo. Notaban nuestra vida, y algo oscuro y malvado en su interior les impulsaba hacia nosotros.

Todos en la cabina estábamos como petrificados, contemplando aquella estampa, sacada de una pesadilla. Oí que alguien murmuraba «Oh, señor». Otra voz rezaba quedamente un fragmento del Padrenuestro de forma mecánica y repetitiva. Yo, por mi parte, tenía la boca demasiado seca como para poder pronunciar nada. Habría matado por un trago de whisky.

Por todas las calles circundantes, No Muertos solitarios o en pequeños grupos continuaban acercándose. La M-40 era un hervidero. Por entre los restos de al menos dos docenas de enormes accidentes veía avanzar pequeños puntos tambaleantes hacia nuestra posición. Éramos como un imán para aquellos seres.

—¿La verja aguantará? —oí que preguntaba Broto por el

intercomunicador, mientras miraba con cara de pocos amigos el espectáculo.

—Esperemos que sí —contestó Tank, con un encogimiento de hombros—. Los dos pilotos y los soldados que se han quedado en tierra tienen orden de refugiarse en el interior del Airbus, fuera de la vista de los No Muertos, y procurar hacer el menor ruido posible. Confiamos en que con eso no se acerquen muchos más al perímetro. Además, el ruido de nuestro helicóptero seguramente los atraiga hacia nosotros.

—Qué tranquilizador —murmuró Broto, por lo bajo, mientras se ponía un poco más pálido.

—¿Por qué no dispara? —le pregunté a Marcelo, que tenía la MG 3 apoyada en el marco de la ventanilla trasera izquierda. El argentino sostenía fríamente al arma, mientras su mirada pasaba de forma mecánica sobre aquella multitud, escrutándola con atención.

—¿Para qué? —replicó—. Sería malgastar munición. Desde esta distancia desperdiciaría la mayor parte de mis disparos. —Su mirada se perdió en aquella multitud y una sombra de miedo cruzó sus ojos—. Sería como disparar al mar. No tiene ningún sentido…

Permanecimos callados durante unos instantes, mientras veíamos pasar el interminable desfile de No Muertos por debajo del aparato.

—¡Seis minutos! —La voz de Pauli se cruzó en nuestro silencio—. Todo el mundo preparado. Va a ser un vuelo muy corto.

26

Tenerife

—¡Oh, mierda! —gritó el conductor del camión, mientras pegaba un volantazo hacia el arcén.

Los pasajeros de la caja abierta situada a su espalda cayeron al suelo en una confusión entrelazada de brazos y piernas, mientras maldiciones en varios idiomas cruzaban el aire. Lucía se incorporó maltrecha, mientras miraba a su alrededor, tratando de adivinar qué había sucedido. La enorme nube de vapor blanco que salía del motor del Pegaso, junto con la expresión desolada del camionero, que acababa de saltar al camino, le dijeron rápidamente que aquel camión no seguiría rodando, al menos por aquel día.

—¿Es que está usted loco? —preguntó un hombre mayor, con voz indignada, mientras ayudaba a incorporarse a un niño de no más de seis o siete años—. ¿Cree que somos un montón de grava, o algo así?

—¿A mí qué me cuenta? —replicó el camionero, encogiéndose de hombros, mientras señalaba la nube humeante que salía del motor—. ¡Este trasto ha sido remendado con piezas de tres camiones distintos! ¡Lo milagroso es que aún funcione! ¡Dé gracias a que no nos hayamos salido de la calzada, por lo menos!

—¿Y ahora qué vamos a hacer? —preguntó otra voz.

—Creo que les toca caminar, oiga —replicó con aire digno el camionero, calándose bien la visera en la cabeza—. Por lo que a mí respecta, me quedaré aquí vigilando el camión. No quiero que ningún malnacido me robe la gasolina.

Un coro de gemidos surgió al oírse aquellas palabras. Aunque aún era temprano, el sol ya apretaba con fuerza y todo el mundo comprendió que la caminata que les esperaba no sería placentera.

Con un ágil salto Lucía se apeó del camión y trató de orientarse. Su turno como ayudante de enfermería comenzaba a las dos de la tarde y aún eran las doce y media. Estaba más o menos a unos tres kilómetros del hospital, así que tenía tiempo de sobra para llegar andando. Felicitándose mentalmente por haber sido tan previsora con respecto al tiempo que le podía llevar el viaje, comenzó a caminar por el arcén, al igual que otros muchos pasajeros del camión, que, como ella, echaban ocasionales vistazos por encima del hombro, por si por casualidad pasaba algún otro vehículo capaz de llevarles.

«Me da igual —pensó Lucía para sus adentros—. Hoy es un día precioso y no me importa caminar un poco.»

Numerosos peatones circulaban en un sentido o en otro a lo largo de la carretera. Hasta apenas un par de semanas antes Lucía se podría haber encontrado en los márgenes de la calzada algún que otro puesto de venta de frutas u hortalizas, pero el gobierno de la República había decidido colectivizar la producción agrícola para aumentar la producción. Que aquello fuese o no a dar resultado ya era otra historia, y además, a ella todo aquello no le importaba demasiado. Su mente estaba centrada en problemas más acuciantes, como qué diablos iba a hacer para conseguir más medicamentos para sor Cecilia en el mercado negro.

Aunque Lucía aprovechaba cualquier rato libre en su turno para visitarla, cada vez que llegaba al ala del hospital donde estaba internada la religiosa se sentía destrozada por el rostro exangüe y envuelto en vendas de la monja, que parecía querer fundirse con las sábanas blancas del catre donde reposaba.

La semana anterior había tenido que vender un pequeño par de pendientes de brillantes que habían sido de su madre y que ella había llevado puestos hasta ese momento. Se sintió desgarrada cuando los vendió. Eran el único y último recuerdo que conservaba de su anterior vida. Al desprenderse de ellos y vendérselos a aquel tipo sintió que, de alguna manera, abandonaba los últimos restos de la niña que se había subido a aquel autobús, mil años antes, y que se embarcaba de lleno en su nueva vida.

Por otra parte, pensó amargamente, esos nuevos tiempos obligaban a la gente a madurar de forma mucho más rápida. Antes una cría de diecisiete años era eso, una cría. Ahora, ya no.

A cambio de los pendientes, había obtenido de aquel tipo sudoroso que trabajaba en la Comandancia del Puerto media docena de cupones de racionamiento extra y sobre todo, cuatro cajas de ampollas de morfina, quizá uno de los productos más escasos y caros de la isla, para sor Cecilia.

Ya habían tenido que utilizar dos de ellos, y Lucía se preguntaba preocupada qué pasaría cuando los médicos agotasen la magra reserva de analgésicos de la monja.

El problema no era sólo ése. El médico que atendía a la monja le había dicho que necesitaba urgentemente un medicamento llamado Manitol. Por lo visto, era lo único que podía reducir de alguna manera la presión que el edema cerebral de la monja estaba provocando dentro de su cráneo, y la cuestión era que la Junta Médica opinaba que utilizar alguno de los preciados viales de Manitol en sor Cecilia era una pérdida de tiempo. Sabía que los médicos la habían dejado por un caso imposible, pero ella no perdía la esperanza.

Al cabo de veinte minutos de caminata, el chófer de un atiborrado autobús con un estrafalario depósito de gasógeno adosado en el techo se apiadó y recogió al grupo de Lucía del arcén. Finalmente, poco más tarde de la una la joven se encontró frente a las puertas del hospital.

Los servicios sanitarios estaban totalmente colapsados, ya que no quedaban en toda la isla más allá de trescientos a quinientos médicos, incluyendo en ese generoso cálculo a un grueso número de estudiantes de medicina de la Universidad de La Laguna que habían sido licenciados de forma precipitada.

El vestíbulo era un continuo fluir de pacientes, personal médico y gente que acudía al centro con las dolencias más descabelladas. Estar ingresado garantizaba tres comidas diarias y la posibilidad de librarse por unos días del pesado Servicio de Trabajo Obligatorio, así que en las consultas de admisión todos los días media docena de agotados médicos tenían que llevar a cabo la tediosa tarea de separar a los auténticos enfermos de los simuladores.

Al pasar por la puerta reservada al personal, Lucía saludó con un movimiento de cabeza a los guardias de seguridad armados que vigilaban el arco detector de metales de la entrada. Con un gesto ágil, fruto de la práctica, sacó su pase del bolsillo y se lo prendió de la solapa de su camisa sin aminorar el paso. Los guardias, que ya la conocían, le dirigieron una breve mirada, antes de concentrar de nuevo su atención implacable en el río de gente que trataba de cruzar la puerta de pacientes. En el mercado negro, los medicamentos eran la moneda de mayor valor, junto con las pocas drogas que aún se podían conseguir, y ya había habido varios intentos de asalto a la farmacia del único hospital en funcionamiento de la isla. No había lugar para bromas en aquella sala.

—¡Hola, Lucía! —Quien así saludaba era una pizpireta y pequeña ATS de poco más de metro y medio de estatura que hasta aquel preciso instante estaba tirándole los tejos de forma descarada a uno de los guardias de la puerta, mientras se prendía su tarjeta en un escote más propio de un cóctel que de un hospital.

—¡Hola, Maite! ¿Cómo lo llevas? —replicó Lucía con una media sonrisa mientras se acercaba a su amiga (realmente la consideraba su amiga, pese a que hacía apenas quince días que la conocía; resultaba sorprendente lo fácil que era trabar amistades entre los supervivientes). Daba la sensación de que los que habían salido indemnes del infierno de los No Muertos necesitaban desesperadamente relacionarse con otras personas para sentirse realmente vivos.

—¡Muy bien! —contestó Maite con una sonrisa pícara en el rostro—. Creo que esta noche Fernando me va a llevar a cenar por ahí… ¡Me ha dicho que ha conseguido cupones especiales de alguna parte y puede que hasta haya unas botellas de vino!

—Fernando… ¿Quién diablos es Fernando, Maite? —preguntó extrañada Lucía, pero una breve mirada al guardia de la puerta y el arrobamiento de Maite se lo explicaron todo. Alzó los ojos hacia el techo, mientras meneaba la cabeza. Cada semana era uno distinto y todos prometían ser el amor eterno que Maite buscaba desesperadamente. Por supuesto, la semana siguiente sería otro, pero eso daba igual…

«La vida sigue su curso —pensó Lucía mientras se ponía el uniforme en el vestuario y escuchaba el interminable cotorreo de su amiga—. La gente se enamora y sueña, pese a toda la mierda que hemos tenido que pasar. Incluso viviendo como vivimos, los supervivientes son razonablemente felices. Parece increíble, pero es así. Las ansias de vivir son demasiado fuertes.»

—¿… Cecilia?

—¿Qué dices, Maite? —dijo Lucía, volviendo bruscamente de sus pensamientos.

—Te preguntaba que si había algún cambio en el estado de tu amiga la monja, de esa sor Cecilia —repitió la enfermera.

Lucía meditó un momento, con un gesto amargo sorprendentemente fuera de lugar en su rostro.

—No, no ha habido ningún cambio. Voy a ir a verla un momento, antes de empezar mi turno. —«Ningún jodido cambio —le hubiera gustado añadir—, y lo más probable es que se quede vegetal para lo poco o mucho que le reste de vida, pero no quiero admitirlo, porque aceptarlo significaría comenzar a perderla, y últimamente estoy hasta las narices de perder a la gente a la que quiero, ¿sabes?», pero sin embargo se abstuvo, y en vez de eso esbozó una sonrisa forzada, mientras cogía la mano de Maite entre las suyas y hacía un mohín—. ¿Te importaría acompañarme? Por favor.

—Por supuesto que no —replicó Maite—. Pero primero acerquémonos un momento hasta el control de planta y quizá podamos conseguir algo de esa porquería de sucedáneo de café para beber por el camino, ¿vale? —Y diciendo esto le dio un abrazo cariñoso a Lucía.

A continuación, se dio la vuelta y salió del cuarto de enfermeras sin saber que en menos de media hora estaría muerta.

27

Madrid

Madrid estaba muerto.

No quedaba nadie allí, en un lugar donde un día vivieron, respiraron y soñaron casi seis millones de personas. Nadie excepto Ellos, claro estaba.

La metrópoli se extendía, silenciosa, a lo largo de kilómetros, y ni un solo sonido rompía su quietud. El SuperPuma cruzaba la ciudad a toda velocidad, y las calles y plazas se deslizaban rápidamente bajo nosotros a no mucha altura. Prit decía que era mejor así. Según el pequeño piloto, seríamos menos visibles, ya que el sonido de los motores rebotaría de tal manera que sería imposible localizar su origen.

Por lo que a mí respectaba, pasar tan cerca de los tejados de los edificios me ponía sumamente nervioso, sobre todo en un aparato tan poco fiable como aquél. Por todas partes se repetían las mismas escenas. Avenidas vacías, sólo punteadas aquí y allá por algún vehículo atravesado de cualquier manera en la calzada. Restos de basura, cristales rotos y esqueletos apolillados parecían estar por todas partes.

El parque del Retiro se había transformado en una auténtica jungla, y muchos de sus caminos ya ni se distinguían, devorados por la maleza. Brillando bajo el sol, el pequeño lago resplandecía de manera apagada, casi sepultado por toneladas de algas que le daban un tono verdoso. A sus orillas, el Palacio de Cristal no era más que un esqueleto de vigas de acero y vidrios rotos.

La Castellana era un inmenso paseo fantasmagórico, sólo cruzado por enormes torbellinos de polvo que sacudían las pocas farolas que quedaban en pie. Sorprendentemente, los diez carriles de aquella enorme vía estaban totalmente despejados de vehículos, seguramente por haber sido cerrada al tráfico antes del colapso final, pero eso tan sólo servía para darle un aspecto aún más fantasmal. Un solitario todoterreno Volvo con las ventanas cubiertas por barrotes soldados era el extraño contrapunto que rompía el vacío de la avenida. No podía ni imaginarme qué habría llevado a su conductor a detenerse allí, en medio de ninguna parte, ni qué habría sido de él o de ella.

Aquí y allá se podían contemplar enormes montoneras de esqueletos y momias apolilladas, marcando los lugares donde alguien hizo frente a los No Muertos. En todos los casos sin excepción, esas montañas de restos estaban cerca de un charco de brillantes casquillos de cobre vacíos. Lamentablemente, las montañas de restos, aunque abundantes, eran tan sólo una pequeña gota de agua comparada con el enorme océano de No Muertos que infestaba las calles.

Era un espectáculo escalofriante. Las aceras y las calzadas estaban plagadas de miles de esos seres, sumidos aparentemente en un estado de trance, o hibernación. En cierto modo era como contemplar una foto aérea de una calle, un instante congelado en la vida normal de una ciudad. Lo único que rompía esa ilusión eran las ropas rasgadas y cubiertas de sangre de los personajes (y eso tan sólo los que aún conservaban algo de ropa que no pareciese un montón de harapos).

Sólo cuando el ruido de las aspas o la sombra de nuestro helicóptero pasaban sobre los No Muertos parecían salir de su estado de suspensión y reaccionar.

—¡Mirad allí! —gritó Broto, con incredulidad, apuntando hacia un punto en el suelo.

En aquel momento pasábamos al lado del estadio Santiago Bernabéu. Todas las entradas y salidas estaban bloqueadas con vehículos pesados y contenedores industriales, y la concentración de cuerpos podridos en las aceras que rodeaban el gigantesco campo era mucho mayor que en otras partes. Una especie de andamio recorría la fachada sur a media altura, comunicando dos boquetes abiertos en la cara del estadio, por algún motivo que ninguno de nosotros acababa de comprender.

Estaba claro que aquél había sido en su momento un punto de resistencia, pero ya no parecía haber nadie. Las gradas estaban cubiertas de multitud de chozas semiderruidas y algunos plásticos harapientos flotaban fantasmagóricamente, colgados de restos oxidados de hierros. El césped del campo se había transformado en un enorme lodazal, cubierto en más de la mitad de su extensión por docenas de pequeños bultos irregulares y, en una esquina, donde debería haber estado una de las porterías alguien había dibujado un enorme mensaje que decía AYUDA con sillas arrancadas del graderío.

—¿Qué diablos es eso? —pregunté, intrigado, señalando los bultos que punteaban el césped.

—Tumbas —respondió Marcelo quedamente. Su semblante era sombrío, y pude ver una gota de sudor resbalando por su cuello—. Es un cementerio.

Callamos todos por un momento, consternados. Me imaginé la angustia de las personas allí sitiadas, a medida que iban transcurriendo los meses, sus provisiones se iban acabando y nadie respondía a su mudo grito de auxilio. Me figuré la desesperación que debieron de sentir cada vez que uno de ellos fallecía a causa del hambre, la enfermedad, los No Muertos o sabe Dios qué. Por un instante pude sentir el pánico sofocante que tuvieron que atravesar, a medida que pasaban los días e iban siendo conscientes de que estaban condenados, que nadie iba a acudir en su auxilio. Era espantoso.

—Fíjate —comentó Pauli—, las últimas tumbas parecen estar casi a ras de tierra.

—Supongo que ya no les quedaban fuerzas ni para enterrar a los suyos —musitó quedamente alguien a nuestras espaldas.

—¿Crees que aún queda alguien ahí? —pregunté.

—No lo creo —respondió Marcelo—, pero de todas formas, no podemos pararnos a averiguarlo. —Me miró de hito en hito—. Esto no es una misión de rescate, vos lo sabés tan bien como yo.

Me callé mi respuesta. Sabía que el argentino tenía razón, pero me resistía a aceptarlo tan fríamente. Era consciente de que si no me hubiese atrevido a salir de mi casa, en Pontevedra, en su momento, probablemente en aquel instante sería un indigente medio chalado revolcándome en mi propia miseria dentro de los confines de mi cárcel-hogar. Y también me imaginaba la sensación tan horrible que supondría ver pasar un helicóptero por encima de mí y que no me rescatasen. Era mejor no pensarlo ni siquiera.

—¡Todo el mundo listo ahí atrás! —sonó la voz de Kurt Tank por el intercomunicador—. ¡Hemos llegado!

Estiré el cuello, para ver a través del parabrisas, y al instante me arrepentí de haberlo hecho. Los enormes edificios del complejo de La Paz se recortaban nítidamente en el horizonte, como monolitos solitarios. Y a sus pies, en medio de los restos destrozados de lo que un día había sido el Punto Seguro Tres, una masa rugiente de No Muertos se giraba en aquel momento hacia el origen del ruido que los había sacado de su letargo.

Nos esperaban. Y no era capaz de imaginarme cómo íbamos a cruzar aquello.

—¿Cómo coño vamos a aterrizar ahí? —preguntó Broto, visiblemente nervioso—. ¡Nos harán picadillo antes incluso de que podamos salir del helicóptero!

—Tranquilo, che —respondió Marcelo, curiosamente calmado—, todo está previsto, despreocúpate. —E impasible, encendió un cigarrillo mientras miraba con ojo clínico a la muchedumbre de debajo.

Me hubiese gustado estar tan tranquilo como el argentino, pero sin embargo, en mi fuero interno, estaba convencido de que era el informático quien tenía razón. Mientras Viktor trazaba vuelta tras vuelta sobre la explanada situada a los pies de la torre del hospital de La Paz, la situación no dejaba de empeorar. Justo debajo de nosotros se arremolinaba una multitud que debía de rondar los cinco o seis mil No Muertos, y cada minuto que pasaba más y más monstruos confluían en la explanada, provenientes de todas las calles adyacentes.

La puerta del edificio principal parecía la salida de un estadio al acabar un partido, con docenas de esos seres apelotonándose y pugnando por salir, trastabillando y tropezando. Por un segundo pude contemplar horrorizado cómo incluso unos cuantos de ellos caían al vacío desde las ventanas hechas pedazos de las plantas superiores.

Me constaba que esos seres no tenían tendencias suicidas, pero el hecho de ver a nuestro helicóptero revoloteando a su altura había sido más fuerte que el sentido de la conservación de algunos No Muertos que pululaban por las plantas superiores. Sedientos de sangre, se habían lanzado por el hueco de las ventanas en un vano intento por alcanzarnos. Los que caían simplemente se limitaban a girar dando vueltas, como un fardo de ropa sucia, hasta que se estrellaban con un sonido sordo contra el suelo, varias docenas de metros más abajo.

—¡Joder, es increíble! —masculló Pauli, mientras le daba un codazo a su colega argentino—. ¡Ese cabrón aún se mueve después de caer desde la décima planta! ¡No me lo puedo creer!

El argentino estiró el cuello, para ver al No Muerto que la pequeña catalana le señalaba con tanto interés. Aquel pobre diablo era un tipo joven, desnudo de cintura para arriba, que había tenido la mala fortuna de no romperse el cráneo en la caída. Sin embargo, debía de haberse dejado la espina dorsal en el intento, porque estaba tumbado en el suelo, con un reguero de líquidos oscuros manando de su cuerpo, seguramente por haber reventado todos sus órganos internos a causa del impacto, mientras se veía sacudido por movimientos espasmódicos, al tiempo que trataba en vano de incorporarse.

—No te preocupes, Paulita —comentó de manera casual el porteño—. No le queda mucho.

—¿Por qué dices que no le queda mucho? —pregunté—. ¿Qué diablos vamos a…?

Mi pregunta quedó interrumpida por un chisporroteo en el intercomunicador del SuperPuma, seguido por la voz seca de Tank.

—¡Ya es suficiente! ¡Deben de haber salido casi todos! ¡Adelante, Equipo Dos!

El helicóptero trazó una larga elipse, alejándose de la vertical de la plaza. Antes de que tuviese tiempo de preguntarme qué diablos estaba pasando, un sonido ronco cortó en seco todas las conversaciones apresuradas de la cabina. El helicóptero se ladeó imperceptiblemente cuando todos los tripulantes nos acercamos al lado derecho, tratando de identificar el origen del sonido. Y entonces, totalmente asombrado, pronuncié un sonoro y rotundo «Joder».

Al principio no podía ver nada. Después, al cabo de unos segundos, adiviné dos pequeños puntos moviéndose a gran velocidad, recortados contra el cielo, dirigiéndose hacia nosotros. A medida que el tamaño de los puntos aumentaba empezamos a distinguir todos los detalles de aquellas máquinas voladoras, que ronroneando devoraban los metros que les separaban de la plaza.

—¿Qué...? ¿Qué...? ¿Pero qué...? ¿Qué coño es eso? —acerté a preguntar, estupefacto. Tenía la sensación de estar viviendo alguna clase de extraño sueño.

—¡Son dos Buchones! —respondió David Broto, alborozado, mientras pegaba la nariz al cristal de la ventanilla—. ¡Oh, joder, los están haciendo volar! ¡Es increíble! —El informático pegaba botes de alegría mientras me señalaba los dos aviones de hélice, que en aquel momento ya eran perfectamente visibles y trazaban una elegante vuelta en torno a la torre de La Paz.

—¿Alguien puede explicarme qué coño es un buchón y de dónde han salido, por favor? —pregunté exasperado, por encima de la enorme algarabía que reinaba dentro del helicóptero. Todo el mundo hablaba o gritaba a la vez, y aquello parecía una casa de locos.

—¡Son dos Buchones, dos Hispano Aviación! —me gritó por encima del ruido David Broto, mientras no le sacaba ojo a los dos pequeños cazas de hélice que continuaban aproximándose. Al ver la expresión de mi cara, se dio cuenta de que no había entendido nada, por lo que continuó explicándose—: Después de la Segunda Guerra Mundial, el gobierno franquista consiguió de alguna manera los planos y las licencias del ME-109, el avión de caza del ejército nazi, y comenzó a fabricarlos para equipar al Ejército del Aire español. Como las fábricas de motores alemanas habían sido destruidas en la guerra, decidieron colocarle los motores Rolls-Royce de los Spitfire ingleses. Estuvieron en servicio casi hasta los sesenta, pero hace años que sólo quedan unos cuantos ejemplares en los museos. ¡Dos Buchones! ¡Esto es algo increíble! —barbotó excitado el informático, mientras su atención se centraba de nuevo en los aeroplanos.

Jodido Tank, pensé para mis adentros, maravillado por la audacia del alemán. De alguna manera el otro equipo había conseguido en tan sólo un par de horas poner en marcha aquellos dos pájaros de los años cuarenta que cogían polvo en el Museo del Aire, y que ahora se cernían amenazadores sobre la multitud de No Muertos que parecía haber enloquecido con la barahúnda de los motores que los sobrevolaban.

—Fíjese bien, compañero —me dijo Marcelo, mientras me hacía un hueco a su lado en la ventanilla abierta donde apoyaba la MG 3—. Empieza el espectáculo.

Los dos Buchones hicieron un último giro a poco más de un kilómetro y enfilaron directamente la plaza situada a nuestros pies, con un rugido ensordecedor de motores. Sólo entonces fui consciente de que debajo de cada uno de los aparatos pendían los contenedores de color rojo que había visto carretear trabajosamente al otro equipo en el autobús del aeropuerto. Allí colocados bajo las alas, con su forma de puro, comprendí de golpe qué era lo que iba a pasar.

—¡Napalm! —grité, sin poder contenerme. Oh, joder, aquello iba a ser terrorífico.

Los dos aeroplanos cruzaron la plaza a muy poca altura, apenas a poco más de cien metros. Como si hubiesen estado esperando una señal, de repente los contenedores rojos de debajo de sus alas se desprendieron y cayeron girando lentamente sobre la multitud que estaba en tierra.

Las espoletas se activaron al cabo de un par de segundos, en cuanto los contenedores tocaron el suelo. Dos enormes bolas de fuego y humo negro explotaron casi simultáneamente. Las gigantescas llamas se elevaron durante unos instantes a una altura asombrosa, mientras un formidable estallido retumbaba en toda la ciudad.

El helicóptero se sacudió de repente, como golpeado por un gigantesco puñetazo de aire. Oí que Prit soltaba un enorme chorro de palabras en ruso. Las bolas de fuego se habían transformado en una única y gigantesca pelota anaranjada, veteada por líneas oscuras de humo, mientras salpicaduras del gelatinoso napalm se esparcían por todos lados. Me aparté de la ventanilla, sofocado por el intenso calor que generaba el fuego. Pese a estar a varios cientos de metros podía sentir la temperatura descontrolada que salía de aquel infierno. La propia estructura de la plaza, rodeada de altos edificios, la había transformado en una gigantesca cazuela, concentrando el efecto del napalm. Las llamas se reactivaban a sí mismas a causa de los remolinos de aire que generaba el propio calor, en un efecto seguramente imprevisto.

Kurt Tank parecía encantado con el resultado de la operación, a juzgar por sus comentarios por radio. En cierto sentido, tenía toda la razón del mundo. No iba a quedar mucho en pie allí abajo, después de aquello.

Al cabo de unos instantes que se me hicieron interminables la bola de fuego comenzó a decrecer, una vez consumido todo el combustible, mientras las columnas de humo negro se iban concentrando en una solitaria y altísima única columna que tenía que ser visible a kilómetros de distancia.

—¡Mirad eso! —aulló uno de los legionarios—. ¡No queda ni uno solo en pie!

Todo el helicóptero prorrumpió en gritos excitados. La enorme muchedumbre que un momento antes se concentraba en la plaza se había visto reducida a unos cuantos cientos de antorchas humeantes que se tambaleaban, consumiéndose en medio de las llamas y desplomándose poco a poco. La inmensa mayoría de los cuerpos ardía lentamente en el suelo, despidiendo unas llamas de color azulado o de un verde venenoso, conformando una inmensa capa negruzca que tapizaba toda la extensión de la plaza. Una vaharada penetrante a carne quemada asaltó mis fosas nasales, hasta el punto de hacerme lagrimear. Aquélla era una escena salida del Averno.

—¿Cómo han podido arder así? —le preguntaba Broto a Pauli, en aquel momento—. ¡Es alucinante! ¡La mayoría se ha achicharrado hasta los huesos en pocos minutos! Es... es... es... la leche, ¡joder! —acertó a balbucear, incapaz de apartar su mirada de aquel tapiz carbonizado.

—Es muy sencillo —respondió la catalana, mientras se ajustaba parsimoniosa las cinchas de su chaleco—. La mayor parte de los que estaban ahí abajo llevaban muertos (o No Muertos, o como rayos los quieras llamar) más de un año.

—¿Y eso qué tiene que ver? —preguntó Broto, con cara de no entender nada.

—Significa que —replicó pacientemente Pauli— pese a que lo hacen muy lentamente, están sufriendo un proceso de putrefacción continuado, y todo proceso de descomposición genera...

—Gases —la interrumpí quedamente, entendiendo de golpe lo que acababa de suceder.

—Metano, en su mayor parte —asintió Pauli—. Cuanto más tiempo llevan en ese estado, mayor concentración de gases y de grasas saturadas de metano tienen en sus cuerpos. Los que han ardido como cerillas seguro que cayeron en los primeros días y llevaban dando vueltas por ahí desde entonces. El resto... —señaló con la barbilla a las pocas figuras que se tambaleaban aún de pie en medio de la dantesca plaza— posiblemente sólo llevasen unos meses como No Muertos.

Volví la mirada hacia tierra una vez más. Los cuerpos ardían con furia en la plaza mientras la excitación recorría a oleadas la cabina, de una manera casi física, a medida que el helicóptero descendía lentamente. Con el rabillo del ojo vi las caras tensas de la mayoría, preocupadas las de muchos, mientras un par de veteranos hacían comentarios jocosos para espantar su miedo.

Sin embargo, yo no sería capaz de definir mi estado de ánimo en aquel momento. Miedo, sobre todo. Pero también una infinita tristeza, pensando en las miles de vidas que, de algún modo, acabábamos de segar. Angustia, pensando en que todos los de abajo no eran muñecos de trapo, sino personas que algún día habían tenido vida y sueños propios, y que no se merecían haber acabado así. Desolación, pensando en que sólo por circunstancias y azar no había terminado yo como la mayoría, como uno de los innumerables No Muertos.

Pero sobre todo sentía miedo.

Pánico, me atrevería a decir.

Porque en breves instantes aquellos muchachos tan jóvenes y llenos de vida iban a entrar en aquel edificio. Y de todo aquel equipo, sólo Viktor Pritchenko y yo intuíamos por experiencia los horrores que les podían esperar allí dentro.

28

Tenerife

Basilio Irisarri estaba de mal humor. Aquellos pocos que le
conocían podrían incluso opinar que estaba de un humor
homicida, por la forma que tenía de mirar a su interlocutor,
con los ojos entrecerrados y una expresión ausente en ellos, y
porque acababa todas las frases con aquella extraña coletilla
de «¿sabes, chato?», que en su boca y dicha en tono glacial
tenía muy poco de agradable. Era un tic inconsciente del que
el propio Basilio ni siquiera se daba cuenta, pero había ido
aumentando en los últimos días, a medida que la Decisión se
iba formando en su mente. Durante aquellas últimas horas,
una vez que la Decisión ya había sido tomada, se había convertido en un mantra repetitivo para cualquiera que le escu-
chase, menos para Basilio.

Para él, no.

Las cosas se habían ido complicando de mala manera, sobre
todo desde aquel feo asunto de la monja. Ya antes había tenido bastantes problemas con sus jefes (Basilio siempre acababa teniendo problemas con sus jefes, fueran éstos quienes fuesen, de una manera u otra), pero ahora la cosa estaba liada a
base de bien.

Para empezar, ya no estaba destinado en el *Galicia*. Mientras se desarrollaba la investigación interna que establecía el protocolo de la Armada, Basilio había sido temporalmente «apartado» de sus funciones. En el fondo, tampoco le importaba demasiado. El *Galicia* había estado prácticamente vacío en los últimos meses, desde que el goteo de refugiados se había interrumpido por completo. De hecho, aquella condenada monja del diablo y sus compañeros habían sido los últimos huéspedes de las celdas de aislamiento del barco fondeado en medio de la rada y que servía como barrera de aislamiento.

Montar guardia en un barco vacío no sólo desagradaba profundamente a Basilio (de hecho, aunque jamás lo admitiría, le resultaba un poco espeluznante pasear por el interior del enorme buque a oscuras, alumbrado únicamente con un foco, escuchando los ruidos y golpeteos de mil mamparos crujiendo), sino que además, nuevos negocios le reclamaban en el puerto.

Como todo el mundo sabía, el meollo del mercado negro se cocía en los muelles, bajo la mirada más o menos atenta de los inspectores y encargados. Un par de cartones de tabaco o unos pendientes de oro colocados en el momento adecuado, podían hacer que un vigilante sintiese de golpe la imperiosa e irresistible necesidad de ir al baño para echar una meadita de media hora, o bien que la lancha patrullera del puerto tuviese un inexplicable fallo de motor que se arreglaba por sí mismo de manera misteriosa un par de horas después. En ese mundillo, Basilio se movía como pez en el agua, con ese talento innato que poseen los auténticos genios, y que sólo se descubre por accidente, una vez que uno aterriza de bruces en el meollo del asunto.

Por primera vez en su vida, Basilio sentía que las cosas iban bien, incluso que si se lo proponía las cosas podrían llegar a ir MUY bien. Sus primeros contactos estaban dando frutos, y pese a llevar pocas semanas en el «negocio», ya empezaba a ganar bastante pasta, oro, sobre todo.

Lo de la falta de moneda de curso legal en las islas era un auténtico coñazo, incluso para el mercado negro, pero de momento era inevitable. Con un continente arrasado y a libre disposición de quien quisiera (o se atreviera a enfrentarse a los No Muertos), había literalmente decenas de miles de millones de euros tirados de cualquier manera. Muchos refugiados habían llegado trayendo consigo millones de dólares, euros y libras que habían encontrado abandonados en sus países de origen, inundando de esta manera el mercado local con unas monedas que ya ningún gobierno respaldaba y que nadie quería. El oro, la plata y las piedras preciosas, ésas eran las auténticas monedas del momento, y Basilio sabía cómo moverse para conseguirlas.

Pero justo un par de semanas antes, las cosas habían empezado a joderse de nuevo. Primero aquella maldita redada, en el momento más inoportuno, donde había perdido un enorme cargamento de ron ilegal, y luego ¡la noticia de que la puñetera monja aún estaba viva!

Basilio Irisarri podía ser brutal en sus métodos, pero no tenía ni un pelo de tonto. Si la religiosa estaba viva, sabía que era cuestión de tiempo que despertase y contase la realidad de lo sucedido. Y entonces, ni futuro brillante, ni negocio en el mercado negro, ni leches. El único camino que le esperaría sería el que llevaba a las grúas del puerto, donde ahorcaban sumariamente a los condenados a muerte.

Así, desde el momento en que se había enterado a través de uno de sus clientes (un médico del hospital que mantenía una estrecha relación de dependencia con la cada vez más escasa cocaína), de que la maldita vieja se aferraba obstinadamente a la vida, en la cabeza de Irisarri había empezado a tomar forma la Decisión.

Basilio no era ningún cobarde, pero sabía que una cosa era cepillarse a alguien de noche en un callejón oscuro, y otra muy distinta era colarse a plena luz del día en un hospital repleto de guardias de seguridad y apiolar a una anciana en una habitación compartida de hospital. Eran tiempos complicados, y la capa de hielo sobre la que Basilio estaba pisando era muy frágil y traicionera. Si la vieja moría de una forma demasiado espectacular llamaría inmediatamente la atención sobre su persona, y llamar la atención era lo último que deseaba Basilio en aquellos momentos.

Durante unos días Basilio había estado valorando la posibilidad de dejarlo correr. Según su contacto, la condenada vieja estaba en coma, y era altamente probable que no fuese a despertar jamás. A lo mejor, incluso con suerte la maldita monja la espichaba de golpe y se iba al otro barrio, con lo que le ahorraría a Basilio un montón de preocupaciones.

Pero justo el día antes había salido una expedición a la península en busca de medicamentos, y era probable que entre lo que trajesen de vuelta estuviese lo necesario para reanimar a la anciana. Había muchas probabilidades de que la expedición no volviese nunca, devorada por los No Muertos, pero Basilio no podía correr el riesgo de dejarlo al azar, no con tanto en juego.

Así que finalmente había tomado la Decisión. Se iba a encargar de la monja personalmente. Y una vez que la hubo tomado, como pasaba casi siempre, se sintió instantáneamente mucho mejor.

Por eso aquella mañana estaba en un pasillo del hospital vestido de celador, empujando una silla de ruedas en la que estaba sentado Eric Desauss, un nervudo belga pelirrojo y plagado de pecas, que tosía muy convincentemente mientras sostenía bajo las mantas una Beretta de nueve milímetros que había insistido en llevar «por si acaso».

Conseguir el uniforme y el pase había sido sencillo, aunque le había costado una auténtica fortuna en forma de polvillo blanco para el Doctor Adicto. La colaboración de Eric había sido también muy fácil. El belga, un viejo conocido de Basilio en su mundillo, era lo que un psiquiatra había descrito como una personalidad esquizoide. La mera expectativa de poder ayudar a matar a la monja le provocaba un morboso placer anticipado (así como una intensa y dolorosa erección que disimulaba convenientemente bajo las mantas).

Lo que estaba resultando realmente complicado era orientarse en el interior de aquella jodida casa de locos. El Doctor Adicto le había indicado cómo llegar a la sala donde se encontraba la monja, pero se había negado en redondo a acompañarlos. «Por lo que a mí respecta, ni siquiera quiero saber qué cojones vais a hacer, pero yo no os conozco», había apostillado.

Por eso Basilio y Eric llevaban ya casi veinte minutos dando vueltas por el hospital, con cara de pocos amigos, y el humor de Basilio, como el mercurio en un termómetro abandonado encima de una estufa, se iba acercando a la zona roja rápidamente. No podían permanecer todo el día dando vueltas por ahí, sin rumbo fijo. Tarde o temprano, alguien se daría cuenta de que aquel enfermero había pasado tres veces con el mismo paciente por el mismo sitio y se meterían en un lío.

—Eric, creo que tenemos un problema, ¿sabes, chato?

—No me digas —rezongó Eric—. Ya hemos estado dos veces en esta sala. Creo que uno de los guardias nos ha mirado más de lo debido hace un momento. Quizá deberíamos intentarlo otro día, Basilio…

—Ni de coña —susurró Irisarri suavemente mientras empujaba incansable la silla—. Llevo en el bolsillo suficiente morfina como para hacer dormir a un elefante. Al salir del hospital cachean a todo el mundo, incluido al personal. ¿Y qué crees que dirían al encontrar esa pipa que llevas escondida en la silla?

—Podemos dejarlo todo escondido aquí dentro —se quejó Eric, cada vez menos excitado con aquella aventura— y volver otro día...

—No hay otro día, ¿sabes, chato? Tiene que ser hoy. Ahora. No nos la podemos jugar y... ¡mira! —Basilio Irisarri levantó el brazo en un gesto de triunfo, mientras señalaba un cartel que ponía SALA DE CONVALECENCIA 12 con una flecha apuntando a la derecha justo debajo—. ¡Ya la tenemos!

Redoblando el paso, Basilio empujó la silla de ruedas hasta que alcanzaron la Sala de Convalecencia. Ésta era un antiguo anexo utilizado antes del Apocalipsis como zona de aparcamiento de las ambulancias y que en aquel momento, con un hospital atestado, había sido transformado en una sala de reposo para pacientes terminales, por el simple y expeditivo método de pintar el interior de blanco y abrir cuatro amplios ventanales en la pared que daba al sur. Pese a todo, el olor a enfermedad y muerte era tan súbito e intenso allí dentro que incluso los dos sicarios se sintieron sofocados nada más traspasar la puerta. En los círculos del personal del hospital se conocía aquella sala como «el Moridero». Muchos eran los que entraban allí, pero pocos los que conseguían salir por su propio pie. En aquella habitación se concentraban todos los casos para los que no había esperanza, o, más frecuentemente, medios materiales de curación. Algunas dolencias que en los viejos tiempos no hubiesen requerido más que un par de días de hospitalización, a lo sumo, eran en el Moridero fantasmas temibles que segaban vidas a diario. Aquello no era el infierno, pero era algo mucho peor. Era la habitación a donde se apartaba a los desesperados, para que el resto no los tuviese que ver y pudiesen continuar su vida fingiendo que todo iba a ir bien y que no pasaría nada malo.

En la espaciosa sala se alineaban unas cincuenta camas, ordenadamente dispuestas en dos hileras, separadas por un amplio pasillo central. La mayor parte de las camas estaban ocupadas, excepto una o dos, cuyos colchones estaban enrollados y con los somieres al aire. Con una parte de su atención Basilio se fijó en que uno de aquellos colchones tenía una mancha herrumbrosa que sólo podía ser sangre, pero no se detuvo demasiado en ello. Su mirada saltaba de una cama a otra, tratando de encontrar el rostro de la monja entre aquella multitud agonizante.

Dos enfermeras, en la otra esquina de la sala, se inclinaban en aquel momento sobre un paciente que parecía estar sufriendo algún tipo de crisis. Súbitamente, una de las enfermeras se alejó y salió por la puerta situada al fondo, seguramente en busca de un médico o de más enfermeras. La otra sanitaria estaba situada de espaldas, de forma que no podía ver que Basilio y Eric se habían detenido en medio del pasillo, y que el belga abandonaba la silla de ruedas y rápidamente, con una Beretta en la mano, se pegaba a una pared, vigilando ambas puertas.

Basilio no perdió el tiempo. Introduciendo la mano en su bolsillo, sacó la jeringuilla de morfina y se acercó a la cama donde yacía inerme sor Cecilia. El antiguo marinero metido a capo mafioso la observó por un segundo. La anciana parecía haber encogido en el espacio de pocas semanas, y a Basilio le recordaba a un enorme capullo de insecto, sobre todo con aquel gigantesco vendaje en la cabeza. «Lo siento, vieja —pensó para sí mismo, mientras sujetaba con una mano el gotero que lentamente suministraba suero a la monja y le acercaba la jeringuilla—. No es nada personal, pero no debió meterse en medio. Hubiese sido más inteligente que...»

¡BANG! El sonido del disparo, como un cañonazo amplificado un millón de veces por el tamaño de aquella inmensa habitación, sacó a Basilio Irisarri de sus pensamientos. Sorprendido, giró la vista hacia Eric, que en aquel momento volvía a disparar la Beretta en una rápida secuencia de tres disparos mientras echaba una rodilla a tierra. En la puerta del fondo de la sala, un médico que entraba a la carrera en aquel momento se detuvo de golpe, como si hubiese chocado contra una pared de cemento y a continuación se derrumbó mientras un surtidor de sangre salía en largas pulsaciones de su cuello. El cuerpo de otra enfermera yacía derrumbado a sus pies, mientras que la ATS que había estado de espaldas atendiendo al paciente de la crisis nerviosa, estaba caída encima de éste en un extraño y obsceno abrazo mortal bañado en sangre y sesos.

—¡Eric! —rugió Basilio, iracundo—. ¿Qué coño estás haciendo?

—¡La enfermera nos había visto! —replicó el belga, de forma extrañamente pausada, con una sonrisa demente asomando a su boca—. ¡Iban a dar la alarma de todos modos, Bas! ¿Qué querías que hiciese, si no? —Y se encogió de hombros, con el gesto universal de «Y-a-mí-qué-me-cuentas».

Basilio sintió que la ira le rezumaba por todos los poros de la piel, pero no se dejó llevar por ella. En su lugar, dos pensamientos titilaban con fuerza en la fría oscuridad de su mente. El primero era que no debía haberse llevado consigo a un maníaco como Eric el Belga a hacer aquel trabajo. El segundo era que tenían que salir de allí cuanto antes. Se oían voces y gritos por todo el hospital y a lo lejos sonaba un timbre insistente y machacón que sólo podía ser una alarma.

—La has cagado a base de bien, ¿sabes, chato? —murmuró Basilio furioso, mientras vaciaba rápidamente el contenido de la jeringuilla en la vía intravenosa de la monja. Se permitió malgastar unos cuantos segundos del precioso y escaso tiempo del que disponían para escapar de allí en contemplar cómo entraba en el organismo de la anciana hasta la última gota de líquido. No disponía de tiempo para observar con calma cómo moría la vieja mientras se fumaba un cigarrillo, como hubiese sido su deseo, pero al menos estaba seguro de que una vez en su organismo semejante cantidad de morfina, no habría nada que hacer para salvarla, y menos en medio de aquella confusión—. Está hecho. —Se guardó la jeringuilla usada en el bolsillo mientras le echaba un último vistazo a la cara pálida de sor Cecilia y enfilaba la puerta—. Vámonos de aquí antes de que…

Las últimas palabras de Irisarri quedaron congeladas en el aire. El antiguo contramaestre abrió los ojos como platos, atónito, mientras observaba a las dos figuras que se recortaban en el quicio de la puerta. Una era una enfermera bajita, con intensos coloretes en la cara y un escote nada reglamentario, pero la otra… Basilio reconocería aquella figura esbelta y aquellos profundos ojos verdosos en cualquier parte del mundo. De hecho, no habían dejado de asaltarle en sueños durante semanas.

—Es ella… es ella… —musitó por lo bajo, incrédulo. De súbito, recuperó el control de sus emociones y se giró gritando hacia Eric—: ¡Es ella! ¡Es la otra zorra! ¡Acaba con ella!

Con una sonrisa demente que hubiese hecho temblar de pavor al mismísimo diablo, el belga levantó la pistola mientras se pasaba la lengua por los labios.

Un segundo después, sonaron en sucesión dos disparos.

29

Madrid

El SuperPuma se posó con una sacudida en la plaza, en medio de remolinos de humo aventados por las aspas. Nada más tocar tierra, se oyó dentro de la cabina algo que sonaba como a metal desgarrado. Al instante una serie de alarmas empezaron a ulular y media docena de luces rojas se encendieron en el tablero de mandos del aparato.

—¡Prit! ¿Qué hostia ha sido eso? ¡Viktor! —grité por el interfono, sin poder controlar el tono de temor en mi voz.

—¡No lo sé! —se limitó a replicar el ucraniano, sin decir una palabra más. Todos sus esfuerzos se concentraban en controlar el aparato que, con sus dos ruedas delanteras posadas en el suelo, giraba como una peonza sin control. Todo lo que no estaba atado o atornillado dentro de la cabina salió volando por los aires, entre gritos de los pasajeros, que se sujetaban a los asientos con todas sus fuerzas.

Tras un interminable minuto, los giros se fueron reduciendo hasta que el SuperPuma se detuvo por completo. Por un largo instante no se oyó ni un ruido en el interior de la cabina.

—¿Está todo el mundo bien? —preguntó al cabo de un rato una voz. Un coro de gruñidos le contestó, mientras nos incorporábamos con cautela, como si temiésemos que Prit decidiese obsequiarnos con otra alocada vuelta extra. Estábamos magullados, pero al menos estábamos enteros.

—¿Alguien me puede decir qué demonios ha pasado? —preguntó Tank.

—Pregúntele al piloto, mi comandante —replicó ácidamente un sargento—. Yo aún estoy tratando de encontrar mi estómago.

Pero Tank no se lo pudo preguntar al piloto, porque éste, tras soltar sus arneses de sujeción, había saltado al exterior y se dirigía hacia la parte trasera del aparato saltando entre los cuerpos carbonizados. Al cabo de unos segundos que se me hicieron eternos, la familiar cara bigotuda del ucraniano volvió a colarse dentro de la cabina.

—El rotor de cola se ha desprendido —dijo con calma, mientras desenroscaba su petaca—. No podemos despegar.

—¿Qué significa que no podemos despegar? —preguntó un soldado con voz queda—. ¿Hasta cuándo no podemos despegar?

—Hasta nunca —replicó tranquilamente el ucraniano, con el mismo tono de voz que utilizaría para hablar del partido del domingo—. La explosión del napalm, o un escombro disparado, ha arrancado el rotor de cola de cuajo. O puede que se haya caído solo. Este Puma llevaba meses abandonado a la intemperie, así que es difícil de decir. —Se rascó la cabeza, pensativo—. Lo que sí sé es que el pájaro está *kaputt*. Muerto.

—¿No puede repararlo? —le interpeló Tank.

—Podría —contestó Viktor, tras meditarlo unos instantes—. Si tuviese una hélice nueva, un juego completo de diferenciales, una caja de cervezas, dos mecánicos expertos que me ayudasen y unas veinte horas en un taller. Así que creo que no, que no puedo —concluyó, flemático.

—¿Y qué vamos a hacer? —se oyó una voz que no podía disimular el temor—. ¿Cómo vamos a volver?

—Buscando otro medio de transporte, supongo —replicó Pritchenko encogiéndose de hombros—. No quedan muchas alternativas.

Una sensación gélida recorrió todo el aparato. No hacía falta ser demasiado listo para darse cuenta de que nuestras posibilidades de supervivencia se habían reducido en un altísimo porcentaje.

—Prit —le dije de pronto, con voz asustada—, eso significa que tenemos que acompañarlos. Tenemos que ir con ellos allí adentro…

—Lo sé —replicó plácidamente el ucraniano, como si le estuviese hablando de dar un paseo por la playa.

—¿Cómo diablos puedes estar tan tranquilo? —exploté, indignado.

—*Fatalizm* —dijo con una sonrisa triste—. Fatalismo.

—¿De qué coño hablas, hombre?

—Pues mira, por un lado —repuso mientras daba un largo trago de su petaca—, el helicóptero está averiado y no va a despegar. Por otro lado, quedarnos aquí no va a hacer que se arregle solo. Es el destino, *panjemajo?* Esto es lo que es, y lo que es, tiene que ser, y lamentarse no vale de nada, *niet?*

—¿Sabes? —respondí, exasperado, mientras ponía los ojos en blanco—. En ocasiones tu mentalidad es demasiado rusa para mí. ¡Me pones de los nervios!

—Ucraniana —puntualizó Prit con una sonrisa imperturbable—. Mentalidad ucraniana. Los rusos están más hacia el norte.

—Lo que tú digas, Viktor, lo que tú digas —contesté, desalentado, mientras lo dejaba por imposible. En ocasiones como aquélla, al igual que habían hecho sus antepasados a lo largo de los siglos, Prit sacaba a relucir su alma de campesino eslavo, y aceptaba con resignación las adversidades. Su única respuesta en esos casos era apretar los dientes y seguir hacia delante… porque no había ningún lugar hacia donde retroceder.

Algunos de los miembros del equipo ya habían abierto la puerta lateral del aparato y estaban a punto de saltar al exterior. Miré hacia el portón, dubitativo. De repente sentía frío, mucho frío, aunque el sudor me resbalaba por la espalda. Traté de tragar saliva, pero mi garganta estaba seca como un desierto. Eché la mano a un bolsillo, para sacar un Chester. Horrorizado, comprobé que me temblaba tanto el pulso que no era capaz ni siquiera de soltar el botón de la solapa. La angustia empezó a consumirme, mientras sentía cómo una mano invisible me oprimía el corazón. En aquel estado no sería capaz de dar ni siquiera dos pasos en el exterior antes de cagarla. Tuve una revelación. Iba a morir allí. La vista se me nublaba, me mareaba, oh, Dios mío…

—¡Eh! Tranquilo. —La familiar y alentadora voz de Viktor Pritchenko en mi oído me devolvió a la realidad. El ucraniano había apoyado una mano en mi hombro y me miraba fijamente, a pocos centímetros de distancia de mi cara. Con parsimonia sacó el paquete de cigarrillos de mi bolsillo, encendió uno y me lo puso en los labios.

—Prit, no puedo salir ahí fuera. —Mi voz sonaba como un graznido—. Me matarán, me cogerán en menos que canta un gallo. Oh, joder, no sé qué diablos hacemos aquí…

—Lo vas a hacer bien. —El pequeño eslavo me ayudó a levantarme, mientras que con la otra mano se colocaba el fusil en el hombro—. Lo has hecho estupendamente antes y lo harás estupendamente bien ahora, así que no te preocupes. Hemos estado en sitios peores, tú y yo solos, y hemos conseguido salir adelante. ¿No es cierto?

Asentí, dubitativo. Ya habían salido casi todos del aparato y se oían gritos nerviosos en el exterior. Tank nos estaba llamando a voces mientras el resto del equipo se repartía en sus posiciones.

—¿Te acuerdas de la tiendecita de Vigo, la de los paquistaníes? —Una sonrisa afloró en la cara de Viktor—. Allí sí que estábamos metidos en la mierda más absoluta, solos, sin vehículos, sin armas y rodeados de esas bestias, metidos en aquel jodido armario... Creo que si salimos de aquello, esto está... ¿Cómo se dice en español? Chupado. ¡Eso es!

Asentí, con una sonrisa temblorosa en mi cara a mi pesar. Lo cierto es que, mirándolo bien, Pritchenko tenía razón. Cuando nos habían catalogado como «veteranos» me había extrañado, pero seguramente habría poca gente que hubiese estado tanto tiempo entre los No Muertos como nosotros y que aún estuviese en condiciones de contarlo.

De todas formas suspiré, desalentado. Si éramos de lo mejor que podía ofrecer la especie humana para su salvación, entonces el panorama estaba más jodido de lo que pensaba en un principio.

En fin. Le di una profunda calada al cigarrillo, mientras observaba cómo el argentino colocaba la MG 3 sobre su trípode con el gesto experto y cansado de quien ya lo ha hecho un millón de veces. De acuerdo, pensé, puede que estuviésemos de nuevo en medio de aquella mierda, pero al menos en esa ocasión teníamos un plan, y estábamos rodeados de gente que parecía bastante competente en lo que hacía. Y además, Viktor y yo nos teníamos el uno al otro, que no era poco. Y podía ser que los chicos del napalm decidiesen darse otra pasadita por allí, para despejar el terreno. Quizá tuviésemos alguna posibilidad de salir con el pellejo intacto. Podría ser.

—¿Listo? —preguntó el ucraniano, mientras amartillaba ruidosamente su HK.

—Listo, colega —respondí, desenfundando mi Glock con cautela—. No pierdas de vista mi culo, ¿vale?

—Descuida. Lucía me mataría si te pasase algo y no tengo ganas de cargar con tu gato —replicó con una sonrisa—. En marcha.

Saltamos a la superficie de la plaza, o a lo que yo pensaba que era la superficie de la plaza. Nada más apoyar los pies fuera del helicóptero una de mis piernas pareció hundirse en un agujero salido de la nada. Una vaharada putrefacta asaltó mi nariz, mientras Pauli me observaba entre preocupada y divertida.

—Ten cuidado —me indicó con un gesto travieso—. ¡Le acabas de plantar un pie en los pulmones a ese pobre diablo!

Comprobé con horror que lo que había tomado por una superficie chamuscada de la plaza era en realidad un tapete de cuerpos carbonizados y humeantes. Al saltar del aparato mi pierna derecha había atravesado el torso calcinado de un cadáver, y tras hacer trizas sus costillas, reposaba sobre algo que posiblemente fuesen los restos de su columna. Asqueado, di un paso atrás para liberar mi bota, lo cual casi me hizo caer al perder el equilibrio.

El brazo de acero de Tank me sujetó con fuerza por un costado, evitando que cayese entre los restos carbonizados.

—Vaya con su equipo —me dijo secamente, mientras me clavaba sus ojos de tiburón—. Y proteja al informático. Sin él, todo esto es inútil.

Me desasí, preguntándome qué demonios era lo que sabía aquel tal Broto para ser tan importante. Con un encogimiento de hombros me acerqué a Prit, sorteando los cuerpos chamuscados del suelo.

—Nosotros vamos con ésos —me indicó el eslavo, señalando hacia Pauli y Marcelo—. Por lo visto, tenemos que cuidar del informático grandote con cara de susto.

—¿Sabes por qué?

—No tengo ni idea —me respondió Viktor, con un suspiro—. Pero supongo que en pocos minutos... ¡Cuidado! El ucraniano pegó un bote hacia un lado, mientras me apartaba de su línea de tiro. Aturdido, me giré, justo a tiempo para ver cómo a mis espaldas, a menos de tres metros, dos No Muertos horriblemente chamuscados se acercaban hacia nosotros. Era imposible distinguir su edad o sexo, pues estaban abrasados, pero sus movimientos eran tremendamente ágiles, para estar en aquel estado.

Viktor levantó su HK y abrió fuego contra el que estaba a la derecha. El tableteo de su fusil se fundió casi en el mismo segundo con las ráfagas de otras armas. Nuestra presencia allí estaba atrayendo la atención de todos los No Muertos que aún permanecían en pie en la plaza.

El napalm había acabado con la mayoría, pero aún quedaban unas buenas tres o cuatro docenas de engendros que poco a poco se iban acercando, cerrando un círculo de muerte en torno al helicóptero. El rugido de los HK se mezclaba con el ladrido seco de las Glock, todo ello punteado de fondo por los hipidos cadenciosos de la MG 3, que el argentino disparaba en ráfagas cortas y espaciadas.

Nuestros dos No Muertos estaban terriblemente cerca, y tan sólo Viktor y yo les hacíamos frente. El resto del equipo estaba igual de apurado que nosotros, disparando en otras direcciones, y nadie prestaba atención más que a su sector inmediato. El estruendo era ensordecedor, y eso atraía a más y más No Muertos, a medida que iban cayendo los primeros.

La primera ráfaga de Pritchenko abrió un rosario de agujeros en el pecho del No Muerto. Por un momento éste se tambaleó hacia atrás, sacudido por los impactos, pero continuó avanzando, amenazadoramente. Rectificando el tiro, el ucraniano apuntó cuidadosamente a su cabeza, y con otra corta ráfaga la transformó en una pulpa viscosa que salpicó en todas direcciones. El No Muerto se desplomó como un fardo, pero Prit ya no le prestaba atención. Parsimoniosamente apuntó hacia el otro y, tras inspirar profundamente, apretó el gatillo.

Un «clank» metálico nada prometedor surgió de su arma. Por un instante nos quedamos congelados, mientras el No Muerto se acercaba, imparable.

—¡Se ha encasquillado! —gritó el ucraniano—. ¡Joder, se ha encasquillado! ¡Dispárale a ése, rápido!

Como en un sueño, levanté la Glock de manera inconsciente. Vi cómo mi dedo pulgar liberaba el seguro, tal y como me había enseñado el instructor en Tenerife. Por un instante toda mi atención se concentró en el ser que avanzaba hacia nosotros. Poco a poco el sonido de los disparos que nos rodeaba fue desapareciendo para mí, así como el resto del mundo. Sólo existíamos en el universo aquel monstruo carbonizado, la mira de la pesada Glock y yo.

Me oí respirar. Sentí cómo mi índice presionaba lentamente el gatillo.

Disparé.

Y por toda respuesta, tan sólo un horrible y apagado «clank» metálico salió del percutor.

30

Tenerife

Lo primero que le llamó la atención a Lucía fueron los disparos. Después, nada más cruzar las pesadas puertas antiincendios con aquel 12 rojo pintado en cada hoja, fue el silencio desacostumbradamente pesado que reinaba en la sala de pacientes. A continuación su mirada saltó al corpulento enfermero que, de espaldas a ella, estaba inclinado sobre la cama de sor Cecilia con la cabeza casi pegada a la de la monja, como si le estuviese contando un secreto especialmente importante.

Pero antes de que su mente pudiese darle más vueltas a aquello, captó un movimiento con el rabillo del ojo. Junto a la pared de la derecha se deslizaba en aquel momento un tipo pelirrojo que escondía su mano diestra detrás del cuerpo.

«Ese tío está empalmado como un caballo en celo», le dio tiempo a pensar, desconcertada y divertida, antes de que el pelirrojo (que se parecía un montón al cantante de los Spin Doctors) sacase su mano de detrás de la espalda y les apuntase con una pistola de un color negro apagado.

El tiempo no podía detenerse, Lucía estaba segura. Por lo menos estaba totalmente segura de eso hasta cinco segundos después de abrir aquella condenada puerta. Sin embargo, en el instante en que el pelirrojo apretó el gatillo por primera vez, Lucía sintió que el tiempo sí que había llegado a detenerse, o al menos a convertirse en algo sumamente pastoso y denso, como caramelo derretido.

El primer disparo levantó un surtidor de astillas junto a su oreja derecha. Eso bastó para sacar a la joven de su aturdimiento, y mecánicamente dio un paso atrás, poniéndose fuera de tiro. Sin embargo, Maite permaneció de pie en el marco de la puerta, estupefacta, con el vaso de sucedáneo de café inútilmente sujeto contra su pecho, mientras su mirada era incapaz de apartarse del tirador que avanzaba corriendo por el lateral de la sala, levantando de nuevo su arma.

El segundo disparo alcanzó a Maite un poco por debajo del corazón, con fuerza suficiente para levantar a la pequeña ATS en el aire durante un segundo, en medio de un festival de sangre y café derramado en todas direcciones. Finalmente, haciendo una pirueta que no hubiese desentonado en los ballets rusos, se desplomó contra un lateral de la puerta y de ahí resbaló al suelo, donde quedó inmóvil, sin haber perdido en ningún momento la expresión de asombro de sus ojos.

—¡Ésa no, estúpido! ¡La otra! ¡Es la otra! ¡La alta! —oyó Lucía que decía el supuesto enfermero.

Un ramalazo de comprensión sacudió la mente de Lucía al oír aquella voz. Supo al instante que la vida de la monja ya estaba condenada. Y también supo que, si no huía, su vida no duraría mucho más.

Soltando un gemido de miedo que sólo pudo oír ella, Lucía empezó a correr por el pasillo por donde había venido.

El hospital era un caos absoluto. Los timbres de alarma sonaban por doquier, mientras grupos de hombres armados (algunos uniformados y otros no) se entrecruzaban con docenas de enfermos arrastrados por el pánico, médicos confusos y celadores sobrepasados.

—¡Son los froilos! ¡Son los jodidos froilos! —aullaba un individuo vestido con un uniforme militar que Lucía no pudo reconocer, mientras dirigía hacia el interior del edificio a un grupo de soldados de forma atropellada.

De otra parte del edificio llegó una serie de hipidos largos que Lucía reconoció al instante como ráfagas de HK. A continuación, sonó una explosión amortiguada y el tableteo de otro tipo de arma que la joven no pudo identificar (pero que Pritchenko, si hubiese estado allí, habría reconocido sin ninguna duda como un AK-47). El caos de gente dentro del edificio y la paranoia de una infiltración de los froilos habían hecho que dos grupos de seguridad comenzasen a dispararse entre sí. En pocos minutos aquello iba a ser una jodida casa de locos.

Una camilla salida de ninguna parte golpeó a la joven en la cadera y la derribó al suelo. Lucía contuvo un juramento, mientras un dolor caliente le subía de la pierna, como si le hubiesen plantado un hierro al rojo vivo. Mientras se levantaba, aprovechó para echar un vistazo hacia el pasillo que llevaba a la Sala 12. En medio del tumulto y del tiroteo, alcanzó a ver al pelirrojo de la pistola al lado de Basilio Irisarri. Éste, a su vez, la vio a ella y, dándole una palmada en el hombro al pistolero para que le siguiese, comenzó a abrirse paso entre la multitud apelotonada.

Lucía no perdió el tiempo. Se agarró a la camilla con las dos manos y se levantó, aprovechando el gesto para derribar aquel trasto en medio del pasillo. Contaba con la ventaja de que ella al menos conocía el interior del hospital, pero sin embargo, tenía menos fuerza para abrirse paso entre las docenas de personas que corrían enloquecidamente en un sentido y en otro. Sin atreverse a volver la vista atrás, sabía que sus perseguidores, a base de empujones, le iban comiendo terreno poco a poco.

Lucía llegó a un cruce de pasillos. Sabía que si iba hacia la derecha llegaría hasta la puerta de acceso, y de ahí, al exterior. Confiaba en que pese al follón reinante hubiese algún tipo de guardia en la puerta. Tan sólo eran cien metros por aquel pasillo...

Una ráfaga de ametralladora casi le arrancó la cabeza nada más poner un pie en el pasillo. Siguiendo un instinto automático, se lanzó al suelo. Desde su espalda, surgieron a su vez más disparos, en dirección al punto de donde habían salido los primeros proyectiles. Antes de que se diese cuenta de lo que estaba pasando, Lucía y otras cincuenta personas se vieron atrapadas en un fuego cruzado entre dos grupos que no paraban de vociferar órdenes y consignas.

«Sal de aquí, o puedes darte por jodida», se dijo rechinando los dientes, mientras se arrastraba hacia una puerta lateral. Un enfermero que no conocía se desplomó a su lado, con la cabeza abierta por un disparo. El aire olía a pólvora, sangre y heces, y los aullidos de dolor de los heridos se mezclaban con los gritos histéricos de los mutilados por alguna explosión.

Un capitán de la Guardia Civil con la guerrera desabrochada, salido sabe Dios de dónde, trataba de poner orden en aquel caos, mientras se desgañitaba gritando.

—¡Alto el fuego, que nos estamos disparando entre nosotros, joder! —Su gesto pareció poner orden por un instante, y unos cuantos de los atolondrados tiradores dejaron de disparar.

Lucía sintió una súbita sensación de alivio. Por fin había alguien que parecía tomar las riendas de la situación. Comenzó a arrastrarse en su dirección, pero detuvo su movimiento a medio camino al ver aparecer al lado del capitán la sonriente cara del pelirrojo que había matado a Maite.

Con un gesto elegante, como el de un peluquero que quita un cabello de la camisa de su cliente tras un buen corte, Eric

Desauss levantó su pistola y la disparó a menos de un centímetro de la nuca del desprevenido capitán. El guardia civil cayó fulminado al suelo, mientras una enorme fuente roja brotaba a borbotones de su nuca. Los guardias de seguridad que habían dejado de disparar trataron de apuntar al pistolero, pero antes de que pudiesen hacerlo, una ráfaga de ametralladora salida de la otra punta del pasillo barrió a tres o cuatro de ellos.

El caos volvió a estallar. Los guardias olvidaron por completo al tirador solitario y se concentraron de nuevo en el grupo que les hostigaba desde el principio, ocasión que aprovechó Basilio Irisarri para hacerse con uno de los HK caídos en el suelo.

—¡Va por allí! ¡Se ha metido por esa puerta! —dijo Basilio.

Tarareando una cancioncilla, Eric el Belga pasó por encima del cadáver sangrante del guardia civil y se dirigió hacia la puerta, seguido de cerca por Basilio, mientras revisaba el cargador del arma. Sentía la bragueta a punto de estallar, y una sensación de intensa felicidad le recorría el cuerpo. Mientras cruzaba rápidamente el fuego cruzado, la imagen de sí mismo masturbándose sobre el cadáver de aquella zorrita le arrancó una luminosa sonrisa de su rostro.

31

Madrid

Durante un interminable segundo me quedé congelado, contemplando la Glock como un espantapájaros, incapaz de comprender lo que estaba sucediendo. La jodida pistola no disparaba. Sin embargo, no hubo tiempo para mucho más. El No Muerto se abalanzó sobre Viktor que, atareado, trataba de cambiar el cargador de su HK. Con un rugido gutural el semicarbonizado No Muerto agarró al pequeño ucraniano por el hombro y se precipitó sobre él con intenciones asesinas.

Fue tan sólo la casualidad lo que salvó a Pritchenko de una muerte segura. En un acto reflejo levantó el fusil y, empleándolo como si fuese una estaca, clavó violentamente la boca del cañón en el pecho del No Muerto, impulsando a ambos de espaldas. El No Muerto se vio detenido de golpe, seguramente con alguna costilla rota a causa del topetazo, pero Prit, cogido a contrapié, trastabilló y cayó de espaldas en el suelo de la plaza, totalmente indefenso.

Aquélla era la única oportunidad que el No Muerto necesitaba. Dejándose caer de rodillas, se desplomó sobre el cuerpo de mi amigo, que pugnaba por desasirse de aquel abrazo mortal. Como a cámara lenta, podía ver cómo los dientes del Podrido (perfectamente visibles porque los labios habían quedado reducidos a una estrecha y terrorífica mueca a causa del fuego) chasqueaban como una trampa para osos a pocos centímetros del rostro del eslavo, pálido de terror.

—¡Sácamelo de encima! *Dabai, Dabai!* —gritaba Viktor, fuera de sí.

Cogiendo carrerilla, le propiné una violenta patada en un costado al No Muerto, descargando todo mi peso en el pie. Aquel patadón habría bastado para dejar sin resuello y medio muerta a una persona normal, pero desgraciadamente los seres que teníamos enfrente estaban hechos de otra pasta. El No Muerto, desequilibrado por mi chut, soltó por unos segundos a Viktor, instante que aprovechó el ucraniano para escabullirse reptando.

En aquel momento toda la atención del engendro estaba centrada en mí. Di un par de pasos atrás, ampliando la distancia, mientras el No Muerto se levantaba trabajosamente. Viktor se colocó en silencio a su espalda, con su gigantesco cuchillo de caza desenvainado, listo para rebanarle el pescuezo.

Antes de que el eslavo pudiese hacer ni un solo gesto, un volcán en miniatura se abrió en una de las sienes del No Muerto, salpicando restos de materia orgánica por todas partes. El cuerpo se desplomó como un fardo, y Viktor y yo nos quedamos por unos instantes frente a frente, estupefactos, y tremendamente aliviados por seguir con vida.

—¿A qué coño jugáis? —La voz de Pauli nos sobresaltó y por un breve momento me pareció el sonido más delicioso sobre la faz de la tierra.

La pequeña catalana se encontraba con una rodilla apoyada en tierra y del cañón de su HK aún salía un hilillo de humo azulado. Había sido ella quien providencialmente había disparado al No Muerto, y en ese instante nos observaba con una expresión de sarcasmo en los ojos.

—Veo que a vosotros dos os va el cuerpo a cuerpo… —había rechifla en su voz—, pero deberíais saber que eso de revolcarse con engendros es de muy mal gusto. —Se levantó, trabajosamente, mientras se sacudía el polvo de las rodillas—. Y además, podríais pillar algo malo, pero en fin, vosotros mismos…

—Esa maldita escopeta se ha encasquillado —protesté indignado, mientras señalaba el HK de Prit—. Y mi pistola no ha funcionado mucho mejor, que digamos. —Sacudí la Glock delante de sus narices—. ¡Así que no me vengas con historias, joder!

—Para empezar, no es una «escopeta», es un fusil —me corrigió Marcelo, mientras se frotaba el hombro derecho, dolorido por las continuas ráfagas de la MG 3—. Y además, ¿cómo hicieron para encasquillar dos armas a la vez? ¡No había visto semejante cosa en mi vida!

Por toda respuesta le tendí mi Glock, con cara de pocos amigos. El porteño sacó el cargador y lo examinó detenidamente. Al poco, levantó la cabeza, con un gesto de incredulidad en su rostro.

—¿Vos le sacaste la primera bala, pelotudo?

—Eeehhh… sí —respondí, sintiendo de repente cómo la sangre se me agolpaba en el rostro. Joder.

Pese al rápido período de instrucción en Tenerife, no había sido capaz de vencer el temor a que la pistola se me disparase accidentalmente mientras la desenfundaba, así que había optado por sacar la primera bala del peine del cargador, de forma que en la recámara no hubiese ningún proyectil.

Pese a que sabía perfectamente que tenía que amartillar el arma antes de disparar, en la confusión de aquel momento, me había olvidado por completo. Si la Glock no había disparado había sido únicamente por mi propia negligencia. Sentí tanta vergüenza que por un segundo deseé que me hubiese matado aquel No Muerto churruscado que yacía a mis pies.

—¿Pero qué clase de gente han mandado con nosotros? —comentó en voz alta uno de los legionarios más jóvenes, escupiendo en el suelo con desdén—. ¡Aficionados!

—Ten cuidado con lo que me llamas, niñato. —Prit se encaró ante el legionario, con un peligroso brillo homicida titilando en sus ojos azules—. Cuando tú aún jugabas en el patio del colegio yo ya degollaba *muyahidin* en Chechenia. —La voz del ucraniano era gélida y controlada. De repente me di cuenta de que sería capaz de destripar allí mismo a aquel legionario bocazas si le daba la más mínima excusa. Prit me señaló con su mano—. Este tipo ha pasado más cosas de las que tú puedes imaginarte y ha salido de situaciones en las que te hubieses cagado de miedo, así que cierra la boca, ¿estamos?

El legionario echó un vistazo a un lado, buscando apoyo, pero el resto de su equipo estaba lejos, ajeno a nuestra discusión. Tragó saliva ruidosamente y levantó las manos, conciliador.

—¡Tranquilo, tío! —dijo—. ¡Sólo espero que sepáis cuidar de vuestro culo, porque yo no pienso mover un dedo por vosotros, ¿vale? —Y dándose la vuelta se dirigió de nuevo hacia la puerta del almacén donde íbamos a entrar, con el rabo entre las piernas.

—¿Qué le ha pasado a tu HK, Prit? —preguntó Pauli, sin prestar atención a lo que acababa de pasar—. ¿Se ha encasquillado este trasto?

Por toda respuesta el ucraniano sacó su cargador y tiró del percutor del HK, haciendo que un brillante proyectil saliese volando. La bala cayó al suelo con un tintineo y Viktor la recogió rápidamente, pasándosela a Pauli.

—¡Oh, mierda! ¡Es de la serie 48! —exclamó la catalana,

con cara preocupada, pasándole el proyectil a Marcelo. El argentino examinó la vaina y torció el gesto.

—Está mal calibrado… ¡Coño!

—¿Qué sucede, Marcelo? —pregunté, inquieto. Era evidente que algo no iba bien, pero que me matasen si era capaz de adivinar de qué demonios se trataba.

—Desde que todo se fue al infierno hemos consumido cantidades ingentes de munición enfrentándonos a los No Muertos —me explicó Pauli, mientras revisaba su cargador aprensivamente—. Cada incursión supone el gasto de cientos de cartuchos irreemplazables. Hace seis meses no nos quedó más remedio que empezar a fabricar nuestros propios proyectiles, ya que los polvorines habían alcanzado un nivel crítico. El problema fue que no había en Canarias la maquinaria necesaria para fabricar las vainas con el grado de precisión necesario, así que hubo que construirlas desde cero.

—Pero eso es bueno, ¿no?

—No tanto —respondió Pauli, con gesto cansado—. No todo el material producido supera los estándares de calidad, y de vez en cuando se cuela una partida defectuosa de munición. Perdimos un par de grupos de exploración hasta que descubrimos lo que estaba pasando. Se suponía que nuestra munición había sido testada varias veces antes de ser embarcada en el avión, pero por lo visto no ha sido así.

—¿Un error? —preguntó David Broto, inocentemente. El informático había superado bastante bien su primer contacto con los No Muertos, y se le veía bastante entero, dadas las circunstancias.

—O un sabotaje… —apuntó lúgubremente uno de los sargentos, mientras revisaba otro de sus cargadores—. ¡Éste también es defectuoso! ¡Me cago en su madre!

—¿Los froilos? —inquirió Broto.

—Los froilos, puede ser… ¿Quién sabe? —Marcelo se estiró como un gato, se levantó y empezó a caminar hacia su MG 3—. Lo único que sé es que a Tank no le va a gustar nada todo esto.

¿Sabotaje? La cabeza me daba vueltas... ¿De qué iba todo aquello? Antes de que me diese tiempo a formular cualquier pregunta, Tank cayó como un obús en medio de nuestro grupo, ladrando órdenes.

—¿Qué coño hacen aquí parados? ¡Corran, joder, corran! —Agarró a uno de los legionarios por la tira de su mochila y lo arrastró en dirección al edificio—. ¡Tenemos poco tiempo!

Tropezando con la mochila me incorporé y comencé a seguir al resto del grupo, en dirección a la oxidada escalera de emergencia del almacén que se encontraba a pocos metros.

Con un escalofrío comprendí que si la mayor parte de nuestra munición era defectuosa tendríamos un problema, y muy gordo, además.

Súbitamente tuve el presentimiento de que muy pocos de aquel grupo veríamos la luz del siguiente día.

32

Tenerife

El corredor en el que estaba Lucía pertenecía a un ala del enorme complejo hospitalario totalmente desconocida para ella. En contraste con el resto del edificio, en aquel pasillo iluminado por un ejército de fluorescentes, no había absolutamente nadie. De hecho, no había ni una sola camilla ni una silla de ruedas, nada… ni siquiera una maldita puerta para esconderse tras ella, pensaba Lucía furiosamente mientras recorría a largas zancadas el corredor. El golpe que había recibido en la cadera unos minutos antes le hacía palpitar la zona, y estaba segura de que en pocas horas luciría un hermoso moratón, pero aquello no le importaba demasiado.

El sonido de los tiroteos le llegaba amortiguado a través de una pesada puerta aislante doble que acababa de franquear, pero podía oír perfectamente las voces excitadas de sus perseguidores. Sudando, redobló su ritmo, deseando que en cualquier momento aquel pasillo desembocase en una zona segura, o, mejor aún, en el exterior.

Al doblar una esquina, Lucía se detuvo de golpe ante un puesto de seguridad atravesado con un amplio arco detector de metales. El puesto estaba abandonado, y no se veía un alma.

Sobre una mesa estaba apoyado un periódico, y a su lado una taza de sucedáneo de café medio llena aún humeante. Una radio colocada sobre una pila de carpetas emitía una música ligera a un volumen muy bajo. Daba la sensación de que los vigilantes apostados en aquel puesto de control habían salido corriendo hacia el pasillo principal cuando las alarmas sonaron. Probablemente era uno de los grupos que se estaban tiroteando entre ellos al lado de la puerta.

Apresuradamente, pasó su mano por encima de la mesa en busca de algún arma, arrojando una montaña de papeles al suelo. Lo único que encontró fue un cargador de pistola y un cortaplumas diminuto.

«Maldita sea —se dijo mientras trataba de abrir infructuosamente los cajones de la mesa—. Piensa algo rápido, Lucía, o estás jodida. Jodida de verdad.»

Su mirada se detuvo en un colorido póster dentro del área de control, que mostraba a un puñado de soldados sonrientes, repartiendo raciones de emergencia del ejército desde un camión, bajo la leyenda «La Tercera República Española vela por ti». Justo debajo del póster había un archivador con el cajón superior abierto. Al parecer, los guardias del puesto habían salido de forma tan apresurada que se habían olvidado de echarle la llave a aquel cajón.

Con el corazón en un puño, Lucía inspeccionó el cajón. Con desánimo comprobó que sólo había un puñado de tarjetas magnéticas, y una tablilla de control donde alguien había anotado a mano una serie de nombres y de horas. Lucía supuso que era un registro de a quién se le había entregado las tarjetas. Justo cuando iba a apoyar la tablilla se fijó en que una mano distinta había anotado algo en la parte superior

7141ONK

Con un gesto rápido, arrancó la hoja y se la metió en un bolsillo mientras echaba de nuevo a correr por el pasillo. Los pasos de sus perseguidores ya sonaban más cerca.

Al cabo de unos pocos metros se detuvo con gesto vacilante al borde de unas escaleras, mientras tragaba saliva. Durante todo el tiempo había confiado en que aquel pasillo desembocase en el exterior, y sin embargo, lo único que tenía ante ella eran unas escaleras que descendían. Sabía perfectamente que estaba en la planta baja del edificio, así que aquellos escalones sólo podían llevar al sótano del edificio.

«Oh, no, joder. Otra vez al sótano de un hospital no, por favor. —La situación, pensaba, era tan absurda que resultaba cómica—. ¿Qué posibilidades existen de que tenga que refugiarme dos jodidas veces en el sótano de un hospital para salvar mi vida?»

Pocas, supuso. Posiblemente menos de que te tocase la lotería. Quizá las mismas de que te cayese un rayo. A quién carajo le importaba. Lo cierto era que si no iba allí abajo, aquellos dos maníacos iban a atraparla. Y la mirada de aquel tipo pelirrojo le había hecho sentirse terriblemente asustada… y sucia. No quería quedarse a discutir con él.

Con resignación, comenzó a bajar las escaleras. Era un tramo amplio, escrupulosamente limpio y muy bien iluminado. Un tenue olor a jabón hospitalario flotaba en el aire, y si no fuese por la total ausencia de ventanas («y de personas», se anotó mentalmente) serían unas escaleras totalmente anodinas.

Bajó tramo tras tramo hasta llegar a la parte inferior. Aquella zona tenía un tipo de azulejo distinto en suelo y paredes, de un color verdoso claro bastante feo, pero por lo demás no se diferenciaba en nada del pasillo superior. Tan sólo unas flechas rojas dibujadas en la pared y un símbolo que Lucía no supo identificar daban un aire especial a aquella zona.

Jadeando, Lucía se detuvo por unos segundos tratando de

recuperar el aliento. Un doloroso punto en un costado la estaba atenazando desde hacía unos minutos y sentía que si no paraba un momento el corazón le iba a estallar. El ruido de pasos bajando por las escaleras a toda velocidad la convenció de que tenía que seguir adelante. Sin dudarlo, comenzó a seguir las flechas del pasillo mientras una vocecita en su mente le preguntaba insistentemente qué diablos tenía pensado hacer si se encontraba en un callejón sin salida.

Finalmente desembocó en una especie de sala cuadrada presidida por una pesada puerta de acero que llevaba dibujado el mismo símbolo que había visto en el pasillo. A Lucía aquel emblema le recordaba algo que había visto en alguna ocasión, pero estaba tan asustada que su cabeza se negaba a facilitar el maldito dato.

Al lado de la puerta había un panel con una serie de botones insertados, y una ranura. Lucía se acercó a examinar el panel. Era un teclado alfanumérico, muy parecido al de un móvil, donde cada tecla correspondía a varias letras y números. Sin dudarlo ni un minuto, extrajo la tarjeta magnética del bolsillo y la insertó en la ranura. Al instante, una pantalla se iluminó y mostró un mensaje de bienvenida, junto con la foto digitalizada de un doctor joven, canoso y de aire despistado tras sus gafas.

BUENAS TARDES, DOCTOR JURADO. INTRODUZCA
EL CÓDIGO DE PASE, POR FAVOR

Lucía se quedó paralizada por un momento. De repente, recordó el garabato dibujado en la tablilla de control. Con dedos temblorosos, lo sacó de su bolsillo y lo introdujo en el teclado. La pantalla se quedó en blanco por un milisegundo y a continuación apareció un nuevo mensaje.

CÓDIGO ERRÓNEO. LE QUEDAN DOS (2) INTENTOS
ANTES DE BLOQUEO. INTRODUZCA EL CÓDIGO
DE PASE, POR FAVOR

Lucía se pasó una mano por la frente, para apartar un mechón sudoroso de sus ojos. «Joder, no eres capaz de teclear bien ni un maldito código. Tranquilízate de una vez, coño.» Volvió a hacerlo, con toda la calma que le fue posible, cerciorándose de que esta vez lo tecleaba correctamente. Una vez que apretó el ENTER, la pantalla volvió a quedarse en blanco.

CÓDIGO ERRÓNEO. LE QUEDAN UN (1) INTENTOS
ANTES DE BLOQUEO. INTRODUZCA EL CÓDIGO
DE PASE, POR FAVOR

Por un instante sintió un puño de hielo formándose en su estómago. Si aquella anotación de la tablilla no era el código, entonces estaba acabada. Aquella puñetera máquina no le daría más oportunidades, y por otro lado, no le quedaba mucho tiempo. Los pasos ya sonaban muy cerca. De repente dio un puñetazo contra la puerta. Qué estúpida había sido. El antepenúltimo carácter del código no era una «O», sino un cero. Volvió a teclear por tercera vez, esta vez con sus dedos volando sobre el teclado, mientras Basilio Irisarri, respirando como un fuelle, aparecía doblando una esquina. La pantalla centelleó por tercera vez y apareció un nuevo mensaje.

CÓDIGO CORRECTO. BIENVENIDO AL ZOO™,
DOCTOR JURADO. QUE TENGA UN BUEN DÍA

La puerta se abrió con un siseo. A Lucía le dio el tiempo justo de colarse dentro antes de que una ráfaga de HK hiciese saltar nubes de yeso de la pared donde había estado apoyada. Una de las balas impactó sobre el tablero de control, que explotó con un petardazo apagado y un leve olor a circuito chamuscado. Lucía trató de cerrar la puerta, pero el sistema mecánico había quedado absolutamente frito al reventar el tablero. Sintiendo la muerte en sus talones, Lucía se giró hacia el interior de aquella sala. Mientras lo hacía, una parte remota de su mente, que se esforzaba en recordar el significado del símbolo que campeaba sobre la puerta de seguridad, hacía sonar un timbre de alarma.

33

Madrid

Las escaleras de caracol temblaban bajo nuestros pies, a medida que íbamos subiendo hacia el tercer piso, en medio de crujidos nada tranquilizadores. Pequeños chorretones de óxido caían de las junturas a medida que los miembros del equipo íbamos subiendo tramo tras tramo. Daba la sensación de que aquella escalera ya era poco utilizada antes incluso del Apocalipsis, posiblemente a causa de su mal estado. Todas las superficies, hasta donde alcanzaba la vista, estaban cubiertas de una espesa capa de ceniza y polvo, que se levantaba a nuestro paso en forma de nubes blancas que nos hacían estornudar y que le daba un aspecto irreal y un tanto siniestro a la atmósfera. Alguien, un par de puestos por detrás, iba silbando entre dientes, nervioso. Era agobiante.

Finalmente llegamos a la tercera planta. Una puerta de emergencia, reforzada por una cadena de gruesos eslabones, nos cortaba el paso en aquel punto. Me dejé caer, sin resuello, sobre uno de los últimos escalones, al igual que la mayoría del grupo. El aire extremadamente seco, el calor generado por la bola de napalm y el polvo que se arremolinaba a nuestro alrededor nos provocaban una sed terrorífica.

Con manos torpes desenrosqué la cantimplora y pegué un par de tragos largos. Resoplando, le pasé la cantimplora a Broto, que había desplomado sus buenos ciento y pico kilos de peso a mi lado, haciendo trepidar toda la estructura. El informático bebió durante un largo rato. Fascinado, era incapaz de apartar mi mirada de su nuez, que subía y bajaba mientras se trasegaba media cantimplora como quien bebe un chupito. Finalmente tomó aire y me tendió de nuevo el recipiente, con un largo eructo y un sentido «gracias».

—¿Cómo vamos a abrir esa puñetera puerta? —me preguntó, tras un rato de agradable silencio.

—No tengo ni idea, pero no me cabe la menor duda de que Tank tendrá algo pensado —respondí, buscando inútilmente un cigarrillo dentro de mi bolsa. Recordé de repente que mi último paquete había quedado apoyado en uno de los asientos del SuperPuma que nos había llevado hasta allí.

—¡Atrás! ¡Todo el mundo atrás! —Uno de los legionarios desenrollaba un cable desde una sustancia plástica que uno de sus compañeros había colocado en torno al marco de la puerta hasta un punto situado un par de escalones más abajo. En aquel momento lo conectaba a una caja metálica del tamaño de un paquete de cigarrillos con un botón en la parte superior.

—¡Mierda! Esto va a hacer mucho ruido. Vámonos de aquí, colega —masculló por lo bajo Prit mientras ayudaba a Broto a levantarse. El catalán había enredado su mochila entre dos barrotes de la escalera y parecía un enorme caracol atascado, tratando inútilmente de liberarse. Con un tirón, lo levantamos entre los dos y abandonamos aquel descansillo.

Nos colocamos detrás del legionario que manejaba el detonador. Tras cerciorarse de que no quedaba nadie en el piso superior, el artificiero levantó el seguro del botón. Abrí un poco la boca, anticipándome a la explosión, tal y como me habían enseñado en el curso acelerado en las islas, para no dañarme los tímpanos.

Justo en ese instante sonaron un par de ráfagas de ametralladora en la parte baja de la escalera, junto con unos gritos excitados. Los No Muertos habían comenzado a subir y los de la parte trasera de la columna les estaban dando de lo lindo. Su posición era ventajosa, pero con tan poca munición como teníamos no podrían mantenerlos a raya mucho tiempo.

Algo por el estilo debió de pensar el artificiero. Con un movimiento de muñeca apretó el detonador. Una explosión sorda, apagada, y una nube de humo de olor químico nos llegaron desde la planta superior. Un trozo de cemento de considerables dimensiones salió disparado por encima de la barandilla, para caer sobre la masa de No Muertos de la plaza, pero eso fue todo, al menos por lo que podíamos ver desde allí.

—¡Hay que subir! —oí rugir a Tank desde el centro de la columna—. Los de delante, ¡moved el culo, cojones!

Prit y yo nos miramos. Como habíamos sido los últimos en bajar éramos los primeros de la fila, junto con el artificiero y el sudoroso informático. El resto se había olido la tostada y nos habían «cedido» amablemente la vanguardia, entretenidos como estábamos levantando a Broto. Menuda faena.

—Estamos jodidos, ¿verdad, colega? —pregunté, desolado, mientras me colocaba inconscientemente la parte superior del neopreno.

—Quién sabe —contestó el ucraniano con una sonrisa tensa en la cara, mientras revisaba por enésima vez el cargador de su HK—. Quién sabe… pero por si acaso, pégate a mi culo, ¿de acuerdo?

Y con paso decidido subió el último tramo de escalera, listo para entrar en el interior del edificio.

Acordándome de todos los muertos de Tank, subí yo también el último tramo de escalera pisándole los talones a Viktor. El descansillo estaba tal y como lo habíamos dejado apenas unos segundos antes, con la salvedad de que la puerta parecía haber sido arrancada de la pared por el puñetazo de un gigante. Donde antes habían estado los goznes tan sólo quedaban dos enormes agujeros de los que se desprendía una fina lluvia de hormigón y ladrillo triturado. La puerta yacía retorcida contra la barandilla donde un momento antes habíamos estado apoyados.

Prit se arrodilló frente al vano de la puerta, con el HK apuntado hacia el interior. Resoplando, me situé a su lado, esperando su siguiente movimiento. Tenía claro que el ucraniano sabría manejar la situación mucho mejor que yo.

—Ahí dentro está más oscuro que el culo de un grillo —resopló por lo bajo.

—Espera —repliqué, volviéndome hacia atrás—. ¡Broto! ¡Broto! ¡Me cago en la leche! ¡Broto! ¡Acércate hasta aquí, joder!

El catalán trotó hasta nuestra posición, dejando caer su fusil en el trayecto. Azorado, se detuvo a recogerlo de nuevo, golpeando entonces con su mochila al artificiero que estaba justo detrás de él. Un torrente de juramentos acompañó al pobre informático hasta nuestra posición.

—Eh, tío —le dije cuando se arrodilló a mi lado, apoyándole una mano en el hombro—. Procura tranquilizarte, ¿vale?

—Broto asintió con la cabeza, mientras sus ojos giraban desorbitadamente en todas direcciones. Estaba claro que en aquel preciso instante preferiría estar en cualquier otro lugar del mundo, en vez de en aquella mugrienta escalera.

—¿Tienes una linterna en tu mochila? —pregunté.

—S…s…s…sí —respondió Broto, revolviendo en su macuto. Tras una furiosa búsqueda, sacó triunfalmente una Polar Torch muy similar a la que yo había llevado conmigo hacía una eternidad, el día que me vi en la tesitura de escapar de mi casa, en Pontevedra, o quedarme allí hasta morir de hambre.

Agité la linterna, como de costumbre, y a continuación la encendí, apuntando hacia el interior del edificio. El humo y el polvo levantado por la explosión aún no se habían despejado por completo y miríadas de pequeñas motas bailaban alocadamente en el haz de luz que proyecté hacia el interior, reflejándose en un millón de direcciones.

De repente una sonora explosión sacudió la atmósfera y toda la escalera retembló con violencia, seguida de un crujido desgarrador, como si un gigantesco folio se rasgase en dos pedazos.

—¿Qué ha sido eso? —pregunté alarmado.

—Creo que han volado un tramo de escalera un poco más abajo —respondió Prit, tras echar un vistazo por encima de la barandilla. Al apoyarse en el tramo de hierro oxidado éste cedió con un gemido, soltando una nubecilla de óxido. El ucraniano retrocedió cuidadosamente, mirando con desconfianza todo el rellano.

—Toda esta mierda de estructura se puede venir abajo en cualquier momento, sin necesidad de más explosivos —afirmó mientras se acercaba a la puerta arrastrando nuestras mochilas—. ¡Salgamos de aquí antes de que sea demasiado tarde!

Viktor estaba en lo cierto. La vieja estructura, que ya amenazaba ruina antes de nuestra llegada, ahora se encontraba en un estado límite. El intenso calor del napalm y las vibraciones producidas por nuestro equipo al subir habían dejado la escalera al borde del colapso, pero la explosión para volar un tramo de escalones e impedir así el acceso de los No Muertos había sido la puntilla. Toda la estructura crujía y temblaba, a punto de derrumbarse, mientras chorros de polvillo de cemento caían por doquier.

—¡Vámonos de aquí! —aulló alguien por detrás, y aquel grito pareció espolear a los legionarios hacia la puerta. Creí reconocer la voz de Marcelo y la de Tank jaleando a sus hombres para que subiesen la escalera, pero no me quedé a comprobarlo.

Los pernos que sujetaban la escalera al edificio empezaban a saltar con un sonido metálico, transformados en peligrosos proyectiles metálicos de doce centímetros de longitud, y la situación empeoraba por momentos. Un tramo situado más arriba se soltó con un enorme estruendo y cayó rebotando a lo largo de varios pisos hasta estamparse contra el suelo, varias decenas de metros más abajo. Oí un aullido de dolor cuando alguien resultó alcanzado por un fragmento de acero, pero no pude distinguir de quién se trataba. La nube de polvo que ya nos envolvía no me permitía distinguir más allá de apenas medio metro.

Agarrando una manga de Broto, me lancé hacia el interior del edificio. Viktor nos seguía, brincando como un perdiguero, y justo detrás de él se apelotonaban dos docenas de aterrorizados legionarios, sobre la superficie tambaleante de la estructura. De repente todo el mundo quería ser el primero en entrar en el edificio.

El interior estaba oscuro como el fondo de un pozo a medianoche, pero maravillosamente fresco comparado con el exterior. Pese a la linterna, apenas podía ver nada a través del polvo. Broto se soltó de mi mano con un grito apagado, como si algo le hubiese alcanzado. Me giré a ciegas, palpando con mis brazos por delante, pero lo único que conseguí fue clavarme una esquina afilada en la ingle. Por un segundo me doblé de dolor, tratando inútilmente de respirar. Una sombra pasó a mi lado, empujándome al suelo, y una pesada bota tropezó con mi pierna. Alrededor todo eran gritos, imprecaciones y jadeos, pero el polvillo en suspensión no permitía ver absolutamente nada. De repente la escalera se desprendió por completo, con un rugido bestial que hizo temblar el edificio. Un segundo más tarde, el sonido de los cientos de toneladas de acero oxidado estrellándose en la plaza llegó a nuestros oídos, junto con el rugido de ira de los No Muertos. Con cierto consuelo, pensé que la estructura seguramente habría aplastado a varios cientos de esos malnacidos bajo su peso. Eso era como un vaso de agua en un océano, pero algo era algo.

Tosiendo, traté de incorporarme, mientras a mi alrededor se multiplicaban los gritos. Oí los rugidos de Tank impartiendo órdenes, y una voz que llamaba a gritos a un sanitario, pero por lo demás aquello era un guirigay de mil demonios.

Poco a poco Tank consiguió recuperar el control de la situación. Aquí y allá se fueron encendiendo diversas linternas y la habitación en la que nos hallábamos se llenó gradualmente de un brillo mortecino. Miré a mi alrededor. La primera imagen que me vino a la mente fue la de los bomberos del World Trade Center el 11-S. Todos y cada uno de nosotros estábamos cubiertos por una gruesa capa de polvo y ceniza y teníamos un aspecto fantasmagórico. La caída de la escalera había provocado que el falso techo de yeso de aquel cuarto se derrumbase sobre nuestras cabezas. Además, y por algún extraño motivo, el suelo estaba cubierto por una capa de fina ceniza de casi un palmo de espesor, y al entrar tan precipitadamente la habíamos aventado en la cerrada atmósfera del cuarto. Por el marco de la puerta apenas podía distinguir el tenue rastro de luz de la tarde que empezaba a caer sobre Madrid, en medio de aquella enrarecida atmósfera.

Tank comenzó a gritar nuestros nombres en voz alta. Cada vez que pronunciaba uno, un breve «sí» o un ahogado «presente» le respondía, entre una tormenta de toses y estornudos. Sin embargo, siete nombres no respondieron a la llamada. Sin duda, aquellos que estaban cerrando la retaguardia en la escalera ahora yacían muertos (o deseando estarlo) en el suelo de la plaza, deshechos entre los restos retorcidos de la estructura.

Prit se arrastró hasta mi lado, con sus enormes bigotes absolutamente blancos y una expresión de ansiedad en el rostro.

—¿Estás bien? —preguntó.

—Creo que no me he roto nada —respondí, mientras me palpaba todo el cuerpo.

—Estás sangrando —me indicó lacónicamente el ucraniano, mientras me señalaba la frente.

—¡Oh, vamos, no me jodas! —masculló por lo bajo, tras tocarme la cara y retirarla cubierta de algo color rojo brillante.

No había advertido hasta entonces que unas gotas de sangre caliente me chorreaban desde la cabeza. Algún trozo de yeso me debía de haber alcanzado en medio de la confusión y una pequeña brecha sangraba aparatosamente desde mi cuero cabelludo.

—Yo también estoy bien, gracias —dijo Broto amargamente, en medio de una nube de estornudos—, no hace falta que os preocupéis por mí.

—Lucía me va a matar —dijo Prit, sin hacer caso del informático, mientras me colocaba un apósito de emergencia en la cabeza—. Le prometí que te devolvería intacto, y tú te dedicas a romperte la cabeza nada más bajar del helicóptero. Eres un capullo —remató, dándome un puñetazo amistoso en el hombro.

A continuación se giró hacia Broto.

—¿De verdad estás bien? A ver, deja que te eche un ojo. —Agarró al informático por un brazo y lo acercó hasta él. Tras inspeccionarlo a gusto, le pasó su cantimplora.

—Enjuágate las fosas nasales y bebe un trago, pero uno tan sólo. ¿Me has entendido? —le dijo con tono ominoso—. No creo que encontremos muchas fuentes de agua en el interior de este edificio, así que será mejor que racionemos la que tenemos.

Broto no le prestó mucha atención, porque estaba tan asombrado como yo con lo que veían nuestros ojos en aquel momento. De hecho, no se le escapó la cantimplora de las manos de milagro.

—Prit —musité—, ¿qué coño es todo esto?

34

Tenerife

Lucía entró jadeando en un cubículo de poco más de dos metros cuadrados. Ni el suelo ni las paredes estaban cubiertos de azulejo, sino de un material sintético liso de aspecto mullido. Al fondo, una puerta con un ventanuco a la altura de la cara estaba cerrada a cal y canto, como comprobó Lucía tras intentar abrirla de forma insistente. Un pequeño banco metálico estaba adosado a la pared de la derecha. En la otra pared, un enorme pulsador rojo centelleaba de forma intermitente con un latido acompasado.

Lucía ni siquiera pensó en lo que hacía cuando apretó el botón de la pared. De repente, una luz rojiza se encendió sobre su cabeza, mientras una pequeña bocina eléctrica se activaba en algún lugar al otro lado de la puerta. Atemorizada, dio un paso hacia atrás, pero en ese preciso instante, otra puerta estanca, disimulada en la pared, se cerró detrás de ella, dejándola momentáneamente atrapada en aquel pequeño cuarto. Lucía sintió que sus oídos se taponaban cuando una bomba de aire selló herméticamente el interior de la sala. Antes de que le diese tiempo a preguntarse qué diablos estaba pasando, un puñetazo furioso en la puerta a su espalda la distrajo.

Se giró rápidamente. Aquella puerta era similar a la que conducía al resto del pasillo, y también tenía una pequeña ventana a la altura de la cabeza. Al otro lado del cristal, Basilio Irisarri la contemplaba, enrojecido, tratando de recuperar el resuello. El contramaestre gritó algo que Lucía no pudo oír. «Están aisladas por completo —pensó, fascinada—. No entra ni sale ningún sonido.»

El marinero le hacía evidentes aspavientos para que abriese la puerta.

—¡Oh, claro, no faltaría más! —dijo Lucía con amargura, y por toda respuesta subió la mano derecha hasta el ventanuco para a continuación levantar el dedo corazón.

Irisarri la contempló fijamente por un par de segundos, con una gélida mirada de escualo que dio paso de súbito a una expresión diabólica. Tras señalar acusadoramente a Lucía con el dedo índice, dio un paso atrás y revisó el HK que tenía en sus manos. A continuación, se lo llevó a su hombro y apuntó hacia la puerta.

—¡Mierda! —chilló Lucía, mientras se dejaba caer al suelo.

La puerta era tan sumamente gruesa que no podía oír los disparos, pero sin embargo sí que podía escuchar el golpeteo sordo de las balas al chocar contra la compuerta estanca. Incrédula, levantó la mirada. Al parecer aquella puerta no era tan sólo estanca, sino que también era blindada. Un feo arañazo en el cristal, justo donde había dado un proyectil, era todo lo que se podía ver. Con mucha cautela, Lucía se incorporó lentamente. Justo en ese instante una fina lluvia de un líquido con un fuerte olor a desinfectante comenzó a caer sobre ella desde unos aspersores situados en el techo. Al mismo tiempo, de unos conductos situados en la pared, otro producto químico vaporizado comenzó a fluir a presión, creando instantáneamente una nube de vapor denso dentro de la sala. Los ojos de

Lucía comenzaron a lagrimear al instante, mientras una sensación abrasadora le recorría la garganta.

«Ese cabrón me está gaseando», fue el primer pensamiento que le vino a la cabeza, pero la expresión perpleja de Irisarri al otro lado del cristal indicaba que no tenía nada que ver con aquello.

Parecía ser un sistema automático, que se había activado por sí solo o... «o se ha activado porque alguien ha sido tan estúpida como para apretar el botón de la pared sin pararse a pensar qué sucedería», se corrigió con rapidez.

Con un destello de comprensión, entendió que se había metido dentro de algún tipo de cámara estanca de descontaminación.

Lo siguiente que pensó fue que no llevaba puesto ningún tipo de traje bacteriológico.

Y que lo cierto era que no sabía si aquel gas que estaba respirando la podía matar.

Irisarri estaba al otro lado del cristal, con aspecto de estar a punto de sufrir un infarto. Con gesto irritado, el marinero había arrojado el HK, ya vacío, contra la puerta, mientras se giraba hacia el tipo pelirrojo.

El belga se acercó hasta la puerta y pegó su cara al cristal. Al principio no pudo ver nada excepto un montón de vapor. Finalmente divisó a Lucía, que le contemplaba impotente, acurrucada en el banco metálico de la pared, con los ojos irritados por las sustancias químicas que liberaban los aspersores.

Eric le dedicó una sonrisa que hubiese sido tremendamente tierna, de no haber sido por la expresión muerta y fría como el hielo de sus ojos. El belga sonreía raras veces (y eran pocas las personas que vivían mucho después de ver aquellas escalofriantes sonrisas), pero aquella tarde se lo estaba pasando condenadamente bien. De hecho, en los últimos diez minutos estaba acumulando tantas fantasías que pensaba que iba a poder pasarse días enteros masturbándose sin cesar. Atrapar a aquella gacela sería el colofón perfecto de la jornada.

Excitado, sintió la necesidad de pasar su lengua por el cristal de la puerta estanca. Una pequeña astilla levantada por el balazo se le clavó en la lengua y dejó un pequeño rastro de sangre sobre el vidrio, pero no se dio ni cuenta. Su mirada no se apartaba de Lucía, que hipnotizada como un conejo delante de una serpiente, no podía dejar de observarle, mientras sufría arcadas a causa de los desinfectantes.

Una sirena comenzó a ulular dentro del cuartucho, al tiempo que los aspersores dejaban de rociar líquido. Con los ojos entrecerrados a causa de la irritación, Lucía se levantó apoyándose en el banco. Un cambio de presión en sus oídos le indicó que la sala ya estaba despresurizada. Una de las puertas se había abierto (no la puerta por la que había entrado, afortunadamente), igualando la presión entre el cuarto y la sala adyacente.

Tambaleándose, se acercó a la puerta y penetró en el área interior. Amargamente, se dio cuenta de que ya recordaba el significado del símbolo de la puerta de entrada.

Significaba «peligro biológico».

Por primera vez en aquel largo día, se preguntó cuánto tiempo le quedaría de vida.

35

Madrid

—Eso… ¿Qué coño es eso? —murmuró Pauli a mi espalda, repitiendo la pregunta que le acababa de formular al ucraniano.

Las luces vacilantes de nuestras linternas iluminaban una sala que tendría unos treinta metros cuadrados. Esparcidos por el suelo yacían los restos de la escayola del techo, algunos medio enterrados en la gruesa capa de ceniza que cubría hasta el último rincón de la sala. Hundí la mano en aquella capa y deshice un poco entre los dedos. Era papel quemado, sin duda. Incluso en algunos puntos quedaban restos de hojas a medio carbonizar, aunque absolutamente ilegibles.

—Parece que aquí han quemado media Biblioteca Nacional, por lo menos —murmuré, mientras mi mirada se paseaba por las paredes, ennegrecidas por el humo, y los bidones metálicos esparcidos por la sala, donde sin duda alguien había llevado a cabo aquella tarea.

—Más bien da la sensación de una destrucción apresurada de documentos. De muchos documentos —apuntó Broto, mientras removía con el pie un montón de cenizas apiladas en una esquina—. O pasaban mucho frío, o alguien no quería que estos papeles quedasen al alcance del primero que pasase por aquí.

—No creo que a los No Muertos les interese mucho lo que pone un papel —apunté—. Ni creo que esos condenados sepan leer ni una sola letra, si a eso vamos.

—Supongo que quien haya quemado estos papeles pensaría que los No Muertos no serían los únicos que podrían pasar por aquí —replicó Pauli, incorporándose—. Y por lo visto, estaba en lo cierto. Nosotros hemos llegado hasta aquí, ¿no es verdad?

—Cierto. Hemos llegado hasta aquí —asintió Prit, y añadió en voz baja—: Otra cosa es que consigamos salir de una pieza.

—O que consigamos entrar —dije, mientras señalaba la enorme puerta de acero que se levantaba al fondo de aquella sala.

Era una puerta gigantesca, de más de dos metros y medio de altura y otro tanto de ancho, cruzada por unas barras de acero transversalmente. Parecía la puerta de una cámara acorazada («es la jodida puerta de una cámara acorazada», me corregí) que, de alguna forma, alguien había arrancado de la bóveda de un banco y había plantado allí, en medio de una gruesa pared de hormigón. Arrumbados de cualquier manera en una esquina, varios sacos de cemento y unos maderos abandonados parecían indicar que la pared de hormigón se había construido de forma precipitada poco antes de instalar la puerta.

—Convirtieron este edificio en un fortín. Me apuesto lo que quieras a que el resto de los accesos originales del edificio, o está tapiado por completo o tiene una puerta parecida a ésta.

Frente a la puerta, montando guardia a ambos lados, había dos nidos de ametralladoras abandonados, con sendas MG 3 idénticas a la que cargaba Marcelo apostadas entre sacos terreros. Los nidos estaban dispuestos de tal manera que cubrían a la perfección la puerta exterior por donde habíamos entrado. Era una enfilada perfecta. De haber estado defendida aquella puerta, habría sido casi imposible llegar hasta ella.

Tank se encontraba arrodillado en el suelo, con un plano del edificio iluminado por una linterna y desplegado frente a él. El alemán parecía tenso, pero con aire de tener la situación bajo control.

—Estamos aquí —decía en aquel momento a dos sargentos que le escuchaban atentamente en cuclillas—. Según los registros del Punto Seguro, el almacén de medicamentos está justo dos plantas más abajo. Las escaleras de acceso están aquí, aquí y aquí. —Su dedo bailó sobre tres puntos del mapa—. Dos de esos accesos están cerrados con media tonelada de hormigón, pero el otro sólo tiene una puerta.

—¿Y cuál es el de la puerta, mi comandante? —preguntó uno de los sargentos.

—Ni idea —replicó Tank—. No ha sobrevivido nadie que trabajase en este sector del edificio, así que no tenemos manera de saberlo.

—¿Qué había aquí? —dijo el otro sargento, mientras señalaba por encima de su hombro la enorme puerta de acero.

—En esta planta estaba reunido lo que quedaba del gobierno de la Comunidad de Madrid, junto con algunas unidades del 2.º Regimiento de Transmisiones del ejército —dijo Tank, tras revisar las anotaciones del plano—. Teóricamente fueron todos evacuados tres días antes de la caída del Punto Seguro, pero su convoy no llegó jamás a Barajas. Seguramente, están todos muertos.

—Mientras estaban aquí se protegieron rematadamente bien —replicó el mayor de los dos sargentos legionarios, un duro veterano que parecía tener bastante confianza con Tank—. ¿Cómo vamos a cruzar esa condenada puerta, mi comandante?

—Para eso está el chico —fue la respuesta de Tank, mientras señalaba al informático—. ¡Señor Broto! Señor Broto, la puerta no se va a abrir sola. Comience usted cuanto antes, por favor.

David Broto tragó saliva y se levantó respirando trabajosamente. Nervioso, se pasó una mano por la cara, dejando con sus dedos un rastro de ceniza que le hacía tener una cómica expresión de mapache. Acto seguido, extrajo de su mochila un ordenador portátil, junto con un largo cable y una caja de herramientas. Con gesto experto, desmontó con un pequeño taladro una tapa acoplada en la base de la puerta e introdujo por ella el cable conectado al portátil.

Una serie de caracteres comenzaron a correr por la pantalla a medida que Broto iba activando los programas del disco duro. Para mi sorpresa, en una esquina de la pantalla apareció de golpe una imagen de la maquinaria del interior de la puerta. «Es una cámara de fibra óptica», me dije, pasmado al contemplar cómo el «informático» la manejaba con una destreza fuera de lo común.

—¿Quién es este tipo, realmente? —le pregunté a Marcelo, dándole un codazo.

El argentino se encogió de hombros por toda respuesta, tan pasmado como yo. La voz de Tank, teñida de ironía, sonó a nuestras espaldas, sacándonos de dudas.

—El señor Broto es un auténtico experto en abrir puertas y romper sistemas supuestamente infranqueables. Era bastante probable que nos encontrásemos con esto —señaló con un gesto displicente la enorme puerta blindada—, así que pensamos que sería una buena idea «invitarle» a que viniese con nosotros. Es una suerte que estuviese viviendo en Tenerife, ¿verdad, señor Broto?

David enrojeció intensamente al oír esto, y agachó la cabeza un poco más, hasta quedar oculto tras la pantalla del ordenador. En aquella postura parecía una grulla a punto de poner un huevo demasiado grande.

—¿Y qué hacías exactamente en Tenerife, Broto? —preguntó Prit, con tono inocente. Viktor tenía el extraño don de hacer preguntas incómodas con una naturalidad pasmosa. Cualquiera pensaría al oírlo que lo suyo era simple curiosidad mezclada con muy poco tacto, pero yo sabía que el ucraniano estaba tomando nota mental de hasta el último detalle de todo. Era un perro demasiado viejo.

—El señor Broto llevaba viviendo en Tenerife desde hacía dos años y medio… En la prisión Tenerife II, concretamente —dijo Tank con voz pausada—. El último trabajo del señor Broto no salió todo lo bien que había planeado y bueno… El resto es mejor que se lo cuente él mismo, si tanto le interesa.

David Broto agachó la cabeza y farfulló algo incomprensible, mientras desviaba la mirada de nuevo hacia la pantalla del ordenador. Sonreí, pensando que en el fondo Prit y yo no éramos los únicos «voluntarios» que estaban allí a disgusto.

Tras quince minutos de tensa espera, durante los cuales Broto tan sólo se levantó para introducir un segundo cable por la abertura, finalmente el «informático» emitió un gruñido satisfecho y se incorporó. Con su mano derecha apartó el equipo de la puerta y con la izquierda tecleó una rápida sucesión de cifras en el panel de acceso de la puerta acorazada. Después, simplemente se apartó a un lado.

—Ya está abierta —dijo con voz calmada, pero en la que era inevitable percibir el tono de orgullo de un artista satisfecho por un trabajo bien ejecutado.

—¿Ya? —Tank se levantó—. Estupendo. Díez, Huerga, ustedes dos abran esa puerta. El resto, cobertura. Vamos a entrar.

Los dos soldados indicados se apresuraron a sujetar las enormes ruedas giratorias de la puerta y las movieron al mismo tiempo. Suavemente, y sin emitir más que un ligero maullido, la pesada puerta acorazada giró sobre sus goznes engrasados y nos dejó paso libre al interior de la última fortaleza del Punto Seguro Madrid Tres.

36

Tenerife

—¡Maldita sea! ¡No puedo ver a esa perra! —Basilio escrutaba el cristal, tratando de adivinar la figura de su presa. «¿Dónde cojones te has metido?», se preguntó, furioso, mientras su
cabeza trabajaba a toda velocidad. Aquella situación no le gustaba nada. El plan, tan cuidadosamente organizado, se estaba
yendo al carajo por momentos.

Quizá fuese porque estaban a bastantes metros de profundidad, pero ya hacía unos minutos que no se oían disparos en
la planta superior. No hacía falta ser muy listo para darse cuenta de que alguien había conseguido finalmente poner orden
en el caos y tranquilizar los gatillos fáciles. Sólo era cuestión
de tiempo que el cuerpo de guardia del control que habían
pasado bajase hasta allí a echar un vistazo y entonces estarían
atrapados sin remedio. La luz situada encima de la puerta se
puso en verde de golpe, acompañada de un pitido prolongado. Basilio cogió uno de los trajes bacteriológicos colgados a
un lado de la esclusa y se lo arrojó a Eric.

—Toma, ponte uno de éstos, y cuando acabes, ayúdame
a abrochar el mío —dijo mientras descolgaba otro—. Vamos a
entrar a por ella.

—¿Son realmente necesarios estos chismes? —preguntó Eric, con expresión recelosa en la cara—. ¿Qué diablos hay ahí dentro para tener que ponerse esto?

—Vacunas de la gripe y cosas de ese estilo —aventuró Basilio, mientras metía las piernas en su traje—. Aquí es donde fabrican medicamentos y hay todo tipo de mierdas químicas que pueden resultar peligrosas. Ya sabes. Ácidos, y todo eso.

—La zorra ha entrado sin traje —objetó Eric, aún no del todo convencido—.Y no he visto que haya caído desplomada al entrar.

—Haz lo que quieras —replicó Basilio, encogiéndose de hombros—. Pero si luego se te cae la polla a cachos, no digas que no te avisé.

Aquello pareció convencer definitivamente al belga, que con gesto resignado cogió el traje que estaba a sus pies. Sin una palabra más, los dos pistoleros se colocaron los engorrosos trajes de aislamiento. La estrecha visera del casco tan sólo les permitía tener un reducido campo visual, y además amortiguaba aún más el sonido. En el pecho llevaban un bolsillo adosado para colocar las baterías de los intercomunicadores, pero por más que buscaron no pudieron hallar las pilas en ninguna parte.

Por gestos, Basilio le indicó a Eric que entrarían sin ellas. No podían perder más tiempo. Una vez dentro de la esclusa de descontaminación, pulsaron el botón rojo adosado a la pared. En pocos segundos, la fina lluvia de productos desinfectantes los envolvió en una neblina de olor dulzón y pesado. Eric manoseaba nerviosamente la Beretta, mientras Basilio se lamentaba amargamente de no haber llevado más armas consigo.

Cuando la puerta se abrió, ambos pistoleros salieron en direcciones opuestas, cubriéndose mutuamente las espaldas. La estancia estaba aparentemente desierta. Una larga mesa cubierta de matraces y microscopios atravesaba la sala de una punta a otra. En una esquina, el parpadeo de un monitor bañaba con una luz tenue todo el cuarto. De fondo tan sólo se oía el suave zumbido de una centrifugadora en marcha, pero de la chica no había ni rastro.

Con un gesto, Basilio le indicó a Eric que comenzase a registrar la punta más alejada del laboratorio, mientras él avanzaba por la otra.

Sabía que la joven aún estaba allí. Lo sabía.

Pero su viejo instinto, que le había salvado la vida en más de una ocasión, le gritaba hasta enronquecer que algo no estaba bien en aquel laboratorio.

37

Madrid

El interior del edificio estaba oscuro, y olía a humedad, polvo y basura en descomposición. En grupos de tres y cuatro fuimos entrando lentamente a través de la puerta acorazada, mientras los focos de las linternas bailoteaban nerviosamente, apuntando en todas direcciones.

—¿Por qué diablos no tendremos gafas de visión nocturna? —gruñó Pauli, mientras se esforzaba en penetrar la oscuridad con sus ojos—. Se supone que somos una unidad de élite, y míranos, más ciegos que topos en un túnel.

—Cállate y vigila —replicó Marcelo, cortante—. Y dale plomo al primer pelotudo que veas.

No hacía falta que el argentino se lo recordase. Todos los miembros del equipo permanecían alerta, atentos al menor movimiento de un No Muerto en las sombras. Alguien tropezó con una papelera y la mandó rodando al otro extremo de la habitación de una patada. El cesto metálico rebotó contra un archivador con un estruendo que retumbó hasta en la última planta de aquel edificio dejado de la mano de Dios. Un siseo furioso surgió de la garganta de Tank, mientras se dirigía con la velocidad de una cobra a la posición del pobre desgraciado que había tropezado. Interiormente, me alegré de no estar en el pellejo de aquel tipo. Si no me equivocaba (y no creía hacerlo), Tank acababa de escoger al «voluntario» que tendría que ir abriendo camino por el interior de las oficinas.

El olor a cerrado era tan intenso que llegaba a ser mareante. Intrigado, observé que la mayor parte de las habitaciones que recorríamos habían sido adaptadas como oficinas. En casi todas ellas se acumulaban escritorios vacíos, ordenadores apagados y montañas de papeles cubiertos por gruesas capas de polvo.

Uno de aquellos despachos resultaba especialmente perturbador. Era un cubículo pequeño, con una mesa, una silla y un archivador, cubiertos casi por completo por pajaritas de papel. Era imposible contarlas, quizá hubiese tres o cuatro mil, de distintos colores y tamaños. En un primer momento me pareció sumamente gracioso (la imagen del funcionario ocioso zanganeando en su puesto de trabajo y haciendo pajaritas de papel todo el día brilló en mi mente durante un segundo), pero de repente sentí un escalofrío. Aquello no era el trabajo de un día, ni el pasatiempo distraído de un burócrata aburrido. Aquello era la obra obsesiva de un maníaco. Casi podía ver a un individuo encorvado a oscuras sobre la mesa, doblando folio tras folio, mientras su mente se sumergía en pozos cada vez más profundos.

Con un estremecimiento me aparté de aquella mesa. Me di la vuelta buscando el punto de luz de la linterna de Viktor, pero no pude ver nada.

Conmocionado, comprendí que me había separado del grupo y que estaba solo.

Procurando dominar el pánico que amenazaba con trepar desde mi estómago, salí de nuevo al corredor. Había llegado por la derecha, pero el corredor de la izquierda se bifurcaba en dos direcciones distintas. Mi sentido de la orientación nunca había sido especialmente bueno, y para ser sinceros, había dejado en manos de Viktor y de los demás legionarios la ruta dentro del edificio, mientras yo me limitaba a contemplar el panorama.

Maldiciendo por lo bajo, me detuve en la intersección. Me pareció oír un ligero ruido proveniente del primer ramal, algo que sonaba como un par de órdenes susurradas con tono imperativo. Tras revisar el seguro de la Glock, me deslicé por el pasillo hacia el punto donde creía haber oído las voces.

Por el camino tuve que sortear varios montones de envoltorios vacíos de raciones de emergencia del ejército. Había encontrado un buen número de ellos desde la misma puerta acorazada, pero cuanto más me internaba en el corazón del edificio, aparecían con mayor frecuencia.

Al doblar una esquina tropecé de golpe con el primer cuerpo. Era el cadáver de un hombre delgado, vestido únicamente con unos pantalones militares y una camiseta negra. En la camiseta llevaba dibujado el escudo de una unidad militar, en el que aparecía un puño sujetando un fajo de rayos y las palabras FIERI POTEST justo debajo.

Conteniendo la respiración, me agaché para revisar el cuerpo. A juzgar por el grado de descomposición, debía de llevar varios meses muerto. En la mano derecha sostenía un vaso de papel arrugado, y en su izquierda algo que no podía distinguir bien. Tratando de evitar las arcadas, le arranqué aquel objeto de la mano semidisecada. Era la foto de dos críos de unos cinco o seis años, que miraban sonrientes a la cámara mientras el viento les revolvía el cabello, en una brillante mañana en la playa.

Levanté la mirada y observé de nuevo el cadáver. No presentaba heridas de bala, ni cortes aparentes, aunque el estado del cuerpo era tan asqueroso que mi examen podría haber pasado algo por alto fácilmente. De lo que estaba casi seguro era de que el último pensamiento de aquel hombre no había sido para un oscuro pasillo, sino que antes de morir su mente había estado corriendo por una playa en una luminosa mañana de verano.

Apreté con fuerza la foto. Casi podía sentir el olor del mar y los chillidos de las gaviotas. Con un gesto reflejo me metí la fotografía en el bolsillo de la pernera, y continué caminando, procurando no perturbar el descanso de aquel cuerpo al pasar por encima de él.

Cinco metros más adelante, me encontré dos cuerpos más, también con ropa militar. Éstos se encontraban sentados a una mesa. Uno de ellos llevaba la camiseta con el mismo logo que el primer cuerpo, y también sostenía un vaso de papel en su puño, pero el otro llevaba puesto un uniforme completo de coronel. Sobre su pecho brillaban tres medallas, como joyas olvidadas en la tumba saqueada de un faraón. En su mano derecha reposaba una pistola reglamentaria, con el cañón aún manchado de la sangre que había volado contra la pared del fondo cuando aquel hombre se había saltado la tapa de los sesos.

Unas voces a lo lejos me sacaron de mi estupor. Me alejé de aquella escena macabra, siguiendo el reflejo de unas linternas al otro lado del enorme hueco central de ventilación del edificio. Con un suspiro de alivio, me di cuenta de que tan sólo me había equivocado en un giro. Avanzaba en paralelo al resto del grupo, pero por el lado opuesto del hueco de ventilación. Únicamente tenía que seguir avanzando pegado a aquella pared y girar a la derecha en el momento en que se terminase, y me tropezaría con mi grupo de frente.

Obsesionado con aquella idea, apreté el paso. No resulta agradable caminar a solas en plena oscuridad, pero esa sensación, en un edificio abandonado y lleno de cadáveres, era mil veces peor. Era como caminar por una casa encantada.

La imaginación comenzaba a jugarme malas pasadas, y por un par de veces estuve a punto de disparar contra mi propia sombra reflejada en las paredes. Cada poco rato oía susurros y roces de pasos, siguiéndome. En mi mente enfebrecida podía ver al soldado de las medallas levantándose de la mesa y siguiéndome a través de las habitaciones, con sus condecoraciones tintineando suavemente en su pecho, mientras estiraba sus manos descarnadas para agarrarme del cuello y arrastrarme de nuevo a la sala de la mesa, donde me obligaría a sentarme y tendría que permanecer con ellos para siempre...

El pánico comenzaba a invadirme. En aquel momento ya no andaba, sino que iba corriendo. Hasta entonces, había tratado de mantener el control de mi miedo, por una sencilla cuestión de orgullo. No quería quedar como un estúpido delante de todo el grupo («Mira, el gilipollas que se perdió nada más entrar en el edificio... un inútil que no es capaz de dar diez pasos sin cagarla. Tendrías que ver cómo gritaba de miedo cuando le encontramos»), pero en aquel momento ya me daba igual. Mientras corría empecé a llamar a voces a Pritchenko, a Tank, a Broto y a todos y cada uno de los miembros del grupo de los que podía recordar el nombre. Ya no me importaba quedar como un cobarde. Lo único que quería era no estar solo en medio de aquella oscuridad que olía a muerte, miedo y desesperación.

Si me hubiese fijado más, habría podido evitar el cuerpo, pero aturdido como me encontraba, no pude esquivarlo y tropecé con él. La puntera de mi bota izquierda se hundió en algo blando, que se pinchó con un suave «chooooofff» al tiempo que un olor indescriptiblemente nauseabundo me quemaba las fosas nasales. Caí sobre un costado, mientras el aire se escapaba de mis pulmones. La linterna salió disparada de mis manos, y resbaló dos metros antes de detenerse boca abajo junto a un montón de ropa apilada en el suelo.

Por unos segundos permanecí tumbado en el suelo, tal y como había caído, tratando de recuperar la respiración. Finalmente, me puse a gatas y arrastrándome me acerqué hasta la linterna, que sólo emitía unos breves rayos de brillo espectral. Mientras la recogía y la agitaba, musité una plegaria silenciosa, rogando a todos los dioses que no se hubiese roto.

Para mi satisfacción, el rayo de luz permanecía brillante y estable. Enfoqué al cuerpo con el que había tropezado. Era el cadáver de una mujer vestida de civil, enormemente hinchado por los gases de la descomposición. Mi bota izquierda había perforado su abdomen al tropezar con ella, y en aquel instante se vaciaba a ojos vista. Tenía un aspecto grotesco, como el de la muñeca hinchable de un perturbado mental. Asqueado, aparté la mirada, y al pasear el foco de luz por el resto de la habitación, el grito de horror que hasta aquel momento había conseguido contener, surgió de mi garganta de forma incontrolable.

38

Tenerife

Lucía no podía ver absolutamente nada. Sin traje protector, los productos químicos de la cámara de descontaminación le habían irritado tanto los ojos que apenas podía abrirlos un poco. «Quizá incluso me haya quemado las córneas —pensó aprensivamente, mientras caminaba entre brumas—, como si no tuviese ya suficientes problemas.»

Lo primero que percibió fue un tenue olor a ozono y el zumbido de fondo de las máquinas de reciclado de aire. Palpando, más que viendo, consiguió encontrar un fregadero en una de las paredes. Tras abrir el grifo se lavó los ojos con abundante agua. El ardor había disminuido bastante, y finalmente la joven llegó a la conclusión de que probablemente no se iba a quedar ciega, pero desde luego se había ganado a pulso una conjuntivitis de campeonato para los siguientes días.

Con la cara chorreando, levantó la cabeza. La esclusa estaba cerrada de nuevo, con la luz roja sobre la puerta encendida. Entre el vapor desinfectante, Lucía pudo adivinar dos figuras. Aquellos cabrones no se daban por vencidos.

El proceso de desinfección duraba apenas un par de minutos. Lucía había empleado algo menos de la mitad de ese tiempo en lavarse los ojos, así que no disponía de demasiado margen para decidir su siguiente movimiento. Con desesperación, descolgó un teléfono fijado en un soporte de la pared. El aparato, que no tenía botones, dio línea en cuanto lo descolgó, pero dondequiera que estuviese el terminal al otro lado no había nadie que lo atendiese en aquel momento. Frustrada, lo dejó a un lado, y su mirada se detuvo sobre una bandeja cubierta de material quirúrgico. De entre todo el material cogió un pequeño bisturí. No más grande que un cuchillo de postre, no parecía constituir una gran defensa, pero al menos era mejor que nada. Con él en la mano se sentía mucho mejor.

Una puerta al fondo de la sala le llamó la atención. Al abrirla, notó una suave corriente de aire hacia el interior. Un técnico de laboratorio le podría haber dicho que era una esclusa de presión osmótica, y que la diferencia de presión entre las habitaciones hacía que el aire siempre circulase hacia el interior, para evitar fugas. Sin embargo, Lucía no sabía nada de esclusas de presión y pensó erróneamente que aquello era su señal de salida.

«La corriente de aire debe significar que por alguna parte tiene que haber una ventana al exterior —se dijo, animada—. Otra salida.»

Confiada, cruzó el umbral. Un pasillo alumbrado por una serie de lámparas de luz ultravioleta se abría ante sus ojos, dando acceso a una serie de cuartos acristalados a uno de sus lados. En el primero de los cuartos, una persona sin traje de aislamiento estaba inclinada afanosamente sobre una mesa, moviéndose de forma torpe alrededor de algo que quedaba oculto por su cuerpo.

—¡Eh! ¡Oiga! ¡Necesito ayuda! —Lucía aporreó furiosamente la mampara de vidrio, mientras trataba de llamar la atención del técnico—. ¡Oiga! ¿Puede oírme?

El hombre de dentro de la sala se dio la vuelta al oír los

golpes y a Lucía se le congeló la sonrisa en la cara. El tipo tenía el rostro cubierto por una miríada de venas reventadas y una expresión vacía en los ojos que Lucía conocía demasiado bien. Era el rostro de un No Muerto.

Con un gemido, el No Muerto se abalanzó sobre el cristal con tanta fuerza que toda la estructura tembló. Aterrorizada, Lucía dio un paso atrás, esperando que el cristal cediese de un momento a otro, pero los diseñadores de aquel cubículo habían hecho un trabajo concienzudo, y la ventana resistió la andanada de puñetazos.

Una sirena comenzó a ulular muy cerca. La esclusa de entrada se acababa de abrir y sus dos perseguidores ya estaban en la sala contigua. Pasando de largo frente a los cuartos acristalados, Lucía siguió avanzando por el pasillo. Fascinada, observó que dentro de cada cubículo había uno o dos No Muertos en diverso estado de deterioro. En uno de los habitáculos había un No Muerto atado a una camilla que tan sólo tenía la cabeza y el torso. En otro, media docena de cabezas flotaban en botes de formol sobre una repisa. Para su espanto, al pasar por delante de aquellos botes, las cabezas abrieron los ojos y la siguieron con miradas furiosas y movimientos inconexos de las mandíbulas.

La puerta del fondo daba paso a otro laboratorio similar al del primer cuarto. Con el corazón palpitando salvajemente Lucía se dio cuenta de que aquella última puerta disponía de un cerrojo por su parte interior. Empujando con todas sus fuerzas, cerró la puerta tras ella y a continuación echó el cerrojo.

Se alejó de la puerta caminando rápidamente de espaldas. De golpe, su cadera tropezó contra una silla que un técnico descuidado había dejado en medio de la sala. Sorprendida, trató de no perder el equilibrio. Por un segundo tuvo la sensación de que lo iba a conseguir, pero había retrocedido a demasiada velocidad y llevaba demasiado impulso. Lanzó su mano izquierda a la desesperada hacia una consola de control cercana, pero sus dedos resbalaron por encima de los botones, apretándolos al azar mientras caía. El bisturí que sujetaba en la mano derecha trazó un amplio arco contra su propia pierna y dejó una fina línea sobre una de las perneras de su uniforme blanco de enfermera, que inmediatamente empezó a teñirse de rojo.

—¡Aaaay! ¡Joder! —El grito de dolor se le escapó mientras maldecía su torpeza. La hoja del bisturí, pequeña pero muy afilada, había hecho un fino corte a lo largo de su muslo. No era excesivamente profundo, pero sangraba aparatosamente.

Un ruido sordo sonó del otro lado de la puerta. Cojeando y maldiciendo, Lucía se incorporó todo lo rápido que pudo, apoyándose en la consola de control. Cuando sus ojos estuvieron a la altura de los botones que acababa de apretar accidentalmente, se detuvo, horrorizada, al leer lo que decía una placa atornillada en una esquina.

La placa ponía SISTEMA DE APERTURA DE CELDAS. Y el gruñido ahogado que se oía al otro lado de la puerta le dijo exactamente qué celdas se acababan de abrir a causa de su torpeza.

39

Madrid

El grito de horror se ahogó en mis labios, al quedarse sin aire mis pulmones. Demasiado impresionado por lo que veía, se me había olvidado respirar durante unos segundos.

Aquel cuarto era un enorme mausoleo, el escenario escogido para el acto final de una película con un desenlace terrible.

Repartidos por todas partes, en grupos de dos, tres o más individuos, docenas de cuerpos alfombraban aquella habitación. La mayoría estaban tan hinchados como el cadáver con el que había tropezado al entrar, pero unos cuantos estaban totalmente resecos, como momias deshidratadas tras miles de años enterradas en el desierto. Había mujeres y hombres casi a partes iguales, la mayoría civiles, pero unos cuantos vestían uniformes militares. Todos los cuerpos sujetaban en sus manos un vaso de papel arrugado como el que ya había visto en dos de los cadáveres anteriores.

—¡Estás aquí! —La voz familiar de Viktor Pritchenko sonó a mi espalda, mientras el ucraniano entraba como un cohete en la sala, seguido por dos legionarios, que se detuvieron de golpe al ver el espectáculo.

—¿Cómo diablos has llegado hasta aquí? —preguntaba el ucraniano, mientras me palpaba todo el cuerpo, para asegurarse de que estaba de una pieza—. Si no llega a ser porque te oí gritar como un loco nunca te habríamos… —La última palabra de Prit se quedó flotando en el aire, cuando contempló la escena al levantar los ojos.

—¿Qué diablos…? —dijo uno de los legionarios.

Una terrible sospecha empezaba a tomar forma en mi mente. Apartando con extrema precaución un cuerpo, me acerqué hasta una mesa situada en medio de la sala. Sobre la misma reposaba una enorme tartera militar, con docenas de botellas de refresco vacías a su alrededor. Al acercarme más pude ver que debajo de la mesa había otras dos botellas de cristal, más pequeñas, que habían rodado hasta allí. Cogí una de ellas y la iluminé con mi linterna. Una sonriente calavera con dos tibias cruzadas, impresa sobre fondo naranja, me contemplaba imperturbable, justo por encima de una fórmula química y el logotipo del hospital. Sobre esta etiqueta alguien había rotulado a mano «ácido cianhídrico».

—Suicidio colectivo —murmuré mientras dejaba caer la botella en el interior de la tartera.

Los restos de líquido que pudiesen quedar allí se habían evaporado hacía mucho tiempo, pero no me cabía la menor duda de que en algún momento aquella tartera estuvo llena a rebosar de refresco mezclado con el potente veneno.

—Pero ¿quiénes son? ¿Y por qué? —se preguntó Viktor, perplejo.

—Supongo que son los últimos supervivientes del gobierno de la Comunidad de Madrid. Tank dijo que su convoy de evacuación nunca llegó a Barajas. —Mi mirada se paseó por aquellos cuerpos, sucios y delgados, vestidos de traje y corbata—. Lo más probable es que su convoy de evacuación no llegase a salir nunca de aquí. Se olvidaron de ellos.

—Joder —silbó entre dientes el mismo legionario que había hablado antes—. Vaya marrón. Tuvo que ser una putada enorme para ellos descubrir que todos los convoyes habían salido.

—Supongo que se sentían tan seguros dentro de su búnker que ni se les ocurrió echar un vistazo al exterior hasta unos cuantos días más tarde. —Me detuve al lado del cadáver de una mujer de mediana edad, sentada en un carísimo sillón, con los brazos caídos a los lados y la cabeza apoyada en la barbilla. Iba elegantemente vestida, y de su cuello colgaba un costosísimo collar de perlas, parcialmente cubierto por una media melena rubia, sucia y apelmazada. Estaba casi seguro de saber de quién era aquel cuerpo. Antes del Apocalipsis la había visto en la prensa en infinidad de ocasiones. Me estremecí.

—Estaban abandonados a su suerte, sin apenas armas ni provisiones —continuó Prit, siguiendo el hilo de mis pensamientos—. Podían escoger entre arrojarse a la multitud de No Muertos de ahí fuera, o morir de hambre lentamente. Los más valientes seguramente se arriesgaron a salir. —El ucraniano chasqueó la lengua, pensativo—. Por lo visto, los que decidieron quedarse escogieron una tercera vía más rápida y menos dolorosa para escapar de su situación.

—Tenían equipos de radio —objetó el otro legionario, señalando una enorme emisora militar apoyada en una esquina, entre dos cuerpos—. ¿Por qué no la usaron para pedir ayuda?

—No hay corriente, chico —replicó Prit, mientras señalaba con la linterna las luces apagadas del techo—. Probablemente se dieron cuenta de que algo iba mal cuando los generadores se quedaron sin combustible y se apagaron.

Por un momento guardamos silencio, imaginando la terrible angustia que tuvo que asaltar a aquella gente en sus instantes finales. La entrada de Tank, acompañado de los otros siete supervivientes del grupo, rompió el tenebroso hechizo.

—¡Hemos encontrado las escaleras! —dijo el alemán, nada más entrar en la sala. Por un instante se quedó mudo, mientras contemplaba la escena. Incluso él, con toda su flema germánica, palideció un tanto al ver aquella antigua mortandad. Finalmente, parpadeó e hizo un gesto cansado—. Vamos, señores, que aún tenemos que bajar dos plantas. Esto todavía está a medio hacer.

Tank se giró y salió de la sala, sin decir ni una palabra más. Con resignación, le seguimos lentamente. El ambiente opresivo del interior de aquel edificio estaba empezando a perturbar el espíritu de todo el equipo.

Las escaleras estaban situadas en una esquina del hueco central de ventilación. Habían sido cerradas con el expeditivo método de pasar unas gruesas cadenas por la parte interior de la puerta antiincendios. Mi mirada se cruzó con la de Viktor al ver aquello. Era exactamente el mismo sistema que habían utilizado en Vigo para atrincherar el Meixoeiro. Por un breve instante me imaginé que algún chupatintas de defensa había redactado en su día un protocolo de comportamiento en caso de invasión de No Muertos que incluía el atrincheramiento en edificios públicos. Me hubiese encantado poder tener unas palabritas con aquel genio para contarle lo bien que había resultado su propuesta.

Marcelo se adelantó con unas cizallas y con una facilidad insultante cortó la cadena. Acto seguido, se echó a un lado, mientras uno de los grupos de tres soldados cruzaban la puerta. No pasó más de un segundo antes de que oyésemos un único disparo al otro lado de la puerta, seguido de un grito de «¡Despejado!».

Cruzamos la puerta que daba a las escaleras. Al pie del tramo en el que estábamos, yacía el cuerpo de un No Muerto con la frente sangrando por una herida de bala. Tragué saliva, mientras apretábamos el paso.

Si a aquel lado de la puerta había un No Muerto, eso quería decir que seguramente habría más.

Muchos más.

40

Tenerife

Por un clavo, el reino se perdió.

Por un accidente estúpido, provocado por el pánico de una chica aterrorizada que trataba de salvar su vida, el caos salió de la caja de Pandora una vez más.

Pero en aquel momento nadie, ni siquiera sus protagonistas, eran conscientes de ello.

Ni lo serían.

Eric y Basilio Irisarri recorrieron rápidamente el primer laboratorio, escrutando al pasar hasta el último rincón. Al llegar a la puerta situada al fondo, Basilio le hizo señas a Eric para que se pusiera frente a ésta. Con un mudo gesto de asentimiento, el pelirrojo se colocó a dos metros de la puerta, sujetando la Beretta con las dos manos. Irisarri, por su parte, se acercó cauteloso al pomo y se pegó a la pared. Si aquella maldita chica les esperaba agazapada al otro lado, tratando de sorprenderlos con algo, se iba a quedar con las ganas.

Alzó sus ojos hacia el belga y levantó tres dedos. Con su mano derecha sobre el pomo, contó mentalmente tres segundos y a continuación le dio un fuerte tirón, apartándose de un salto.

Un montón de cosas empezaron a suceder en muy pocos segundos. La primera fue que alguien totalmente desnudo salió disparado como un obús nada más abrir la puerta («algo, no alguien», se corrigió Eric, totalmente aterrorizado, al contemplar al No Muerto que iba hacia él). En ese momento el belga cambió la agradable y cálida sensación de excitación sexual que disfrutaba por un miedo frío y pegajoso. Con los ojos desorbitados, levantó la Beretta e hizo dos rápidos disparos a bocajarro contra el No Muerto.

El primer proyectil atravesó el cuello de la criatura, liberando un espeso chorro de sangre negra. El segundo disparo le acertó en medio de la cara, dejando un enorme boquete sanguinolento donde hasta hacía un segundo había estado su nariz. El No Muerto se derrumbó como un fardo, pero Eric no tuvo oportunidad de relajarse, ya que otros tres salían en tromba por la puerta.

Maldiciendo en francés, el pelirrojo comenzó a retroceder, mientras volvía a disparar su arma, a pocos metros de las criaturas. Un chorretón de sangre salió como un surtidor de la cabeza abierta de uno de los No Muertos (un africano enorme, de más de dos metros) y salpicó la visera plástica del casco de su traje de aislamiento, cubriéndolo por completo. Eric pasó la mano enguantada por la visera, pero el resultado fue aún peor, ya que la empañó del todo.

Una mano como una garra le sujetó el brazo. A ciegas, el belga se giró y descargó un golpe seco con el codo contra alguien (algo) mientras disparaba a ciegas contra otro bulto que se le acercaba. De repente notó cómo alguien (algo) le aferraba una rodilla desde atrás y justo al mismo tiempo un dolor intenso, como una quemadura, le subía desde la pantorrilla.

Girándose, el belga disparó dos veces contra el No Muerto que, después de rodear la mesa, le había sorprendido por la espalda. El sudor corría a chorros por su cara, y la temperatura dentro de aquel condenado traje aislante parecía haber aumentado un millón de grados, más o menos. Además, la maldita visera empapada de sangre no le permitía ver más que un estrecho ángulo justo enfrente de él, de ahí que aquel cabrón hubiese podido sorprenderlo desde atrás.

Un aullido desgarrador le heló la sangre. Arrinconado contra una esquina, Basilio Irisarri, desarmado, se enfrentaba a dos No Muertos que le acosaban simultáneamente. El contramaestre, con los ojos inyectados en sangre, lanzaba unos puñetazos que hubiesen podido matar a un buey. Los No Muertos no sólo no hacían el menor gesto por esquivar los mazazos, sino que ni siquiera parecían notar su efecto.

Irisarri lanzó un demoledor *uppercut* contra el No Muerto de su derecha. La mandíbula de la criatura chasqueó como un cepo oxidado y fragmentos de dientes rotos volaron por el aire. El otro No Muerto aprovechó el momento en el que el marinero tenía el brazo extendido para clavar sus dientes en el antebrazo de Basilio. Los colmillos de la criatura perforaron fácilmente el delgado plástico del traje aislante y la fina camisa de algodón del disfraz de enfermero.

Basilio se giró como un tornado y le sacudió una patada demoledora que hubiese merecido la aprobación del mismísimo Chuck Norris. La criatura, caída como una tortuga boca arriba, trató de levantarse de manera torpe, mientras masticaba con fruición un fragmento del bíceps de Irisarri que había quedado en su boca.

—¡Eric! —El grito de Basilio era desgarrado—. ¡Ayúdame de una puta vez, joder!

El belga, con una expresión ausente en el rostro, disparó contra el No Muerto del suelo. La criatura murió del todo con la mandíbula a medio cerrar y un trozo del brazo de Irisarri asomando de su boca, como una pequeña lengua rosada y juguetona. Aquella imagen, incluso en medio de aquella situación, arrancó una sonrisa sádica del rostro del pelirrojo.

Los dos últimos No Muertos estaban en ese momento totalmente volcados sobre Basilio, y uno de ellos (o el propio Basilio, esto Eric nunca lo sabría) le había arrancado el casco del traje. El belga disparó dos veces sobre uno de ellos, que se derrumbó como un monigote de trapo, pero el otro fue más rápido y clavó sus dientes en el cuello del contramaestre. Con un rugido ahogado, Basilio Irisarri hizo un último esfuerzo y lanzó el cuerpo de su agresor por encima de la mesa, arrastrando a su paso un montón de probetas, matraces y microscopios que se estrellaron en el suelo con un estruendo enorme.

Eric aprovechó ese momento para vaciar las dos últimas balas de su Beretta sobre el cuerpo retorcido del No Muerto. Con la velocidad de una cobra se giró de nuevo, pero ya no quedaba nadie en pie en el laboratorio, excepto él. Un total de seis No Muertos yacían en el suelo con las cabezas reventadas por sus disparos.

Basilio Irisarri se había dejado resbalar lentamente y yacía sentado en el suelo, con la espalda apoyada contra la pared. Eric observó fascinado cómo de la herida de su cuello salían chorros de sangre a impulsos regulares, cada vez que el corazón de Basilio latía.

—Eric… —La voz de Basilio sonaba extrañamente encharcada. Un grumo de sangre roja asomaba de su boca y le resbalaba por la comisura de los labios hasta el cuello, donde se fundía con el reguero que salía de entre sus dedos apretados—. Eric… Ayúdame a levantarme… no puedo… Eric…

El belga se señaló el casco del traje y por signos le indicó que no le oía. Luego meneó la cabeza y levantó la mano despidiéndose de Irisarri.

—No… puedes… cabrón… —gorjeó Basilio—. Sácame…

—No te puedo oír bien, Basilio —dijo Eric desde dentro del casco—. Y no sé si tú me oyes bien a mí, pero esto ha dejado de ser divertido. Estoy cansado, estoy caliente, me apetece una cerveza fría, y opino que esa zorrita tuya debe de haber sido devorada por estas bestias... Además, por si no te has dado cuenta, creo que te estás muriendo, ¿sabes?

El corpulento contramaestre le miraba fijamente desde el suelo, sin decir nada. A cada latido de su corazón, un puñado de vida se le escapaba por la espantosa herida del cuello. Eric chasqueó los labios, y sacudió de nuevo la cabeza.

—Tengo que irme, amigo —dijo mientras se agachaba y colocaba la Beretta descargada en la mano libre de Basilio sin dejar de parlotear alegremente—. No quiero que pienses que me largo sin más, o que no me preocupo por ti, en serio. Te dejo esto de recuerdo. Cuando alguien llegue aquí, es mejor que piensen que *tú* eres el responsable de este estropicio, y no yo.

Miró a su alrededor, con la expresión apenada de alguien que ve el jardín de su casa arrasado por una noche de juerga loca.

—Saluda a Satanás de mi parte, viejo —dijo, dedicándole una última mirada a Basilio antes de girarse y volver hacia la esclusa de descontaminación. Cuando pulsó el interruptor de apertura, oyó el chasquido apagado del percutor de la Beretta. Se giró y vio cómo Basilio, haciendo un último esfuerzo, había levantado la pistola y le apuntaba directamente. El antiguo contramaestre contemplaba la pistola descargada de su mano con la expresión derrotada de alguien que acaba de descubrir que le han estafado.

—Somos bestias rabiosas, Basilio —dijo Eric con voz queda, aun sabiendo que el agonizante marinero no podía oírle—. Nos volvemos unos contra otros a la mínima oportunidad, pero no podemos evitarlo. Mira incluso estas putas islas... ¿Qué es lo primero que hicieron los supervivientes cuando se organizaron? ¡Empezar a matarse entre ellos! ¡Estamos al borde de una puta guerra civil, si crees lo que dicen los medios! Estos malditos monstruos nos han robado la poca humanidad que nos quedaba... ¡Así que tú al menos podrías intentar morir con dignidad, joder!

La puerta se abrió a sus espaldas. Haciendo una parodia de saludo militar se metió dentro de la cabina. Los ojos de Basilio, nublados por la muerte, le siguieron, cada vez más desenfocados. Su cerebro, sin oxígeno, se moría, pero por sus venas ya corrían millares de diminutos seres que aprovechaban el calor de su cuerpo agonizante para multiplicarse de forma explosiva.

En pocas horas, cuando fuesen suficientes, harían que Basilio se levantase una vez más. Pero Eric Desauss no estaría allí para verlo, si de él dependía.

El belga apretó el pulsador de la cabina e inmediatamente el chorro de desinfectante le envolvió por completo. Cuando el líquido se coló por el agujero abierto en su pantorrilla sintió una intensa sensación de ardor. Conmocionado, comprobó que tenía un enorme agujero en la pernera del traje, con los bordes chorreando sangre. Con los dedos torpes levantó el jirón de plástico hasta dejar a la vista una serie de hendiduras regulares.

—Ha sido uno de esos putos cristales al romperse —se dijo a sí mismo, sintiendo que el sudor se le helaba sobre la piel—. Sí, eso tiene que haber sido. El último cabrón voló sobre la mesa y rompió un millón de esos tubos de cristal al pasar. Seguro que alguno salió disparado y me rajó la pierna, eso es.

—Su voz no sonaba tan segura como le hubiese gustado, pero al menos, al oírse, se relajó un poco.

Respirando algo más tranquilo, Eric aguardó pacientemente a que terminase la ducha desinfectante. Cuando la luz roja se apagó, el belga empujó la puerta exterior y salió de nuevo al pasillo que daba acceso a los laboratorios. Sin sacarse el traje, se coló por el hueco de la puerta de seguridad, que Basilio había reventado a disparos, y se alejó andando tranquilamente del laboratorio arrasado.

Unos metros antes de llegar a la garita de control se cruzó con un grupo variopinto de guardias civiles y militares que venían a la carrera.

—¡En el laboratorio! —señaló con su brazo hacia el punto de donde venía—. ¡Un tipo con una pistola y una chica! ¡Han entrado disparando a todo el mundo! ¡Yo he podido escapar, pero aún queda gente dentro!

—Mierda, el zoo no, por favor. Que no hayan llegado al zoo —murmuró el militar de más graduación mientras palidecía—. ¿Usted está bien, doctor?

—Una bala casi me da debajo de la rodilla —mintió Eric con soltura, mientras señalaba su pierna ensangrentada—, pero sólo es un rasguño, creo. Será mejor que algún compañero le eche un vistazo cuanto antes…

—Por supuesto, doctor, vaya hasta el piso de arriba cuanto antes para que le miren eso. Los froilos montaron un buen follón, pero la cosa ya se ha calmado —replicó el militar, dando por zanjada la conversación—. Vamos allá, pero con mucho cuidado. Si tan sólo una de las puertas del zoo está abierta, disparad primero y preguntad después, ¿entendido?

El grupo se alejó trotando hacia el laboratorio. Con una sonrisa satisfecha, Eric se sacó el casco del traje de aislamiento y por fin pudo apartarse de su rostro los mechones de pelo empapados en sudor. Al pasar por el puesto de control dejó el traje apoyado sobre el mostrador y cruzó cojeando el arco detector de metales. La condenada herida de la pierna le dolía cada vez más, y notaba cómo latía a cada paso que daba.

Dos minutos después, Eric atravesaba las puertas del hospital, convertidas en un caos absoluto, con docenas de militares entrando y saliendo y colas enormes de enfermos amontonados en pijama sobre la acera. Silbando entre dientes, se alejó hacia el centro de la ciudad, arrastrando ligeramente la pierna derecha al andar.

«Quizá sea una buena idea desinfectarla al llegar a casa», pero al instante se corrigió: «Qué diablos, tan sólo es una mierda de corte». «No es una mierda de corte y lo sabes perfectamente bien, gilipollas. Es una puta mordedura —aulló la parte razonable y lógica de su mente— y si fueses sabio te pegarías un tiro ahora mismo, desgraciado.»

«No, seguro que sólo es un corte. Recuerdo perfectamente cómo me corté con uno de aquellos cristales», se dijo a sí mismo, tajante, mientras sacudía la cabeza.

«¡Estás mintiendo, estás mintiendo! —aulló la vocecilla, pero esta vez de forma mucho más débil (Eric llevaba oyendo voces en su cabeza desde los catorce años y había aprendido a no escucharlas)—. Puede esperar un rato.»

Eric se dio cuenta en ese preciso instante de que antes de ir a casa, lo que deseaba desesperadamente era un trago. Parecía una idea muy buena. Qué cojones, era una idea colosal. Era la madre de todas las Geniales Ideas Brillantes de la historia.

Quizá un par de copas le calmasen el dolor de la pierna, donde millones de pequeños cayados de pastor se multiplicaban en aquel preciso instante, aunque él no los pudiese ver.

Y puede que de paso acallasen aquellas jodidas vocecitas que gritaban en su cabeza y que no le dejaban pensar con claridad.

Y además, quizá deshiciesen la bola de hielo en que se habían transformado sus testículos.

Qué coño, valía la pena intentarlo.

Por un clavo, el reino se perdió.

Por sólo un clavo. Un único y jodido clavo.

41

Madrid

Las plantas inferiores del edificio eran un caos, comparadas con la serenidad sepulcral de la planta-búnker por donde habíamos entrado. Aquella parte no había sido transformada de forma apresurada en un centro de mando, como otras plantas, sino que aún presentaba la estructura y aspecto original del hospital. Viktor y yo caminábamos en silencio, hombro con hombro, mientras en nuestras cabezas se agolpaban los recuerdos del día en que nos colamos, exhaustos y casi agonizantes, en el hospital Meixoeiro. Era como volver a la escena del crimen.

Nuestro pequeño grupo se abrió camino rápidamente. Tan sólo nos deteníamos en algún punto para que Tank pudiera echar un vistazo apresurado a su plano del edificio y a continuación seguíamos adelante a toda velocidad. De vez en cuando nos cruzábamos con algún No Muerto, pero los soldados de la parte delantera los iban abatiendo con una eficacia letal. Viktor y yo contemplábamos el espectáculo desde el centro del grupo, sin tener que llegar a utilizar nuestras armas ni en una sola ocasión.

Finalmente, tras cruzar el último pasillo llegamos a la puerta del almacén médico. Sabiendo lo valiosos y escasos que eran los medicamentos, me había figurado que sería una pesada puerta blindada, pero lo cierto es que se trataba de una simple puerta doble de madera con un cerrojo sencillo que parecía poder caer de una simple ojeada. El soldado que iba en cabeza le arreó una patada sin contemplaciones y la puerta se abrió de par en par.

El interior era una amplia sala, con hileras de estanterías ordenadas donde se acumulaban miles de cajas de medicamentos.

—¡Esto es enorme! —protesté—. Aquí debe de haber toneladas de medicamentos… ¡No podemos llevarnos todo esto!

—No queremos llevarnos todo —replicó Pauli mientras pasaba velozmente a mi lado—. Tan sólo necesitamos los que figuran en la lista del comandante.

—Y los reactivos —añadió Marcelo, mientras revisaba a toda velocidad una estantería y me lanzaba un bote de plástico que pillé al vuelo—. Eso es lo más importante.

—¿Reactivos? ¿Para qué? —pregunté confundido, mientras llenaba a toda prisa mi mochila con las cajas y botes que Marcelo me iba pasando a toda velocidad.

—Son elementos imprescindibles para poder fabricar nuestros propios medicamentos en Tenerife —me explicó—. Cuantos más de estos botes nos llevemos, más tardaremos en volver a la península para conseguir medicamentos.

—Entonces creo que es una idea estupenda —dijo Prit sacudiendo entusiasmado sus bigotes mientras hundía cajas y más cajas en el fondo de su mochila.

No tardamos más de quince minutos en llenar las mochilas de medicamentos y de principios activos. Por lo que pude ver, en la lista había de todo un poco: antibióticos, opiáceos, estimulantes y un montón de cosas que no podría decir qué eran. Para ganar espacio habíamos sacado los medicamentos de sus cajas, y un montón de cartones vacíos alfombraban el suelo de la farmacia. Sentado como un buda sobre uno de los montones, David Broto iba sacando cajas de un enorme cesto, y tras examinarlas por un momento las desechaba lanzándolas por encima de su hombro. Finalmente dio un grito de alegría, al encontrar lo que estaba buscando.

—¡Estupendo! ¡Ya pensaba que no iba a encontrar de éstas! —Se levantó de un salto y se acercó hasta nosotros, desenroscando la tapa de un bote. Sacó un par de pastillas de un color blanco anodino y se metió una en la boca con un inconfundible gesto de satisfacción. A continuación, me ofreció el frasco.

—¿Quieres? —me dijo—. Creo que nos pueden venir muy bien.

—¿Qué son? —pregunté con desconfianza.

—Metanfetaminas —replicó Broto, guiñándome un ojo—. Sin sueño, sin hambre, sin sed, y con los sentidos más alerta que un indio apache. La bomba, amigo.

No quería ningún tipo de drogas en mi organismo, así que negué con la cabeza, pero Prit se adelantó y sacó un par de pastillas del bote con gesto decidido. Se puso una de ellas en la boca y me alcanzó la otra a mí.

—Tómala —me dijo, con expresión seria—. Y déjate de estupideces. Cualquier ayuda en estos momentos nos viene genial, incluso aunque sea dopándose. No sabemos cómo vamos a pasar las próximas horas.

Comprendí la lógica del ucraniano y me tragué la píldora que me ofrecía. No noté ninguna sensación en el momento, pero supuse que los efectos tardarían un rato en aparecer.

Me levanté, mientras me colocaba la mochila en la espalda. Pesaba bastante más de lo que había pensado y resoplé cuando Prit me pasó la linterna y la Glock que había dejado apoyadas descuidadamente en el suelo.

—Esto pesa una tonelada —protesté—. Voy a estar sudando como un toro dentro de cinco minutos.

—No seas gallina —dijo alegremente Viktor, mientras se echaba al hombro su mochila, tan llena como la mía—. Mi tía Ludmila levantaba todas las semanas cuarenta o cincuenta sacos de patatas de este tamaño en la procesadora del koljós donde trabajaba… Claro que mi tía Ludmila pesaba ciento quince kilos, tenía un ojo de cristal y era fea como una pesadilla… —apostilló pensativamente el ucraniano, que sin ningún tipo de pausa se lanzó a contar una delirante historia sobre su tía Ludmila, un pajar incendiado y una vaca lechera atrapada en un pozo de barro.

Escuchando el parloteo incansable de Viktor sobre su familia, me pregunté si aquello sería un indicio de que la metanfetamina empezaba a hacerle efecto. Recé para que no fuese así, porque de lo contrario me veía estrangulando a mi amigo en menos de diez minutos.

—… Entonces mi primo Sergei, que todavía estaba desnudo, salió por la ventana con un azadón y… —estaba diciendo Viktor, cuando sonaron dos disparos al otro lado de la línea de estanterías. En menos de un segundo, el ucraniano cesó su alegre cháchara. Con un gesto seco amartilló su HK y se deslizó sigilosamente hacia el lugar donde habían sonado las descargas. Yo traté de seguirle, medio sepultado por la mochila, mientras Marcelo se desembarazaba a toda velocidad de la suya para poder manejar el MG 3 con más comodidad.

Llegamos hasta la puerta justo cuando sonó una nueva ráfaga de fusil y oímos gritos de alerta. Tres legionarios trataban de contener a un grupo de No Muertos que había aparecido en la entrada de la farmacia. Aquello significaba que se nos había agotado el tiempo. Nuestra presencia en el edificio ya no era un secreto; toda la estructura retumbaba mientras cientos de criaturas aullaban, golpeaban las paredes o subían tor-

pemente las escaleras hacia nuestra posición. Se estaban concentrando, atraídos por nuestra presencia, y en un instante
aquello sería un hervidero de criaturas.

—¡Tenemos que salir de aquí! —oí que gritaba uno de los
sargentos.

—¡La única posibilidad es llegar hasta la planta baja!
—rugió Tank, tratando de hacerse oír por encima del tableteo
de las armas de fuego—. ¡En las fotos del satélite se veían unos
cuantos blindados aparcados al otro lado de la explanada de
detrás del edificio! ¡Tenemos que llegar a ellos y largarnos a
toda velocidad! ¡Vamos, vamos, vamos!

Sus palabras nos dieron alas. Galvanizados, formamos un
compacto grupo y comenzamos a andar hacia el hueco de las
escaleras. Cada pocos metros, un grupo de No Muertos sur-
gía de repente, salidos de ninguna parte, pero la disciplina de
fuego de los soldados que encabezaban la marcha era perfecta, y aunque de manera desesperantemente lenta, íbamos
ganando metros. Si nos hubiésemos encontrado en un espacio más amplio no habríamos tenido ninguna posibilidad, pero
encerrados dentro del edificio, la propia estrechez de las escaleras era nuestra mayor aliada. Las criaturas tan sólo nos podían atacar por delante o por detrás, y no más de dos o tres a
la vez, todo lo cual jugaba a nuestro favor.

Acurrucado en el centro del grupo, me concentraba en no
perder el paso ni tropezar con ninguno de los cuerpos sin vida
que íbamos dejando como un reguero a nuestro paso.

El tableteo de las armas de fuego rebotando dentro de los
estrechos límites del edificio era tan ensordecedor que nos
había dejado prácticamente sordos a todos. Cada vez que uno
de los soldados que marchaba al frente necesitaba munición
se veía obligado a volverse y golpear el hombro del que iba
detrás, ya que era imposible oír nada. Broto y yo les alcanzá-
bamos cargadores como posesos, mientras que detrás de noso-

tros uno de los sargentos y Pauli hacían virguerías tratando de llenar los cargadores vacíos con munición que sacaban de una mochila, sin dejar de caminar. El resplandor anaranjado de los disparos teñía la oscuridad de un color espectral, mientras los haces de las linternas oscilaban locamente de un lado para otro. El aire olía a pólvora, sangre y sudor.

El legionario que iba delante de mí se giró para pedirme un cargador. Justo en ese momento un No Muerto apareció de detrás de una esquina, rodeó su cuello con sus brazos y lo arrastró fuera del grupo. Oí el grito desesperado de aquel muchacho, pero antes de que nadie pudiese hacer nada, la criatura había clavado sus dientes en el brazo del infortunado soldado. Sin disminuir el paso, Tank levantó su pistola y disparó una ráfaga de tiros contra el No Muerto, que cayó desplomado a sus pies. A continuación giró el cañón de su arma contra el soldado herido.

—¡NO! —fue lo único que le dio tiempo a gritar a aquel pobre diablo antes de que Tank le volase la tapa de los sesos.

Me quedé helado. El hecho de saber que aquel hombre estaba condenado desde el momento en que lo habían herido no me había preparado para la brutal reacción de Tank. Era la única alternativa posible y, con toda seguridad, la más humanitaria para el soldado, pero aun así sentí que la sangre se escapaba de mi cara.

Tank se inclinó hacia mí y me dijo algo, pero ensordecido por los disparos no pude entender ni una sola palabra de lo que decía. Un pitido agudo se había instalado a vivir en mis tímpanos, e incluso las detonaciones sonaban amortiguadas, como si hubiese una tonelada de algodón en mis orejas. Alguien me empujó desde atrás, y antes de que me diese cuenta, estaba en la vanguardia del grupo ocupando el sitio del soldado caído.

Tres No Muertos se balanceaban a pocos metros de nosotros. Marcelo, situado a mi derecha, llevaba la MG 3 cruzada a su espalda (era imposible utilizar aquel arma de enorme retroceso sin apoyarla previamente en algo, a no ser que el tirador fuese un auténtico Hércules) y disparaba su pistola con sangre fría contra todo lo que se nos cruzaba en el camino. A mi otro lado, el sargento veterano de la cicatriz en el cuello se inclinó hacia mí y me gritó algo. No me hacía falta oírle para saber qué era lo que me quería decir.

Apretando los dientes, levanté el HK y comencé a disparar.

42

No podría decir en qué momento se empezaron a torcer las cosas. Resulta muy difícil calcular el tiempo cuando estás disparando en unas escaleras a oscuras contra todo aquello que se mueve. En honor a la verdad, creo que mi aportación al equipo delantero que abría camino fue muy modesta. La mayor parte de las veces tanto Marcelo como el viejo sargento ya habían liquidado a los No Muertos antes de que ni siquiera me diese tiempo para apuntar. Sin embargo, en aquella zona del edificio en la que nos encontrábamos parecía haber menos criaturas, ya que nuestro avance era cada vez más rápido. Posiblemente el sonido de los disparos, al rebotar por los infinitos recovecos de las escaleras y pasillos, crease un estruendo demasiado grande para que los No Muertos nos pudiesen situar con facilidad.

En todo caso, y fuera lo que fuese, resultaba una bendición. En los últimos cinco minutos habíamos consumido prácticamente la totalidad de la munición no defectuosa que nos quedaba. Algunos de los soldados ya se habían deshecho de sus fusiles, una vez vaciados los cargadores, y se aferraban a sus pistolas de mano con la desesperación de los náufragos pintada en los ojos.

—¡Cargadores! ¡Un maldito cargador, joder! —gritó Marcelo, a mi lado.

—¡Tenga! —Broto, sudando profusamente, le alcanzó un cargador, mientras añadía con voz temblorosa—: ¡Es el último!

Para asegurarse de que el argentino le había entendido bien, le hizo un gesto inconfundible con las manos vacías. Me giré hacia él, con la incredulidad pintada en el rostro. Aún nos quedaba un tramo de escalera por bajar, y después, recorrer toda la planta baja hasta la salida de la plaza donde supuestamente estaban aparcados los blindados. Sin más munición no podríamos llegar ni a la puerta del edificio.

Mi mirada se cruzó con la de Tank, que caminaba en el extremo derecho de la columna, cerca del final, donde Viktor y el otro sargento cubrían nuestra retirada manteniendo a raya a los pocos No Muertos que pudiesen aparecer. El alemán me miró y sacudió la cabeza, con una expresión sombría en el rostro. No hay nada que hacer, decían sus ojos.

Y justo en ese instante, como si los dioses se apiadasen de nosotros (o, por el contrario, quisieran que nuestro sufrimiento se prolongase un poco más), el tramo de escalera desembocó en un rellano con una ventana.

Era una ventana alta y mugrienta, que sólo dejaba entrar un cuadrado de luz turbia, pero una ventana al fin y al cabo. Por señas, se la indiqué a Tank.

—¡Estamos en un primer piso! —grité, sin saber si sería oído—. ¡Salgamos por ahí! ¡No puede estar muy alto!

Nunca supe si el alemán me entendió o no, pero lo cierto es que como un perro pastor fue acercando a nuestro grupo al pie de aquella ventana, mientras se colocaba en la posición más expuesta para proteger a los últimos hombres que llegaban al rellano en aquel momento.

Cuando estuvimos apoyados contra la pared, exhalé un suspiro de alivio. Situados de aquel modo tan sólo teníamos que proteger un flanco, pero aun así la situación seguía siendo terriblemente comprometida. De los once supervivientes que quedábamos, tan sólo teníamos munición menos de la mitad, y esa reserva no duraría mucho.

—¡Súbete a mis hombros! —me gritó Pritchenko al oído, con tal fuerza que pensé que me explotaría el tímpano. Varias manos aparecieron para desembarazarme de la mochila y auparme a los hombros del ucraniano. De un empujón, me encontré subido sobre Viktor y con la cabeza a la altura del ventanal.

La ventana estaba a unos dos metros de altura, y daba la sensación de no haber sido abierta ni una sola vez desde la inauguración del edificio. Un pequeño cerco de óxido cubría las bisagras, dándole un aspecto triste y desangelado, mientras que la parte externa estaba cubierta de tal capa de suciedad, que apenas dejaba entrar luz.

Con los nudillos blanquecinos a causa del esfuerzo, me aferré al marco de aluminio y miré a través del cristal. Desde allí podía ver parte de una pequeña plazoleta trasera, que en tiempos debió de haber servido como parking para el personal del hospital. En el suelo aún se distinguían las rayas de pintura que delimitaban las plazas, pero la arena, la ceniza y las grietas que habían ido apareciendo en el cemento le daban en aquel momento un aspecto embrujado. Al fondo de la plazoleta, dos pesados vehículos blindados pintados de color verde oliva reposaban tranquilamente, con los extremos de sus cañones cubiertos por unas fundas de tela. Por lo demás, no se veía ni un alma. Supuse que los No Muertos que hubiesen estado vagabundeando por allí hasta aquel momento estarían intentando entrar dentro del edificio, atraídos por el sonido de los disparos, dejando de esa manera el campo libre. La ocasión era perfecta.

Manoseé la cerradura, pero no fui capaz de moverla ni un centímetro, ni en un sentido ni en otro. Sin tiempo para contemplaciones, golpeé el cristal con la culata de mi Glock. La ventana se rompió con un ruido endiablado, mientras una lluvia de cristales caía al exterior. Apresuradamente, limpié todo lo que pude los bordes del marco y asomé la cabeza.

El aire del exterior olía maravillosamente fresco y limpio, comparado con el enrarecido ambiente del interior del edificio. A mi derecha, adosado al muro, corría un tubo metálico de un apagado color mate. Era demasiado delgado para ser un desagüe (posiblemente fuese una conducción de cable, o algo similar), pero parecía estar sólidamente anclado. Aunque no había mucha altura hasta el suelo, pensé que sería preferible bajar agarrado a aquella tubería, que parecía lo suficientemente sólida para soportar nuestro peso.

—¡Salgamos por aquí! —grité, mirando hacia el interior.

En rápida sucesión, me alcanzaron las once mochilas llenas de medicamentos, que a su vez, y sin contemplaciones, fui arrojando por la ventana. A continuación, me colé por el hueco y retorciéndome con la gracia de un acróbata artrítico, me aferré a la tubería y comencé a descender palmo a palmo hasta llegar al suelo.

Lo primero que hice fue mirar a mi alrededor con aprensión. Tan sólo tenía cuatro o cinco balas en el cargador de mi Glock, y si en aquel momento hubiese doblado la esquina un grupo de No Muertos no me habría quedado más remedio que echar a correr. Afortunadamente, no parecía haber ninguno por allí, al menos por el momento.

Contemplé cómo se descolgaba Viktor por la tubería, con su inseparable cuchillo golpeándole rítmicamente sobre los riñones. A continuación, apareció Marcelo y un poco después el sargento veterano del pañuelo en el cuello. Cuando salió David Broto se produjo un momento de tensión cuando el informático se quedó atascado durante un angustioso segundo en el hueco de la ventana. Fue preciso que Marcelo trepase de nuevo por la cañería para ayudar al catalán a salir del atasco.

Mientras tanto, la situación en el interior se degradaba a cada instante que pasaba. En aquel momento ya sólo se oía el disparo de dos fusiles, que a duras penas podían contener a la muchedumbre de No Muertos. Uno de los soldados salió por la ventana, con el pánico pintado en su rostro, y optó por saltar directamente al suelo. Al aterrizar, su tobillo derecho emitió un crujido tan terrible que por un momento todos nos olvidamos de la situación y nos volvimos hacia el pobre desgraciado, que se retorcía de dolor.

Ya sólo se escuchaba el hipido cadencioso de un fusil en el interior del edificio. Tank salió por la ventana y se giró hacia el interior, alargando su mano al siguiente en salir, un soldado muy moreno y con la cara marcada por el acné. Pero cuando ya le tenía agarrado por la muñeca, el soldado soltó un grito desgarrador, mientras algo tiraba de él hacia el interior del edificio.

—¡Aaaaah, joder, duele, duele, DUELE! —gritaba el chico, tratando de sujetarse desesperadamente al brazo del comandante.

Sin ceremonias, y musitando un breve «lo siento», Tank soltó las muñecas de aquel pobre diablo. En menos de un segundo, el cuerpo del muchacho fue tragado hacia el interior del edificio y desapareció con la misma rapidez que un muñeco dentro de una caja. Sus gritos de agonía resonaron durante un instante y luego sólo hubo silencio.

Estábamos mudos cuando Tank alcanzó el suelo y se sacudió el polvo de la guerrera, manchada de la sangre de alguien (o algo) en una manga. Además del soldado moreno, faltaban otro legionario y el segundo sargento del pelotón, que también se habían quedado dentro. Todos y cada uno de nosotros estaba echando las mismas cuentas que yo y nadie se atrevía a decir nada.

Del grupo inicial de dieciocho personas que habíamos entrado menos de una hora antes en aquel edificio tan sólo quedábamos ocho: Marcelo, Pauli, Tank, Broto, el sargento veterano, el soldado del tobillo roto cuyo nombre desconocía, Viktor Pritchenko y yo.

—¿A qué están esperando? —gruñó Tank, haciendo gala de una sensibilidad típicamente germánica—. ¡Corran hacia los transportes antes de que tengamos compañía!

Sin pronunciar palabra, recogimos las mochilas del suelo (aunque tres de ellas tuvieron que quedar abandonadas al pie del muro) y siguiendo a Tank nos acercamos a los transportes. Los blindados eran dos carros de asalto de aspecto estrafalario, con cuatro enormes ruedas por cada lado y una torreta con un cañón desproporcionadamente grande en la parte superior. Aunque daban la sensación de haber sido diseñados por un ingeniero sin sentido de la estética, transmitían sin embargo una imagen de potencia fuera de lo común.

—¿Qué clase de trasto es éste? —pregunté, mientras trataba de recuperar el aliento.

—Un Centauro —dijo el sargento veterano, mientras se desataba el pañuelo del cuello y se lo pasaba por la frente—. Un blindado ligero de reconocimiento. Pese a lo feo que le pueda parecer, es un trasto formidable. Tuve uno de éstos bajo mi mando en Bosnia hace años.

—Si es capaz de sacarnos de aquí, para mí ya es el más formidable del mundo —murmuré, sin compartir el entusiasmo del militar por aquel montón de acero—. ¿Cree que funcionarán?

—Oh, seguro —respondió el sargento con una sonrisa, mientras se encaramaba al blindado y abría la escotilla de acceso—. Estos trastos son muy robustos. Si tiene algo de combustible, seguro que funcionará.

Mientras el militar se inclinaba sobre los mandos del vehículo tratando de ponerlo en marcha, me acerqué hasta Viktor. El ucraniano estaba sudoroso, pero no parecía cansado. Yo, por mi parte, me hice la enésima promesa de dejar de fumar, mientras trataba de recuperar el aliento.

—¿Por qué crees que los dejaron aquí? —pregunté entre inspiración e inspiración.

—Buena pregunta —replicó Prit—. O bien estos trastos no arrancan, o bien consideraron que no valía la pena llevárselos.

—¿Por qué dices eso?

—Míralos —señaló Pritchenko—. Tienen un cañón tan enorme como inútil en esta situación, y además, dentro de ellos no deben de caber más de cuatro tripulantes, y muy apretados. Realmente, en caso de evacuación, al lado de un autobús, o de un camión del ejército no son muy valiosos, que digamos. Si tenían pocos conductores, es bastante lógico que los dejasen atrás.

—Espero que tengas razón —murmuré, esperanzado.

En ese momento, el motor del Centauro soltó un carraspeo asmático, seguido de una serie de jadeos mecánicos. Al fin, entre una increíble nube de humo negro, el motor del blindado cobró vida con un espectacular rugido, mientras el sargento le daba unos vigorosos acelerones.

—¡Listo! —gruñó el suboficial, satisfecho, asomando la cabeza por la escotilla del conductor—. ¡Vámonos de aquí!

Entusiasmado, recogí mi mochila del suelo para subirme a nuestro vehículo. Ya estaba medio encaramado en el blindado, cuando Broto emitió un ruido ahogado, mientras abría los ojos como platos.

—Va a ser que no, sargento —oí que decía Pauli—. Salga del blindado y que pueda ver sus manos. ¡Vamos!

Estupefacto, levanté la cabeza. Pauli apuntaba al sorprendido sargento con su HK mientras Marcelo, a su lado, sostenía la MG 3 apuntada hacia nosotros desde la torreta del Centauro. Por su parte, el soldado del tobillo roto se acercó cojeando hasta nosotros y lentamente nos desarmó uno a uno, arrojando nuestras armas al interior del vehículo.

—No se enojen, señores. —La voz de Marcelo, suave y fría como una daga, sonó con claridad—. Pero ustedes se quedan aquí.

43

Tenerife

—¿Quién eres? ¿Cómo has llegado hasta aquí? —La voz llegaba amortiguada por el pesado traje protector—. ¡Oye, no llevas puesto traje de aislamiento! ¡No puedes entrar aquí sin él!

Lucía se dio la vuelta al oír la voz apagada a sus espaldas. Al girarse vio a una mujer de unos cincuenta años de edad que la escrutaba fijamente desde el interior de la visera de un traje bacteriológico. La mujer sostenía una bandeja de probetas en una mano y una tablilla de anotaciones en la otra y permanecía de pie al lado de un microscopio.

—¡Estás herida! —dijo de pronto la mujer, con voz alarmada, mientras señalaba la pernera ensangrentada del uniforme de enfermera de Lucía—. ¡Esto es una zona de aislamiento! ¡Puedes contaminarte!

Antes de que Lucía pudiese pronunciar una sola palabra, una serie de disparos rápidos sonaron desde el otro lado de la puerta. Ambas oyeron una serie de gruñidos y ruidos de golpes, puntuados por más disparos. En un determinado momento se oyó la voz atronadora de Basilio Irisarri gritando «¡Eric, ayúdame de una puta vez!» y después, tan sólo el silencio.

La mujer del traje se acercó a la puerta y pegó su cabeza a la pequeña ventana ovalada del centro. Lo que vio le hizo dar un respingo y apartar la cabeza de forma brusca.

—¡Están fuera! ¡Los No Muertos están fuera! ¡Hay seis cubículos abiertos! —Se giró hacia Lucía, con los ojos relampagueantes de ira—. ¿Los has soltado tú? ¡Contesta!

—Eh, tranquilícese, ¿vale? —replicó la joven, sin amedrentarse—. ¡Ahí fuera hay dos tipos que...!

—No creo que quede mucha gente ahí fuera, por lo que veo —murmuró la mujer, mientras se dirigía a toda prisa a uno de los ordenadores. Tras teclear un código, una sirena comenzó a sonar insistentemente.

Otro médico, también vestido con un traje biológico, asomó la cabeza del despacho contiguo. Parecía confundido por la alarma, y llevaba una pistola en la mano.

—Eva, ¿qué diablos pasa? —preguntó. Cuando su mirada se posó en Lucía sus ojos se abrieron como platos—. ¿Quién es?

—No lo sé —respondió la mujer que atendía al nombre de Eva, volviéndose hacia Lucía—, pero es una buena pregunta. ¿Quién eres, chica?

—Me llamo Lucía y trabajo en este hospital —contestó atropelladamente—. Hay docenas de personas disparando por todas partes en las plantas de arriba, es una casa de locos... ¡Hay un montón de muertos y heridos! Unos hombres me han venido siguiendo hasta aquí tratando de matarme... ¡Han matado a sor Cecilia! ¡Tienen que ayudarme!

—Hasta a ella misma le sonaba incomprensible lo que decía, pero era incapaz de calmarse, después de haber estado a punto de morir.

—Tranquila, tranquila. Enseguida llegará la gente de seguridad y se encargará de todo, ¿de acuerdo? —dijo Eva mirando a Lucía y poniendo una mano en su hombro—. Mientras tanto, ¿por qué no te sientas un rato y te tranquilizas?

Lucía sintió instantáneamente una oleada de alivio recorriéndole todo el cuerpo. Estaba a salvo. Todo iba a salir bien. Se dejó caer en una silla, sintiéndose de golpe terriblemente agotada. Se estiró sobre el respaldo, pero al instante notó el escozor del fino corte que se había autoinfligido accidentalmente con el bisturí. Levantó la cabeza para pedirle a aquella gente tan amable un poco de agua oxigenada, o algo por el estilo, pero la mujer que se llamaba Eva estaba de espaldas justo delante de ella.

Fascinada, observó que el visor del casco del otro médico, de pie justo debajo de uno de los focos del techo, reflejaba como un espejo a la mujer. En el momento en que iba a abrir la boca, Eva hizo un gesto que transformó la fascinación de Lucía en terror. Con una mano, señalaba discretamente el arma que sostenía el doctor, mientras que se pasaba la otra por el cuello con un gesto inequívoco.

—¿Sabes? —decía en ese momento la mujer—. Creo que será mejor que esperemos dentro de esa... ¡Eeeeey! Pero ¿qué haces?

Lucía había saltado como un resorte y había pasado uno de sus brazos alrededor del cuello de la mujer. Con la otra mano sostenía la hoja de bisturí a la altura de sus ojos. Por un terrible instante se dio cuenta de que no tenía ni la más remota idea de qué hacer a continuación.

—Quiero salir de aquí —dijo, simplemente, tras un segundo de duda—. Ahora.

—¡Tranquilízate! ¡Suelta a la doctora Méndez, por favor! —dijo el otro individuo, con voz temblorosa, mientras levantaba el arma.

Lucía estaba casi segura de que aquel tipo (probablemente un ayudante, o un auxiliar) no se atrevería a disparar. Hay que tener algo especial en la sangre para poder dispararle a otra persona mirándole a los ojos, le había dicho Viktor una vez. Y Lucía prácticamente estaba convencida de que el ayudante no tenía lo que había que tener.

Así que, respirando hondo, apretó con más fuerza su brazo en torno al cuello de la doctora.

—Quiero salir de aquí. Ahora —volvió a repetir—. O te juro por Dios que le rajo el cuello de lado a lado.

—Escucha, ¡no puedes salir de aquí! —dijo la doctora Méndez con voz entrecortada—. Los sujetos No Muertos te han herido en la pierna, posiblemente te hayan infectado… Es mejor que me sueltes.

—Nadie me ha herido en la pierna —indicó Lucía, concisa.

—Estás sangrando —señaló torpemente el otro médico, como si aquello no fuera una obviedad del tamaño de un elefante.

—¡Me he cortado a mí misma sin querer! Tenía este bisturí en la mano y al entrar he tropezado y me he caído. Entonces me he cortado, ¿entienden? —protestó, pero con pocas esperanzas de que la creyesen.

—Por supuesto, por supuesto te has cortado tú solita al pasar entre media docena de infectados. Oí esa misma historia en el Punto Seguro de Valencia un millón de veces antes de que nos evacuasen —jadeó Eva entrecortadamente—. Oye… me… vas… a… estrangular…

—¿Hay otra salida? —preguntó Lucía mientras aflojaba un poco su abrazo sobre el cuello de la doctora. No era su intención que nadie más saliese dañado, pero tenía que escapar de allí. Si creían que estaba infectada no se hacía muchas ilusiones sobre el «tratamiento» que le esperaba.

—Está la otra esclusa de acceso, la que da a la zona de despachos —contestó el otro médico con voz vacilante, mientras señalaba la puerta que había a sus espaldas.

—Maldita sea, Andrés, ¿por qué no te callas de una puta

vez? —barbotó Eva furiosa, mientras sus ojos despedían chispas. En aquel instante, aprovechando que Lucía había aflojado su abrazo, la doctora impulsó bruscamente su cabeza hacia atrás. El borde trasero del casco golpeó con fuerza a Lucía en la frente, y por un instante lo único que pudo ver fueron un montón de manchitas de colores bailando delante de sus ojos. Aquélla era la oportunidad que la doctora Méndez había estado esperando. Con un codazo seco en el tórax de Lucía, que dejó a la joven sin aire en los pulmones, se desasió de ella y se apartó rápidamente hacia un lado.

—¡Dispara, Andrés, dispara! —gritó—. ¡Está infectada!

—¡No puedo dispararle, Eva! —replicó el médico llamado Andrés con voz quejumbrosa—. ¡No puedo! ¡Hazlo tú!

—¡Trae aquí, imbécil! —gruñó la doctora Méndez mientras le arrebataba la pistola a Andrés de un palmetazo.

Ese pequeño instante fue suficiente para que Lucía se escurriese como una anguila hasta la última habitación, donde la puerta de la esclusa de desinfección estaba tentadoramente abierta. Con un salto se arrojó dentro de la esclusa y cerró la puerta a sus espaldas. Una mano apareció en el último segundo por el quicio de la puerta, agarrando su brazo.

—¡La tengo, doctora, la tengo! —La voz del ayudante sonaba triunfal, hasta que Lucía, sin miramientos, le clavó el bisturí con fuerza en el antebrazo, obligándole a retirarlo—. ¡Aaayyyy, estoy herido, doctora! ¡Creo que me ha mordido!

Lucía cerró con fuerza la puerta y apretó el botón de la pared. En pocos segundos, sus ojos volvían a lagrimear a causa de los productos químicos. Tras dos interminables minutos, la luz cambió a verde y la joven salió a un coqueto despacho, atestado de papeles y con montañas de libros apilados por las esquinas. Tropezando entre ellos, Lucía consiguió llegar hasta la ventana, que daba a un pozo de ventilación mal iluminado.

Adosada a una pared, una escalera de incendios subía hacia las plantas superiores. Sin dudarlo un segundo, la joven comenzó a trepar por ella hasta llegar al nivel de la calle.

El exterior era un caos. Docenas de personas bajaban a empujones por las escaleras, tropezando entre ellas y gritando histéricamente. Un grupo de enfermeros trataba infructuosamente de atender a los heridos de los pasillos, pero se veían desbordados ante el aluvión de gente que llegaba sin cesar. Desde dentro del hospital se oían de vez en cuando disparos aislados. Daba la impresión de que algunos de los grupos de seguridad aún no se habían dado cuenta de que estaban cazando sombras.

—¡Eh! ¡Oye! ¡Ven aquí! —Un enfermero corpulento y de piel oscura la cogió por un brazo. Lucía, aterrorizada, intentó desasirse, pero aquel hombre era demasiado fuerte—. ¡Tranquila, chica, sólo quiero ayudarte! A ver, déjame ver esos cortes.

Antes de que se pudiese dar cuenta de lo que sucedía, Lucía se vio llevada casi en volandas por el enfermero a una zona del jardín exterior, donde algún médico con iniciativa había montado un apresurado hospital de campaña.

—El corte de la pierna no parece muy profundo, pero en la frente te has llevado un buen golpe... ¿Y qué diablos te han echado en los ojos? —le preguntó mientras vaciaba un chorro de agua destilada en sus globos oculares. Lucía sintió al instante una agradable sensación de alivio—. ¡Eh, creo que hay alguien ahí dentro que está usando gases lacrimógenos!

—Estoy bien, gracias, estoy bien —fue todo lo que pudo musitar Lucía.

—Sí, eso parece. Será mejor que te apartes un poco de este lío, al menos hasta que las cosas se organicen —respondió el enfermero, escrutándola fijamente.

En ese instante dos camilleros apoyaron a su lado una

parihuela donde traían a un soldado agonizante con una enorme herida de bala en el pecho. El sanitario concentró entonces toda su atención en el herido y Lucía aprovechó ese momento para escabullirse por un lateral del jardín.

Cuando se alejó unos cuantos metros del hospital se detuvo, mareada, delante del escaparate vacío de una tienda. Contempló su reflejo durante unos instantes, pensativa. Tenía el pelo apelmazado a causa de las duchas de productos químicos, y por su ropa parecía haber pasado un huracán. La pernera de su pantalón blanco estaba teñida de rojo a causa del corte, y lucía un enorme chichón en medio de la frente, justo por encima de sus ojos congestionados por los ácidos.

«No me extraña que la gente me mire —se dijo la joven—. Lo extraño es que no echen a correr espantados. Parezco una yonqui a tope de crack.»

Un grupo de guardias civiles se acercaban en aquel momento al trote por la acera. El primer impulso de Lucía fue acercarse a ellos y contarles lo que había sucedido. Habían asesinado a sor Cecilia prácticamente delante de sus ojos, así como a Maite. Las autoridades tenían que hacer algo, tenían que capturar a los responsables de aquello. Quizá incluso aún estuviesen por allí cerca. Se estremeció al pensar en eso y no pudo evitar echar una mirada atemorizada a su alrededor.

Cuando ya empezaba a cruzar la calle se detuvo súbitamente, asaltada por un tenebroso pensamiento. Si detenía a los guardias y les contaba aquella extraña historia de pistoleros, monjas y No Muertos, lo más probable sería que la retuviesen un buen rato, mientras se aclaraba aquel follón («sobre todo con la pinta de colgada que llevas»). Y no tenía la menor duda de que en aquellos momentos los médicos del laboratorio («el zoo, le llamaban el zoo a aquel sitio horrible») ya estarían dando a los guardias armados del hospital una descripción detallada de la enfermera de ojos enrojecidos a la que habían «herido» los No Muertos.

Y aquellos médicos también habían querido matarla. Sin que hubiese hecho nada malo, y sin atender a sus explicaciones, *habían querido matarla.*

«¿Por qué? —se preguntó, al borde de las lágrimas—. ¿Por qué?»

«Porque te tienen miedo, estúpida. Porque les aterroriza que el virus se desate de nuevo, y creen que tú puedes ser la puerta al infierno.»

«Pero yo no he hecho nada —protestó—. ¡Nada! Y ni siquiera me he acercado a los No Muertos.»

«¿Te crees que eso le importa a alguien? —rió amargamente la voz de su cabeza—. Ahora, sé buena chica y sal de aquí a toda velocidad... por tu bien.»

Sin atreverse a levantar la mirada, Lucía pasó de largo al lado de los guardias civiles. El bocinazo de un claxon la sobresaltó, cuando un pesado camión militar, que llegaba a toda velocidad, se detuvo con un crujiente chirrido de frenos en la puerta del edificio. Un grupo enorme de legionarios pertrechados con armamento pesado bajó de un salto y se metió a la carrera dentro del hospital.

Con un estremecimiento, Lucía les dio la espalda y empezó a correr.

Sólo en ese instante se dio cuenta de que no tenía a donde ir.

Era una fugitiva.

44

Madrid

—¿De qué coño va esto? —gruñó el sargento, demasiado sorprendido como para poder moverse—. ¡Dejaos de tonterías, que no estamos para bromas, joder!

—Esto no es broma, pelotudo —replicó lentamente Marcelo, casi masticando las palabras—. Nosotros nos vamos, ustedes se quedan. Es sencillo.

—¿Estáis mal de la cabeza o qué? —gritó Broto, sin poder contenerse—. ¡Los No Muertos están a punto de llegar! ¡Tenemos que salir de aquí cagando hostias!

—Por supuesto que nos vamos, pero no a Tenerife —contestó Pauli, sin apartar sus ojos de nosotros—. Estos medicamentos son propiedad del gobierno español *legítimo* y nos marchamos a Gran Canaria con ellos. ¿Queda claro?

Tank había estado en silencio hasta ese momento, demasiado anonadado para poder hablar, pero aquello fue demasiado para él. Rojo de furia, se acercó hasta los dos soldados encaramados en el vehículo, haciendo caso omiso a las armas que le apuntaban.

—¡Jodidos froilos! ¡Escoria froila! —escupió—. ¡Chusma

barata! ¡No tenéis ni honor ni dignidad! ¡Sois unos miserables traidores!

—¡Vosotros sois los traidores! —replicó indignada Pauli, también a gritos—. ¡Os creísteis con derecho a pasar de la legalidad vigente! ¡Traicionasteis al legítimo gobierno democrático para instaurar esa patraña de República que hay en Tenerife!

—¿Gobierno democrático, dices? —Tank estaba rojo de ira—. ¡El maldito gobierno froilo no tiene ninguna legitimidad! ¡Es una panda de militares escondidos detrás del nombre de un niño, al que utilizan para sus intereses bajo la apariencia de una monarquía democrática!

—¡Ese niño es el rey de España! ¡El representante del gobierno legítimo! ¡Sólo a un traidor o a un comunista se le puede ocurrir tratar de instaurar una República a espaldas del pueblo! —contestó Pauli, casi con la voz rota.

—¡Nadie ha actuado a espaldas del pueblo, pedazo de imbécil! ¡El gobierno de la República es democrático!

—¿Democrático? ¡Ja! ¡Y una mierda! ¿Cuándo se han celebrado elecciones? ¿O un referéndum para aprobar la República?

—¿Y vosotros, habéis celebrado en vuestra maldita monarquía algún tipo de elección, eh? *Nein!* ¡No tenéis un carajo de esa legitimidad de la que tanto presumís!

De repente, la ametralladora de Marcelo disparó una ruidosa ráfaga por encima de nuestras cabezas. Aterrado, me lancé al suelo, sintiendo cómo las zumbantes moscas de plomo pasaban a pocos centímetros de nosotros. Cuando me atreví a levantar la mirada, el argentino nos observaba desde el Centauro con los ojos brillantes de furia. Tan sólo Tank y el sargento habían permanecido de pie bajo las balas, impávidos, mientras que Viktor, Broto y yo habíamos considerado más prudente el cuerpo a tierra.

—Lo siento mucho, pero no tenemos tiempo para largar prenda. Los No Muertos se acercan y el tiempo se acaba. Señores, nos vamos —dijo Marcelo, mientras le hacía un gesto a Pauli, que todavía temblaba de furia, para que entrase dentro del blindado. Al hacerlo, apartó la vista de nuestro grupo apenas unas milésimas de segundo, pero eso fue suficiente para Tank.

El alemán sacó una pequeña pistola oculta en la caña de su bota derecha y disparó contra el soldado cojo que en ese momento se encaramaba al blindado. El soldado salió impulsado hacia atrás, al tiempo que una enorme mancha roja florecía sobre su pecho, hasta acabar estrellándose en el suelo. Sin pausa, con el ritmo acompasado de un pistolero profesional, Tank se giró hacia Marcelo y abrió fuego dos veces. La primera bala alcanzó al argentino en un brazo y le arrancó un alarido de dolor, mientras la segunda le pasaba a pocos centímetros de la cabeza. El porteño reaccionó con suma rapidez y se encogió detrás de la plancha blindada que protegía el puesto de tirador de la torreta. Tank, sin dejar de disparar, y moviéndose con fluidez, hizo un esfuerzo para encaramarse al vehículo acorazado mientras sus balas se estrellaban inofensivamente contra el blindaje.

En ese instante, Pauli, con una máscara de odio reconcentrado en su rostro, asomó por una escotilla del vehículo como un muñeco de resorte y levantando su arma vació cuatro balas casi a quemarropa sobre el pecho del comandante alemán.

Por un segundo Tank boqueó como un pez fuera del agua, mientras su mirada se agarraba a la de Pauli, a pocos centímetros de su cara. Finalmente, con una expresión de incredulidad dibujada en sus ojos el alemán cayó al suelo, incapaz de creer que Kurt Tank, el gran superviviente, había sido abatido (y además por uno de sus propios soldados).

Otros disparos sonaron a nuestra izquierda. Marcelo, con

su brazo diestro ensangrentado, había abierto fuego contra el viejo sargento, que intentaba alcanzar la escotilla del acorazado con las manos desnudas. El sargento, atrapado por el fuego del argentino, se sacudió como un pelele cuando fue alcanzado por las balas y finalmente se derrumbó inmóvil en el polvo, al lado del cuerpo del alemán.

Por un microsegundo, se hizo un silencio tan insoportablemente denso que pensé que me iba a ahogar. Con horror, vi que Marcelo giraba la MG 3 hacia nosotros, con la muerte bailando en sus ojos.

«Estamos muertos —me dio tiempo a pensar—. Se acabó.»

—¡Alto el fuego! —gritó Pauli—. ¡No dispares, Marcelo! ¡Joder, espera, no dispares!

El argentino nos contemplaba sin variar su expresión. Nosotros, desarmados e indefensos en el suelo, no nos atrevíamos a mover ni un músculo. A aquella distancia una ráfaga de la MG 3 nos partiría en dos antes de poder hacer ni siquiera el menor movimiento. Finalmente Marcelo exhaló aire y apartó su dedo del gatillo. Creí que en aquel momento me moría de alivio.

—¡Escuchadme bien! ¡Sois civiles, y no deberíais veros metidos en medio de todo esto! —dijo Pauli, mientras nos observaba muy erguida desde la escotilla—. ¡Pero vivimos en tiempos difíciles que exigen sacrificios enormes a todos y cada uno de nosotros en la lucha por la libertad y el futuro de la humanidad, y eso os incluye a vosotros también!

«¡Nos está soltando un jodido discurso!», pensé, alucinado. La expresión de Viktor era inescrutable, pero me habría jugado lo que fuese a que él estaba pensando lo mismo. Afortunadamente, los dos fuimos lo bastante juiciosos como para no decir nada.

—¡Ha llegado el momento de que decidáis! —continuó Pauli—. ¡O República ilegítima o gobierno legítimo! ¡O con nosotros o contra nosotros! El Airbus que espera en Cuatro Vientos ya debe de estar en manos de hombres leales ahora mismo. Si estáis con el legítimo presidente del gobierno de España y con don Froilán, hay un hueco en este vehículo para vosotros. De lo contrario… ¡tendréis que buscaros la vida!

No me lo podía creer. Aquello era tan absurdo que pensé que tenía que ser un mal sueño. Era consciente de las tensiones políticas en las islas, por supuesto, pero ni en mis delirios más descabellados me imaginé atrapado en medio de una guerra civil sin ni siquiera tener claro qué bando era el bueno y cuál el malo.

Si es que había bando bueno y bando malo, por supuesto.

—Mi mujer está en Tenerife —dije mientras me levantaba, ya que estaba claro que Pauli esperaba una respuesta—. Y una amiga, sor Cecilia, también está allí, gravemente enferma. Parte de esas medicinas —señalé hacia las mochilas— pueden significar la diferencia entre la vida y la muerte para ella. No puedo abandonarlas, así como así. Tengo que volver junto a ellas. Yo no voy a Gran Canaria.

—¿Y tú, Pretyinko, qué dices? —se giró hacia Viktor—. Ese gobierno terrorista republicano intentaba meterte en la cárcel. ¿No es cierto? Es tu oportunidad de librarte de ellos y poder servir a los legítimos representantes del pueblo.

—Es Pritchenko, señora —replicó el ucraniano, con porte regio—. Y sí, no niego que lo que usted dice sea cierto. Pero ambas islas están llenas de espías, y si en Tenerife se enterasen de que colaboramos con ustedes, se lo harían pagar a nuestras compañeras, y lo que es peor, dirían que hemos huido como cobardes. Viktor Pritchenko no ha huido jamás, y no lo va a hacer justo ahora.

«El código de honor del campesino eslavo una vez más», pensé con sorna, mirando al suelo para disimular una sonrisa de orgullo.

—Además —añadió Viktor pasándome un brazo por encima del hombro y mirando fijamente a Pauli con sus terroríficos ojos azules—. Uno nunca deja a sus amigos atrás. Si él se queda, yo me quedo. Vamos juntos. Ha sido así hasta ahora y así será. Camaradas, él y yo. Es así de sencillo. *Panjemajo?*

Pauli nos observó durante unos instantes, con una mirada indescifrable en el rostro, a caballo entre el desprecio y el asombro. Finalmente, nos desechó de sus pensamientos con un rápido parpadeo y se giró hacia Broto, de pie a nuestro lado con el pelo cubierto de tierra y polvo.

—¿Y usted, Broto, qué quiere hacer? ¿Viene o se queda?

David se volvió hacia nosotros y nos miró fijamente durante unos segundos, mientras su mente tomaba una decisión. Al cabo de un momento, tragó saliva, carraspeó ruidosamente y se agachó para recoger la pistola de Tank, que estaba caída en el suelo, a sus pies.

—Sois unos tíos de puta madre, no quiero que me entendáis mal —dijo, dirigiéndose a nosotros—. Vosotros dos os habéis portado genial conmigo, pero en Tenerife sólo me espera una celda, y en Gran Canaria no tengo nada que perder y sí mucho que ganar. Yo me voy con ellos. Lo siento, chicos.

—Está bien, chaval —dijo Viktor, muy serio, pero con un tono de decepción en la voz—. Sin rencores.

—¡Basta de aleluyas! —tronó Marcelo—. ¡Nos marchamos! Ustedes dos, alcáncennos esas mochilas que tienen a sus pies. ¡Ligero, vamos!

Obedientemente, le pasamos las mochilas a Broto, que a su vez las iba introduciendo por la escotilla, mientras Marcelo, sin dejar de apuntarnos con la MG 3, no nos quitaba el ojo de encima.

—¡Espera un momento, Marcelo! —dijo Pauli, como si cayese repentinamente en algo. De un salto, bajó del Centauro, y con una rápida carrera se acercó hasta el otro blindado, abandonado a tan sólo unos metros. A continuación, abrió la tapa del motor, se inclinó dentro del mismo y tras un breve gesto de vacilación, sacó su cuchillo y arrancó de cuajo un manojo de cables, que metió en su bolsillo—. No es por nada, pero no nos interesa que nos sigan, al menos por un buen rato —fue todo lo que dijo, a modo de explicación.

—Esto es un asesinato a sangre fría —articulé a duras penas. Sin aquel vehículo estábamos muertos, y ella lo sabía tan bien como nosotros.

—No es cierto —replicó, con gesto de hastío, mientras se deslizaba de nuevo dentro de su Centauro—. Estoy segura de que en alguna parte de todo este estercolero tiene que haber un juego de cables de repuesto para esa batería, o algo que se le parezca. Pero cuando lo reparéis, si es que lo conseguís, nosotros ya estaremos volando rumbo a Gran Canaria.

—¡No tenemos armas! —intervino Prit.

—Ése no es mi problema. Habéis escogido bando, y no es el nuestro —recitó Pauli con cierto soniquete—. Pero de todas formas, que no se diga.

Diciendo esto, cogió el cuchillo de combate de Viktor y lo lanzó a los pies del ucraniano. Acto seguido, cerró la escotilla del puesto del conductor y arrancó el pesado vehículo blindado entre una nube de humo negro. Impotentes, vimos cómo se alejaba hasta desaparecer por la esquina de la plaza. El sonido de su motor, sin embargo, no dejó de oírse hasta mucho después, en medio del silencio sepulcral de Madrid.

45

Una fina llovizna empezó a caer, a medida que el sonido del Centauro se iba apagando en la distancia. El «plop-plop» de las gotas se fue haciendo más intenso a medida que el chubasco arreciaba contra el asfalto reseco y polvoriento. Iba a caer una buena, pero ni siquiera me daba cuenta. Estábamos solos, desarmados y sin ningún medio de transporte en alguna parte de una gigantesca ciudad abandonada e infestada de No Muertos. Presa de la desesperación más negra y absoluta, un quejido se escapó de mi garganta.

—Anímate —me dijo el ucraniano, dándome una palmada en la espalda—. Podría ser peor.

—¿Sí? —Me volví indignado hacia mi amigo—. ¿Cómo podría ser peor? ¿Eh? ¡Dime! ¡Explícame qué podría ser peor!

—Bah, tranquilízate —fue la respuesta del ucraniano, mientras se agachaba a recoger su cuchillo—. Nos tenemos el uno al otro, y ya hemos salido de situaciones parecidas, ¿no es cierto? Saldremos de ésta, no te preocupes. Todo lo que tenemos que hacer es arrancar ese bicho y largarnos cuanto antes. Ahora, pensemos de dónde podemos sacar unos cables de batería antes de que las cosas se pongan feas por aquí.

Justo en ese instante oí a mi espalda un gemido característico que me puso los pelos de punta. Aterrado, pegué un brinco hacia atrás, mientras mi mirada buscaba al No Muerto, pero no había nada a la vista. Sin embargo, el gemido se repitió una vez más. Confundido, miré al suelo y vi que una mano del sargento veterano se movía débilmente.

—¡Viktor! —grité—. ¡Éste está vivo!

Me incliné sobre el sargento. Tenía cuatro o cinco agujeros de bala en el pecho, pero increíblemente aún estaba vivo. Cuando agarré su mano entre las mías, levantó sus ojos. Tenía la mirada perdida y tardó un rato en enfocar sus ojos en mi rostro. Cuando trató de hablar, tan sólo pudo escupir una espuma ensangrentada por la boca.

—Tranquilo, amigo, tranquilo —le dije, mientras me fijaba en el parche de su guerrera donde figuraba el nombre de «Jonás Fernández»—. Escúcheme, sargento, no deje de mirarme, ¿de acuerdo? Quédese conmigo, Jonás, ¡vamos! En cuanto Viktor ponga en marcha ese Centauro nos largaremos de aquí a toda velocidad.

—¡Mierda! —bramó Viktor, súbitamente furioso—. ¡Esa zorra ha arrancado de cuajo los cables de la batería! Aunque encontremos un repuesto, no podremos empalmarlo sin herramientas. Sin batería esta mole no se encenderá jamás. ¡Maldita sea!

La sangre se me escapó de la cara al oír aquello. Los No Muertos aparecerían en cualquier momento, y no teníamos adónde ir.

—Viktor —me aparté de la cara un mechón de pelo empapado de lluvia y traté de controlar mi voz para no dejar traslucir mi miedo—, este hombre se muere a menos que le den asistencia sanitaria inmediata, y nosotros no vamos a estar mucho mejor si no se te ocurre alguna solución rápida… ¡Así que piensa en algo, joder!

—¡No podemos hacer nada! —replicó Viktor, descargando un puñetazo sobre el costado del Centauro—. ¡Sin batería de arranque estamos muertos!

El ucraniano se enderezó de golpe y me miró fijamente.

—Tenemos que irnos de aquí… ¡Y rápido! Quizá si seguimos esa calle tan ancha… la Castellana, creo que se llama… o quizá por los túneles del metro… Puede funcionar… —La mente del ucraniano funcionaba a toda velocidad.

—Viktor —dije, señalando al sargento malherido—. ¿Y qué coño hacemos con él?

Por toda respuesta, Viktor se palmeó el cuchillo que descansaba en su pierna. Si teníamos que huir en una carrera suicida, no podíamos llevarlo con nosotros, pero tampoco podíamos dejarlo allí, como un cebo indefenso para que los No Muertos se sirviesen de él como en un bufet libre.

Respiré hondo, tratando de reunir valor. Una cosa era dispararle a un No Muerto y otra muy distinta acabar conscientemente con la vida de un ser humano.

—Viktor… —comencé a decir, sin saber muy bien cómo acabar la frase, pero entonces el sargento Jonás Fernández levantó débilmente el brazo, tratando de llamar nuestra atención.

—Auxil… auxil… —Un borbotón de sangre intensamente roja se le escurrió por la comisura de un labio, atragantándolo.

—Sí, sargento, estese tranquilo —traté de calmarle, mientras le aflojaba el cuello de la guerrera para que estuviese más cómodo—. Iremos en busca de auxilio, no se preocupe.

—Auxil… auxiliar… gilipollas… —Un destello de impaciencia asomó a los ojos del sargento, mientras tosía otro esputo enrojecido—. La batería… auxiliar.

—¿Batería auxiliar? —Prit se inclinó hacia delante, ansioso—. ¿Dónde está?

—La… torreta… batería… auxiliar. —La lluvia se mezcla-

ba con los regueros de sangre del sargento y creaba un charco rojizo que iba creciendo a su alrededor—. Mismos bor-
nes… y… voltaje.

Antes de que acabase de hablar, Prit ya trepaba con la agilidad de un mono por el lateral del Centauro y se colaba en el
interior de la torreta. Oí trastear al ucraniano en el interior,
mientras yo levantaba la cabeza del sargento, intentando que
al menos pudiese respirar mejor. No sabía qué podía hacer
para ayudarle, y aunque tuviese los conocimientos médicos
necesarios, sospechaba que el estado del sargento Jonás Fernández estaba más allá de cualquier posible cura. Él debía de
saberlo también, sin ningún género de dudas, y aguantaba
estoicamente el dolor que le tenía que estar destrozando por
dentro.

—¡Aquí está! —Pritchenko asomó por la torreta, soste-
niendo triunfalmente una caja de forma rectangular entre sus
brazos—. ¡Dame dos minutos y esto estará listo!

No íbamos a tener tanto tiempo. Por la esquina de la plaza ya asomaba un grupo de tres No Muertos tambaleándose.

—¡Prit! —vociferé con todas mis fuerzas—. ¡Apúrate!
¡Tenemos que irnos AHORA!

Me eché al hombro al sargento Fernández y lo metí de la
manera más delicada que pude en el interior del Centauro a
través de la escotilla superior. Afortunadamente para él, Jonás
Fernández, sargento veterano del tercio Juan de Austria, parecía haber perdido el conocimiento y no tuvo oportunidad de
quejarse. Cuando su cuerpo estuvo dentro, me giré para comprobar que los No Muertos ya habían avanzado la mitad de
la distancia que les separaba de nosotros. En un arranque
de inspiración, corrí hacia las tres mochilas que habían quedado abandonadas al pie de la ventana. Los No Muertos vaci-
laron un momento al verme, y comenzaron a caminar en la
dirección hacia la que me dirigía. Cogí dos de las mochilas y

arrastrándolas sobre el asfalto, volví trastabillando hacia el blindado, lanzando de vez en cuando una cautelosa mirada sobre mi hombro. Las criaturas ya estaban a menos de cien metros de nosotros.

—¡Viktor! ¡Acaba de una vez o te van a arrancar las pelotas! —grité mientras arrojaba las mochilas dentro de nuestro vehículo.

—Ya... casi... está... —El ucraniano sudaba profusamente, mientras sus manos se movían a una velocidad endiablada dentro de las tripas del motor—. ¡Listo! ¡Adentro, adentro, adentro!

De un salto nos encaramamos dentro del Centauro y cerramos a presión las escotillas de acceso sobre nuestras cabezas. Justo a tiempo. Cuando nos colocamos en los asientos delanteros, los No Muertos ya estaban golpeando con sus manos los costados del blindado, provocando una barahúnda increíble.

—¡Arranca de una vez, por Dios! —le grité al ucraniano.

—¿Qué dices? —Pritchenko me miró de repente como si yo hubiese perdido el juicio—. ¡Ni siquiera sé cómo se arranca este chisme!

—¿Cómo que no sabes? —Los ojos se me abrieron como platos—. ¡Se supone que eres piloto, joder!

—¡Piloto de helicópteros! ¡De helicópteros! —replicó airado el ucraniano—. ¡Y en la fuerza aérea no tenemos nada parecido a esta caja con ruedas! ¡Yo pensaba que tú sabrías guiar esta cosa!

—¿Yo? —Entonces me tocó el turno de quedarme asombrado—. ¡Viktor, no había subido a un blindado en mi vida, ni siquiera hice el servicio militar! ¡Yo era abogado, demonios!

—¡Eso cuéntaselo a los de afuera! —gesticuló Pritchenko—. ¿Sabes o no sabes arrancar este chisme, entonces?

—¡No! ¡Claro que no! —De repente, un destello de luci-
dez me asaltó con fuerza—. ¡Espera! ¡El sargento sí que sabe!
¡Eh! ¡Eh! ¡Jonás! ¡Oiga, sargento, despierte! ¡Vamos, sargento, abra los ojos, le necesitamos!

El sargento Fernández tardó un buen rato en reaccionar.
Su respiración se había vuelto espasmódica, y de vez en cuando se veía asaltado por repentinos eructos de sangre que se
mezclaba con la que salía de los agujeros abiertos en su pecho.
No me explicaba cómo podía permanecer aún con vida.

Con voz trémula y entrecortada, le fue dando indicacio-
nes al ucraniano para que pudiese arrancar el blindado. El sistema de ignición era ultrarresistente (gracias a eso había aguantado más de un año a la intemperie y aún funcionaba), pero
también dolorosamente complejo. Viktor se equivocó dos
veces en la secuencia de encendido y tuvo que comenzar de
nuevo. Mientras tanto, docenas de No Muertos se habían concentrado en torno al Centauro. Algunos incluso se habían
encaramado al mismo y se paseaban sobre nuestras cabezas,
tratando de encontrar una vía de entrada dentro del vehículo.
Con un escalofrío, comprendí que si no lográbamos encender el motor, estaríamos atrapados allí dentro para siempre (o
hasta que muriésemos de hambre y sed). Pese a ser una mole
de varias toneladas, los golpes que le daban los No Muertos
hacían vibrar de lado a lado el blindado, y el ruido en el interior era ensordecedor.

Con un chirrido estrepitoso, Viktor logró finalmente
embragar la primera marcha al tiempo que el motor tosía por
primera vez en más de un año. El Centauro dio un salto hacia
delante y se caló.

—¡Trata de arrancarlo! ¡Trata de arrancarlo, por Dios!
—Nada más oírme decir esa frase, y pese a la gravedad de la
situación, no pude evitar que una risa histérica se escapase de
mis labios, incontrolable.

—¿Qué coño te pasa? —Viktor me dirigió una fugaz mirada, como si pensase que me había vuelto loco—. ¿Esto te parece gracioso?

Viktor lo intentó por segunda vez. En esa ocasión, el Centauro botó un poco, pero no se caló. Con gesto triunfante, Viktor me miró y se secó el sudor de la frente. Apretó el acelerador y un potente rugido salió del motor diésel.

—¡Ronronea como un gato! —dijo satisfecho, mientras pegaba sus ojos al visor del puesto de mando—. ¡Y ahora, vámonos!

—Tenemos que llegar a Cuatro Vientos antes que ellos, o esto no servirá de nada, Viktor —apunté, pensativo—. Y ya nos llevan una buena ventaja.

Ése no era el único problema. El indicador de combustible del Centauro estaba en la reserva, y además no teníamos la más remota idea de qué obstáculos podríamos encontrar a través de un Madrid abandonado. Ni siquiera estaba seguro de poder encontrar el camino hasta el aeródromo.

—Al carajo —dije, tras un segundo—. Sácanos de aquí cagando leches.

Con un acelerón, el Centauro comenzó a moverse lentamente, empujando a la masa de No Muertos acumulada en su entorno. Tras unos cuantos metros agónicos (y algún que otro cuerpo aplastado), Viktor se hizo finalmente con los controles del blindado y conseguimos salir de la plaza.

El ucraniano y yo nos miramos, e hicimos una mueca de asentimiento.

Empezaba una carrera contrarreloj.

46

—¡Prit, cuidado!

El Centauro dio un bandazo que casi lo levantó de un lado para esquivar en el último momento una pila de contenedores de basura atravesados en medio del carril. Con un quejido, el vehículo recuperó su posición natural y continuamos circulando por el centro de la calzada a toda la velocidad que podíamos.

Tras media hora de trayecto por la Castellana, en un recorrido que nos mantenía al borde del infarto, estaba claro que nos iba a llevar bastante tiempo salir de Madrid por tierra. La enorme calle, con sus diez carriles de anchura, era lo suficientemente amplia como para poder esquivar los ocasionales grupos de No Muertos que encontrábamos por el camino. De vez en cuando, los restos de un vehículo o de un puesto de control abandonado nos obligaban a avanzar en zigzag, pero por lo demás, el paseo estaba bastante despejado. Las calles secundarias que desembocaban en el eje principal estaban en su mayor parte cortadas mediante barricadas, hechas a base de montañas de coches apilados de forma improvisada. Algunas de esas barricadas habían caído por el paso del tiempo (o derribadas por la presión de los No Muertos), y unos cuantos miles de esos seres se paseaban por la calzada, como peatones borrachos. Prit los esquivaba con relativa facilidad, pero su número aumentaba a cada minuto que pasaba.

—¿Qué opinas de esas barricadas? —me preguntó el ucraniano, sin apartar la vista de la calzada.

—Me imagino que quisieron crear un corredor seguro para conectar los puntos con el exterior de la ciudad —repliqué, con los ojos pegados al periscopio de observación del comandante de carro—. Así, tendrían una ruta de evacuación bastante decente.

—¿Y entonces? —El ucraniano pegó un volantazo que hizo que mi barbilla chocase contra el borde del visor—. ¿Cómo es que apenas sobrevivió nadie?

—Ni idea. Seguramente la ruta debe de estar cortada algo más adelante —contesté, maldiciendo por lo bajo, mientras notaba el sabor salobre de mi propia sangre en la boca.

—¿Y qué vamos a hacer?

—No lo sé. Ya lo pensaremos cuando llegue el momento —contesté meditabundo, mientras pasábamos por debajo de las Torres KIO. Una de las torres había ardido casi desde los cimientos, y era tan sólo una montaña de hierros retorcidos que se elevaban en el aire como las raíces de un diente podrido. El Centauro se sacudió como una coctelera cuando Prit lo encaramó por encima de los escombros caídos en la calzada.

Tenía la piel de gallina. La sensación de ir circulando por el corazón de una ciudad muerta era fantasmagórica. La Castellana, normalmente llena de tráfico, estaba vacía, excepto algún que otro resto ocasional, y en algunos puntos, una gruesa capa de polvo, escombros y ceniza cubría por completo el asfalto. En un punto, incluso algunos pequeños árboles habían comenzado a retoñar entre las juntas de dilatación del asfalto, agrietándolo. Pero lo más opresivo era el silencio. Mientras el Centauro corría a poca velocidad no se oía ningún otro sonido aparte del rugido del motor diésel del blindado. Las ventanas de los edificios, muchas de ellas destrozadas, nos contemplaban como ojos oscuros desde las aceras. En un determinado momento mi corazón galopó salvajemente al ver en una esquina un grupo de personas amigablemente reunidas en torno a la puerta de un restaurante. Cuando nos acercamos un poco más, sin embargo, resultaron ser un puñado de No Muertos, que asomaban sin cesar del interior de tiendas y portales atraídos por el ruido del Centauro al pasar.

Tras unos cuantos minutos más de marcha llegamos a la plaza de la Cibeles. Alguien había mutilado la estatua, a la que le faltaba la cabeza. Sobre el pecho de la diosa, habían escrito con tinta roja y mano temblorosa ISAÍAS 34-35. El vaso de la fuente estaba lleno hasta los topes de esqueletos cubiertos de harapos. Una mente desquiciada había colocado ordenadamente docenas de calaveras apoyadas en el borde de la fuente. Al pasar, sentí cómo los ojos sin vida de todos aquellos cráneos sonrientes nos seguían, amenazadores.

Un rato después, cuando llegamos a la glorieta de Atocha, Viktor detuvo el Centauro con un frenazo tan brusco que casi me derriba al suelo.

—¿Qué diablos pasa? —le pregunté—. ¿Por qué frenas?

—Mira ahí delante —replicó Pritchenko—. No podemos seguir por aquí.

La plaza de Atocha ya no existía. Uno de los edificios que hacía esquina había sido volado por los aires y sus restos obstruían gran parte de la calzada. En los puntos donde no había escombros, habían abierto anchas zanjas en el suelo, de varios metros de amplitud, que en aquel momento estaban llenas de agua de aspecto estancado. Para rematar la escena, varios camiones articulados yacían volcados, formando una muralla infranqueable, que partía aquel eje de la ciudad en dos.

—Fin del trayecto —musitó el ucraniano—. Y ahora, ¿qué hacemos?

—Retrocede —masecullé—; quizá si desandamos todo el camino y agarramos la M-30 podamos llegar más lejos. O si eso no funciona, podemos intentarlo por algunas calles secundarias.

Ni yo mismo me creía lo que estaba diciendo. En un vial tan ancho como la Castellana, el Centauro tenía alguna posibilidad de avanzar, pero en las calles secundarias, estrechas y llenas de restos de vehículos y edificios derruidos, nos quedaríamos atascados en menos que canta un gallo. Sin embargo, no nos quedaba otra alternativa.

Obediente, Prit trazó una amplia curva e hizo rodar el Centauro en dirección contraria. En aquella parte, el paseo de la Castellana se había transformado en el paseo del Prado, más estrecho y terriblemente lleno de árboles. Prit se las veía y se las deseaba para serpentear entre los troncos con el Centauro, cada vez que un grupo de No Muertos le obligaba a cambiar de carril. No podría decir la cantidad que nos rodeaba en aquel momento, pero superaba con creces el par de miles. Si el Centauro se quedaba atascado, no tendríamos la menor posibilidad.

Sentía los ojos ardiendo, mientras los apretaba contra el caucho del periscopio. Una gota de sudor se coló por una comisura y me eché hacia atrás para secarme el rostro. Cuando volví a pegar la cara al visor, un reflejo del sol sobre algo brillante llamó mi atención. Giré el periscopio hacia mi derecha y lancé un grito de advertencia.

—¡Prit! ¡Detente!

—¿Qué sucede? —preguntó el ucraniano, alarmado.

—He visto algo, a la derecha, encima de ese tejado —le indiqué a Viktor, que a su vez miró en la misma dirección. Estábamos detenidos justo delante de la puerta principal del Museo del Prado. Entre el follaje de los árboles se podía distinguir la cúpula del cuerpo central del enorme edificio, pero justo delante de ésta, sobre el tejado, un cristal de plexiglás lanzaba destellos cada vez que el sol incidía sobre él. Si no se hubiese abierto un hueco entre las nubes justo en el momento en que pasábamos por allí, no lo habríamos visto de ninguna manera.

—¿Es lo que creo que es? —pregunté tratando de controlar la emoción de mi voz.

—Si eso no es la cabina de un helicóptero entonces yo no he pilotado ninguno en mi vida —contestó el ucraniano, al cabo de unos segundos—. Es un aparato pequeño, de los de cabina de burbuja, pero demonios, sí, es un helicóptero.

El corazón me comenzó a palpitar con tanta fuerza que pensé que se me saldría del pecho. Si aquel pájaro podía volar, era nuestra mejor posibilidad de salir de aquel infierno.

—Está posado en el tejado —dijo Viktor, sin separar los ojos del visor— y parece estar de una pieza, pero hasta que no nos subamos a él no sabremos si puede volar o no.

—Entremos en el edificio —contesté, decidido—. Tiraremos la puerta abajo con el Centauro y después buscaremos las escaleras de acceso al tejado.

—Vamos a ir muy justos para pasar entre las columnas del pórtico, pero no se me ocurre otra opción —afirmó Pritchenko después de meditarlo un rato—. De acuerdo… ¡Abróchate el cinturón, y sujeta bien al sargento! ¡Esto se va a sacudir un montón!

Con un bote, el Centauro se subió a la acera y guiado por Viktor, aceleró contra la puerta del Prado a toda velocidad. Cuando estábamos a tan sólo un par de metros me di cuenta de que el espacio entre las columnas era terriblemente escaso para el blindado, pero ya era demasiado tarde para rectificar. Sonó un chirrido espantoso cuando los costados del vehículo rascaron contra las columnas del pórtico. La situada a nuestra derecha se derrumbó con un estruendo indescriptible, y enormes trozos de granito del tamaño de una lavadora cayeron sobre el techo del blindado, cuando éste finalmente chocó contra la puerta del Museo del Prado y la reventó de cuajo.

Durante unos segundos, sólo se oyó el golpeteo de decenas de piedras de distinto tamaño cayendo sobre el techo del Centauro. Yo me sentía como si alguien me hubiese sacado por la boca todas mis tripas y después las hubiese vuelto a meter de cualquier manera dentro de mí. El arnés de seguridad me había sujetado contra el asiento, pero me apostaría doble contra nada a que debajo del neopreno tenía un buen verdugón sobre el hombro izquierdo.

—¿Estás bien? —La voz de Pritchenko sonó junto a mis pies, reconfortantemente cálida. El ucraniano ya se había desprendido de su cinturón de seguridad y gateaba hacia la torre de mando.

—Perfectamente —contesté—. ¿Y tú?

—Estoy entero —fue la parca respuesta del piloto—. Salgamos de aquí antes de que se acumulen muchos No Muertos.

Con extrema cautela levanté la escotilla delantera del Centauro y asomé la cabeza. El impacto había sido tan grande, que la mitad del vehículo se había colado dentro del vestíbulo principal del museo, mientras que la mitad trasera aún permanecía en el exterior, sepultada bajo enormes cascotes y restos de la columna que habíamos derribado. Un gigantesco trozo del pórtico, del tamaño de un coche pequeño, estaba caído justo al costado del Centauro. Solté un suspiro de alivio. Si aquel enorme trozo de granito hubiese caído encima del vehículo, ni siquiera su blindaje nos habría salvado de morir aplastados.

El interior del museo estaba fresco, en penumbra y sobre

todo, vacío. No había rastro de supervivientes, y, lo más importante, ni un puñetero No Muerto estaba a la vista. Eso no significaba que no pudiera haber alguno vagando por dentro del edificio, pero me hubiese apostado mi último cigarrillo a que no había ni un alma, humana o no humana, dentro del Prado. Al fin y al cabo, el enorme palacio era como una fortaleza, con sus gruesos muros de piedra y sus puertas cerradas a cal y canto. Lo más probable es que Viktor y yo fuésemos los primeros visitantes del edificio desde que se cerró a causa de la cuarentena.

El chasis del Centauro y los escombros bloqueaban la puerta de acceso e impedían la entrada de los No Muertos del exterior, como pude comprobar con alivio. Me volví hacia el interior y me pasé el brazo del sargento Fernández sobre mis hombros para sacarlo de allí.

—Vamos, sargento, aguante un poco más —le animé—. Hay un helicóptero en la azotea y vamos a salir de aquí.

—Guarda tu aliento —dijo Viktor quedamente, mientras le levantaba un párpado al sargento y observaba fijamente su pupila—. Está muerto.

Consternado, apoyé con delicadeza el cuerpo del sargento sobre el asiento del conductor. Recordé el entusiasmo con el que había hablado del Centauro minutos antes de ser acribillado a balazos por Marcelo. Mentalmente, reconocí que, en efecto, aquel vehículo era soberbio y probablemente nos había salvado la vida. Ahora, aquel Centauro en particular sería su ataúd. Le abroché el cuello de la guerrera, empapada en su propia sangre, y con su pañuelo de cuello le limpié la mugre del rostro. Aquel hombre había sido un valiente y se merecía viajar a la eternidad con dignidad.

Con una última mirada al cuerpo del militar, salí del Centauro arrastrando detrás de mí una de las pesadas mochilas llenas de medicamentos. Viktor estaba fuera del vehículo, con la otra mochila a sus pies, y permanecía embobado mirando a su alrededor. A pocos metros de nosotros, las taquillas dormían, abandonadas y solitarias, mientras sobre las pilas de folletos y guías se acumulaba una gruesa capa de polvo.

—Es una pena lo de este sitio —comentó pensativamente el ucraniano—. El día menos pensado habrá un incendio, la mitad de la ciudad arderá hasta los cimientos sin que nadie haga frente al fuego, y entonces, todo lo que hay aquí dentro se convertirá en cenizas. Es una jodida pena, ¿no crees?

Me quedé en silencio por unos instantes. De pronto, siguiendo un súbito impulso, comencé a caminar hacia el interior del edificio a pasos apresurados. Viktor, confundido, me siguió a corta distancia.

—¿Adónde vas? —me preguntó, con los ojos muy abiertos—. ¡Los accesos a la terraza están por allí!

—Será sólo un minuto —le respondí, sin dar más detalles—. ¿Puedes dejarme tu cuchillo, por favor?

—¿Mi cuchillo? Sí, claro —dijo el ucraniano, sorprendido, mientras me lo pasaba—. Pero ¿para qué…?

—Sólo un instante, Prit, te lo prometo —dije mientras cogía el puñal que Viktor me alcanzaba.

Mi cabeza pensaba a toda velocidad. Era imposible salvar todos aquellos cuadros, pero al menos podríamos llevarnos uno o dos. La pregunta que me hacía era cuáles, de entre toda la enorme colección del museo.

Nos habíamos metido en las salas del siglo XVII. Colgadas desde una pared, las Meninas nos contemplaban tristemente, como adivinando que en muy poco tiempo serían pasto de las llamas. Desalentado, comprendí que cualquier cuadro de aquella planta era demasiado grande para que me lo pudiese llevar, incluso aunque lo desmontase del marco. De golpe, me fijé que en un rincón había un óleo de muy pequeño tamaño. Me acerqué a la carrera y lo contemplé.

Era un paisaje muy pequeño, un jardín lleno de cipreses, con un elegante arco de mármol blanco al fondo. El arco estaba cubierto con unas tablas mal colocadas y desde un nicho a la derecha, un dios griego contemplaba pensativamente al espectador, mientras unos personajes en primer plano conversaban de manera apacible. Aquel cuadro transmitía una inmediata sensación de paz y tranquilidad absoluta. El autor había conseguido, con el talento de un verdadero genio, atrapar un instante de calma y sosiego en una calurosa tarde de verano.

Rodeado de los majestuosos y enormes retratos de reyes y reinas muertos muchos siglos atrás, aquel pequeño óleo brillaba sin embargo con luz propia. Tenía mucha más fuerza y vida propia que cualquiera de los óleos que lo acompañaban en la sala. La placa situada debajo ponía VISTA DEL JARDÍN DE LA VILLA MÉDICIS y un poco más abajo, el nombre del autor, VELÁZQUEZ.

Sería aquél, pues. Descolgué el cuadro de la pared y lo apoyé boca abajo sobre un banco. En tiempos normales aquello habría disparado instantáneamente una alarma y antes de que hubiese podido ni siquiera respirar habría tenido a media docena de guardias armados a mi alrededor. Sin embargo, ni un solo ruido se oyó cuando comencé a soltar una a una, con la punta del cuchillo de Viktor, las grapas que unían el lienzo al bastidor. Cuando lo tuve suelto, lo enrollé cuidadosamente, hasta formar un tubo de poco más de cuarenta centímetros de alto y un dedo de grosor y lo metí en la funda vacía de los virotes, que llevaba adosada al muslo.

—Muchas gracias —le dije a Viktor mientras le devolvía su cuchillo.

—¿Por qué has hecho eso? —me preguntó el ucraniano, perplejo.

—Porque tenía que hacerlo. Esos medicamentos que llevamos en las mochilas son importantes, sin duda, pero esto

—contesté impotente mientras señalaba los lienzos que colgaban a nuestro alrededor—, esto es igual de importante, Viktor. Es nuestra herencia, nuestro legado, la suma de todo lo que somos. Cuando todo esto se pierda una parte de nosotros se perderá para siempre. Cuando esto desaparezca, y eso sucederá dentro de muy pocos meses, o años, la civilización será un poco menos brillante. No podemos llevárnoslos todos, Viktor, pero al menos tratemos de salvar uno. Aunque sólo sea uno.

—De acuerdo —suspiró el ucraniano, arrastrándome de un brazo hacia las escaleras—. Pero vámonos de una vez, si no quieres que corramos la misma suerte que estas pinturas.

Mi mirada se paseó por última vez sobre aquellos lienzos famosos. Desde su caballo, Carlos V se despidió con una expresión burlona en el rostro, como si supiera que nosotros seríamos los últimos visitantes que recorrerían aquella sala.

47

Las escaleras que subían al tejado arrancaban de una puerta disimulada detrás de la cabina de guardia. Era un hueco estrecho y bastante oscuro, ya que sólo se filtraba la luz del lucernario superior, cubierto por bastante suciedad. Con muchísima cautela subimos aquellas escaleras, con Viktor abriendo la marcha cuchillo en mano.

Tuvimos que empujar entre los dos para abrir la hoja de cristal blindado y acero que remataba el hueco de las escaleras. Cuando salimos al tejado, nos quedamos estupefactos. Hasta donde alcanzaba la vista, rodeando el museo, una muchedumbre de docenas de miles de No Muertos se apiñaba a nuestro alrededor. Di un paso atrás, mareado.

—Dios mío… —masculé—. ¡Son… muchísimos!

Un coro de gemidos se alzó desde la muchedumbre cuando nos vieron movernos hacia el helicóptero. Aunque sabíamos que no podían llegar hasta allí arriba, aquel sonido nos hacía chirriar los dientes.

Nos apresuramos a comprobar el estado del aparato. El helicóptero, pintado enteramente de blanco, no llevaba ningún dibujo ni emblema, aparte de la matrícula en la cola. Aquello no nos decía nada sobre quién era su propietario, dónde diablos estaba y el motivo que le había llevado a aterrizar allí, ni en qué momento, pero tampoco teníamos tiempo ni ganas de ponernos a investigar. Al fin y al cabo, si estaba muerto, no lo necesitaba, y si estaba vivo, pues bueno… Que no se hubiera dejado las llaves en el contacto.

—Tiene electricidad en la batería. —Viktor revisaba afanosamente los controles—. Y le quedan todavía unos cien litros de combustible, un poco más de un cuarto de depósito. Su último piloto era un tipo cuidadoso, sin duda. Cruza los dedos, amigo. Si el motor funciona, nos iremos de aquí en menos de cinco minutos.

Con lentitud, las aspas del helicóptero cobraron vida, girando despacio sobre nuestras cabezas mientras la turbina comenzaba a aullar. La cabina tenía un aspecto muy frágil comparado con las del Sokol o el SuperPuma, pero Viktor parecía estar bastante satisfecho con el aparato. Empujando la palanca de gases, las palas ganaron velocidad y de repente noté cómo nos elevábamos en el aire.

—¡Lo has conseguido, Prit! —grité alborozado—. ¡Lo has conseguido! ¡Estamos volando de nuevo! ¿Dónde está ahora tu fatalismo, joder?

—Muy lejos de aquí, espero —fue la sencilla respuesta del ucraniano, acompañada de una brillante sonrisa bajo sus bigotes—. Lejos de aquí. Ahora, vayámonos de una condenada vez, si no te importa.

Con un suave giro de muñeca, el helicóptero se elevó en el aire y por fin nos alejamos, camino del aeródromo de Cuatro Vientos.

Dejamos la ciudad condenada y en ruinas a nuestras espaldas, mientras nos volvíamos un punto cada vez más pequeño en la distancia, hasta por fin, desaparecer.

Y entonces, de nuevo, llegó el silencio.

48

El Airbus descansaba en un extremo de la pista, brillando bajo
un sol poniente que arrancaba los últimos destellos de su cha-
pa bruñida. El helicóptero dio un par de pasadas por encima
del avión, pero ni un alma se asomó desde el interior. Si no
fuese por el brillo del fuselaje, se podría pensar que aquel aparato llevaba allí tanto tiempo abandonado como el resto de
los objetos esparcidos por la pista.

—Fíjate allí —me señaló Viktor, al tiempo que inclinaba el
pájaro en una espiral para que pudiese ver lo que me señalaba.

Seguí la dirección que me indicaba mi amigo. Al final de
la pista había un montón de hierros retorcidos que aún desprendían algo de humo y llamas.

—¡Es uno de los Buchones! —grité sorprendido—. ¿Crees
que los froilos lo habrán derribado?

—No lo creo. —Meneó la cabeza—. Lo más probable es
que el piloto se haya estrellado al intentar aterrizar. Esos pájaros no eran fáciles de manejar, ni siquiera en su época, así que
imagínate la cantidad de cosas que pueden haber fallado después de llevar cincuenta años en un museo.

—No creo que el piloto haya salido con vida —murmuré
lúgubremente, mientras contemplaba la pira que ardía a nuestros pies.

—Ni yo tampoco —convino el ucraniano—. Pero lo importante no es quién se ha matado sino quién está vivo ahí abajo en este momento.

Con un último giro el helicóptero se puso en la vertical de aterrizaje y comenzó a descender. Nada más tocar tierra, Viktor bajó las revoluciones del motor, pero no lo apagó. Si teníamos que salir corriendo, era mejor que estuviera en marcha.

Bajé del aparato y me acerqué con cautela al Airbus. Comprobé que las luces del interior estaban encendidas y las gigantescas turbinas del avión de pasajeros estaban en marcha, como si estuviesen a punto de salir de un momento a otro. De repente, la puerta lateral se abrió y un nervioso soldado se asomó, apuntándome con un fusil.

—¡Alto! —gritó—. ¿Quién va?

—¡Somos amigos! —respondí también a voces.

—¡Amigos! —tronó de nuevo la voz del soldado que me apuntaba—. ¿Amigos de quién?

Por el tono de voz de mi interlocutor adiviné que estaba terriblemente nervioso, y eso, cuando alguien te está apuntando con un arma, no es nada bueno. Miles de personas muertas a lo largo de la historia a causa de un dedo inquieto en el gatillo respaldarían esta afirmación. Así que medité por un segundo mi respuesta, antes de contestar. Había dos opciones y sólo una era la correcta.

—¡República! —grité, jugándome el todo por el todo—. ¡Amigos de la República!

Contuve el aliento, esperando el resultado de mi apuesta. Si los froilos infiltrados en el equipo del avión habían conseguido tomar el control del aparato, lo que me esperaba era una lluvia de balas y la muerte en medio de la pista de Cuatro Vientos. Si por el contrario, eran los republicanos quienes estaban a bordo, aún teníamos una posibilidad.

El soldado se relajó ostensiblemente y bajó el arma. La descarga de adrenalina que sentí fue tan grande que casi caí redondo en medio de la pista. A cara o cruz, y había salido cara. Una vez más…

—¿Dónde está el resto del equipo? ¿Y dónde está el comandante? —preguntó atropelladamente el soldado, al que ya podía ver mejor. Era un chico muy joven, poco más que un adolescente —. ¡Tenemos un grupo de froilos infiltrados entre nosotros!

—Lo sabemos —respondí cansadamente, mientras cogía una de las mochilas que Viktor traía a rastras desde el helicóptero—. Sólo quedamos nosotros. El resto ha muerto, incluido Tank.

—¿Todos muertos? —El chico casi se atragantó del susto—. ¿Tank también?

—Eso es —intervino Pritchenko, con voz cansada—. Queda un grupo de unos tres froilos fuertemente armados, que en estos momentos debe estar viniendo hacia aquí en un carro blindado con un cañón bastante grande. No creo que sea prudente quedarnos.

—Eso lo tiene que decidir el piloto, supongo —contestó dubitativo el soldado.

Subimos apresuradamente a la cabina. En el suelo yacían tres cuerpos cubiertos por mantas manchadas de sangre. De debajo de una de las mantas asomaba un brazo terminado en una mano crispada.

—¿Eran tres? —preguntó Viktor.

—No, eran tan sólo dos —contestó el soldado, meneando la cabeza—. El otro es el alférez Barrios. Acabó con uno de ellos antes de que le matasen.

En ese momento salió de la cabina un teniente de mediana edad. Por el aspecto de su uniforme, adiviné que debía ser uno de los pilotos del avión.

—¡Menos mal que han llegado! —dijo mientras nos daba

la mano efusivamente—. ¡Si llegan a retrasarse una hora más habríamos salido sin ustedes! Hemos intentado ponernos en contacto con Tank por radio desde hace horas, pero no respondía nadie. Cuando esos dos cabrones intentaron secuestrar el avión, imaginamos que algo similar debía de haber ocurrido con el equipo de tierra.

—Más o menos —respondí, mientras recordaba que el operador de radio se había despeñado cuando cayeron las escaleras de acceso—. Sólo que en nuestro caso, los froilos consiguieron hacerse con el control. En estos momentos vienen hacia aquí, y tienen un blindado con un cañón que podría volar este avión en mil pedazos, si se lo proponen, teniente.

—Entonces no perdamos tiempo —replicó el piloto, mientras volvía a toda prisa hacia su cabina—. Más tarde nos contarán que es lo que sucedió. ¡Ahora, despeguemos!

Agotado, me dejé caer en uno de los sillones, mientras los dos soldados supervivientes y el piloto cerraban la puerta del Airbus. Viktor, por su parte, demasiado excitado por las metanfetaminas, se había colado en el asiento del desaparecido copiloto (que en esos momentos ardía a fuego lento entre los restos del Buchón), tras comentar en voz suficientemente alta como para que le oyese todo el mundo que no estaba dispuesto a volver a pasar un viaje en el compartimento de pasajeros.

Un par de minutos más tarde, el Airbus rodaba lentamente por la pista hasta llegar al extremo más alejado. Al girar, una de sus alas pasó brevemente por encima de la valla, cubriendo con su sombra a varios centenares de los miles de furiosos No Muertos que se concentraban al otro lado de la empalizada. Mientras el piloto hacía las últimas comprobaciones, miré con curiosidad a través de las ventanillas, tratando de adivinar la silueta del Centauro acercándose por la carretera, pero lo único que pude ver era una marea interminable de No Muertos.

Descubrir que el avión se había ido sin ellos sería un trago muy amargo para Marcelo, Pauli y Broto, sin duda. Y probablemente, una condena de muerte. Sin casi municiones, ni provisiones, y en medio de ninguna parte, sus posibilidades eran mínimas. Lo sentía especialmente por Broto, pero él había hecho su propia elección. Cara o cruz... Y él escogió cruz. «Al menos aún tiene la bala que le regaló Marcelo —pensé—. Espero que también tenga el suficiente valor para usarla.»

Los dos motores del Airbus rugieron cuando el piloto los puso a su máxima potencia. Entre una sinfonía de ruidos y crujidos, el avión aceleró por la pista, sacudiéndose con fuerza, hasta que, milagrosamente, se elevó en el aire, salvando la valla del otro extremo por menos de medio metro de distancia.

Al cabo de diez minutos, el avión se estabilizó a cinco mil metros de altura y comenzó su viaje de dos horas de vuelta a Tenerife. Demasiado excitado por las drogas, no fui capaz de conciliar el sueño. Además, me sentía eufórico por estar vivo y de vuelta a casa. Mi mente divagaba, pensando en el recibimiento de héroes que nos darían. Viktor había limpiado su reputación, llevábamos dos mochilas con medicamentos suficientes para abastecer una farmacia y yo tenía una chica preciosa esperándome en casa. Todo era perfecto.

Le di una palmada a la funda de mi pernera, donde reposaba a buen recaudo el Velázquez que había rescatado del Prado. Podía imaginarme la cara de estupefacción que pondría Lucía cuando le regalase aquel cuadro único, para colgar en la pared de nuestro salón. Sonreí, satisfecho, mientras me acurrucaba en mi asiento. Lucía estaría encantada.

49

Tenerife

—¡Eh! ¿Qué diablos sucede ahí abajo? —Era el soldado
con acné quien se formulaba esa pregunta en voz alta, mientras nuestro avión realizaba la maniobra de aproximación a la
terminal de Los Rodeos, en Tenerife.

El vuelo había transcurrido sin sobresaltos, y un día esplen-
dido de principios de verano nos había acompañado mientras
tomábamos tierra. Sonrientes, aunque cansados, Viktor y yo
nos abrazamos antes de que el aparato se detuviese, cuando
aquella frase lanzada al aire llamó nuestra atención.

—¿Qué pasa? —pregunté mientras soltaba mi cinturón
de seguridad y me acercaba a la ventanilla del otro lado del
avión.

Nadie me respondió. Todo el mundo estaba demasiado
absorto contemplando el panorama que se ofrecía ante nuestros ojos. Todo el aeropuerto parecía un hormiguero después
de que un niño travieso le hubiese dado una patada. Docenas de hombres corrían de aquí para allá, mientras que una larga hilera de camiones militares con las cajas abiertas salía ordenadamente de las instalaciones. En cada uno de los vehículos,
apretados como estorninos, docenas de soldados con expre-

sión tensa y armados hasta los dientes le daban un último repaso a su equipo.

—Esto no tiene buena pinta —murmuró una voz conocida a mi oído. Me giré hacia Viktor Pritchenko que, a mi lado, observaba con aire preocupado todo el movimiento del exterior.

—Puede que sólo sea un ejercicio, o unas maniobras —comenté, con aire casual.

—No lo creo —replicó el ucraniano—. Fíjate en todos esos camiones. Con la escasez de combustible que tiene la isla, mover tantos vehículos a la vez es una sangría para las reservas. No, esto sólo puede obedecer a algo. Algo gordo de verdad.

No tuvimos mucho más tiempo para divagar, ya que en aquel instante la escalerilla exterior se adosó al Airbus y se abrieron las puertas. Antes de que pudiésemos salir, un grupo de soldados cubiertos con trajes bacteriológicos y fuertemente armados entró dentro de la cabina.

«Oh, no, joder, otra vez no», pensé instantáneamente, pero enseguida me calmé. La actitud de los soldados no era hostil, sino más bien amigable. Tras escrutar atentamente a todos los presentes (y comprobar que no había una pandilla de No Muertos babeando en el interior del compartimento de carga), bajaron las armas y se despojaron de las capuchas de los trajes. Todo el mundo se relajó ostensiblemente.

—Bienvenidos de vuelta, chicos —dijo el oficial al mando del grupo, mientras se pasaba el dorso de la mano sobre la frente—. Habéis escogido un día complicado para volver. Hace un calor de cojones y encima estamos en alerta máxima.

—¿Qué diablos pasa? —preguntó Prit.

—Por lo visto los froilos han atacado el hospital del centro de Tenerife o algo así —comentó el oficial, como de pasada—. Según he oído, la cosa ya está controlada, pero al parecer hay docenas de muertos.

—¡Viktor! —Sujeté por los brazos a mi amigo mientras palidecía—. ¡El hospital! ¡Lucía y sor Cecilia!

—¿Qué ha sucedido exactamente? —preguntó el ucraniano, mientras me hacía un leve gesto para que me calmase—. ¿Cuántos son?

—Nadie parece saberlo muy bien, al menos por aquí —replicó el oficial, visiblemente perplejo por aquel interrogatorio en toda regla—. Hay quien dice que el objetivo podría ser el laboratorio bacteriológico del hospital, pero yo creo que lo más probable es que hayan intentado asaltar la farmacia. Todo el mundo sabe que hoy en día los medicamentos valen una fortuna.

Su mirada se posó en ese momento en las mochilas repletas que descansaban en medio del pasillo y automáticamente un brillo codicioso apareció en sus ojos.

—¿Qué tal os ha ido a vosotros, chicos? ¿Sólo traéis estos dos bultos? ¿Dónde está ese viejo cabrón de Tank?

Por toda respuesta, guardamos silencio. La expresión del oficial pasó de la codicia a la incredulidad.

—¿Tank? ¿Muerto? —balbuceó atónito, mientras meneaba la cabeza—. ¿Y el resto…? Entonces sólo quedáis… ¿vosotros? ¡Joder! Pero ¿qué diablos ha pasado ahí fuera?

—Los froilos —respondió quedamente Viktor—. Como aquí.

—¡Mierda! —maldijo el oficial, pegando un puñetazo en uno de los mamparos del avión—. Esta jodida guerra civil va a acabar con los pocos restos que dejaron los No Muertos. ¿Quién coño necesita una infección para exterminar a la raza humana? ¡Nosotros solos nos bastamos, gracias!

—Escuche, oficial —me adelanté, mientras sus hombres escoltaban al resto del equipo de Tank fuera del aparato—. Tenemos que ir a casa lo antes posible. Mi novia trabaja en ese hospital y tenemos además una amiga allí ingresada, y queremos saber…

—Hay un procedimiento que debemos seguir —replicó el oficial, tajante—. Siete días de cuarentena para todo el equipo, lo sabéis muy bien. Fuisteis informados antes de salir.

Traté de contener mi impaciencia. No podía esperar siete días en cuarentena, ni tan siquiera una hora. Tenía el presentimiento de que algo iba terriblemente mal y necesitaba reunirme con Lucía y sor Cecilia cuanto antes.

—Escuche —le dije, apartándolo a un lado—. Simplemente necesito una hora para estar seguro de que ella está bien. Una cochina hora. Antes de que nadie se dé cuenta, estaré de vuelta en la zona de cuarentena, se lo juro por Dios.

—Sabe que no puedo hacerlo —replicó—. Nos meteríamos en un lío horrible, usted y yo, si alguien se enterase.

—Nadie se enterará, se lo prometo —le dije ansiosamente, mientras rebuscaba en uno de los bolsillos de mi guerrera.

Finalmente encontré lo que buscaba, media docena de cajas de antibióticos, del paquete que había embutido en mis bolsillos a toda prisa cuando salíamos del depósito de Madrid. Aquel pequeño alijo valía una fortuna en Tenerife, y los ojos del oficial se abrieron con codicia cuando vio lo que le ofrecía de manera disimulada. Mi idea original había sido venderlos en el mercado negro, pero salir de allí cuanto antes era mucho más urgente.

—Una hora, ni un minuto más —musitó quedamente el oficial, mientras se metía los paquetes en sus bolsillos de forma disimulada—. Si dentro de una hora no están de vuelta, daré parte de que se han fugado y el problema será plenamente suyo. Dispararán a matar, ya lo sabe.

—Correré ese riesgo —repliqué, mientras cogía una de las Glock y me la colgaba a la cintura.

—Correremos ese riesgo —apuntó Prit, mientras agarraba uno de los HK y se ponía a mi lado.

—Prit, muchas gracias, pero no tienes por qué venir —le

dije—. Esto es asunto mío. Es un pálpito, y a lo mejor no tengo razón, pero creo que Lucía me necesita ahora mismo, y no dentro de una semana. Si nos pillan fuera, nos meteremos en un lío, y vive Dios que tú ya tienes bastantes problemas como para...

—¡Acaba con ese parloteo de una puñetera vez! —me cortó, tajante, el ucraniano—. Voy contigo y se acabó. Y ahora, corre, si quieres que nos dé tiempo a estar aquí en una hora.

Miré agradecido al ucraniano y contuve las ganas de darle un fuerte abrazo. Aquel pequeño tipo era un gran hombre, y sobre todo un amigo leal hasta la muerte. Tenía suerte de contar con él.

Salimos atropelladamente del avión, mientras el oficial se alejaba trotando hacia la terminal convertida en zona de cuarentena. Ignoraba qué excusa daría para justificar nuestra ausencia, pero no me cabía la menor duda de que tendría el asunto controlado, al menos durante la hora prometida. Ese tipo de personas siempre se las apañan, de una forma u otra.

Tras cinco minutos de furiosa negociación (y el gasto de dos cajas adicionales de antibióticos que desaparecieron rápidamente en los bolsillos indicados), Viktor y yo nos encontramos sentados sobre una montaña de metal reciclado apilada en la caja trasera de un asmático camión que rodaba hacia Tenerife, con su conductor terriblemente contento por la repentina e inesperada fortuna que le había sonreído.

El viaje se me hizo interminablemente largo. Cuanto más nos acercábamos al centro de la ciudad, más intenso era mi pálpito. El número de controles militares era abundante, pero los pasábamos sin ningún problema. En uno de ellos, el suboficial al mando nos confesó que estaban en plena caza de una mujer, una agente de los froilos que había participado en el asalto al hospital, pero no nos dio más detalles.

—¿Qué opinas, Viktor? —le pregunté a mi leal amigo, que súbitamente parecía cansado.

—No me gusta. No me gusta nada —respondió el ucraniano—. Espero que encontremos a tu chica cuanto antes. Toda esta gente está paranoica y por si no te has dado cuenta todo el mundo va armado hasta los dientes. En el momento menos pensado algún chiflado va a perder los nervios y va a empezar a disparar, y entonces se va a liar gorda.

—Opino lo mismo que tú —contesté—. Espero que al menos Lucía se encuentre en un lugar seguro.

Cinco minutos después el camión llegó a una barrera más guarnecida que los anteriores controles. En aquel *check-point*, además de una compañía de soldados y guardias civiles, había aparcadas un par de tanquetas e incluso un nido de ametralladoras.

—El viaje se acaba aquí —nos dijo el conductor del camión, tras conversar brevemente con uno de los oficiales al mando del control—. Toda la zona alrededor del hospital en un radio de mil metros ha sido evacuada y no permiten pasar más allá.

—¿Por qué? —pregunté mientras bajábamos del camión—. ¿Qué diablos ha pasado?

—Ni idea —replicó el conductor, con expresión asustada—. Por lo visto los froilos han asaltado un laboratorio médico, o algo por el estilo, y creen que se puede haber liberado algún germen o algo así. ¿Es que esa gente no ha aprendido nada de lo que nos ha pasado? ¡Sólo a un imbécil se le ocurriría asaltar un laboratorio después de lo del TSJ, por Dios!

El conductor encendió un cigarrillo con manos temblorosas, mientras seguía murmurando por lo bajo. Al hacerlo, apoyó sobre el asiento de la cabina un pasquín que el oficial de la barrera le había entregado. Con una terrible sensación de *déjàvu*, estiré la mano y cogí aquel papel.

Era una fotocopia algo borrosa de la fotografía de un carnet, hecha de manera apresurada. Bajo la fotografía, en caracteres gruesos, ponía SE BUSCA, y debajo aparecía una advertencia en la que se conminaba a quien viese a aquella persona que no se acercase a ella y avisase a las fuerzas militares.

De forma mecánica le pasé el pasquín a Viktor. Un sudor frío me resbalaba por la espalda mientras una sensación de fatalidad me envolvía.

La persona que aparecía en aquel cartel era Lucía.

50

No sé cómo nos alejamos de aquel *check-point*. Durante los cinco minutos siguientes, mi mente estuvo demasiado bloqueada para ser consciente de lo que pasaba a mi alrededor. Lucía, una agente de los froilos. Eso era impósible, joder. Mi chica era totalmente ajena a las tensiones políticas de la isla. Maldita sea, ella ni siquiera sabía muy bien de qué iba aquella historia entre froilos y republicanos como para meterse en medio. Y si hubiese decidido hacerlo, me lo habría contado. ¿O no? Las ideas se agolpaban en mi mente, en un remolino infinito.

—¡Eh! ¡Atiende! —Viktor chasqueó los dedos delante de mis ojos—. Puedo entender que estés abrumado, pero si de verdad quieres ayudar a Lucía y a sor Cecilia, entonces será mejor que te pongas las pilas. Nos necesitan a los dos al cien por cien. ¿Estás conmigo?

—Claro que sí —respondí después de respirar profundamente—. Por supuesto que sí, joder. ¿Qué vamos a hacer?

—Lo primero, encontrar a Lucía, es evidente —dijo el ucraniano—, y después, tratar de aclarar este embrollo, si es que podemos.

—¿Y cómo pretendes encontrarla en medio de este caos? —dije, señalando al puesto de control, donde un camión entero de efectivos antidisturbios acababa de llegar en esos momentos—. Media isla debe de estar buscándola ahora mismo y la otra media debe de estar acojonada pensando que los froilos están a punto de invadirlos.

—¿Por qué no empezamos por nuestra casa? —apuntó Viktor—. Es el sitio más lógico.

No teníamos muchas alternativas, así que accedí a lo que proponía el ucraniano. Al principio el conductor del camión se negó en redondo a llevarnos a nuestro domicilio en el hotel reconvertido. Sin embargo, tras mantener una breve charla con Viktor lejos de miradas indiscretas, se mostró súbitamente mucho más cooperativo. Quizá el pequeño rasguño de navaja que se adivinaba en su cuello tuviese algo que ver con aquel repentino cambio de actitud.

No me sorprendió encontrar un URO del ejército estacionado delante de la puerta de nuestro edificio. Un par de soldados haraganeaban apoyados en el capó del vehículo, mientras otro leía una revista manoseada y sucia en el asiento del conductor.

—Están vigilando —le susurré al ucraniano cuando el camión se detuvo—. No creo que Lucía se acerque por aquí, con estos tipos merodeando.

—Por supuesto que están vigilando. ¿Qué te pensabas? —contestó Prit, mientras se apeaba del camión—. Y seguro que no vamos a encontrar a Lucía sentada en el sofá de casa leyendo a Tolstói, idiota. Pero al menos espero que podamos sacar algo en limpio ahí arriba para entender qué diablos está pasando.

Cruzamos la entrada sin atraer más que una breve mirada de los soldados que montaban guardia. Al fin y al cabo, ellos buscaban a una chica morena de diecisiete años, y allí tan sólo veían a un tipo espigado con cara de sufrimiento y a otro tipo rubio y bajito con bigotes.

Al pasar por delante de la portería, alguien abrió la puerta de golpe y se asomó al exterior. Tuve el tiempo exacto de agarrar a Pritchenko por la camisa y arrastrarlo conmigo detrás de un polvoriento macetero donde crecía un potus asilvestrado lo suficientemente grande como para ocultarnos. Un rectángulo de luz salía de la puerta abierta, junto con un fuerte olor a col cocida.

Reconocí a la vigilante del bloque, una vieja chismosa que siempre nos había mirado con desconfianza. La mujer (me parecía recordar que se llamaba Rosaura o Rosario, o algo por el estilo) escudriñó con ojos miopes el vestíbulo en penumbra (la mayor parte de las bombillas ya se habían fundido meses atrás y no había repuestos).

—¿Hay alguien ahí? —gritó con voz chirriante.

Viktor y yo contuvimos el aliento. Si aquella entrometida nos veía daría la alarma y tendríamos que dar unas explicaciones que no teníamos a la guardia armada que estaba apostada en el exterior.

Tras unos instantes de tensión, la portera se dio la vuelta y refunfuñando por lo bajo volvió a entrar en su cubil. Solté un suspiro de alivio. Había faltado poco.

Tras dejar el vestíbulo atrás, subimos las escaleras procurando no llamar la atención de nadie. La presencia de tropas armadas en la puerta parecía haber atemorizado a nuestros vecinos, pues no vimos ni un alma en las escaleras normalmente abarrotadas.

Cuando llegamos a nuestro piso, no me sorprendió encontrar la puerta de acceso destrozada. El interior parecía haber sido arrasado por un huracán. Alguien había registrado a fondo la vivienda, y sin contemplaciones de ningún tipo. No quedaba nada en su sitio, e incluso habían rasgado los colchones y los cojines en busca de sabe Dios qué. De pie en medio de aquella devastación me sentí completamente desolado. Si Lucía había dejado algún tipo de pista o indicación de lo que había pasado, sin duda ya lo habrían encontrado.

Por el rabillo del ojo capté un movimiento fugaz en la puerta. Actuando por puro instinto, desenfundé la Glock y apunté hacia la entrada, preparado para defenderme de cualquier posible atacante. Sin embargo, el maullido desolado que lanzó un pequeño borrón naranja me hizo bajar el arma de inmediato.

—¡Lúculo! —grité alborozado, mientras mi gato persa se lanzaba de un salto a mis pies. Aquel bribón tenía un aspecto estupendo, y mientras lo cogía en brazos me dio la sensación de que había engordado algo más. Le rasqué la barriga e inmediatamente comenzó a ronronear con expresión extasiada.

Me detuve de golpe, lo cual me valió una mirada airada de Lúculo. Contemplaba con detenimiento el collar del gato. En todos los años que había pasado Lúculo conmigo siempre había llevado un sencillo collar antiparasitario de color negro. Sin embargo, en aquel momento llevaba atado en torno al cuello una correa de cuero rojo que yo conocía muy bien.

La conocía muy bien porque no era una correa, sino una pulsera que yo le había regalado a Lucía tiempo atrás.

Temblando de emoción, desaté la correa del cuello del gato y la hice girar en mis manos, baja la expectante mirada de Pritchenko.

Al darle la vuelta a la pulsera de cuero, en su cara interior pude ver que había algo escrito con la familiar letra de Lucía. Era tan sólo una palabra, algo que tan sólo podría ser comprendido por Viktor Pritchenko o por mí mismo.

Dentro de la pulsera estaba escrito CORINTO.

51

Nos llevó casi dos horas llegar al puerto de Tenerife. En primer lugar, tuvimos que hacer auténticas filigranas para salir del edificio sin que nos viese nadie. Después, tuvimos que dar un amplio rodeo para evitar lòs controles, ya que Viktor opinaba que tan sólo era cuestión de tiempo que alguien relacionase a Lucía con nosotros y comenzasen a difundir nuestras fotos por todas partes.

Tuve que darle la razón. Además, el plazo de una hora que nos había concedido el oficial del aeropuerto ya hacía rato que había expirado. Técnicamente, en ese momento Viktor y yo éramos desertores y fugitivos. No era aquél el recibimiento triunfal que me había imaginado durante el vuelo de vuelta, pero al menos estábamos vivos y libres.

Cuando finalmente llegamos al puerto, ya habíamos establecido un plan de actuación. Sospechábamos que Lucía se refugiaba en uno de los cientos de veleros que amarraban en la rada (tan sólo nosotros conocíamos el nombre del *Corinto*, el barco que me había llevado hasta Vigo y hasta Viktor, y por eso Lucía nos había dejado aquel mensaje tan críptico, que sólo podía referirse a un velero), pero no teníamos ni la menor idea de en cuál de ellos. Yo sospechaba que mi chica habría sido lo suficientemente lista como para dejarnos otra pista que nos llevase hasta ella, pero que no fuese excesivamente evidente. Pero al llegar al puerto, nuestros ánimos se derrumbaron. Había literalmente cientos de barcos de vela fondeados al abrigo de la rada, además de docenas de enormes cargueros y buques de guerra oxidándose bajo la brisa. Miles de refugiados habían llegado a cuentagotas en aquellos barquitos. Cuando el combustible empezó a escasear, el gobierno de la isla los había organizado en forma de una pequeña flota pesquera, que todas las mañanas salía a faenar para alimentar a la siempre hambrienta multitud apiñada en Tenerife.

Para un enamorado de los barcos como yo, resultaba tragicómico ver a aquellos purasangres del viento medio enterrados bajo redes, aparejos y nasas, pero no quedaba otro remedio si se quería evitar la hambruna. Sin embargo, por más que me esforzaba, no podía localizar un buque similar al *Corinto*.

—¿Y ahora qué? —me preguntó Prit, nervioso, mientras vigilaba el movimiento de los trabajadores del puerto desde nuestro escondite, entre dos montones de contenedores abandonados en una esquina de un espigón—. ¿En cuál de todos esos está?

—Si lo supiera, no estaríamos aquí perdiendo el tiempo —respondí malhumorado, mientras sujetaba como podía a Lúculo, que no dejaba de pegar tirones. Mientras mi mente discurría a toda velocidad, mis ojos recorrían toda la rada en busca de alguna señal. Pero por más que me esforzaba no veía nada que me recordase al *Corinto*.

Justo cuando estaba a punto de dejarlo por imposible, mi mirada se detuvo en un pequeño velero fondeado en un extremo del puerto. Parpadeé un par de veces, para estar seguro de lo que estaba viendo. Y entonces, sonreí.

Porque en la punta del palo mayor de aquel barco, colgaba, a guisa de bandera, un viejo y descolorido traje de neopreno.

52

El barco se llamaba *Cocodrilo II* y era un viejo velero de ocho
metros y un solo palo. En tiempos debía de haber sido una
auténtica joya, pero cuando Viktor y yo nos acercábamos
remando en una chalana, comprobamos que tenía un aspecto
bastante deteriorado. Su dueño original era seguramente un
enamorado del mar, y había mimado a conciencia aquella
embarcación, cosa que aún se notaba en los acabados de teca
o en los elegantes y funcionales winches de acero, pero largos
meses sirviendo como barco de pesca en manos menos cuida-
dosas habían pasado una gran factura al buque.

El aparejo estaba mal enjarciado y los cabos enrollados de
una manera tan chapucera que arrancarían gritos de espanto
a un navegante de verdad. Toda la parte de proa estaba sepultada baja una espesa capa de redes de distinta malla y grosor,
y del barco se desprendía un penetrante tufo a pescado podrido. Si Lucía había decidido refugiarse allí, no me cabía la menor
duda de que había sido una solución excelente. Cualquiera
pasaría de largo antes de subirse a aquel montón de basura flotante.

Con un golpe de remo, abarloamos el bote junto al velero
y subimos a bordo. El desorden era terrorífico. Habían transformado la mitad delantera de la cabina en una bodega para

acumular las capturas. Desde la puerta sólo se veían un montón de cajas blancas de plástico apiladas de cualquier manera y un colchón mugriento tirado en el suelo.

—Aquí no hay nadie —dijo Prit con desaliento—. No creo que…

Antes de que pudiese acabar la frase, Lúculo saltó a bordo del *Cocodrilo II* y se coló como una flecha entre las cajas de plástico situadas al fondo. Sonó un gemido ahogado de sorpresa y de repente, una mano que conocía muy bien empujó uno de los montones de cajas.

De pie delante de nosotros, y con un alborozado Lúculo en el regazo, Lucía nos contemplaba con lágrimas de alivio en los ojos.

Busqué con mis manos las de Lucía y ella me devolvió el apretón con fuerzas y en silencio. Nos mantuvimos así unos segundos, demasiado emocionados para decir nada, hasta que Prit carraspeó para llamar nuestra atención.

—Lamento interrumpir el reencuentro, pero tenemos muchas cosas que hacer —dijo el ucraniano con cierta urgencia en la voz—. Nos están buscando, y aún no sabemos cómo está sor Cecilia. Quizá deberíamos…

—Oh, Viktor. —Lucía soltó mis manos y abrazó al ucraniano. Había auténtico dolor en su voz, que se quebró cuando empezó a llorar—. Viktor, lo siento tanto… Ellos la mataron, delante de mí… Ha sido horrible…

—Tranquila… tranquila —acertó a decir Pritchenko, mientras le daba unos torpes golpecitos en la espalda. El ucraniano había palidecido intensamente, y sus pupilas parecían dos canicas negras. Si conocía bien a mi amigo, quienquiera que fuese el que había matado a la monja se había ganado un enemigo mortal.

Lucía se desasió de Viktor y entre sollozos nos contó atropelladamente la odisea que había vivido durante los dos últimos días, desde que entró en el hospital hasta que, huyendo de forma atolondrada, se le ocurrió refugiarse en un barco del puerto.

—¿Cómo sabías que nadie te encontraría aquí? ¿Y la tripulación del barco? —le pregunté mientras la abrazaba con fuerza.

—Están ingresados en el hospital por botulismo. Comieron conservas en mal estado —contestó Lucía entre hipidos—. Eran pacientes de mi ala. Sabía que hasta dentro de quince días por lo menos, no volverían por aquí.

—¿Y si no te hubiésemos encontrado? ¿Qué habrías hecho?

Lucía dejó de llorar y una triste sonrisa iluminó su cara. Mientras me cogía de las manos me plantó un largo beso en los labios.

—Estaba segura de que vendríais —dijo con serenidad, mientras me miraba de hito en hito—. Era de lo único de lo que no dudaba. No hay nada en el mundo que pueda acabar con vosotros, ni vivos ni No Muertos. Sabía que llegaríais.

Abracé con furia a mi chica, mientras una tormenta de emociones se disparaba en mi interior. No permitiría que nada le pasase, bajo ningún concepto. Haría lo que fuera necesario para protegerla.

Me volví hacia Viktor. El ucraniano estaba sentado en el borde de las escaleras de la cabina, con los brazos caídos y una expresión derrotada en el rostro. No sólo había perdido a su mejor amiga, sino que además le habían robado la posibilidad de la venganza. Para él, la partida había tenido un amargo final.

—Viktor —dije, mientras me arrodillaba a su lado—. No te derrumbes ahora. Te necesitamos, viejo amigo. Somos camaradas, ¿recuerdas?

El ucraniano levantó sus ojos vidriosos hacia mí. Vi cómo una chispa de vida renacía en el fondo de su mirada cuando le di un fuerte apretón de manos.

—*Fatalizm* —dijo, con una sonrisa amarga en la boca—. Es lo que hay.

—*Fatalizm* —respondí yo, también con media sonrisa—. Pero te prometo que haremos que eso cambie dentro de muy poco, te lo juro.

53

Cinco horas más tarde, coincidiendo con el alba, la flota pesquera de Tenerife levó anclas en dirección a los calderos situados a tan sólo unas cuantas millas náuticas. Desde la orilla, la imagen de cientos de veleros desplegando sus velas sobre un mar tenuemente iluminado constituía una estampa inolvidable.

Un observador avezado podría haberse dado cuenta de que uno de los veleros navegaba con el aparejo bastante ceñido, por el lado de sotavento, como si estuviese a punto de participar en una regata, mientras que sus tripulantes se afanaban por la cubierta tensando cabos.

Cuando al cabo de dos horas los barcos llegaron al caladero, aquel velero no largó las redes, como el resto. En vez de eso, soltó más trapo y con la brisa matutina hinchando el *spinaker* de proa, puso rumbo hacia la isla de Gran Canaria. Nadie en la flota pareció darse cuenta mientras el velero se alejaba.

Poco a poco, fue haciéndose más pequeño en el horizonte. Hasta que, por fin, desapareció.

54

En algún lugar, a dos millas frente a la costa de Senegal

Marcel Mbalo tenía doce años y su primo Yayah, catorce. Ambos habían salido en su barca de pesca muy temprano esa mañana, para aprovechar los vientos alisios del amanecer. Aunque su larga piragua disponía de un ruidoso y viejo motor fuera borda, su tío les había prohibido usarlo salvo en caso de extrema necesidad, ya que casi no quedaba gasolina en la aldea. Así que Yayah y él tenían que remar con fuerza todas las mañanas para alejarse de los rompientes de la playa, y después largar las velas hasta llegar a las zonas donde había pesca.

Para Marcel aquella vida era excitante. Hasta apenas un año antes, los hombres de la aldea no hubiesen permitido que dos niños saliesen a faenar solos en una de las preciosas barcas de pesca, pero en aquel momento no había otra alternativa. La mayoría de los hombres habían sido reclutados a la fuerza por el ejército, cuando los demonios habían salido del infierno y se habían apoderado de las almas de muchos vivos, y dado que ninguno había vuelto, casi no quedaban adultos en edad de trabajar en la aldea.

Los pocos que quedaban estaban montando guardia de forma permanente en el pequeño puente que atravesaba las ciénagas y que era el único acceso a la península de N'Gor, donde estaba su aldea. El tío de Marcel decía que estar tan aislados era una bendición de Alá, pero Marcel y Yayah no comprendían qué ventajas podía tener el vivir en un sitio tan remoto, a cientos de kilómetros de la ciudad más cercana. Eran poco más de doscientas personas en la aldea, entre hombres, mujeres y niños, y vivían de la pesca y de los cultivos en torno al poblado. No pasaban hambre, pero tampoco se podían permitir excesos. Y por las noches, les obligaban a dormir a todos dentro del edificio de la antigua escuela, cosa que les parecía muy divertida.

Yayah manejaba la caña del timón, mientras Marcel tensaba la pequeña vela latina que impulsaba la piragua. Su mente divagaba mirando al horizonte, cuando le pareció ver una mancha blanca moviéndose a lo lejos. Poco después, aquella mancha blanca se transformó en un barco de vela que parecía acercarse velozmente a ellos.

Marcel le señaló a Yayah aquel velero. En aquellas circunstancias, un hombre maduro y precavido hubiese dado la vuelta y se habría alejado a toda vela del barco desconocido, pero Marcel y Yayah eran apenas unos adolescentes sin sentido del peligro, así que arrastrados por su curiosidad dejaron que la piragua fuese derivando lentamente hacia el velero.

Cuando estuvieron a poco más de cien metros de distancia, Marcel echó mano de forma inconsciente al *gri-gris*, el amuleto contra los demonios que llevaba colgado al cuello. Aquel barco le daba miedo.

El velero parecía haber pasado a través de una tempestad feroz. El palo mayor estaba quebrado a media altura y la bañera de popa estaba inundada de agua de mar. El timón, abandonado, rodaba libremente impulsado por el viento. No se veía ni un alma a bordo.

Marcel gritó un par de veces, pero nadie apareció en cubierta. Cuando Yayah abarloó la piragua al lado del velero, Marcel saltó a bordo, sujetando con fuerza el pequeño machete que utilizaba para descabezar el pescado.

El pequeño pescador sintió de inmediato ganas de salir corriendo de aquel barco de aspecto siniestro y arruinado, pero su primo mayor estaba delante, observándole expectante. Si demostraba que tenía miedo, más tarde tendría que aguantar las burlas de los otros niños del pueblo. Tragando saliva, empujó con la mano libre la puerta entornada que daba acceso a la cabina interior del velero.

El camarote parecía estar desierto. Un fusil de asalto negro reposaba sobre la mesa, al lado de un cuchillo de grandes dimensiones. Marcel se acercó con cuidado, pisando una capa de cristales rotos que alfombraba el suelo. Sobre uno de los asientos había una pintura que le llamó la atención. Era un paisaje de un jardín, con una estatua y unos hombres blancos hablando tranquilamente en primer plano. A Marcel aquella pintura le pareció bastante fea, así que la desechó y la dejó caer al suelo lleno de agua de mar, donde quedó flotando boca abajo.

Después de revisar toda la cabina, comprobó que estaba desierta. Al salir, recogió el fusil de asalto y el cuchillo. Satisfecho con el botín, y pensando en la cara que pondría Yayah cuando viese todo aquello, se giró para echar un último vistazo al interior del barco abandonado.

Desde una esquina, colgado de una percha sujeta al techo, un viejo traje de neopreno le observaba, meciéndose al compás de las olas.

FIN...

Pontevedra, julio de 2009

AGRADECIMIENTOS

Resulta muy complicado incluir en pocas líneas a todas aquellas personas que de una manera u otra han formado parte de esta aventura llamada *Apocalipsis Z*. Lo que en un principio comenzó como un pequeño relato corto publicado en una oscura página de internet ha acabado siendo una serie de libros de la que ahora, lector, tienes el segundo de sus volúmenes (de momento) en tus manos. Y son muchos los que han colaborado para que esto haya pasado.

En primer lugar mi mujer y mi familia, por su infinita paciencia, amor y comprensión en los momentos en los que encallaba en los arrecifes del desconcierto.

Por supuesto, Juan Gómez-Jurado, compañero escritor, pero sobre todo amigo, que me abrió puertas y me iluminó caminos que de otra manera hubiesen permanecido escondidos para mí. Él me ha llevado de la mano en los pasos más difíciles. La deuda que tengo con él es tan grande que difícilmente la habré pagado algún día. Él ha sido mi Pritchenko particular en este viaje (aunque no tiene bigotes, ni es rubio).

Cómo no, Emilia Lope, de Random House Mondadori, no sólo por su simpatía, paciencia y comprensión, sino también por creer en este proyecto y apoyarlo de manera decidida. Emilia, eres fantástica y sin ti esto no sería posible.

La gente de internet, los cientos de miles de lectores *online* que vieron crecer esta historia como un blog, que asistieron como yo, expectantes, paso a paso a su transformación en un libro y que en todo momento me transmitieron su apoyo y su cálido aliento. Este libro, como el anterior de la serie, es tan mío como vuestro.